Fleetwood Kisses

Ein Hotel zum Verlieben

Martina Gercke

Impressum

Fleetwood Kisses Band 1 – Ein Hotel zum Verlieben

martinagercke@web.de
www.martinagercke.com
Besuchen Sie mich auf Facebook:
http://www.facebook.com/pages/autorinmartinagercke

Covergestaltung: Catrin Sommer www.rausch-gold.com
1. Durchgang Korrektorat: Martina König
2. Durchgang Lektorat und Korrektorat: Sandra Nyklasz Chief Editor BookRix

Martina Gercke wird vertreten durch die Literatur-Agentur AVA München

Vorwort

Liebe Leserinnen und Leser,

ich hoffe, euch gefällt mein neues Buch und ihr schließt *Fleetwood on Sea* genauso in euer Herz, wie ich es getan habe.

Ich wünsche euch gute Unterhaltung.

Eure

Martina Gercke
ROMANE

1. Kapitel

»Ruby, ich brauche dringend die Unterlagen von Katie Pearce.«

Jools Miller lehnte lässig im Türrahmen des Vorzimmers zu ihrem Büro. In knapp einer halben Stunde würde das Meeting mit Katie und ihrem Manager stattfinden. Katie Pearce war ein aufsteigendes Sternchen am Pop-Himmel und ihre Plattenfirma hatte Jools damit beauftragt, Katies Karriere weiter voranzutreiben. Jools sollte Katies Image weiter ausbauen und dafür sorgen, dass alle Voraussetzungen geschaffen wurden, damit ihr neuer Song die internationalen Charts stürmte.

Jools arbeitete als Public-Relations-Managerin in der bekannten Agentur *Starlight*. Wenn es darum ging, die Karriere eines Stars aufzubauen, war *Starlight* die erste Wahl. Schon so manche berühmte Persönlichkeit, vom Popstar bis zum Politiker, war hier ein- und ausgegangen.

In den letzten Jahren hatte sich Jools von der kleinen Assistentin zu einer der Top-Managerinnen hochgearbeitet. Bei ihren Geschäftspartnern wurde sie für ihre Professionalität geschätzt und zugleich gefürchtet. In der Branche hatte man ihr den Namen ›Pitbull‹ gegeben –wobei die Bezeichnung nur auf ihre Arbeit, nicht aber auf ihr Aussehen zutraf. Jools war eine attraktive Frau, wenn auch keine klassische Hollywood-Schönheit. Dafür war sie zu klein und zu üppig gebaut. Sie selbst würde ihr Aussehen eher als durchschnittlich bezeichnen. Ihrer Mutter hatte sie die hohen Wangenknochen und die vollen Lippen zu verdanken, ebenso die ausgeprägten Rundungen. Die gerade Nase und die hellblauen Augen waren ein Erbe ihres verstorbenen Vaters.

»Hier, bitte.« Ruby Sands, ihre Sekretärin, reichte ihr die gewünschten Unterlagen. Sie war seit ihrem ersten Tag an Jools'

Seite und ihr absolut loyal ergeben. Ruby war Mitte dreißig und hatte ihren Mann bei einem Einsatz in Afghanistan verloren. Es gab keine Kinder, um die sie sich kümmern musste, und somit war Ruby die ideale Sekretärin, die sich nicht beschwerte, wenn Jools sie bis spät in die Nacht beschäftigte.

»Danke, Ruby.« Jools schenkte ihr ein knappes Lächeln. »Wären Sie so lieb und bringen mir einen Kaffee?«

Kaffee war für Jools genauso wichtig wie für andere Menschen die Luft zum Atmen.

»Natürlich, Boss!« Ruby stand auf und eilte in die kleine Büroküche.

Jools ging mit beschwingtem Schritt in ihr Büro. Der lichtdurchflutete Raum war klassisch quadratisch geschnitten. Die Einrichtung war puristisch weiß gehalten, an den Wänden hingen Drucke von amerikanischen Künstlern der Neuzeit. Durch die großzügigen Fenster hatte man einen fantastischen Blick über die Häuserschluchten von Manhattan bis hinunter zur Fifth Avenue. Jools ließ sich auf den Stuhl fallen und schwang ihre wohlgeformten Beine auf den Schreibtisch. Sie schaltete den Laptop ein und nahm die Unterlagen von Katie Pearce zur Hand.

Mit ihren YouTube-Videos, in denen Katie sich mit einer Mischung aus jugendlicher Unschuld und Sexappeal präsentierte, war sie bei den Zuschauern über Nacht zu einer Berühmtheit geworden. Es hatte nicht lange gedauert und die ersten Angebote aus der Unterhaltungsbranche waren bei ihr eingetrudelt. Katie war immerhin so schlau gewesen und hatte sich einen Manager genommen. In Jools' Augen leider den falschen. John Sawyer war in der Branche als findiger Windhund bekannt, der seinen Stars das Geld aus der Tasche zog, um selbst im Luxus leben zu können.

Stirnrunzelnd sah sie sich noch einmal den Plan durch, den sie für Katie aufgestellt hatte. Das Popsternchen würde in den nächsten Wochen eine Reihe von offiziellen Veranstaltungen und Partys besuchen, um die Aufmerksamkeit der Presse auf sich zu ziehen. Natürlich würde Jools sie bei wichtigen Terminen begleiten und darauf achten, dass ihr junger Schützling sich so verhielt, wie ihre Fans es von ihr erwarteten.

Dank ihrer engen Kontakte zur Musikszene war es Jools gelungen, Einladungen zu Partys zu ergattern, bei denen die internationale Regenbogenpresse anwesend sein würde. Fehlte noch ein Auftritt in einer der beliebten amerikanischen Talkshows.

Nachdenklich wickelte Jools eine Haarlocke um ihren Finger.

Wenn man wie sie in der Topliga arbeitete, durfte man nichts dem Zufall überlassen. Entschlossen griff Jools nach ihrem Smartphone und wählte Barrons Nummer.

Barron Fisher war seit Jahren der angesagteste Showmaster im Fernsehen. Nur ausgesuchten Gästen wurde das Privileg zuteil, in seiner Talkshow aufzutreten. Wer es zu Barron schaffte, hatte den Olymp der Stars erreicht oder war auf dem besten Weg dorthin.

Die Freundschaft zwischen ihr und Barron war durch Zufall entstanden und hatte Jools schon so manchen Vorteil eingebracht.

Barrons Frau Susan und sie waren sich begegnet, lange bevor diese mit ihm liiert gewesen war. Susan war damals noch Single gewesen und hatte als Kellnerin bei einem Eventteam gearbeitet, um sich Geld für ihr Studium zu verdienen. Jools hatte kurz davor gestanden, ihren Master zu machen, und war von einem Kommilitonen als Gast auf der Feier seiner Eltern eingeladen gewesen.

Auf dem Weg zur Toilette war Jools Zeuge eines unerfreulichen Zwischenfalls geworden, bei dem Susan von einem der männlichen Gäste vor dem Klo bedrängt worden war. Jools hatte die Situation sofort erkannt und war beherzt dazwischengegangen. Sie hatte dem Mann eine saftige Ohrfeige verpasst und ihn vor allen Leuten bloßgestellt. Susan und sie hatten daraufhin die Feier verlassen und waren in die nächste Bar eingekehrt, um sich zu betrinken. Seitdem waren die beiden Frauen beste Freundinnen.

Susan war der zuverlässigste, liebste Mensch, den Jools kannte. Sie war immer gut gelaunt, unternehmungslustig und die größte Plappertasche unter der Sonne. Zudem sah sie auch noch fantastisch aus und so mancher Kerl hatte sich an der selbstbewussten

Frau die Zähne ausgebissen – bis Barron aufgetaucht war und sie im Sturm erobert hatte.

»Hey, Barron.«

»Jools!« Er klang aufrichtig erfreut.

»Wie geht es Su und den Kindern?«

»Bestens. Die Kleine hat heute Nacht zum ersten Mal durchgeschlafen. Ich kann dir gar nicht sagen, wie froh ich bin. Ich dachte schon, ich würde nie wieder länger schlafen als vier Stunden.« Barron lachte.

»Siehst du, das ist der Grund, warum ich mich dazu entschlossen habe, keinen Nachwuchs zu bekommen«, scherzte sie. Jools liebte Kinder, aber zwischen ihr und Dean waren sie nie ein Thema gewesen.

Dean Gibson und sie waren seit drei Jahren ein Paar. Sie hatten sich auf der Hochzeit eines gemeinsamen Freundes kennengelernt. Dean war Investmentmanager und zehn Jahre älter als sie. Durch seinen Job war er häufig unterwegs, und oft sahen sie sich nur am Wochenende. Jeder von ihnen hatte sein eigenes Apartment, doch meist übernachtete sie bei ihm. Deans Apartment lag direkt am Central Park, war großzügig geschnitten und mit allem Luxus ausgestattet, den man sich mit Geld kaufen konnte. Jools' Apartment hingegen lag in dem quirligen Viertel SoHo, war nicht sonderlich groß und herrlich gemütlich. Im Gegensatz zu Dean verzichtete sie ganz auf die technischen Spielereien, die in seiner Wohnung zu finden waren – angefangen beim Hightech-Entertainment-System bis hin zum Flachbildfernseher der neusten Generation. Der Fernseher, den sie besaß, war uralt, aber solange er noch seinen Zweck erfüllte, würde sie ihn behalten.

»Ach, komm schon, du wärst bestimmt eine prima Mutter. Zoe und Apple lieben dich.«

»Du Lügner. Zoe läuft jedes Mal schreiend weg, wenn sie mich sieht, und Apple ist gerade mal vier Monate alt und erkennt bestenfalls dich und ihre Mutter.«

Sie lachten beide.

»Und wie läuft es sonst bei dir?«, wollte Barron wissen.

Jools hatte im Stillen gehofft, dass die Frage von ihm kommen würde.

»Gut. Ich habe einen neuen Stern am Pop-Himmel unter meine Fittiche genommen – Katie Pearcc.«

»Ist das die Kleine mit den langen blonden Haaren und dem Lolita-Image?«

»Genau die.« Sie lächelte zufrieden. Barron war immer gut informiert, was einen Teil seines Erfolges ausmachte. Es gab nichts und niemanden, den Barron nicht kannte. »Deshalb wollte ich auch kurz mit dir reden.«

»Schieß los!« Mit wenigen Worten erklärte sie Barron ihre Pläne für Katie. »Und jetzt hättest du gern, dass ich sie in meine Show nehme?«, schloss er, nachdem sie fertig gesprochen hatte.

»Kannst du Gedanken lesen?«, lachte sie.

»Nein, aber wie du bin ich ein alter Hase im Business.«

»Es wäre großartig, wenn du mir unter die Arme greifen würdest. Die Kleine hat das Zeug zum Superstar. Die Teenies sind ganz verrückt nach ihr und du könntest dich damit rühmen, sie als einer der Ersten interviewt zu haben. Eine Win-win-Situation.«

»Abgemacht. Meine Koordinatorin wird dich noch im Laufe des Tages anrufen und alles Erforderliche mit dir absprechen.«

»Fantastisch!«

»Wie geht es Dean?«

»Gut. Er hat wie immer viel zu tun.«

»Su wollte dich heute anrufen und fragen, ob ihr am Wochenende zu uns kommen wollt. Wir veranstalten eine kleine Grillparty. Nichts Offizielles, nur Freunde.«

Dean mochte es nicht, wenn sie für ihn Pläne schmiedete, aber in diesem speziellen Fall würde er nachsichtig sein und ihr verzeihen. Dean und Barron waren ebenfalls befreundet, wobei die Beziehung mehr auf beruflicher Ebene lag.

»Liebend gern.« Sie freute sich. Sie hatte Susan seit der Geburt von Baby Zoe kaum gesehen. Sie sehnte sich nach ihrer Freundin.

»Wunderbar. Ich sage Su Bescheid. Und um Katie Pearce kümmere ich mich gleich nach unserem Gespräch.«

Mit einem Lächeln auf den Lippen legte sie auf. Ihr Blick fiel auf ihre Rolex – ein Weihnachtsgeschenk von Dean. Katie und ihr Manager müssten jeden Moment eintreffen.

Sie stand auf und warf einen prüfenden Blick in den Spiegel, der versteckt an der Innenseite ihres Schranks angebracht war.

Sie zupfte eine Haarsträhne zurecht, die sich aus dem Knoten gelöst hatte. Im letzten Jahr hatte sie angefangen, ihre hellbraunen Haare mit Highlights etwas aufzuhellen, sehr zu Deans Freude. Sie nahm den Lippenstift zur Hand und zog sorgfältig die leuchtend rote Farbe nach.

Zufrieden schloss sie die Schranktür und ging zurück zu ihrem Platz. Die Fernsprechanlage brummte. Mit ihrem perfekt manikürten Finger drückte sie die Taste.

»Ja, Ruby, was gibt es?«

»Miss Pearce und ihr Manager sind eingetroffen.«

»Gut, Sie können die beiden zu mir schicken.«

»Jawohl«, schepperte Rubys Stimme durch den Raum.

Jools lehnte sich lässig in ihrem Stuhl zurück und schlug die Beine elegant übereinander.

Ein leises Klopfen kündigte ihren Schützling an. Die Tür flog auf und Katie stürmte ins Büro.

»Jools!« Wie üblich trug Katie eine Jeans, die ihren Namen kaum verdiente, da sie zum Großteil aus Löchern bestand und mehr preisgab, als sie verbarg. Dazu hatte sie ein knappes Tanktop an, das sich wie eine zweite Haut an ihren Oberkörper schmiegte und die üppige Oberweite perfekt zur Geltung brachte. Die langen blonden Haare fielen in weichen Wellen über ihre Schultern. Katies makelloser Teint wurde lediglich durch einen Hauch Rouge betont. Die großen blauen Augen leuchteten hinter dem schwarzen Wimpernkranz hervor, und auf dem kindlichen Schmollmund schimmerte ein pinkfarbener Gloss, der zur Farbe des Tanktops passte. Katie war das nette Mädchen von nebenan, das jede Mutter gern zur Schwiegertochter hätte. Sie war liebenswert und mit einem Hauch von Naivität ausgestattet. Aus Erfahrung wusste Jools, dass es nicht lange dauern und Katie ihre Unschuld, die sie auszeichnete, verlieren würde.

Wie alle Stars würde sic eine Meisterin der Selbstinszenierung werden, wann immer eine Kamera in der Nähe war. Schon jetzt wurde kein Foto mehr veröffentlicht, das nicht vorher durch die Hände von Katies Manager ging. Was ihr noch fehlte, um in die Schlagzeilen zu kommen, war ein heißer Boyfriend an ihrer Seite. Jools hatte sich bereits auf die Suche nach potenziellen Kandidaten gemacht. In der Welt der Stars wurde rein gar nichts dem Zufall überlassen.

»Hi, Katie«, begrüßte sie ihren Star freudig und gab ihr einen Kuss auf die Wange. »Du siehst wie immer fantastisch aus.«

»Danke, Jools. Ich habe auch den halben Tag im Kosmetiksalon gesessen.« Katie errötete. »Du glaubst nicht, was sie dort alles mit mir gemacht haben! Ich fürchte, ich habe kein Haar mehr an meinem Körper, außer die auf dem Kopf.«

Jools lächelte wissend. »Glaub mir, Süße, ich habe diese Prozedur mehr als einmal hinter mich gebracht. Besser, du gewöhnst dich gleich daran. Deine Schönheit ist dein Kapital, zusammen mit deiner Stimme.« Der Kopf von Katies Manager tauchte im Türrahmen auf. »Hallo, John. Schön, Sie zu sehen«, log sie.

»Jools, Sie sind wie immer eine Augenweide!« Katies Manager bleckte die Zähne zu einem Haifischlächeln. Er war einen halben Kopf größer als Katie und eher schmächtig gebaut. Die unnatürliche Bräune in seinem Gesicht stammte zweifellos aus dem Sonnenstudio. John hatte Jools schon mehr als einmal eindeutige Avancen gemacht, wenn sie sich auf offiziellen Events begegnet waren, die sie jedoch stets abgelehnt hatte.

»Bitte setzt euch doch.« Sie deutete auf die beiden freien Plätze vor ihrem Schreibtisch. »Ich hatte eben ein interessantes Gespräch mit Barron Fisher.«

»Barron Fisher, der Talkmaster?« Katie riss die Augen auf.

»Genau der. Barron ist ein alter Freund von mir«, lächelte Jools. »Wir sind ein bisschen ins Plaudern gekommen und ich habe ihm von dir erzählt. Er war ganz angetan.«

»Wirklich?«, quietschte Katie. »John, hast du gehört?« Sie strahlte, als hätte man ihr gerade den Oscar überreicht.

»Ja, absolut! Aber es kommt noch besser …« Jools machte eine wirkungsvolle Pause. Katie hing an ihren Lippen. »Barron würde sich freuen, dich in seiner Talkshow als Gast zu begrüßen.« Jools faltete zufrieden ihre Hände.

»Oh mein Gott! Oh mein Gott!«, kreischte Katie und sprang auf. »Ich muss sofort meine Mutter anrufen! Wenn die hört, dass ich bei Barron Fisher auftrete, dreht sie durch.« Katie strahlte wie ein Honigkuchenpferd. Katies Familie stammte aus eher bescheidenen Verhältnissen. Der Erfolg ihrer Tochter überforderte die Eltern völlig. Für diese Menschen war es, als ob Katie sich in einer anderen Dimension bewegen würde.

»Und was springt für die Kleine bei dem Auftritt raus?«, schaltete sich John mit sonorer Stimme in die Unterhaltung ein. Jools hasste es, wenn Männer über anwesende Frauen redeten, als könnten sie sie nicht hören, obwohl sie direkt danebensaßen.

»John, Sie wissen genau, was der Auftritt bei Barron bedeutet. Die Stars stehen Schlange, um in der *Fisher Show* aufzutreten. Katie wird über Nacht berühmt werden. Ihre Frage ist also völlig unangebracht.«

Bei einem Mann wie ihm durfte man keine Schwäche zeigen, ansonsten würde er seine Krallen ausfahren und Jools zum Frühstück verspeisen. Am Anfang ihrer Karriere als Assistentin hatte sie einmal den Fehler gemacht und sich von dem selbstbewussten Auftreten einiger Kunden ihr gegenüber verunsichern lassen. Das hatte zur Folge gehabt, dass man sie gnadenlos übervorteilt hatte und sie am Ende des Tages ohne einen Cent Gewinn aus der Sache ausgestiegen war.

»Das heißt, Katie tritt ohne Gage auf«, schnaubte John Sawyer entrüstet.

»Man hat mich beauftragt, um Katie zu helfen, ihr Image weiter aufzubauen. Genau das tue ich. Nach dieser Show wird Katies Marktwert um das Hundertfache steigen, und das wissen Sie auch. Aber wenn es Ihnen lieber ist, rufe ich Barron an und sage ihm, dass er stattdessen Beyoncé in die Show holen soll.« Sie funkelte ihn angriffslustig an.

»Aber ich will zu Barron!«, maulte Katie wie ein kleines Kind, dem man die Süßigkeiten weggenommen hatte.

»Katie, Süße, du bekommst ja deinen Auftritt. Aber es wäre schön, wenn du mich nicht unterbrechen würdest«, wies John Sawyer seinen Schützling zurecht.

Schmollend schob Katie die Unterlippe vor und verschränkte die Arme vor der Brust. Die Kleine tat Jools leid, aber letztendlich war sie nur eine Ware, deren Marktwert es zu erhöhen galt, und genau das war ihre Aufgabe. Persönliche Befindlichkeiten konnte sie sich nicht leisten. Was Katie mit ihrem Manager zu schaffen hatte, ging sie nichts an. Das Showgeschäft war knallhart, und am Ende des Tages drehte sich alles um den Gewinn. Bis Katie das verstanden hatte, würden sich Menschen wie John an ihr bereichern. Was die Sache noch schlimmer machte, war allerdings der Umstand, dass Katie eine Affäre mit Sawyer angefangen hatte.

»Also gut, wir machen den Auftritt bei Barron. Was haben Sie sonst noch erreicht?« John Sawyer wippte ungeduldig mit den Beinen.

Sie nannte ihm die bevorstehenden Termine, die sie bereits festgemacht hatte. Interviews mit den führenden Teenager-Magazinen des Landes, kleine Fernsehauftritte, mehrere Society-Events und diverse Partys. Katie saß die ganze Zeit mit teilnahmslosem Gesicht daneben, während die beiden Erwachsenen über ihre Zukunft verhandelten.

»Morgen hat Katie ein Treffen mit der Stylistin. Ich möchte, dass sie gemeinsam durch Katies Garderobe gehen und gegebenenfalls neue Sachen kaufen. Jetzt, wo Katie viel in der Öffentlichkeit zu sehen sein wird, ist es wichtig, dass sie sich stets im richtigen

Outfit präsentiert. Natürlich und zugleich sexy. Ein bisschen weniger Jeans und mehr sexy Kleider.«

»Ich bekomme neue Klamotten?« Bei dem Wort ›Garderobe‹ war Katie aus ihrer Starre erwacht.

Jools öffnete den Mund, um ihr zu antworten, als die Tür aufging und Rubys Kopf im Türrahmen auftauchte.

»Entschuldigung, Ms Miller.« Ruby blieb unschlüssig in der Tür stehen.

»Ich habe doch gesagt, dass ich nicht gestört werden möchte.« Jools sah ihre Sekretärin verärgert an. Es sah Ruby überhaupt nicht ähnlich, sich nicht an ihre Anweisungen zu halten.

»Ja, ich weiß, aber da ist ein Notar aus London am Telefon, der Sie unbedingt sprechen möchte. Ich habe ihn gebeten, sich später noch einmal zu melden, aber er lässt sich nicht abwimmeln und meint, es sei eine äußerst dringende Angelegenheit.«

Jools nickte. Es kam vor, dass Stars anriefen, wenn sie in Schwierigkeiten waren, damit Jools Statements verfasste, die an die Öffentlichkeit gehen konnten, um den Vorfall zu vertuschen.

»Stellen Sie das Gespräch durch«, nickte Jools kurz angebunden. Normalerweise vermied sie es, Anrufe in der Gegenwart ihrer Auftraggeber anzunehmen, aber in diesem Fall würde sie eine Ausnahme machen.

»Alles klar.« Die üppige Gestalt ihrer Sekretärin verschwand im Vorzimmer.

Sekunden später blinkte das Licht der Sprechanlage rot auf.

»Bitte entschuldigt mich kurz«, nickte sie ihren Gegenübern zu. »Miller.«

»Miss Miller, danke, dass Sie sich Zeit nehmen. Mein Name ist Maximilian Stein. Ich bin Notar in Haverfordwest und wurde beauftragt, eine Familienangelegenheit zu regeln, die Sie involviert«, meldete sich eine Stimme geschäftsmäßig am anderen Ende.

»Eine Familienangelegenheit?« Jools runzelte die Stirn. Sie hatte keine Geschwister, ihr Vater war vor drei Jahren gestorben. Mit ihrer Mutter hatte sie erst letzte Woche gesprochen. »Bitte fassen Sie sich kurz, da ich mitten in einer Besprechung bin«, entgegnete sie höflich.

»Selbstverständlich.« Sie hörte, wie sich der Notar räusperte. »Miss Miller, ich habe die traurige Pflicht, Ihnen mitzuteilen, dass Mrs Mildred Grace Bishop kürzlich verstorben ist.«

»Wer?«

»Mrs Mildred Grace Bishop, geborene Miller«, wiederholte der Notar geduldig. »Sie ist vor drei Wochen friedlich entschlafen.«

»Ich verstehe nicht. Wer soll das sein?«

»Die Halbschwester ihres Vaters, Mrs Mildred Grace Bishop«, erklärte der Notar geduldig.

»Millie!« Jools Stimme war kaum mehr als ein Flüstern. Ungläubig schüttelte sie den Kopf. Millie war das Ergebnis eines Seitensprungs ihres Großvaters gewesen, von dem Jools‘ Vater bis zum Tod seines Vaters nichts gewusst hatte. Zur Beerdigung von Jools‘ Großvater war Millie das erste Mal aufgetaucht und hatte sich der Familie zu erkennen gegeben. Es war damals ein ziemlicher Schock für alle gewesen. Hinzu kam die Tatsache, dass Jools Großvater seiner unehelichen Tochter einen Großteil seines Vermögens vermacht hatte. Jools Vater hatte lediglich seinen Pflichtanteil erhalten. Dementsprechend distanziert war das Verhältnis ihres Vaters zu seiner Halbschwester gewesen. Am liebsten hätte er ganz vergessen, eine Halbschwester zu haben. Millie hatte die erste Zeit nicht lockergelassen und immer wieder versucht mit Jools Vater in Kontakt zu treten. Irgendwann hatte sie, sehr zur Erleichterung der Familie, aufgegeben und war mit ihrem Mann nach Großbritannien ausgewandert. Gelegentlich erinnerte eine Postkarte aus England die Familie daran, dass es Millie noch gab und es ihr allem Anschein nach prächtig ging.

Katie, die Jools gegenübersaß, sah sie mit großen Augen an.

»Wir hätten Sie früher über den Umstand informiert, aber da Sie in keinerlei Kontakt zu der Verstorbenen standen, musste alles seinen offiziellen Weg gehen.«

»Unsere Familien standen sich nicht sehr nahe«, erwiderte sie.

John Sawyers Augenbraue zuckte. Jools wusste, dass er jedes ihrer Worte abspeicherte und versuchen würde, von ihr zu erfahren, was passiert war. Wissen war Macht. Je mehr man über jemanden wusste, desto besser. Sie musste die beiden so schnell wie möglich loswerden.

»Mr Stein, würden Sie mich bitte einen Moment entschuldigen?« Sie versuchte, ihre Stimme so normal wie möglich klingen zu lassen, was ihr nicht recht gelingen wollte.

»Selbstverständlich«, entgegnete der Notar zuvorkommend.

Jools schickte den Anruf in die Warteschleife.

»Es tut mir leid, wenn ich unsere Besprechung unterbrechen muss, aber es gibt eine dringende private Angelegenheit, die ich klären muss«, wendete sie sich an Katie und ihren Manager.

»Ich hoffe, nichts Schlimmes?«, fragte Katie besorgt.

»Nein, nein. Keine Sorge.« Sie zwang sich zu einem Lächeln. Johns Augen ruhten auf ihr. »Ich denke, wir haben das Wichtigste besprochen. Ich schicke dir gleich noch den Wochenplan per Mail. Solltest du etwas korrigieren wollen, dann ruf mich einfach kurz an.« Sie hatte bewusst Katie angesprochen. Ihr Puls raste und sie hatte Mühe, sich auf das Gespräch zu konzentrieren. Millie war tot. Der Gedanke kreiste in ihrem Kopf.

»Danke, Jools.« Katie lächelte. »Du begleitest mich doch zu Barron?« Ein Anflug von Panik war in ihren Augen zu sehen.

»Natürlich, Kleines. Dafür bezahlst du mich schließlich.« Sie tätschelte Katie mütterlich die Schulter.

»Ich bin so froh, dass ich dich habe!« Katie beugte sich zu ihr und gab ihr einen Kuss auf die Wange. »Wir sprechen uns.«

John Sawyer nickte ihr gönnerhaft zu und legte seinen Arm besitzergreifend um die Taille seines Schützlings. »Komm, lass uns gehen, Kleines.«

Wie betäubt beobachtete Jools, wie die beiden durch die Tür verschwanden. Ihre Augen blieben auf dem blinkenden roten Punkt der Telefonanlage hängen. Hatte sich am Ende jemand einen Scherz mit ihr erlaubt?

Mit klopfendem Herzen drückte sie die Taste und nahm das Gespräch mit dem Notar wieder auf.

»Entschuldigen Sie bitte«, meldete sie sich zurück. »Hier bin ich wieder.«

»Kein Problem.« Der Notar räusperte sich erneut am anderen Ende. »Miss Miller, die Schwester ihres Vaters hat Sie als Alleinerbin bestimmt.«

»Halbschwester«, korrigierte sie ihn. »Aber das verstehe ich nicht.«

»Trotzdem steht Ihr Name in dem Testament. Ich war selbst dabei, als Mrs Bishop es aufgesetzt hat. Sie hat explizit Sie als Alleinerbin genannt.«

»Eigenartig«, antwortete sie wie in Trance. »Am besten schicken Sie mir die persönlichen Sachen zu.«

»Miss Miller, Sie scheinen keine Ahnung von den Besitzverhältnissen von Mrs Bishop zu haben.«

»Nein. Wie gesagt, wir hatten keinen Kontakt.« Ihr Vater und seine Halbschwester waren sich nie besonders nahe gewesen. Jools nahm an, dass die heimliche Affäre und das damit verbundene Doppelleben ihres Großvaters immer zwischen den Geschwistern gestanden hatten. Für Jools‘ Vater war Millie der lebende Beweis für den Betrug seines Vaters an der Familie gewesen. Wenn Jools ihren Vater auf seine Halbschwester angesprochen hatte, hatte dieser stets geschwiegen oder sie mit den Worten: ›Es gibt Dinge, die sollte man ruhen lassen; meine Halbschwester ist eines dieser Dinge‹ abgespeist.

Das letzte Mal, dass sie Millie gesehen hatte, war vor vielen Jahren zu Weihnachten gewesen. Jools war damals gerade fünf Jahre alt gewesen und erinnerte sich heute nur noch an Millies freundliches Lachen und wunderbar weiche Hände, die sie sanft gestreichelt hatten. Danach hatte Jools sie nie wieder gesehen. Gelegentlich war eine Karte zum Geburtstag oder zu Weihnachten eingetrudelt, die ihr Vater sofort zerrissen hatte.

Sie hörte das Rascheln von Papier.

»Miss Miller, Mrs Bishop hat Ihnen ein Ferienhotel an der Küste von Pembrokeshire vermacht.«

»Was!« Jools richtete sich auf. »Das kann nicht sein.«

»Ihre Eltern sind Carol und James Miller?«

Sie beantwortete die Frage mit einem klaren »Ja«.

Er nannte ihr die Namen ihrer Großeltern und deren Geburtsdatum. »Bestätigen Sie, dass die Daten korrekt sind, die ich Ihnen eben genannt habe?«

»Ja«, antwortete sie mechanisch. Ihr ganzer Körper kribbelte, ihre Finger fühlten sich eigenartig taub an.

»Dann ist davon auszugehen, dass es sich nicht um einen Irrtum handelt und die Verstorbene tatsächlich die Halbschwester ihres Vaters ist«, der Notar holte tief Luft, als hätte ihn die Feststellung viel Kraft gekostet, »und Ihnen das Hotel *Fleetwood on Sea* und ihr gesamtes Barvermögen vererbt hat.«

Jools schwieg. In ihrem Kopf drehte sich alles. Sie hatte die Worte des Notars zwar gehört, aber ihr Verstand weigerte sich weiter beharrlich, das Gesagte zu verarbeiten.

»Miss Miller?«

»Entschuldigen Sie«, murmelte sie, immer noch um Fassung ringend.

»Ich kann nachvollziehen, dass das alles ein bisschen viel auf einmal ist.«

»Das bezweifele ich«, entgegnete sie mit tonloser Stimme.

»Ihre Anwesenheit in Großbritannien wird bei der Regelung der Angelegenheiten erforderlich sein. Es gibt einige Papiere, die Sie unterzeichnen und notariell beglaubigen lassen müssen, bevor der Besitz an Sie übergehen kann«, fuhr der Notar fort. »Falls Sie das Erbe antreten möchten.«

Ein Hotel an der Küste Großbritanniens!

Sie räusperte sich. »Wieso sollte ich das Erbe nicht antreten wollen?«

»Nun ja, die Verstorbene hat eine aufschiebende Bedingung an das Erbe geknüpft.«

»Was bedeutet das: ›eine aufschiebende Bedingung‹?« Sie hatte den Begriff noch nie gehört.

»Lassen Sie es mich so ausdrücken: Sie können das Erbe nur antreten, wenn Sie einige Bedingungen erfüllen, die von Ihrer Tante festgelegt wurden.«

»Und was sind das für Bedingungen?« Sie wippte ungeduldig mit den Füßen.

»Das darf ich Ihnen nicht am Telefon sagen. Dazu müssen Sie in mein Büro nach Haverfordwest kommen«, ließ der Notar die Bombe platzen.

»Das ist nicht Ihr Ernst!«

»Ich fürchte doch. Bitte glauben Sie mir, Ms Miller, mir ist die ganze Sache genauso unangenehm wie Ihnen, aber ich muss im Interesse meiner Mandantin handeln.«

»Ja, natürlich«, lenkte sie ein. »Das verstehe ich. Dennoch muss ich Ihnen sagen, dass ich keine Ahnung habe, wie ich eine Reise nach England bewerkstelligen soll. Ich habe einen engen Zeitplan und stecke in mehreren großen Projekten. Ich weiß nicht, ob mein Boss mir freigeben wird.« Sie knabberte an ihrer Unterlippe.

»Das ist selbstverständlich eine Angelegenheit, bei der ich Ihnen leider nicht behilflich sein kann. Ich kann Ihnen jedoch noch ein paar Informationen über das Hotel geben, wenn Sie möchten«, bot er ihr freundlich an.

»Ja, bitte.«

»Das *Fleetwood on Sea* ist ein entzückendes Ferienhotel, an der Küste von Pembrokeshire gelegen. Pembrokeshire ist eine Grafschaft im Südwesten von Wales. Der Regierungssitz ist die Stadt Haverfordwest, in der ich mein Büro habe. Die Stadt ist zirka dreißig Minuten von Fleetwood Cove entfernt, wo das Hotel liegt …« Jools kam sich vor, als würde sie in einer Geografie-Unterrichtsstunde sitzen. »… Pembrokeshire ist für seine wunderbare Küste bekannt und ein beliebter Ferienort für Touristen aus der ganzen Welt. Natürlich ist es nicht so bekannt wie Cornwall, aber es erfreut sich Jahr für Jahr einer wachsenden Beliebtheit.

Nicht zuletzt wegen der Strände, die in den letzten Jahren mit der begehrten *Blue Flag* ausgezeichnet wurden. Die Zeitschrift *National Geographic* hat die Gegend rund um Pembrokeshire gerade zu einem der schönsten Naturschutzgebiete der Welt ausgezeichnet. Sie sehen, eine Reise hierher lohnt sich in vielerlei Hinsicht.«

»Das hört sich ganz danach an. Ich muss zugeben, Sie haben mich neugierig gemacht.« Sie hatte in den vergangenen zwei Jahren keinen Urlaub genommen. Vielleicht konnte sie sich ein paar Tage freinehmen, damit sie alles vor Ort regeln und gleichzeitig etwas entspannen konnte. Sie hatte in den letzten Wochen viel gearbeitet und fühlte sich ausgelaugt. »Ich werde sehen, was ich machen kann«, versprach sie dem Notar.

»Das freut mich zu hören.«

»Trotzdem muss ich Ihnen sagen, dass ich das Hotel – egal, was passiert –auf keinen Fall behalten werde«, sagte sie ruhig. »Mein Lebensmittelpunkt ist hier in New York. Ich habe einen Fulltime-Job und kann es mir nicht leisten, nebenbei ein Hotel zu führen.«

»Das ist sehr bedauerlich.« Seine Stimme klang mit einem Mal um einiges kühler.

»Gibt es noch andere Verwandte, die eventuell einen Anspruch stellen könnten?«

»Soweit mir bekannt ist, nicht.«

»Mhm.« Sie fuhr sich nachdenklich durch die Haare.

Sie würde ihre Mutter anrufen, um mit ihr über die Angelegenheit zu sprechen. Aber vorher musste sie zum Meeting mit dem gesamten Board.

»Ms Miller, ich will Sie nicht länger aufhalten. Bitte teilen Sie mir so schnell wie möglich mit, wann Sie zu kommen gedenken. Ich würde der Managerin des Hotels gern ein Datum nennen.«

»Ist das Hotel etwa noch in Betrieb?«

»Ja, Mrs Bishop hat veranlasst, dass im Falle ihres Todes alles so weiterläuft, bis eine Entscheidung gefallen ist.«

»Millie scheint wirklich an alles gedacht zu haben«, murmelte Jools.

»Sie war eine gewissenhafte Frau, auf die man sich verlassen konnte.«

»Das scheint mir auch so.« Sie warf einen Blick auf die Uhr. Das Meeting war in weniger als zwanzig Minuten. »Mr Stein, ich danke Ihnen für Ihre Mühe. Ich werde mich heute noch bei Ihnen melden.«

»Wunderbar. Es tut mir leid, dass ich Ihnen keine erfreulicheren Nachrichten überbringen konnte.«

»Das ist nicht Ihre Schuld. Ich bin nur völlig überfordert mit der ganzen Situation, wenn ich ehrlich bin.«

»Das ist nachvollziehbar. Aus Erfahrung kann ich Ihnen nur raten, nichts zu überstürzen.«

»Das werde ich nicht.«

Sie legte auf. Nachdenklich starrte sie auf das dunkle Display ihres Telefons. Die Halbschwester ihres Vaters war tot und hatte ihr ein Hotel hinterlassen. Irgendwie klang das in ihren Ohren wie in einem schlechten Film.

Entschlossen klappte sie den Laptop auf und tippte den Namen des Hotels in den Computer. Mit angehaltenem Atem wartete sie auf das Ergebnis. Sekunden später erschienen mehrere Links, unter denen der Name *Fleetwood on Sea* aufgeführt wurde. Es gab eine Restaurantkette, mehrere Lokale, aber nur ein Hotel, das den Namen trug … und das lag in Südafrika. Also Fehlanzeige. Als Nächstes versuchte sie es mit dem Ferienort, Fleetwood Cove.

Diesmal hatte sie Erfolg. Die Bilder einer wunderschönen rauen Küstenlandschaft tauchten vor ihren Augen auf. Der Ort selbst war winzig, mit bunten Häusern und einem kleinen Hafen.

Ihre Augen flogen über den Text, der darunter geschrieben stand. Es handelte sich um einen Reisebericht, in dem die Bloggerin von ihren Erfahrungen berichtete. Die Frau schwärmte von der Landschaft und den eigenwilligen Bewohnern. Unwillkürlich musste Jools schmunzeln. Millie war immer das schwarze Schaf der Familie gewesen, insofern passte die Beschreibung der Einwohner zu ihr. Jools las weiter.

Das Fleetwood on Sea *in Fleetwood Cove ist ein wahres Schmuckstück, das ich nur empfehlen kann. Das kleine Boutique-Hotel liegt oberhalb der Bucht und ist ein absoluter Geheimtipp. Die Küche ist exzellent zu einem guten Preis und die Zimmer sind traumhaft ruhig. Allein wegen des Hotels ist Fleetwood Cove eine Reise wert. Die Besitzerin und ihr fünfköpfiges Team freuen sich über Gäste und tun alles, um den Aufenthalt dort zu einem unvergesslichen Erlebnis zu machen.*

Ihr Herz machte bei den Worten einen freudigen Hüpfer. Anscheinend hatte Millie tatsächlich ein Hotel besessen, und wenn man den Worten der Frau glauben konnte, war es sogar außerordentlich schön. Ihr Blick wanderte neugierig zurück zum Foto. Sie zoomte das Bild näher heran. Leider war die Auflösung nicht sonderlich gut und alles unscharf.

Es klopfte an der Tür. Eilig klappte sie den Laptop zu.

»Ms Miller, ich sollte Sie an das Meeting erinnern«, flötete Ruby und sah ihr forschend ins Gesicht. »Geht es Ihnen gut?«

»Ja. Ja. Die Halbschwester meines Vaters ist gestorben und es gibt ein paar Dinge, die ich regeln muss.«

Ruby nickte. »Das tut mir sehr leid.«

»Ja, mir auch.«

»Wenn ich etwas tun kann, sagen Sie es mir bitte. Ich habe heute Abend nichts vor und könnte Ihnen zur Hand gehen.«

»Danke, Ruby, aber ich denke, das wird nicht nötig sein.« Jools stand auf. Sie tastete vorsichtig über ihre Haare, um zu prüfen, ob noch alles saß. »Ach, da wäre doch etwas: Bitte schicken Sie Mr Sawyer Katies Terminplan zu.«

»Wird erledigt.« Ruby verschwand wieder im Vorzimmer.

2. Kapitel

Der Konferenzraum lag gegenüber von ihrem Büro. Durch die milchige Glastür waren die schattenhaften Gestalten ihrer Kollegen zu erkennen. Sie holte einmal tief Luft und strich mit den Händen den seidigen Stoff ihres Kostüms glatt, bevor sie den Türgriff herunterdrückte.

In dem riesigen Raum war es eiskalt. Irgendjemand hatte die Klimaanlage runtergedreht. Jools fröstelte leicht, ließ sich jedoch nichts anmerken, sondern trat lächelnd an den Tisch. Alle Augen waren auf sie gerichtet. Sie spürte, wie die neidvollen Blicke ihrer Kollegen an ihr hochkrochen.

»Jools, wie schön, dass du da bist«, grüßte Graham Howards, ihr Chef.

Ihre Kollegen hatten bereits am Tisch Platz genommen. Jeder von ihnen hatte seinen festen Kundenstamm, den er zusammen mit seinem Team betreute. Jools hatte gleich zu Beginn ihrer Karriere in der *Starlight* die Newcomer zugeteilt bekommen. Eine zugegebenermaßen dankbare Gruppe, die allerdings sehr arbeitsintensiv war und viel Aufmerksamkeit bedurfte. Jim, der ihr gegenübersaß, betreute viele alteingesessene Stars, so wie Kelly neben ihm. Joey coachte hauptsächlich Politiker, da er als studierter Jurist ein fundiertes politisches Hintergrundwissen besaß. Carol und Emma am Ende des Tisches teilten sich den Rest, Schriftsteller und andere Persönlichkeiten des öffentlichen Lebens. Die ganze Bandbreite eben. Trish war noch relativ neu und zunächst Jools' Team zugeteilt worden.

»Hi, Graham.« Jools nickte kurz in die Runde und ließ sich auf dem freien Stuhl neben ihrem Chef nieder. Eine Auszeichnung, die Graham nach Gutdünken vergab.

»Dann lasst uns gleich starten. Die erfreulichen Nachrichten zuerst: Wir können einige wichtige Neuzugänge im Bereich ›Personen des öffentlichen Lebens‹ verzeichnen. Wir dürfen nun die bekannten Schriftstellerinnen Laura Clarks, Laura J. Bloom und A. Roberts zu unseren Kunden zählen. Des Weiteren konnten wir die Abgeordneten Benjamin Frank, Senator Hugh Hudson, Gouverneur Ryan MacTavish und Senatorin Hannah Blake für unsere Agentur gewinnen.« Er ließ seinen Blick durch die Runde kreisen. »Gute Arbeit, Leute!« Alle applaudierten. »Leider haben wir einen wichtigen Kunden an die Konkurrenz verloren«, sein Blick fiel auf Joey, der nervös seine Hände knetete, »was bedeutet, dass wir uns in Zukunft noch mehr Mühe geben müssen, wenn es darum geht, unsere Kunden zufriedenzustellen.« Alle nickten eifrig. »Emma, was gibt es aus deinem Team für Neuigkeiten?«

»Also, wir haben einige unserer Strategien …«

Während sie nur mit einem Ohr zuhörte, wanderte Jools' Blick zum Fenster. Sie dachte an das Telefongespräch mit dem Notar. Sie konnte immer noch nicht fassen, dass die Halbschwester ihres Vaters gestorben war. Die gute Millie. Sie würde gleich nach dem Meeting ihre Mutter anrufen und ihr von Millies Tod erzählen, wenn sie es nicht schon wusste.

Ihre Eltern hatten sich in Jools' letztem Jahr an der Highschool getrennt. Für Jools war es ein Schock gewesen, als ihre Mutter eines Tages mit gepackten Koffern in der Tür gestanden und ihr mit tränenerstickter Stimme mitgeteilt hatte, dass sie verreisen würde. Erst nach mehrfacher Nachfrage hatte sie zugegeben, dass sie sich von Jools' Vater trennen würde. Mit einem einfachen »Auf Wiedersehen« hatte sie die gemeinsame Wohnung verlassen und war nie wieder dorthin zurückgekehrt. Jools war bei ihrem Vater geblieben, schließlich hatte sie kurz davorgestanden, ihren Abschluss zu machen. Knapp drei Wochen später hatte ihre Mutter angerufen und ihnen ihren neuen Wohnort an der Küste von Kalifornien, ganz in der Nähe ihres Elternhauses, mitgeteilt. Die Frage, ob sie jemals zurückkehren würde, hatte sich niemals gestellt.

Jools wusste bis heute nicht, wie sie das letzte Jahr an der Highschool überstanden hatte. Die Erinnerungen an diese schwierige Zeit waren verschwommen. Aber irgendwie hatte sie es mit der Unterstützung ihrer Freunde geschafft. Ihr Vater hatte sich kopfüber in seine Arbeit gestürzt, ohne auf Jools' Gefühle Rücksicht zu nehmen. Sie wusste, dass er aus Hilflosigkeit gehandelt hatte. Er hatte sie geliebt, aber er war einfach nicht der Mensch gewesen, der seine Liebe mit Worten ausdrücken konnte.

Der Kontakt zwischen Mutter und Tochter hatte sich jahrelang auf kurze Besuche und Anrufe beschränkt. Jools hatte ihr nie verziehen, dass sie sie zurückgelassen hatte. Erst nach dem Tod ihres Vaters hatte Jools den Kontakt verstärkt. Mittlerweile hatten sie ein halbwegs freundschaftliches Verhältnis zueinander. Allerdings vermisste Jools nach wie vor die Wärme einer Mutter.

»Jools!«, holte Grahams Stimme sie zurück in die Wirklichkeit.

»Was?« Alle Augen waren auf sie gerichtet. »Entschuldige bitte, Graham.«

»Ich habe dich gerade nach deinen Fortschritten mit Katie Pearce gefragt.« Graham musterte sie streng.

Jools fasste ihre Pläne in Bezug auf Katie in wenigen Worten zusammen.

»Sehr gut, sehr gut.« Graham nickte zufrieden. »Wenigstens einer im Team, der seine Leute im Griff hat.« Grahams Blick fiel erneut auf den armen Joey.

»Entschuldige, aber ich weiß nicht, ob Barron Fishers Show wirklich die richtige Zielgruppe für jemanden wie Katie darstellt«, meldete sich Trish, die Jools gegenübersaß, zu Wort. Alle Köpfe drehten sich zu der neuen Frau im Team. »Ich meine, das Mädchen ist gerade mal einundzwanzig Jahre alt. Katie ist zu jung für die *Barron Fisher Show*.« Ein Raunen ging durch die Mitarbeiterreihen. »Laut einer Statistik, die ich vor Kurzem gelesen habe, ist der Durchschnittszuschauer der *Barron Fisher Show* Mitte dreißig«, fuhr Trish selbstsicher fort, nachdem sie nun die Aufmerksamkeit des gesamten Teams hatte.

»Bitte?« Jools sah ihr direkt ins Gesicht.

Trish Williams war einen Kopf größer als sie selbst, sehr schlank und besaß ein herzförmiges Gesicht, aus dem einem der Ehrgeiz entgegensprang.

»Entschuldige, Jools, du machst natürlich eine ganz fantastische Arbeit. All die Stars, die du an die Spitze gebracht hast … Dafür bewundere ich dich sehr. Versteh mich nicht falsch, aber ich denke wirklich, dass Katie in einer jüngeren Show besser aufgehoben wäre.«

»Ich verstehe dich absolut nicht falsch«, antwortete Jools mit einem Unterton, der den Umstehenden das Blut zu Eis gefrieren ließ. »Was würdest du stattdessen vorschlagen?«

Sie wusste, dass Trish nicht über dieselben Kontakte verfügte wie sie selbst.

»Talulah Berry. Die Frau ist jung, modern, witzig und vor allem sehr beliebt bei Katies Zielgruppe.« Trish sah ihr von oben herab ins Gesicht.

»Talulah Berry ist noch mit der Rassel um den Christbaum gesprungen, da hatte Barren Fisher schon seine erste TV-Show. Diese Frau ist damit berühmt geworden, dass sie vor laufender Kamera gekotzt hat«, schnaubte Jools verächtlich.

»Ja, stimmt. Und genau das ist der Punkt: Sie ist modern, nimmt kein Blatt vor den Mund und spricht damit das jüngere Publikum an. Die *Barron Fisher Show* ist veraltet.« Trish verzog das Gesicht, als hätte sie in einen faulen Apfel gebissen.

»Das ist doch ausgemachter Blödsinn! Barron Fisher hat nach wie vor die höchsten Einschaltquoten. Selbst Oprah war bei ihm zu Gast. Ich sehe nicht, wo dein Problem ist.« Jools tippte nervös mit den Fingern auf die Glasplatte.

»Liebe Trish, ich kann deinen Einwand verstehen, aber ich vertraue da voll und ganz auf Jools«, mischte sich Graham in die Unterhaltung ein und tätschelte dabei wohlwollend Jools' Arm.

»Natürlich, Jools ist der Profi. Es war ja nur ein Vorschlag.« Trish bleckte die Zähne zu einem Lächeln.

Die Schlange. Seit Trish in der Firma angefangen hatte, versuchte sie, sich bei Graham einzuschleimen. Jools vermutete schon lange, dass sie nicht zögern würde, ihren Posten zu übernehmen, wenn sich die Gelegenheit bot. Aber diesen Gefallen würde sie ihr nicht tun. Sie hatte hart dafür gearbeitet, um dort hinzukommen, wo sie sich jetzt befand. Sie würde sich ihren Job nicht von einer dahergelaufenen Studienabgängerin streitig machen lassen.

»Gut, damit wäre unser heutiges Meeting beendet.« Graham hob die Arme und gab damit das Zeichen zum Aufstehen. »Ich erwarte gute Nachrichten bei unserem nächsten Meeting.« Er zeigte mit dem Finger auf Joey und lachte dabei.

Alle Anwesenden wussten, dass es kein Scherz war, auch wenn Graham so tat. Graham Howards war ein knallharter Geschäftsmann, der sein Unternehmen in den letzten Jahren zu den bekanntesten des Landes gemacht hatte – nicht ohne Grund! Seine Beziehungen bis in die obersten Ränge der Politik waren legendär. Er hatte bereits mit zwei Präsidenten zu Abend gegessen und mehr als einmal bewiesen, dass er den Kopf ganz weit vorne hatte. Wenn es eines gab, was Graham nicht duldete, dann waren es Fehler.

Die übrigen Teammitglieder verließen das Büro. Graham gab Jools ein Handzeichen, noch zu bleiben. Umso besser. Sie hatte ihn sowieso wegen ihrer Reise nach England sprechen wollen.

»Ich verlasse mich auf dich, das weißt du hoffentlich.« Er sah ihr tief in die Augen.

»Das kannst du auch, Graham. Ich bin mir sicher, dass meine Entscheidung, Katie in der *Fisher Show* auftreten zu lassen, die richtige ist.« Sie lächelte ihn selbstsicher an.

»Ich habe gehört, dass John Sawyer die Kleine vertritt.«

»Ja, leider«, seufzte sie. »Aber mach dir wegen dem keine Sorgen. John und ich kommen gut miteinander zurecht.«

»Gut, ich würde Katie ungern verlieren. Wenn einer der Newcomer wechselt, spricht sich das schnell in der Branche herum und könnte negative Auswirkungen für uns haben. Aber das muss ich dir nicht erklären.« Seine Augen brannten auf ihrem Gesicht.

»Ja, das ist mir durchaus bewusst«, nickte sie.

»Das dachte ich mir. Du weißt ja, dass ich dich gern an meiner Seite hätte. Wenn die Sache mit Katie gut läuft, steht dem meiner Ansicht nach nichts mehr im Wege.«

»Das freut mich zu hören.« Ihr Puls schnellte bei seinen letzten Worten in die Höhe. Eine Partnerschaft in der *Starlight* angeboten zu bekommen, war schon immer ihr Traum gewesen. »Ich werde dich nicht enttäuschen, wenn du mir den Job gibst. Das verspreche ich dir.«

Graham klopfte ihr auf die Schulter. »Das ist mein Mädchen.«

»Graham, es gibt da noch etwas, was ich mit dir besprechen müsste.«

»Ich bin ganz Ohr.«

»Ich habe heute erfahren, dass die Halbschwester meines Vaters gestorben ist …«

»Das tut mir leid.« Graham sah sie bedauernd an.

»Ja, danke. Wie es aussieht, werde ich gezwungen sein, nach England zu fliegen, um alles Nötige vor Ort zu regeln.«

Graham kratzte sich am Hinterkopf. »Hast du schon ein Datum?«

»Nein, aber ich würde es selbstverständlich so legen, dass es keinen meiner Termine beeinträchtigt«, versicherte sie schnell.

»Das wollte ich hören«, nickte er sichtlich zufrieden über ihre Antwort. »Sollte es Überschneidungen geben, wende dich bitte an Trish. Sie scheint mir offen für neue Projekte zu sein.«

Und meinen Job, fügte sie im Stillen hinzu.

»Natürlich. Ich bin mir aber sicher, dass es nicht nötig sein wird.« Eher würde sie sich die rechte Hand abschneiden, als Trish ihren Platz zu überlassen.

Graham nickte und verließ den Raum ohne ein weiteres Wort. Zufrieden und mit einem breiten Grinsen auf dem Gesicht folgte sie ihm in gebührendem Abstand. Auf dem Weg zurück ins Büro fiel ihr ein, dass sie ihre Mutter noch anrufen musste.

»Ruby, könnten Sie mir einen Kaffee bringen?«

»Natürlich, Boss.« Ruby legte ihren Stift zur Seite und stand auf. »Ihrem breiten Grinsen nach zu urteilen, würde ich behaupten, dass das Meeting gut gelaufen ist.«

»Besser als gut – geradezu fantastisch«, flötete sie. »Es könnte sein, dass Sie sich demnächst an neue Räumlichkeiten gewöhnen müssen.«

»Wirklich?« Ruby stand auf. »Herzlichen Glückwunsch!«

»Noch ist es nicht so weit, aber wenn alles so läuft, wie ich denke, trinken wir beide bald ein Glas Sekt zusammen.«

»Ich freue mich darauf.« Ruby strahlte über das ganze Gesicht.

»Wann habe ich meinen nächsten Termin?« Jools' Blick huschte über den Planer auf Rubys Schreibtisch.

»In einer halben Stunde haben Sie ein Meeting mit *Columbia Records*, anschließend Mittagessen im *Ritz* mit Lena Dunham, dann geht es zu *Fox*, wo Kendrick Lamar sein Interview hat.«

»Richtig. Habe ich heute Abend etwas vor?«

Ruby warf erneut einen Blick auf ihren Planer. »Ja, Sie haben um acht Uhr ein Essen mit dem neuen Boss von *Sony Music*.«

»Stimmt.« Das Abendessen hatte sie sich hart erarbeitet. Sie hatte all ihre Kontakte spielen lassen müssen, um einen Termin mit dem vielbeschäftigten Mann zu bekommen. Es war für eine zukünftige Zusammenarbeit entscheidend, dass sie sich mit dem neuen Boss eines solchen wichtigen Unternehmens gut stellte. Sie würde alles einsetzen, um ihn von ihren Qualitäten zu überzeugen. »Danke, Ruby. Ich denke, ich sollte das schwarze Kleid anziehen; das mit dem tiefen Ausschnitt.« Sie zwinkerte ihrer Sekretärin zu. »Wären Sie so nett und würden es aus der Reinigung abholen? Ich glaube nicht, dass ich es schaffe.«

»Kein Problem, mache ich gern. Ich wollte sowieso kurz um die Ecke und etwas zu essen besorgen.«

»Wunderbar. Es wäre schön, wenn mich in der nächsten halben Stunde niemand stören würde. Ich muss meine Mutter anrufen und ihr mitteilen, dass ihre Schwägerin gestorben ist«, sagte sie ernst. Mit einem Schlag war die fröhliche Stimmung verschwunden.

Ruby nickte. »Ich bringe nur noch schnell Ihren Kaffee.«

Jools zog ihr Handy aus der Tasche. Sie verharrte einen Moment, um sich gedanklich zu sammeln. Das Verhältnis zu ihrer Mutter hatte sich in den letzten Jahren zwar deutlich verbessert, war aber immer noch problembeladen. Ein falsches Wort und die Zündschnur brannte. Danach war es immer nur eine Frage der Zeit, bis eine von ihnen auflegte. Jools wählte die Nummer.

Es klingelte.

»Mallroy«, meldete sich ihre Mutter. Sie hatte kurz nach der Scheidung wieder ihren Mädchennamen angenommen, was Jools bis heute als leicht befremdlich empfand.

»Mom, hier ist Jools.«

»Schätzchen, wie schön, deine Stimme zu hören. Gibt es einen speziellen Grund, warum du anrufst?« Der Argwohn in ihrer Stimme ließ Jools aufhorchen.

»Warum fragst du das?«

»Weil du nicht ohne Grund anrufst.« Das war typisch für ihre Mutter: direkt und geradeheraus, ohne ein Blatt vor den Mund zu nehmen. Jools schwieg und knabberte an ihrer Unterlippe. »Jools?«

»Ich hatte heute ein Telefonat mit einem Notar aus Haverfordwest«, fing sie an.

»Meine Güte, aus England? Hat das was mit deinem Vater zu tun?«, kombinierte ihre Mutter blitzschnell.

»Ja, genau. Er hat angerufen, um mir mitzuteilen, dass Dads Halbschwester gestorben ist.«

»Millie?«

»Ja. Sie ist vor drei Wochen verstorben und hat mich in ihrem Testament zur Alleinerbin gemacht.«

»Wie schön für dich.« Der Zynismus war nicht zu überhören.

»Mom. Ich habe nicht darum gebeten.«

»Entschuldige, das war dumm von mir. Weißt du, eigentlich mochte ich Millie, obwohl ich sie nur einmal in Begleitung ihres Mannes getroffen habe.« Ihre Mutter holte tief Luft. »Sie machten einen verliebten Eindruck. Er hat sie auf Händen getragen.« Der versteckte Vorwurf an Jools' Vater war nicht zu überhören.

»Du hast Dad verlassen. Wie hätte er dich also auf Händen tragen sollen?«, bemerkte Jools trocken.

»Ich habe deinen Vater erst verlassen, als es nicht mehr ging. Schätzchen, dein Dad und ich, das war wie Feuer und Wasser. Wir haben einfach nicht zusammengepasst. Trotzdem habe ich ihn von ganzem Herzen geliebt.«

Jools wusste, dass ihre Mutter seit knapp zehn Jahren wieder mit einem Mann zusammen war. Soweit sie wusste, war er deutlich jünger als sie. Aber das Thema war tabu zwischen ihnen.

»Und wie würdest du unser Verhältnis dann bezeichnen?«, versetzte sie ihrer Mutter eine verbale Ohrfeige. Im selben Moment hasste sie sich dafür. Ihre Mutter schwieg. Jools hatte ihr Gesicht förmlich vor Augen, wie sie mit zusammengepressten Lippen und Tränen in den Augen in die Ferne starrte. »Entschuldige. Das hätte ich nicht sagen sollen«, ruderte Jools zurück.

Ihre Mutter räusperte sich am anderen Ende. »Kein Problem, Schätzchen.«

Natürlich war es ein Problem.

»Noch mal zurück zu dem ursprünglichen Grund meines Anrufs. Wusstest du, dass Millie ein Hotel besessen hat?«

»Ich hatte nicht die leiseste Ahnung.« Ihre Mutter stieß überrascht die Luft aus. »Ein Hotel? Dein Vater hat mir gegenüber nie etwas von einem Hotel erwähnt.«

»Vielleicht hat sie es erst später gekauft?«, mutmaßte Jools.

»Möglich wär's.« Ihre Mutter machte eine Pause. »Da fällt mir ein, dass Millie uns zu Weihnachten eine Karte geschickt hat, auf der ein kleines Hotel abgebildet ist. *Fleetwood on Sea*. Es ist mir im Gedächtnis geblieben, weil ich den Namen so niedlich fand.«

»Genau das ist es!«

»Wirklich? Leider habe ich die Karte nicht mehr, aber ich erinnere mich, dass es ganz bezaubernd ausgesehen hat. Was bist du nur für ein Glückspilz!«

»Mom, erstens habe ich das Erbe noch nicht angetreten und –«

»Wieso solltest du das Erbe nicht antreten?«

Jools erzählte ihrer Mutter von den Bedingungen, die Millie an das Erbe geknüpft hatte.

»Und was willst du jetzt tun?«

»Nach England fliegen, was sonst?«

»Und wann?«

»So schnell wie möglich. Sag mal, gibt es noch andere Verwandte von Dad?«

»Nicht, dass ich wüsste.«

»Was ist mit den Verwandten von Millies Mann? Hast du eine Ahnung, wer da noch sein könnte?«

»Nein. Wir haben James nur dieses eine Mal getroffen. Leider!«

»Mhm. Dad hat mir nie erzählt, warum er und Millie sich nie wirklich ausgesprochen haben. Es war ja nicht ihre Schuld, dass Grandpa fremdgegangen ist. Weißt du etwas darüber? War es wegen Grandpas Testament? Ich meine, ihr wart ja immerhin sechzehn Jahre verheiratet. Da redet man doch über solche Dinge.«

»Im Idealfall, ja … aber unsere Ehe war nicht der Idealfall. Außerdem war dein Vater nicht gerade das, was man als ›Plaudertasche‹ bezeichnen würde. Der Mann konnte schweigen wie ein Grab.«

»Mom, hör auf, Dad immer noch Vorwürfe zu machen«, entgegnete sie heftiger, als sie wollte. »Er ist tot, damit sollte doch endlich Frieden zwischen euch einkehren.« Ein unangenehmes Schweigen entstand zwischen ihnen. Jools warf einen Blick auf die Uhr. Ihr Termin mit *Columbia Records* war in Kürze. »Ich muss Schluss machen. Ich habe gleich ein Meeting.«

»Du hast immer irgendein Meeting, ganz wie dein Vater. Er musste auch ständig zu irgendwelchen Terminen.«

»Ich bin nicht wie Dad. Ich habe einen Job und Kunden, die von mir erwarten, dass ich jederzeit erreichbar bin.«

»Das hat dein Vater auch immer gesagt.«

»Wann kapierst du es endlich? Ich bin ich!«

»Und du bist deinem Vater sehr ähnlich!«, setzte ihre Mutter noch einen drauf.

Jools stöhnte. Das Gespräch war wieder an dem Punkt angekommen, an dem es immer ankam, wenn sie miteinander telefonierten: Sie stritten sich.

»Ich muss los. Pass auf dich auf.«

»Du auf dich, mein Liebling.«

Sie legten auf. Nachdenklich starrte Jools aus dem Fenster und dachte an früher, als ihre Mutter noch bei ihnen zu Hause in Brooklyn gewohnt hatte. Wie sich ihre Eltern nachts gestritten hatten, wenn sie dachten, Jools würde schlafen. Tatsächlich hatte sie im Bett gelegen und jedes Wort mitgehört. Die Vorwürfe, die Bitterkeit und die Verzweiflung. Sie erinnerte sich noch genau an die Angstgefühle, die sie bis in den Schlaf verfolgt hatten. Am Morgen danach war sie in die Schule gegangen, mit der Furcht, dass ihre Eltern sich in der Zwischenzeit getrennt haben könnten und sie in ein leeres Haus zurückkehren würde. Diese Angst hatte sie die ganze Schulzeit verfolgt.

Wenn sie eines aus dieser Zeit gelernt hatte, war es, dass man keine Garantie bekam, mit dem Menschen, den man liebte, auch glücklich zu bleiben. Nur wenigen war es vergönnt, mit dem Partner alt zu werden, den sie geheiratet hatten.

Sie liebte Dean von ganzem Herzen, aber sie wusste auch, dass er kein Mann war, der sich gern festlegte.

Der rote Knopf ihrer Telefonanlage blinkte auf und signalisierte ihr, dass jemand sie sprechen wollte. Seufzend nahm sie das Gespräch an.

3. Kapitel

»Du hast also wirklich vor, nach England zu fliegen?« Dean stand vor dem riesigen Spiegel in seinem Schlafzimmer und war gerade dabei, seine Krawatte zu binden. Die Abendsonne fiel durch das Fenster auf die champagnerfarbenen Tapeten und ließ sie rosa schimmern. Im Hintergrund war die Skyline von Manhattan zu sehen. In seinem weißen Hemd und der dunklen Hose sah er äußerst attraktiv aus. »Ist das nicht ein wenig überstürzt?«

»Ja, natürlich. Aber es dreht sich schließlich um mein Erbe. Ich möchte wissen, was es damit auf sich hat. Außerdem bin ich neugierig auf das Hotel. Mom sagte, dass es entzückend ist.«

Sie schmiegte sich von hinten an seinen breiten Rücken. Sie hatte sich für den heutigen Abend bei Susan und Barron ein schwarzes Cocktailkleid angezogen, das ihre schlanke Taille und den üppigen Busen betonte, ohne ordinär zu wirken. Ihre Großmutter hatte immer gesagt, dass das Geheimnis einer gut angezogenen Frau war, das Beste aus ihrer Figur herauszuholen, um von den Defiziten abzulenken. In Jools' Fall waren es die etwas zu üppige Hüfte und der zu runde Po. Sie betrachtete sich und Dean im Spiegel. Zusammen gaben sie ein schönes Paar ab.

»Letztendlich habe ich keine Wahl. Wenn ich das Erbe antreten möchte, ist meine Anwesenheit erforderlich. Ich muss nach England und die Dinge vor Ort klären, ob ich will oder nicht. Ich habe mit Graham gesprochen und er hat mir für ein paar Tage freigegeben. Was spricht also dagegen?«

Sie fuhr mit der Hand über seine Brust und spürte die feinen Linien seiner Muskeln unter dem Stoff seines Hemdes. Obwohl Dean beruflich ziemlich eingespannt war, ließ er es sich nicht nehmen, zweimal die Woche im Sportstudio zu trainieren. Sie kuschelte ihren Kopf an ihn und genoss seine Nähe. Sofort hatte sie seinen herrlich männlichen Duft in der Nase.

»Hmm, du riechst gut.«

Dean lächelte zufrieden und beugte sich zu ihr. Seine Augen streichelten ihr Gesicht liebcvoll. »Nur für dich.«

»Das will ich hoffen, du gehörst nämlich mir.« Wie zum Beweis schlang sie ihre Arme um seinen Hals. Sein Gesicht war keine Handbreit mehr von ihrem entfernt. »Ich habe dich vermisst.«

»Ich dich auch«, entgegnete er mit rauer Stimme.

Leidenschaft flackerte in seinen Augen. Er zog sie an sich und ihre Lippen berührten sich. Er fühlte sich wunderbar weich an. Dean war ein guter Küsser – vielleicht ein wenig zu routiniert. Ein winziger Makel, über den sie hinwegsehen konnte. Auf einer Skala von Eins bis Zehn wäre Dean eine glatte Neun.

Seine Hand glitt über ihren Rücken und blieb auf ihrem Po liegen. Sein Kuss wurde leidenschaftlicher, er presste seinen Unterleib gegen ihre Hüfte. Sie spürte seine harte Lust an ihrem Bauch. Sie fuhr ihm mit der Hand über den Kopf und brachte seine sorgfältig zurückgekämmten Haare durcheinander. Eine dunkle Strähne fiel ihm ins Gesicht. Sie liebte es, wenn er nicht so glatt aussah.

»Du siehst wunderschön aus heute Abend«, hauchte ihr seine Stimme ins Ohr.

»Du bist auch nicht von schlechten Eltern«, kicherte sie und sah ihm tief in die Augen.

Er liebkoste mit den Lippen die zarte Haut hinter ihren Ohren. Ein leises Stöhnen entwich ihrer Kehle, während seine Hand unter ihren Rocksaum wanderte, um an der Innenseite ihrer nackten Oberschenkel entlangzugleiten. Ein glühend heißer Strahl schoss durch ihren Unterleib und sie spürte, wie sie feucht wurde. Sie stöhnte leise, als seine Finger in ihrem Slip verschwanden.

»Dean«, versuchte sie ihn zur Vernunft zu bringen. »Wir kommen zu spät.«

»Dann müssen wir uns eben beeilen«, lachte er heiser und zog ihren Slip herunter.

»Mr Gibson, Sie sind ja ein ganz schlimmer Mann«, raunte sie und öffnete den Knopf seiner Hose. Der schwarze Stoff glitt von seiner Hüfte und blieb als dunkler Fleck am Boden liegen.

»Noch viel schlimmer, als ich dir sagen kann.« Mit diesen Worten hob er sie hoch und trug sie zum Bett.

Natürlich kamen sie zu spät! Als der silberne Porsche die Einfahrt zum Anwesen der Fishers hochfuhr, war die Sonne nur noch ein winziger glutroter Punkt am Horizont.

»Wie sehe ich aus?«, fragte sie und warf einen Blick in den Rückspiegel.

»Wie eine Frau, die gerade wahnsinnig heißen Sex hatte«, grinste Dean und seine Augen funkelten vergnügt.

Sie gab ihm einen Stoß in die Seite, was Dean mit einem heiseren Lachen quittierte.

»Mistkerl.«

Der Sex war von Anfang an großartig gewesen. Dean, der zehn Jahre älter war, wusste genau, wie er sie mit geübten Bewegungen zum Orgasmus bringen konnte. Dieses Mal hatte keine Ausnahme gebildet und sie hatte jede Sekunde davon genossen.

Die Leidenschaft und die sexuelle Anziehung waren von Beginn ihrer Beziehung an das Bindeglied zwischen ihnen gewesen. Es kam selten vor, dass sie einfach nur nebeneinandersaßen und jeder ein gutes Buch las. Meistens liefen ihre Treffen so ab, dass Dean sie zum Essen ausführte und sie anschließend ziemlich schnell in seinem Bett landeten. Wenn sie sich miteinander unterhielten, dann ging es um geschäftliche Dinge. Manchmal vermisste sie die Leichtigkeit ihrer früheren Beziehungen. Das gemeinsame Aufstehen und Frühstücken, die gemeinsamen Unternehmungen und die Treffen mit Freunden. Wenn sie zusammen eine Party besuchten, dann hatte es häufig einen geschäftlichen Hintergrund. Der heutige Abend bildete eine echte Ausnahme – wobei sie sich sicher war, dass Dean die Gelegenheit beim Schopfe packen und neue Kontakte knüpfen würde.

»Da seid ihr ja endlich! Wir haben uns Sorgen gemacht, dass euch etwas passiert sein könnte!«

Susan kam mit offenen Armen auf sie zu. Wie immer trug sie Schwarz: ein hautenges Kleid, das ihre langen Beine perfekt zur Geltung brachte. Trotz ihrer zwei Kinder hatte sie eine absolut fantastische Figur, um die sie jede Frau beneidete. Ihre langen blonden Haare waren meisterhaft frisiert und fielen schimmernd über ihre Schultern. Das einzige farbliche Zugeständnis war der knallrote Lippenstift. Susan hatte ihren eigenen Stylisten, der sie zurechtmachte. Einer der Vorteile, wenn man einen Mann hatte, für den Geld keine Rolle spielte.

»Es tut mir leid.« Jools gab ihrer Freundin einen Kuss auf die Wange. »Uns ist etwas Dringendes dazwischengekommen.«

»Ich kann mir schon denken, was dir dazwischengekommen ist«, grinste Susan verschmitzt und deutete auf Dean, der sich angeregt mit Barron unterhielt. Deans Körperhaltung nach zu urteilen, ging es um geschäftliche Dinge.

Sie lachten beide.

»Es kommt mir vor wie eine Ewigkeit, seit wir uns das letzte Mal gesehen haben.« Susan hakte sich bei ihr unter. »Seit ich die Kinder habe, bekomme ich überhaupt nicht mehr mit, was in der Welt so los ist. Mein ganzes Leben dreht sich nur noch ums Stillen, Windeln wechseln, Zahnen und schlaflose Nächte.«

»Ach, komm schon. Du willst dich nicht wirklich bei mir beschweren!«, entgegnete Jools gespielt empört. »Du lebst in einem Luxus, den sich jede Frau nur wünschen kann, dazu hast du einen Ehemann, der dich abgöttisch liebt, und zwei bezaubernde, gesunde Kinder. Dein Kindermädchen ist hässlich wie die Nacht und kümmert sich aufopfernd um deine Racker. Die High Society liegt dir zu Füßen. Ich würde sagen, du hast das große Los gezogen.«

»Nein, natürlich beschwere ich mich nicht. Es gibt schlimmere Schicksale als das meine. Trotzdem vermisse ich manchmal die Zeiten, in denen ich mich frei in New York bewegen konnte, ohne Angst haben zu müssen, dass irgendein Paparazzi hinter einer

Mülltonne hervorspringt und ein Foto von mir macht, wie ich ungeschminkt einkaufen gehe.«

Sie gingen auf die Terrasse, wo sich die Gäste mit funkelnden Champagnergläsern in den Händen versammelt hatten. Frauen in kostspieligen Garderoben und Männer in maßgeschneiderten Anzügen. Im Hintergrund lief leise Lounge-Musik. Wie immer hatte Barron untertrieben, als er von einem *kleinen* Barbecue mit Freunden gesprochen hatte. Auf den ersten Blick erkannte sie mehrere Filmgrößen und Leute aus dem Showbusiness. Kellner in dunklen Anzügen boten den Gästen Champagner und kleine erlesene Häppchen auf silbernen Tabletts an.

Susan hatte die Terrasse für die Party in eine traumhafte Kulisse verwandelt. Alles war in elegantem Weiß gehalten, ausladende Palmen in Terrakottatöpfen umrandeten die Szenerie. Ein großer Tisch, auf dessen Mitte ein Band aus kunstvoll arrangierten Pfingstrosen verlief, bildete den Mittelpunkt. Darüber spannte sich ein weißes Sonnensegel, von dem hunderte von winzigen Lichtern herabhingen, die wie kleine Diamanten im Dunkeln glitzerten.

Susan hatte sogar eine Bar aufbauen lassen, hinter der ein äußerst attraktiver Barkeeper geradezu virtuos Cocktails mixte. Der Grill stand an der gegenüberliegenden Seite und hatte die Ausmaße eines Kleiderschranks.

Natürlich hatte Susan einen der besten Köche engagiert, der zusammen mit seinem Küchenteam den ganzen Abend lang für das leibliche Wohl der Gäste sorgen würde. Alles war perfekt! Für Jools' Geschmack ein bisschen *zu* perfekt. Mit Wehmut dachte sie an ihre Studentenpartys zurück, bei denen sie auf einem kuschlig kleinen Dachgarten mit Bier und billigem Wein die Nacht durchgetanzt hatte.

»Susan, die Dekoration ist absolut traumhaft«, schwärmte Jools.

»Danke. Die Jungs vom Partyservice haben wirklich ganze Arbeit geleistet.« Susan warf einen unauffälligen Blick zur Seite und fuhr mit gesenkter Stimme fort: »Sag mal, wie sehe ich aus?«

»Wie ich schon sagte: fantastisch! Wieso?«

»Weil ich immer noch stille und mein Busen kurz vorm Platzen ist. Weißt du, ich muss nur an Milch denken, schon laufe ich aus!«

Jools verzog den Mund zu einem breiten Grinsen. »Also, wie ich es sehe, hast du einen absoluten Traumbusen. Wie ich die meisten Frauen hier kenne, machen sich viele deiner weiblichen Gäste gerade Gedanken, ob du eine Brustvergrößerung hinter dir hast. Deshalb sieh es positiv.«

»Gott sei Dank«, kicherte Susan. »Ich hatte direkt Angst, dass ich wie ein Pornostar aussehe.«

»Und wenn schon!« Jools zuckte mit den Schultern. »Das kann dir doch egal sein. Du hast dir den begehrenswertesten Junggesellen von New York geschnappt. Die anderen sind doch bloß neidisch. Jetzt haben sie etwas, worüber sie sich das Maul zerreißen können.«

»Wenn man es so sieht!« Susan drückte den Rücken durch und streckte die Brust vor. »Und nun bring mich mal auf den neuesten Stand. Barron erzählte, dass du einen neuen vielversprechenden Schützling hast.« Susans braune Augen musterten sie interessiert.

»Ja, das stimmt.« Mit wenigen Worten beschrieb sie Katie.

»John Sawyer ist der Manager!« Susan verzog das Gesicht. »Die Arme!«

»Du sagst es. Ich hasse diesen Typen, aber leider ist die Unterhaltungsbranche voll davon.«

»Eigentlich dachte ich, es hätte sich langsam herumgesprochen, was für ein windiger Hund dieser Mann ist«, Susan gab dem Kellner ein Zeichen, »aber anscheinend kommen immer wieder junge Dinger nach, die keine Ahnung haben, auf wen sie sich einlassen.«

Der Kellner tauchte neben ihnen auf und bot Jools Champagner an. Dankend nahm Jools eines der schweren Kristallgläser vom Tablett.

»Auf einen schönen Abend!«, prostete ihr Susan zu, die ein Glas mit alkoholfreiem Sekt in der Hand hielt.

»Auf uns.« Jools nippte an ihrem Glas. Der Champagner prickelte im Mund und hinterließ einen fruchtigen Geschmack.

»Es geht doch nichts über ein gutes Schlückchen Champagner.« Jools schnalzte anerkennend mit der Zunge.

»Du sagst es«, nickte Susan. »Wobei ich einem kühlen Bier auch nicht abgeneigt wäre.«

»Lass das bloß nicht deine Gäste hören«, schmunzelte Jools.

»Aber nun mal ehrlich, wie geht es dir?« Susan musterte sie ungewöhnlich ernst.

»Warum fragst du das?«

»Wieso sollte ich nicht? Wir sprechen uns schließlich kaum noch und ich würde gerne wissen, was meine Freundin so treibt.«

»Ich habe wie immer wahnsinnig viel um die Ohren. Katie nimmt einen Großteil meiner Zeit in Anspruch, und dann kommen noch die Büroarbeit und die Akquisition hinzu. Der ganze Kram – Partys, Empfänge, Radio-Interviews, Begleitung der Stars zu offiziellen Events .... Ich könnte die Liste noch endlos weiterführen. Von mir aus könnte der Tag noch ein paar Stunden mehr haben.«

»Das habe ich gemerkt. Du konntest ja nicht mal zu meinem Geburtstag kommen.« Der stille Vorwurf in Susans Stimme war nicht zu überhören.

Für einen Moment herrschte betroffenes Schweigen zwischen ihnen. Susan hatte letzten Monat groß ihren fünfunddreißigsten Geburtstag gefeiert und alle Freunde dazu eingeladen. Jools natürlich auch.

»Bist du immer noch sauer, weil ich nicht gekommen bin?«

»Ich bin nicht sauer ...« Susan zögerte. »Ich war einfach enttäuscht. Schließlich bist du meine beste Freundin und ich hatte fest mit dir gerechnet. Das ist alles.«

»Es tut mir leid. Du weißt, dass ich gerne dabei gewesen wäre, aber das Meeting mit *Shady Records* ...«

»... war wichtig«, vollendete Susan ihren Satz. »Ich weiß.«

»Dafür bin ich heute hier«, versuchte sie die Wogen zu glätten.

»Worüber ich mich sehr freue. Wirklich.« Susan nahm ihre Hand. »Ich wollte dir kein schlechtes Gewissen machen. Ich weiß doch, wie viel dir der Job bedeutet und dass du für deine Arbeit brennst. Ich würde mir einfach manchmal wünschen, dass wir uns häufiger sehen oder zumindest sprechen.«

»Du hast ja recht. Ich gelobe Besserung.« Jools streckte Susan ihr Glas entgegen. »Auf uns!«

»Auf uns!«, lächeltc Susan. »Und jetzt musst du mir erzählen, was es bei dir an Neuigkeiten gibt.«

»Ich habe ein Hotel geerbt!«, platze Jools heraus.

»Nicht wahr! Du nimmst mich auf den Arm!«

»Nein, Ehrenwort. Also faktisch gesehen gehört es mir noch nicht wirklich.«

»Das verstehe ich jetzt nicht. Hast du nun geerbt oder nicht?«

»Das ist ein bisschen komplizierter. Die verstoßene Halbschwester meines Vaters hat mir ein Hotel vermacht. Das Verrückte daran ist, dass ich Millie das letzte Mal als kleines Kind auf einer Familienfeier gesehen habe. Ich habe keine Ahnung, warum sie ausgerechnet ich alles erben soll.«

»Das hört sich allerdings unglaublich an. Und wo steht das Hotel? Manhattan, Brooklyn, SoHo?«

»Großbritannien!« Jools grinste schief.

»Großbritannien?« Susan machte ein Gesicht, als wäre Jools ein zweiter Kopf gewachsen. »Ich glaube, ich habe mich verhört.«

»Nein, hast du nicht. Die Halbschwester meines Vaters hat ein Hotel an der Küste von Wales in einem winzigen Dorf mit dem entzückenden Namen Fleetwood Cove besessen.«

»Aber warum ausgerechnet in Großbritannien?«

Jools lachte. »Das fragst du mich? Ich war noch nie in Großbritannien. Millie hat sich als junge Frau in einen Engländer verliebt und ist mit ihm nach Wales gezogen. Ob das Hotel schon immer im Familienbesitz ihres Mannes war oder sie es zusammen gekauft haben, kann ich dir nicht sagen. Das erfahre ich erst, wenn ich mit dem Notar gesprochen habe.«

»Wie, du willst nach London fliegen?«

»Absolut! Ich will und ich muss.« Sie erzählte von der Bedingung, die an das Testament geknüpft war.

»Solange du nicht irgendeinen Typen heiraten musst, damit du an das Erbe kommst.« Susan machte eine leichte Kopfbewegung in Deans Richtung. »Wobei das auch kein Problem darstellen sollte!«

Jools lachte verlegen. Dean sah mit seiner hochgewachsenen Gestalt zwischen Barron und den anderen Männern, die sich in der Zwischenzeit dazugesellt hatten, unglaublich gut aus. Jools' Herz machte einen freudigen Hüpfer bei seinem Anblick. Sie hatte in letzter Zeit häufiger mit dem Gedanken gespielt, wie es wohl wäre, mit Dean verheiratet zu sein. Als sie das Thema angeschnitten hatte, hatte Dean eher verhalten reagiert und war nicht weiter darauf eingegangen. Sie würde es zu einem späteren Zeitpunkt noch mal versuchen. Nicht, dass es eine große Rolle für sie spielte. Sie war finanziell unabhängig und besaß ihr eigenes Apartment. Aber manchmal sehnte sie sich nach Deans Nähe und einem gemeinsamen Alltag. Außerdem stand das Thema Kinder im Raum. Jools wünschte sich Kinder. Vielleicht nicht gleich, aber irgendwann.

»Angenommen, du trittst das Erbe an. Was hast du vor? Willst du das Hotel etwa behalten?«

»Behalten kommt auf keinen Fall infrage. Was soll ich mit einem Hotel – noch dazu in Großbritannien?« Sie schüttelte energisch den Kopf. »Dean und ich haben bereits darüber gesprochen und denken, es ist das Beste, wenn ich das Hotel so schnell wie möglich verkaufe. Ich spiele schon seit Längerem mit dem Gedanken, mir eine schicke Wohnung in Manhattan zu kaufen.«

»Das ist keine schlechte Idee.« Susan legte den Kopf leicht schräg. »Ich frage mich, warum du und Dean nicht zusammenzieht. Seine Wohnung ist schließlich groß genug für euch beide.«

»Du kennst unsere Abmachung: Keine Verpflichtungen dem anderen gegenüber.«

»War das deine oder Deans Idee?«

»Keine Ahnung. Aber wir wollen nichts überstürzen.«

»Ihr seid drei Jahre zusammen. Du bist zweiunddreißig und Dean über vierzig. Ihr seid keine Teenager mehr. Sieh dir mich und Barron an. Wir feiern dieses Jahr unseren fünften Hochzeitstag.«

»Aber ihr beiden seid die Ausnahme. Du weißt selbst, dass die Scheidungsquote im Showbusiness gefühlt bei hundert Prozent liegt.«

»Das mag sein, aber warum solltet ihr nicht auch eine Ausnahme sein?« Die Augen ihrer Freundin musterten sie intensiv.

»Vielleicht …« Sie wiegte den Kopf zweifelnd hin und her. »Wir haben ja noch Zeit. Jetzt muss ich erst einmal die Sache mit dem Erbe abwickeln, und dann Katie Pearce. Wenn ich wieder Luft habe, befasse ich mich mit dem Thema Hochzeit.«

»Das klingt sehr nüchtern«

»Hey, ich bin Geschäftsfrau. Ich denke nüchtern und sachlich.«

»Bullshit! Ich kenne dich gut genug, um zu wissen, dass du ein großes Herz hast. Warum glaubst du, habe ich dich zur Patentante meiner Kinder gemacht?«

»Weil du meine beste Freundin bist und ich dich sehr lieb habe.« Jools schenkte Susan ein breites Lächeln. Genaugenommen war Susan nicht nur ihre beste, sondern auch ihre einzige Freundin.

»Wann fliegst du?«, wechselte Susan das Thema.

»Ich habe für Montag einen Flug nach London gebucht. Damit habe ich knapp eine Woche Zeit, um alles vor Ort zu regeln. Der Notar ist bereits informiert, das Hotelpersonal ebenfalls.«

»Das Personal?« Susan runzelte die Stirn. »Ist das Hotel denn noch in Betrieb?«

»Ja, noch läuft alles wie vor Millies Tod.« Sie wischte mit dem Zeigefinger über den Glasrand, wo sich ein Tropfen gebildet hatte. »Ich bin etwas aufgeregt. Ich war schließlich noch nie in Großbritannien.«

»Ich beneide dich. London, die Queen, Big Ben! Hugh Grant, Benedict Cumberbatch, Tom Hardy – lauter sexy Männer!« Susan verdrehte die Augen. »Und dann diese Sprache! Wenn ich einen Engländer sprechen höre, bekomme ich immer Gänsehaut. Das klingt so ungemein sexy.«

»Ähm, ich bezweifle stark, dass es in dem Kaff auch nur einen attraktiven Mann gibt«, bemerkte Jools trocken.

»Wer weiß«, zwinkerte Susan ihr zu.

»Susan Fisher, ich muss mich doch sehr wundern«, bemerkte Jools mit gespielter Strenge.

»Ich bin eben auch nur eine schwache Frau«, grinste ihre Freundin verschmitzt.

»Und eine verheiratete noch dazu …«

»Trotzdem habe ich immer noch Augen im Kopf und erkenne einen attraktiven Mann, wenn er vor mir steht.« Susan hob ihr Glas und deutete damit auf einen der vorbeigehenden Männer. »Auf Großbritannien.«

4. Kapitel

Jools blickte verschlafen aus dem Fenster. Die ersten Ausläufer von London tauchten unter ihr auf. Neugierig reckte sie sich in ihrem Sitz.

Von hier oben sah die Landschaft aus wie ein bunter Flickenteppich. Die Themse zog sich als dunkelgrünes Band durch die Stadt. Über den Fluss spannten sich die unzähligen Brücken Londons und die Boote auf der Themse muteten winzig klein an. Im Verhältnis zu New York, wo Wolkenkratzer gen Himmel ragten, ähnelte London aus der Luft einem riesigen Dorf. Sie entdeckte das *London Eye*, das berühmte Riesenrad, das die Engländer zur Begrüßung des neuen Jahrtausends gebaut hatten. Daneben stachen die Hochhäuser des Finanzviertels in den Himmel. Das Flugzeug vollzog eine leichte Linkskurve und London verschwand wieder aus ihrem Sichtfeld.

Die Flugbegleiterin kam ein letztes Mal durch die Reihen, um zu kontrollieren, ob alle Passagiere angeschnallt waren, bevor sie sich auf ihren Sitz setzte.

»Ma'am, würden Sie bitte Ihren Sitz in eine aufrechte Position bringen«, forderte sie Jools mit einem professionellen Lächeln auf.

»Natürlich«, nickte Jools und drückte den entsprechenden Knopf an der Armlehne.

Mit einem leichten Surren fuhr der Sitz zurück in seine Ausgangsposition. Vor ihr lag noch eine vierstündige Autofahrt, bevor sie endlich das Ziel ihrer Reise erreicht hatte. Deshalb hatte sie kurz nach dem Abendessen eine Schlaftablette genommen und so fast den ganzen Flug verschlafen. Dementsprechend benommen fühlte sie sich. Nichts, was eine starke Tasse Kaffee nicht beheben konnte.

Der Pilot fuhr das Fahrwerk aus. Jools sah erneut nach draußen, wo die Dächer der Häuser zum Greifen nah waren. Wenige Minuten später setzte das Flugzeug auf der Landebahn auf und rollte zum Gate.

Als sie müde und mit leichten Kopfschmerzen aus dem Flughafengebäude trat, präsentierte sich London im strahlenden Sonnenschein. Nur vereinzelte Wolken waren am Horizont zu sehen. Jools setzte den Koffer für einen Moment ab und nahm ein paar tiefe Atemzüge, froh, endlich der Enge des Flugzeugs entflohen zu sein. Sie fühlte sich leicht verschwitzt und sehnte sich nach einer Dusche. Aber das würde warten müssen, bis sie in Fleetwood Cove war. Zuvor war das Treffen mit dem Notar vorgesehen.

Ihr Blick glitt über die Ankunftsebene des Flughafens. Beim Anblick der berühmten schwarzen Londoner Taxis huschte ein Lächeln über ihr Gesicht und sie verspürte Vorfreude. Entschlossen nahm sie ihren Koffer und ging zur Autovermietung, die sich keine zweihundert Meter vom Terminal entfernt befand. Eigentlich hatte sie mit dem Zug von London nach Haverfordwest reisen wollen, aber die Verbindung war derart schlecht, dass sie fast den ganzen Tag gebraucht hätte, um ans Ziel zu kommen. Also hatte sie sich dazu entschlossen, einen Mietwagen zu nehmen.

Als sie in den kleinen Flachdachbau trat, schlug ihr die kühle Airconditionluft entgegen.

»Hi«, begrüßte sie die Angestellte hinter dem Tresen.

»Guten Tag.« Die Frau hob den Kopf, ohne die Miene zu verziehen.

»Mein Name ist Jools Miller. Für mich wurde ein Wagen bei Ihnen reserviert«, erklärte sie freundlich und reichte der Angestellten die benötigten Unterlagen.

»Sie sind Amerikanerin?«

»Ja, wieso?«

»Dann würde ich Ihnen empfehlen, eine Vollkaskoversicherung abzuschließen«, sagte die Frau gelangweilt.

»Warum?« Jools sah sie verwundert an.

Die Dame räusperte sich ein wenig. »Weil Amerikaner für gewöhnlich nicht Auto fahren können.«

»Bitte?«, prustete Jools entrüstet. »Ich fahre unfallfrei, seit ich meinen Führerschein habe.«

»Das mag ja sein, aber wir haben in England Linksverkehr«, die Angestellte machte eine bedeutungsvolle Pause, »und das scheint den meisten Ihrer Landsleute Schwierigkeiten zu bereiten.« Ertappt zuckte Jools zusammen. »Sie wussten nicht, dass wir Linksverkehr haben, oder?« Die Augen der Frau musterten sie scharf.

»Doch, natürlich«, log sie so selbstbewusst wie möglich und zwang sich zu einem Lächeln.

»Wunderbar, dann entschuldigen Sie bitte meine Anmerkung.« Die Frau überreichte ihr den Schlüssel. Ihr war anzumerken, dass sie nicht viel von Amerikanern hielt.

Mit einem leicht mulmigen Gefühl im Bauch schnappte sich Jools ihren Koffer und ging nach draußen. Sie spürte, wie ihr die Blicke der Frau folgten.

Es dauerte nicht lange und Jools hatte den Wagen entdeckt. Es war ein knallroter Mini Cooper S Cabriolet. Müde und verschwitzt hievte sie ihr Gepäck in den winzigen Kofferraum. Aus dem Augenwinkel sah sie das Gesicht der Angestellten im Fenster, die sie mit einem Lächeln beobachtete. Blöde Kuh!

Entschlossen öffnete Jools die Fahrertür und wollte sich gerade auf den Sitz gleiten lassen, als sie ihren Fehler bemerkte. Sie war, der Gewohnheit folgend, auf der linken Seite eingestiegen.

Unauffällig sah sie zum Autoverleih. Die Angestellte schüttelte missbilligend den Kopf, um ihren Mund spielte ein Lächeln.

Was bildeten sich diese blöden Engländer nur ein? Wütend schmiss sie die Autotür zu und stapfte mit erhobenem Haupt zur anderen Seite des Wagens. Ohne die Frau eines weiteren Blickes zu würdigen, nahm sie auf den kühlen Ledersitz Platz.

Demonstrativ lächelnd setzte sie ihre Sonnenbrille auf und drückte das Gaspedal durch.

Der Motor heulte auf und der Mini machte einen Satz nach vorne. Mit quietschenden Reifen und klopfendem Herzen fuhr sie vom Parkplatz in Richtung Autobahn. Ihre Hände umklammerten das Lenkrad. Sie war noch nie im Linksverkehr gefahren. Es erforderte ihre gesamte Aufmerksamkeit, sich durch den dichten Verkehr am Flughafen in die richtige Spur einzufädeln. Jemand hupte hinter ihr. Jools zuckte zusammen. Ihr ganzer Körper war gespannt wie ein Flitzebogen. Sie zwang sich, tief durchzuatmen, bis sich ihr Puls langsam wieder beruhigte. Wenn die Angaben des Navis stimmten, würde sie in knapp vier Stunden ihr Ziel erreicht haben.

Sie setzte den Blinker und rollte gemächlich auf die Schnellstraße in Richtung Reading. Von dort würde es über Swindon, Bristol und Cardiff weitergehen, bis sie schließlich Haverfordwest am späten Nachmittag erreichen würde. Sie schimpfte sich eine Idiotin, dass sie auf Dean gehört und nicht die Gelegenheit genutzt hatte, um eine Nacht in London zu bleiben. Er hatte sie zur Eile gedrängt. Aber nun war es zu spät, sich umzuentscheiden.

Jools überholte den Lastwagen vor sich. Sie blinzelte müde. Sie war bereits zweimal auf einen Parkplatz gefahren, um sich die Beine zu vertreten und die Müdigkeit zu verscheuchen. Leider nur mit mäßigem Erfolg. Die Wirkung des Kaffees ließ schneller nach als gehofft und sie hatte Mühe, die Augen offenzuhalten.

Ihr Handy klingelte und ließ sie hochschrecken. Hastig drehte sie das Radio leise. Katies Gesicht leuchtete ihr vom Display entgegen. In New York war es gerade mal Mittag. Für einen Moment war sie versucht, nicht ans Handy zu gehen, aber dann siegte ihr Pflichtbewusstsein.

»Hi, Katie!«, grüßte sie. »Was ist passiert?«

»Du hast mir versprochen, dass du dabei bist.« Katie klang, als würde sie jeden Augenblick in Tränen ausbrechen. Jools konnte förmlich sehen, wie sie in ihren zerrissenen Hosen auf dem Bett saß und eine Schippe zog. »Und nun erfahre ich von deiner Sekretärin, dass du in Großbritannien bist.«

»Katie, bitte mach dir keine Sorgen. Eine unerwartete Familienangelegenheit ist dazwischengekommen, weshalb ich kurzfristig fliegen musste. Deine Show ist erst in zwei Wochen, also kein Grund zur Panik. Bis dahin bin ich schon dreimal wieder in New York. Für die Termine diese Woche brauchst du mich nicht, außerdem hast du ja John an deiner Seite. Solltest du trotzdem Fragen haben, kannst du mich immer anrufen.«

»Wirklich?«

»Selbstverständlich. Ich habe es dir schließlich versprochen, und für gewöhnlich halte ich meine Versprechen.«

»Ich bin ja so aufgeregt!«, schepperte Katies Stimme durch die Freisprechanlage.

»Das kann ich verstehen, aber du brauchst dir keine Sorgen zu machen. Deine Fans lieben dich. Denk immer daran und sei einfach du selbst.« Sie unterdrückte ein Gähnen.

»Und du bist echt in einer Woche wieder zurück? Ohne dich bin ich verloren, ich weiß es! Ich werde jämmerlich versagen«, erklärte Katie panisch.

Jools seufzte leise. Das Letzte, was sie jetzt gebrauchen konnte, war ein hysterischer Star, der ihr die Ohren vollheulte.

»Katie, Darling, bitte reg dich nicht auf. Ich werde bei dir sein und alles wird gut«, sagte sie im Tonfall einer Mutter, die mit ihrem Kind sprach.

Sie hörte die Stimme von Katies Manager im Hintergrund. Kurz darauf raschelte es.

»Hier spricht John Sawyer.«

Jools stöhnte. Als ob sie nicht schon genug Probleme hätte!

»John, was kann ich für Sie tun?«, fragte sie mit gespielter Freundlichkeit.

»Wo stecken Sie, verdammt noch mal?«

Sie warf einen kurzen Blick auf das Navigationsgerät. »Auf der Schnellstraße in Richtung Haverfordwest, wenn Sie es genau wissen wollen«, erklärte sie freimütig.

»Wo?«

»England.«

»Was soll der Scheiß? Sie haben einen Vertrag unterzeichnet! Sie sollten hier in New York sein und sich nicht irgendwo in England tummeln.«

»Erstens *tummele* ich mich nicht, wie Sie es ausdrücken, und zweitens hat mich eine dringende Familienangelegenheit gezwungen, meine Pläne zu ändern. Das werden auch Sie sicher verstehen. Ich werde rechtzeitig zu Katies Auftritt zurück sein.«

»Einen Scheiß verstehe ich«, schnaubte der Mann wie ein wild gewordener Eber. »Sie können mich doch hier nicht allein lassen.«

»Ich dachte, Sie kümmern sich persönlich um das *Wohl* von Katie«, stichelte sie.

»Allerdings, und im Gegensatz zu Ihnen mache ich meine Sache gut. Für die Auftritte sind Sie zuständig, also bewegen Sie Ihren entzückenden Hintern hierher, und zwar so schnell wie möglich.«

Jools' Gesicht gefror zu einer Maske. »John, wie ich Ihnen bereits sagte, befinde ich mich in Großbritannien, und daran werden auch Sie nichts ändern. Ich habe alles Nötige in die Wege geleitet und meine Kollegen im Büro wissen ebenfalls Bescheid. In der kommenden Woche sind nur kleinere Auftritte, die Katie spielend meistern wird. Passen Sie nur auf, dass Ihr Goldkehlchen«, sie betonte das Wort, »nicht zu viel trinkt vor ihren Auftritten.« Katie hatte in den letzten Wochen Geschmack an Champagner gefunden.

»Das werden wir ja sehen! Falls irgendetwas schiefläuft, werde ich Sie persönlich dafür verantwortlich machen!« Mit diesen Worten legte der Manager auf.

Wütend drückte sie aufs Gaspedal und der Mini schoss vor.

Menschen wie John Sawyer hatten nur ihren Vorteil im Auge. Als sie vor fünf Jahren in der Agentur als Assistentin angefangen hatte, war sie völlig euphorisch gewesen, mit den großen Stars zusammenarbeiten zu dürfen. Wie für die meisten waren Celebrities etwas ganz Besonderes für sie gewesen. Leider hatte sie im Laufe ihrer Arbeit feststellen müssen, dass ein Großteil der Stars nur Menschen mit Problemen waren wie jeder andere auch. Häufig waren es oberflächliche Menschen, denen es nur darum ging, sich selbst in Szene zu setzen, und die dafür ihre Seele verkaufen würden, was Jools zutiefst enttäuscht hatte. Barron war eine große Ausnahme im Showbusiness. Aber vielleicht war genau dieser Punkt das Rezept zu seinem Erfolg. Er hatte sich nicht verbiegen lassen und war der nette Typ von nebenan geblieben.

Die ersten Häuser von Haverfordwest tauchten vor ihr auf. Jools atmete erleichtert durch. Die Pause würde ihr guttun. Gleichzeitig schnellte ihr Puls in die Höhe. Sie war gespannt, wie das Testament lauten würde. Bisher hatte sich der Notar ihr gegenüber nur vage ausgedrückt.

Die Häuser waren alle im gleichen Stil gebaut und standen sorgfältig aneinandergereiht. Jedes Haus hatte einen kleinen Vorgarten mit einer gepflegten Rasenfläche, die mit der in Wimbledon konkurrieren konnte. Ziersträucher wuchsen entlang der Häuserfassaden, alles wirkte sauber und ordentlich.

Frauen in leichten Sommerkleidern und geflochtenen Einkaufskörben am Arm flanierten über die Gehwege, begleitet von ihren Kindern. Männer in Golfkleidung tuckerten in Familienkutschen über die Hauptstraße und starrten den jungen Mädchen auf den Po.

Eine Ansammlung von Spießern, dachte Jools, als sie über die Hauptstraße fuhr.

Sie liebte das quirlige Leben in der Großstadt. Die bunte Vielfalt der Menschen, die Läden, die vielen kleinen Cafés und die unterschiedlichen Restaurants. Das Leben in einer Kleinstadt kam für sie nicht infrage.

Die Stimme des Navis verkündete monoton, dass sie die Straße, in der sich das Notariat von Mr Stein befand, erreicht hatte. Vorsichtig parkte sie den Mini auf dem Seitenstreifen. Bevor sie ausstieg, warf sie einen Blick in den Spiegel. Sie seufzte. Ihre Frisur war platt gelegen vom Flug. Kurzentschlossen zog sie die unzähligen Haarnadeln heraus und machte sich daran, die Haare neu zu richten. Mit geübten Handgriffen schlang sie die Strähnen am Hinterkopf zusammen und befestigte sie. Zufrieden mit ihrem

Aussehen stieg sie aus. Ihre Beine fühlten sich vom langen Sitzen steif an und es dauerte einen Moment, bis das Gefühl wieder da war.

Das Haus, in dem sich das Notariat befand, war ein klassischer Rotklinkerbau mit weißen Fensterläden und einem hübschen Vorgarten, in dem Rosen und andere Ziersträucher wuchsen. Der Rasen sah aus, als hätte man ihn mit der Nagelschere geschnitten. Jeder Halm war exakt so lang wie der daneben. Sie folgte dem schmalen Weg die Treppe hoch, bis sie vor dem Eingang stand. Ein dezentes Messingschild mit dem Namen der Kanzlei war seitlich der Tür angebracht. Beherzt drückte sie auf die Klingel.

Nur wenige Minuten später hörte sie Schritte, die sich näherten, und ein älterer Mann öffnete die Tür. Er sah genauso aus, wie sie ihn sich vorgestellt hatte. Jools schätzte ihn auf Ende sechzig. Er trug ein einfaches weißes Baumwollhemd und beige Khakihosen. Seine Füße steckten in Sandalen, wie sie Jools' Großvater getragen hatte. Sein Gesicht war von Falten durchzogen und auf der schmalen Nase saß eine goldene Nickelbrille.

»Guten Tag. Mein Name ist Jools Miller«, stellte sie sich vor und reichte dem Mann die Hand.

»Maximilian Stein. Sehr erfreut, Sie kennenzulernen.« Seine grauen Augen ruhten auf ihr.

»Ganz meinerseits, Mr Stein.«

»Bitte kommen Sie doch rein.« Mr Stein machte eine einladende Handbewegung, der sie umgehend folgte.

Der Notar führte sie in sein Arbeitszimmer, das sich im hinteren Teil des Hauses befand.

»Bitte nehmen Sie doch Platz«, forderte er sie auf.

Dankend nahm Jools sein Angebot an. Der Notar setzte sich an seinen Schreibtisch und lehnte sich in seinem Sessel zurück wie jemand, der es sich in einem Kinositz gemütlich machte. Seine Augen schienen auf ihr zu kleben. Eine unangenehme Stille entstand zwischen ihnen. Anscheinend versuchte er, sich eine Meinung über sie zu bilden.

»Wie war Ihre Anreise?«, durchbrach Mr Stein schließlich sein Schweigen.

»Gut. Danke der Nachfrage.« Sie nickte mit einem freundlichen Lächeln. »Der Flug verlief problemlos, und bis auf kleine Anfangsschwierigkeiten mit dem Linksverkehr bin ich gut durchgekommen.«

Ein Lächeln huschte über das faltige Gesicht des Notars. »Millie hatte auch Schwierigkeiten, sich an den englischen Linksverkehr zu gewöhnen.«

»Sie kannten Millie gut?«, fragte sie erstaunt.

»Ja. Ihr Mann und ich sind zusammen zur Schule gegangen. Es war eine ganz schöne Überraschung für uns alle, als James von einer Geschäftsreise aus den USA wiederkam und eine hübsche Amerikanerin im Schlepptau hatte.« Er schmunzelte. »Millie ein ziemlich wildes Ding gewesen mit verrückten Ideen und dem Herzen am rechten Fleck.« Er schwieg für einen Moment und seine Augen blickten ins Leere. »Es war ein Schock, als wir erfahren haben, dass die gute Millie gestorben ist.« Traurigkeit schwang in seiner Stimme mit. Sein Blick lag auf ihrem Gesicht. »Wenn Sie mir eine persönliche Anmerkung gestatten: Sie sehen Ihr ähnlich.«

»Wirklich?«

Er nickte. »Sie haben die gleichen lebhaften Augen und ...«, er räusperte sich verlegen, »die gleiche Statur.«

»Das wusste ich gar nicht. Ich habe nur ein paar alte Fotografien gesehen, auf denen Millie ungefähr in meinem Alter war«, lächelte Jools. »Ich muss zu meiner Schande gestehen, dass ich die Halbschwester meines Vaters eigentlich nicht kannte. Deshalb war ich auch so überrascht, als Sie mich letzte Woche angerufen und mir die traurige Nachricht mitgeteilt haben. Egal, wie wenig wir uns kannten – Millie war Familie.«

»Das kann ich mir vorstellen. Millie hat es sehr unglücklich gemacht, dass das Verhältnis zu ihrem Halbbruder so schlecht war. Sie hat sich immer eine große Familie gewünscht. Leider ist ihr der Wunsch nach Kindern verwehrt geblieben. Sie müssen wissen, dass James und Millie für uns alle ein großes Vorbild waren. Ich kannte kein glücklicheres Paar. Als James vor fünf Jahren gestorben ist, hat es Millie das Herz gebrochen. Ich glaube, sie wäre ihm ins Grab gefolgt, wenn sie das Hotel nicht gehabt hätte. *Fleetwood on Sea* ist das Lebenswerk von Millie und James.« Traurigkeit legte sich wie ein dunkler Schleier über das Gesicht des Notars.

Mit einem Mal fühlte sich Jools nicht mehr wohl in ihrer Haut. Schließlich war sie gekommen, um das Hotel zu verkaufen. Kein guter Start. Nachdenklich knabberte sie an ihrer Unterlippe.

»Ich wünschte, ich hätte Millie und ihren Mann gekannt. Mein Vater hat nur sehr wenig über seine Halbschwester gesprochen und die einzige Erinnerung, die ich an sie habe, stammt aus meiner Kinderzeit.«

Der Notar nickte. »Ich finde es immer wieder bedauerlich, wenn Familien sich aufgrund von Befindlichkeiten auseinanderleben. Dabei wäre es oft so einfach, wenn man miteinander reden würde.« Seine Augen sahen sie über die dicken Brillengläser hinweg an. »Aber entschuldigen Sie bitte, ich rede die ganze Zeit und habe völlig vergessen, Sie zu fragen, ob Sie etwas trinken möchten. Ich kann Ihnen Tee oder Wasser anbieten.«

»Tee wäre wunderbar.« Kaffee wäre ihr lieber gewesen.

Mr Stein stand auf und ging zu einem kleinen Beistelltisch vor dem großen Bücherregal, worauf eine Teekanne und zwei Tassen standen. Er schenkte ihnen ein und reichte Jools die feine Porzellantasse im klassischen Wedgwood-Design.

»Möchten Sie Zucker?«

»Nein, vielen Dank«, winkte sie ab. Sie hatte es sich bereits vor längerer Zeit abgewöhnt, Zucker zu sich zu nehmen, nachdem Dean ein paar Bemerkungen über ihr Gewicht gemacht hatte. Seitdem verzichtete sie weitestgehend auf Kohlenhydrate.

Der Notar nahm wieder Platz. Jools nippte an ihrer Tasse. Zu ihrer Überraschung schmeckte der Tee angenehm kräftig. Sie lehnte sich mit der Tasse in der Hand zurück und schlug die Beine elegant übereinander.

»Sie sind bestimmt neugierig, was Millie Ihnen genau vermacht hat.«

»Ich würde lügen, wenn ich Nein sagen würde.« Sie nahm noch einen großen Schluck und eine angenehme, belebende Wärme breitete sich in ihrem Bauch aus.

Mr Stein zog eine Schublade vor sich auf und holte umständlich einen Umschlag heraus. Jools schluckte nervös, ihr Puls schnellte in die Höhe. Die Müdigkeit war mit einem Schlag verschwunden.

»Tja, ich denke, es ist das Beste, wenn ich Ihnen den Text zunächst einmal vorlese. Alles Weitere und die Fragen, die sich daraus ergeben, können wir anschließend besprechen.« Er sah sie fragend über den Brillenrand an.

»Ja, das klingt vernünftig.«

Mr Stein räusperte sich.

»*Ich, Mildred Grace Bishop, geborene Miller, verfüge hiermit – im Vollbesitz meiner geistigen Kräfte und in Gegenwart meines Notars Maximilian Stein –, dass mein gesamtes Vermögen und meine Besitztümer, inklusive meines Hotels, nach meinem Tod an die Tochter meines Halbbruders Jools Grace Miller übergeben werden. Diese muss sich jedoch bereiterklären, folgende Bedingungen zu erfüllen:*

Sie muss das Hotel ab dem Datum der Überschreibung für zehn Jahre geschäftsführend betreiben und darf es in dieser Zeit nicht verkaufen.

Mein treues Personal, bestehend aus Emily Johnson, Luca Castano und Rose Mackenzie, ist von Ihr zu übernehmen. Es sei denn, es ist deren ausdrücklicher Wunsch, das Arbeitsverhältnis zu beenden, oder eine der drei genannten Personen lässt sich etwas zuschulden kommen, was eine vorzeitige Kündigung nach sich ziehen könnte.«

»Das ist ja –«, entrüstete sich Jools.

»Ms Miller, wenn ich Sie bitten darf, Ihre Äußerungen auf das Ende der Testamentseröffnung zu verlegen.« Der Notar sah sie streng durch seine Brillengläser an. Jools nickte stumm.

»Des Weiteren verfüge ich, dass die Barschaft als Rücklage und zu Renovierungszwecken für das Hotel verwendet werden soll.

Gesetzt den Fall, dass die Erbin sich entgegen meines Wunsches dazu entscheidet, das Hotel zu verkaufen, so ist sie mit ihrem Pflichtanteil auszuzahlen. Die oben genannten Angestellten sind mit einem Jahresgehalt als Abfindung zu entlohnen. Der Erlös aus dem Verkauf des Hotels und das restliche Barvermögen sind an die unten genannte Stiftung zu überführen.

Sollte sich die Erbin mit den oben aufgeführten Bedingungen einverstanden erklären, ist das Erbe durch meinen Notar Maximilian Stein umgehend an sie auszuhändigen.

Mildred Grace Bishop«

Der Notar holte tief Luft, als wäre eine schwere Last von seinen Schultern gefallen. Für einen Moment herrschte Schweigen in dem kleinen Büro.

»Ms Miller?«, räusperte er sich schließlich.

»Ja, ähm …« Sie blinzelte, den Blick auf das Schreiben gerichtet. »Ist das überhaupt zulässig? Das klingt ziemlich«, sie suchte nach dem richtigen Wort, »… absurd.« Ihr Hirn war noch immer dabei, die Informationen in ihrem ganzen Umfang zu verarbeiten.

»Fürwahr. Jedoch kann ich Ihnen kraft meines Amtes als Notar versichern, dass dieses Testament und die damit verbundenen Forderungen absolut rechtsgültig sind.« Er klang verletzt.

»Entschuldigen Sie, ich wollte Sie nicht anzweifeln, aber die Forderung von Millie erscheint mir doch recht ungewöhnlich.«

»Das ist sie, aber nichtsdestotrotz gültig«, sagte der Mann wie ein Richter, der sein Urteil fällte.

»Und wie geht es nun weiter?«

»Sie, Ms Miller, müssen eine Entscheidung treffen.«

»Jetzt sofort?« Sie sah ihn entsetzt an.

»Nein, natürlich nicht. Aber möchten Sie denn gar nicht wissen, wie viel Millie Ihnen vermacht hat?« Sie nickte. Sie hatte die Frage nach dem Geld völlig verdrängt, immer noch damit beschäftigt, das eben Gehörte zu verarbeiten. Der Notar streckte ihr einen Bogen Papier entgegen. »James war ein sehr umsichtiger Mensch und hat alles sicher angelegt. Wie Sie sehen, ist das Vermögen in den letzten Jahren angewachsen.«

Jools' Augen flogen über das Papier. Es handelte sich um eine Auflistung von Aktien, die ihr Onkel vor Jahren gekauft hatte. Alles war sorgfältig untereinander aufgeschrieben. Als ihr Blick auf die Gesamtsumme fiel, stockte ihr für einen Moment der Atem.

»Aber das ist …« Die Zahlen tanzten vor ihren Augen. Sie schluckte trocken. »Woher hatte Millie so viel Geld?«

»Die beiden haben verhältnismäßig bescheiden gelebt.« Er hüstelte. »Ich habe mich oft gefragt, warum sie nicht das ganze Geld genommen und es mit vollen Händen ausgegeben haben. Als ich Millie einmal darauf angesprochen habe, meinte sie nur zu mir, dass Geld nicht alles sei und man sich Glück nicht kaufen könne. Für sie und James war das Hotel ihr ganzes Glück. Ich glaube, deshalb war es Millie auch so wichtig, sicherzugehen, dass Sie das Hotel nicht leichtfertig verkaufen.«

Jools nickte stumm. Ihre Hände lagen zusammengefaltet auf ihrem Schoß, ihre Finger waren ineinander verknotet. Dean würde außer sich sein, wenn er hörte, was sie heute erfahren hatte.

»Millie hat mich gebeten, Ihnen im Fall ihres Todes diesen Brief auszuhändigen.«

Der Notar öffnete erneut die Schublade und zog einen weißen Umschlag heraus, den er ihr reichte. Mit geschwungener Schrift stand darauf ihr Name geschrieben. Der Brief war ungewöhnlich schwer und mit einem altertümlichen Siegel verschlossen. Fragend sah sie ihn an.

»Millie hatte eine große Schwäche für mittelalterliche Geschichten«, lächelte Mr Stein. »Sie hat alle wichtigen Briefe so versiegelt.«

Ihre Finger zitterten, als sie das Siegel brach und den Brief öffnete.

Jools, mein liebes Kind,

wenn du diesen Brief liest, gibt es mich nicht mehr. Ich bin nicht traurig, denn ich hatte ein erfülltes Leben mit dem Mann meines Herzens an meiner Seite. Wir sind zusammen durch die Höhen und Tiefen des Lebens gegangen und haben uns gegenseitig unterstützt. Ich danke dem Himmel bis heute, dass ich diesen wunderbaren Mann kennenlernen und lieben durfte. Ich habe es zu keinem Zeitpunkt bereut, mit ihm nach Wales gegangen zu sein, um hier ein gemeinsames Leben aufzubauen. Wenn es etwas gibt, das ich bereue, dann ist es die Tatsache, dass ich nicht dabei sein durfte, als du zu einer Frau herangewachsen bist.

James und mir war es nicht vergönnt, eigene Kinder zu bekommen. Hätte ich mir eine Tochter wünschen können, wäre sie dein Ebenbild gewesen. Du warst so ein bezauberndes kleines Ding, als ich dich das letzte Mal gesehen habe. Deine Augen waren voller Unschuld, aber auch voller Lebenslust und Freude.

Du wirst dich nicht mehr daran erinnern, wie du bei meinem letzten Besuch in New York gefallen bist und ich dich aufgehoben habe. Damals hast du meine Hand voller Vertrauen genommen, deine großen Augen schwammen in Tränen. In diesem Moment wusste ich, dass du das Kind bist, das ich mir gewünscht habe.

Leider war das Verhältnis zu der Familie deines Vaters nicht das beste und ich musste eine harte Entscheidung treffen. Was mich am meisten geschmerzt hat, war, dass ich dich nicht wiedersehen würde.

Nun bin ich alt und kann auf ein erfülltes Leben voller Liebe zurückblicken. Ich habe, soweit es mir möglich war, deinen Lebensweg verfolgt. Ich weiß, dass du mittlerweile selbst eine erfolgreiche Geschäftsfrau bist. Dank des Internets (Emily, meine Managerin und liebe Freundin, hat mir alles erklärt) habe ich mir Bilder von dir angesehen. Du hast noch immer diese wunderschönen blauen Augen, aber ich vermisse das Glitzern von damals darin.

Kann es sein, dass du dich auf dem Weg nach oben selbst verloren hast?

Bitte sei mir nicht böse, dass ich diese Gedanken äußere. Dies sind natürlich alles nur die Mutmaßungen einer alten Frau. Aber manchmal glaube ich, mich selbst in deinen Augen zu erkennen. Auch ich war auf dem Weg, mich zu verlieren. Mein Mann hat mich zurückgeholt und mir gezeigt, was wirklich wichtig ist im Leben.

Mit diesem Hotel haben mein geliebter James und ich einen Traum verwirklicht. Wir wollten Menschen die Möglichkeit geben, sich von ihrem Alltag zu erholen und in der freien Natur zurück zu sich selbst zu finden.

Meine Hoffnung ist, dass du das Hotel behältst und dein Glück dort findest - genau wie ich damals. Dein Onkel und ich sind in der Zeit, die wir zusammen hatten, viel gereist und haben uns die Welt angesehen. In unseren Augen gibt es keinen schöneren Ort auf der Welt als Fleetwood Cove und das *Fleetwood on Sea*. Die Menschen dort sind einzigartig, genau wie die Landschaft. Ich weiß, dass du eine moderne junge Frau bist, die die Welt mit eigenen Augen sieht. Ich bitte dich nur um eines, bevor du eine Entscheidung fällst: Überzeuge dich selbst, und wenn du dann immer noch der Meinung bist, dass du das Hotel verkaufen möchtest, dann hast du meinen Segen.

Ich wünschte, ich könnte dir noch einmal in die Augen sehen und dir sagen, wie sehr ich dich all die Jahre geliebt habe.

Deine Millie

Jools atmete schwer, als sie den Brief zur Seite legte. Sie hatte keine Ahnung von Millies Gefühlen ihr gegenüber gehabt.

»Und wie sollen wir weiter verfahren?«, holte Mr Stein sie aus ihren Gedanken.

»Ich weiß nicht, was Millie sich dabei gedacht hat, aber ich kann unmöglich ein Hotel in Wales führen.« Sie verschränkte ihre Arme vor der Brust.

»Das mag Ihnen im ersten Moment vielleicht so erscheinen, trotzdem denke ich, Sie sollten sich das Hotel in Ruhe anschauen und darüber nachdenken.« Mr Stein nahm seine Brille von der Nase und fing an, sie umständlich zu putzen.

»Mr Stein, ich arbeite im Unterhaltungsbusiness. Ich berate Prominente dabei, wie sie ihre Karriere gewinnbringend für die Zukunft aufbauen können. Ich habe mit der Führung eines Hotels so viel zu tun wie die Königin von Großbritannien mit der Leitung einer Katzenpension.«

»Das heißt, Sie werden verkaufen und die drei Angestellten auszahlen?«

»So, wie ich es verstanden habe, habe ich keine andere Wahl.« Jools nickte mit ernster Miene.

»Werden Sie sich das Hotel wenigstens ansehen, bevor Sie den Rückweg antreten?«, bohrte der Notar weiter.

»Natürlich. Wenn ich schon mal hier bin.« Sie richtete sich in ihrem Stuhl auf. »Mein Rückflug geht am Sonntag.«

»Das ist erfreulich zu hören. Falls Sie Fragen haben, können Sie mich jederzeit telefonisch erreichen.«

»Das ist sehr lieb von Ihnen.« Sie nahm einen Schluck aus ihrer Tasse. Der Tee war mittlerweile kalt und sie verzog das Gesicht. Mr Stein erhob sich schwerfällig.

»Es war mir eine Freude, Sie kennenzulernen.« Seine grauen Augen ruhten auf ihr, als wollte er sie hypnotisieren. »Ich war selbst schon häufiger Gast in Millies Hotel. Es ist ein magischer Ort und Sie sollten sich die Zeit nehmen, ihn zu erkunden.«

»Das sagten Sie bereits.« Sie fragte sich, welche persönlichen Interessen dieser Notar hatte, dass er so darauf beharrte, dass sie sich das Hotel ansah.

»Auf Wiedersehen, Mr Stein.« Sie reichte ihm die Hand, ohne weiter auf seine Äußerung einzugehen. »Sie hören von mir.«

Jools war froh, als sie wieder im Auto saß und Haverfordwest hinter sich gelassen hatte. Sie war völlig durcheinander und drehte sich mit den Gedanken im Kreis. Sie musste immer wieder an ihr Gespräch mit dem Notar denken. Zehn Jahre waren eine Ewigkeit.

Wie sollte sie das bewerkstelligen? Hatte sie noch einen Funken Hoffnung gehabt, das Hotel zu behalten, dann war er spätestens damit gestorben. Millies ganze Idee war absurd und völlig unrealistisch. Langsam konnte sie verstehen, warum ihr Vater nicht über Millie hatte reden wollen.

Langsam fuhr sie die kleine, gewundene Landstraße in Richtung Küste. Zu beiden Seiten schlängelte sich eine hüfthohe Trockensteinmauer durch die hügelige Landschaft und diente gleichzeitig als Begrenzung. Die alten Steine waren mit dichtem Gras und Moos bewachsen. Dahinter befanden sich weitläufige Felder, auf denen das Getreide wie ein goldener Teppich in der Sonne schimmerte. Am Horizont entdeckte sie mehrere Windräder, deren Flügel träge ihre Kreise zogen. Die wenigen Häuser, an denen sie vorbeifuhr, wirkten verloren inmitten der grünen Landschaft.

Jools setzte den Blinker und bog nach Fleetwood Cove ab. Die Straße wurde abrupt schmal und bot gerade genug Platz für ein Auto. Die zwei bis drei Meter hohen Büsche neigten sich über den Weg wie ein grünes Dach. Der Asphalt war an einigen Stellen aufgebrochen und riesige Schlaglöcher tauchten wie aus dem Nichts auf. Jools runzelte die Stirn und ging vom Gaspedal. Langsam fuhr der Mini den Hügel hoch, vorbei an einer malerischen Ruine, deren verfallene Mauern das Überbleibsel eines wohl einstmals herrschaftlichen Bauernhofs waren, bevor ihn die Besitzer zurückgelassen hatten.

Als sie das Plateau erreichte, stieß Jools einen überraschten Laut aus. Vor ihren Augen breitete sich die Küste von Pembrokeshire aus.

Sie hatte in den letzten Tagen viel im Internet nachgelesen. Immer wieder hatten Besucher die Schönheit der Landschaft rund um die Küste von Pembrokeshire erwähnt, aber das, was sie sah, übertraf ihre Erwartungen bei Weitem. Kurzentschlossen parkte sie den Wagen am Straßenrand und stieg aus.

Die von einer dichten grünen Decke überzogenen Felsen fielen schroff ins Meer. Die Häuser von Fleetwood Cove schmiegten sich in die Bucht und verschmolzen mit dem Gestein. Auf dem schmalen Sandstreifen davor lagen Boote so groß wie Spielzeuge. Dahinter funkelte das Meer wie gesplittertes Glas im Sonnenlicht. Es war ein windiger Tag und sie entdeckte mehrere Kiteschirme, die, gleich bunter Lichter, am Himmel leuchteten. Einige Fischerboote hatten ihre Netze ausgeworfen und tuckerten gemächlich über das Wasser. Ganz in der Ferne konnte sie eine weitere Bucht ausmachen, wo die roten Dächer der Häuser in der Abendsonne glänzten.

Der Wind fuhr ihr durch die Kleider und zerrte an ihnen. Winzige Härchen lösten sich aus der Frisur und kitzelten auf ihrer Wange. Sie hob das Gesicht in die Sonne und genoss die Wärme auf der Haut. Eine würzige Meeresbrise lag in der Luft und füllte ihre Lungen. Sofort hatte sie den salzigen Geschmack auf der Zunge. Sie liebte das Meer und genoss den Anblick. Das entfernte Blöken von Schafen drang zu ihr.

Unwillkürlich musste sie an ihre Kindheit denken. Ihr Vater war ein begeisterter Wanderer und Naturfreund gewesen. Deshalb hatte die Familie die langen Sommerferien meist in den Rocky Mountains verbracht, um dort zu hiken. Die wenigen Tage, die sie am Meer verbracht hatten, konnte sie an einer Hand abzählen. Einmal hatte ihre Mutter ihren Vater überredet, mit ihnen nach Los Angeles zu fahren. Es war eine der schönsten Erinnerungen ihrer Kindheit, wie sie alle zusammen in den Wellen getobt hatten und beim Sonnenuntergang in einer der Strandbuden Fish and Chips gegessen hatten.

Sie beugte sich mit dem Oberkörper durch das geöffnete Fenster in den Wagen, um ihr Smartphone aus der Halterung der Freisprechanlage zu nehmen. Sie wollte Dean ein Foto von der Umgebung schicken.

Autogeräusche näherten sich. Jools schnappte sich das Handy und zog den Oberkörper wieder zurück. In diesem Moment hupte es laut hinter ihr. Erschrocken fuhr sie herum und stieß sich den Kopf am Türrahmen. Instinktiv fasste sie sich mit der Hand an die schmerzende Stelle, dabei glitt ihr das Handy aus der Hand und schlitterte vor ihr auf die Straße. Der Rover war nun genau auf ihrer Höhe. Die Augen des Fahrers waren starr geradeaus gerichtet.

»Halt!« Jools schrie panisch auf und wedelte dabei mit den Händen in der Luft, aber der Mann fuhr weiter, ohne Notiz von ihr zu nehmen. Was für ein Mistkerl!

Hilflos musste sie mitansehen, wie die breiten Reifen des Rovers über ihr Handy rollten und einen Brei aus Metall und zersplittertem Glas hinterließen.

»Du Arschloch!«, schrie sie dem Fahrer wütend hinterher. Ohne Erfolg.

Unbewusst registrierte sie das Schild mit der Aufschrift *Fisherman's Supplies* auf der Heckklappe des Wagens, bevor er in einer Staubwolke hinter dem nächsten Hügel verschwand.

»Das gibt es doch nicht!«, fluchte sie. Fassungslos starrte sie auf den Boden, wo ihr Handy lag – oder besser das, was davon noch übrig war. Tränen stiegen ihr in die Augen. Ihr Smartphone war ihre Nabelschnur zur Außenwelt. Alle Nummern, die ihr wichtig waren, waren darauf gespeichert. Ohne Handy war sie ein halber Mensch!

Sie konnte nur hoffen, dass die winzige SIM-Karte unbeschädigt geblieben war und sie zumindest auf ihre Kontaktdaten zurückgreifen konnte.

Sie zitterte vor Wut und Frustration, als sie wieder in den Mini stieg. Ihre Begeisterung für die Umgebung war mit einem Schlag verschwunden. Entschlossen trat sie aufs Gaspedal und donnerte den schmalen Weg nach unten. Wenn sie den Kerl erwischte, würde sie ihm gehörig die Meinung geigen.

Nach ein paar hundert Metern tauchten die ersten Dächer von Fleetwood Cove auf. Soweit sie es verstanden hatte, lag das *Fleetwood on Sea* etwas oberhalb des Dorfes auf einer kleinen Anhöhe. So weit das Auge sehen konnte, war alles in sattes Grün getaucht. Wildblumen, Schafgarbe und Heckenrosen wuchsen auf dem Seitenstreifen. Dazwischen ragte gelbes Dünengras widerspenstig zwischen den moosbewachsenen Felsen hervor.

Begleitet vom zornigen Brummen des Motors donnerte der Mini die Anhöhe hoch. Eine Herde Schafe graste gemütlich in greifbarer Nähe der Straße. Sicherheitshalber ging sie vom Gas. Ein Zusammenstoß mit einem Schaf fehlte ihr noch. Ihr Bedarf an Katastrophen war gedeckt.

Wie aus dem Nichts tauchte vor ihr ein Pfahl auf, an dem ein verwittertes Holzschild quietschend im Wind hin und her schaukelte.

Fleetwood on Sea

Sie drosselte das Tempo und schaute erwartungsvoll durch die Windschutzscheibe, wo die Umrisse eines weißen Gebäudes in der Ferne auftauchten.

Das doppelstöckige Cottage lag inmitten der grünen Landschaft wie eine Perle, die jemand dort verloren hatte. Das Gelände war umgeben von einem Holzzaun, der aus alten, verblichenen Schiffsplanken zusammengezimmert worden war. Dahinter schimmerte das Meer wie ein blaues Band. Die Mauern des *Fleetwood on Sea* waren aus hellem Naturstein, zwischen dem die weißen Sprossenfenster hervorblitzten, und das Reetdach glänzte golden in der Abendsonne.

Mit klopfendem Herzen fuhr sie die Einfahrt hoch. Dichte Hecken türmten sich seitlich davon und streckten ihre blütenbeladenen Zweige in die Höhe. Der Parkplatz des Hotels befand sich gleich rechts vom Eingang. Sie war froh, als sie endlich den Motor abstellte und die Handbremse anzog. Sie fühlte sich verschwitzt und müde.

Sie warf einen kurzen Blick in den Rückspiegel. Unter ihren Augen lagen dunkle Schatten und ihre Gesichtshaut hatte einen leichten Grauton, wie er Menschen zu eigen war, die zu wenig geschlafen hatten.

Als sie ausstieg, wurde sie vom süßlichen Duft der Blumen empfangen. Das war es also – *Fleetwood on Sea*!

Ein stattliches Cottage mit unzähligen Fenstern und einem schiefen Schornstein. Auf den ersten Blick sah das Gebäude gut in Schuss aus. Rosen rankten sich entlang der Fassade bis hoch zum Dachstuhl und verhüllten die winzigen Risse im Mauerwerk. Im Vorgarten des Hotels stand ein riesiger Apfelbaum, unter dem eine Sitzecke aufgebaut war. Ein schmaler Weg führte um das Haus in den hinteren Teil des Gartens. Das Grundstück war weit größer, als sie es sich vorgestellt hatte, und die Lage auf dem Plateau war spektakulär. Jools schätzte, dass der Strand keine zehn Minuten entfernt unterhalb von ihnen lag, falls man von hier hingelangen konnte, ohne den ganzen Weg zurückfahren zu müssen. Eine Gruppe Möwen flog kreischend über ihren Kopf hinweg und Jools folgte ihnen mit den Augen, bis sie am Horizont verschwanden.

Keine störenden Motorengeräusche. Kein Hupen. Keine Stimmen. Eine Metropole wie New York kam nie zur Ruhe. Der Strom der Autos schien niemals abzureißen und das Heulen der Sirenen von Polizei und Feuerwehr war die ganze Nacht zu hören. Für sie als Stadtkind waren diese Geräusche normal, aber genau in diesem Moment der völligen Ruhe wurde es ihr bewusst.

Nachdenklich ging sie die wenigen Schritte bis zur Eingangstür. Anstatt einer Klingel war eine goldene Schiffsglocke am Türrahmen befestigt. Darunter befand sich ein mit Muscheln verziertes Holzschild, auf dem in weißer Schrift *Fleetwood on Sea* geschrieben stand. Sie betätigte den Handgriff und der Klöppel schlug gegen die Innenwand der Glocke. Sofort ertönte ein klarer, durchdringender Ton.

Sie wartete, aber nichts passierte. Auch der zweite Versuch blieb ohne Erfolg. Zaghaft drückte sie mit der Hand gegen das schwere Holz. Knarrend sprang die Tür auf. Jools streckte neugierig den Kopf durch den Türrahmen.

»Hallo! Jemand da?« Sie lauschte. Keine Antwort. Lediglich das Ticken der Standuhr gegenüber vom Eingang war zu hören.

Der köstliche Duft von frisch gebackenem Brot stieg ihr in die Nase und ihr Magen meldete sich laut knurrend zu Wort. Sie hatte in den letzten vierundzwanzig Stunden kaum etwas gegessen. Es wurde höchste Zeit, dass sie etwas zwischen die Zähne bekam.

Die weiß gebeizten Dielen knarrten leise unter ihren Schritten, als sie den kurzen Weg zur Rezeption ging. Der helle Raum wirkte auf den ersten Blick einladend. Die Wände waren in einem zarten Türkiston gestrichen, was dem Zimmer einen mediterranen Charakter verlieh. Die Möbel hingegen machten einen bescheidenen Eindruck. Die blauen Polstersessel vor dem Kamin waren an einigen Stellen abgewetzt und der hölzerne Empfangstresen sah aus, als stammte er noch aus den Fünfzigern. Die ehemals blauen Vorhänge vor dem Fenster waren von der Sonne ausgebleicht. Über dem Empfangsbereich hing ein Ölgemälde, auf dem eine Meerjungfrau abgebildet war, die dem Betrachter geheimnisvoll entgegenlächelte. Der Computer, der auf dem Tisch stand, wäre selbst auf dem Flohmarkt unverkäuflich. Ein uraltes Modell, dessen Rückwand mit unzähligen Aufklebern übersät war. Von den Angestellten fehlte jedoch jede Spur.

Sie beugte sich über den Tresen, um einen kurzen Blick dahinter zu werfen.

»Kann ich Ihnen behilflich sein?«, ließ die glockenklare Stimme einer Frau sie hochschrecken.

Ertappt drehte sie sich um. Vor ihr stand eine zierliche Frau mit großen blauen Augen, hohen Wangenknochen und wilden rotblonden Locken, die sich unordentlich auf ihrem Kopf türmten. In dem rechten Nasenflügel steckte ein silberner Ring. Das ganze Gesicht war mit Sommersprossen übersät. Jools schätzte sie auf Anfang dreißig.

»Hi.« Jools streckte den Rücken durch. »Ich hatte mehrfach gerufen und niemand hat sich gemeldet.« Der Vorwurf in ihrer Stimme war deutlich zu hören.

»Entschuldigen Sie bitte, ich war kurz in der Küche. Normalerweise ist die Rezeption immer besetzt, aber im Moment geht alles ein bisschen drunter und drüber. Sie wissen ja, manchmal kommt alles zusammen. Aber ich rede schon wieder zu viel«, ratterte sie los wie eine Nähmaschine. Das Lächeln der Frau war absolut sympathisch. »Mein Name ist Emily Johnson. Ich bin die Managerin des *Fleetwood on Sea.*« Ihre Augen musterten Jools aufmerksam. »Kennen wir uns? Ihr Gesicht kommt mir irgendwie bekannt vor.«

»Ich glaube kaum«, lächelte Jools, ohne die Augen von der Frau zu nehmen.

Sie hatte einen recht ungewöhnlichen Geschmack, was ihre Klamotten anging. Das einfache Sommerkleid, dessen buntes Muster in Orange und Pink gehalten war, erinnerte schwer an die Hippiemode der Siebzigerjahre. Die Füße steckten in Plateau-Schuhen und ihre rechte Fußfessel zierte ein Tattoo. An den winzigen Ohrläppchen baumelten riesige goldene Kreolen wie Affenschaukeln.

»Sie sind Amerikanerin.«

»Ist es denn so deutlich zu hören?«

»Ich fürchte ja«, schmunzelte Emily.

»Mein Name ist Jools Miller. Ich bin ...«, sie zögerte, »die Nichte von Mildred Bishop aus New York.« *Und ihre Erbin*, fügte sie im Stillen hinzu. Sie streckte die Hand aus.

Die Augen der Managerin weiteten sich. Sie sah Jools an, als wäre sie einem Geist begegnet.

»Aber natürlich! Ich bin so ein Trottel. Millie hat immer wieder von Ihnen gesprochen, und ich …«, stotterte sie. Sämtliche Farbe war aus ihrem Gesicht gewichen. »Ich habe in der Aufregung total vergessen, nachzufragen, wann Sie ankommen.«

»Kein Problem.« Jools ließ die Hand wieder sinken.

»Shoot!« Die Managerin breitete die Arme aus. »Es tut mir so leid. Millie wäre glücklich, wenn sie wüsste, dass Sie hier sind.« Sie drückte Jools mit einer für eine so kleine Person erstaunlichen Kraft an sich. Ein zarter Duft nach Vanille und Patschuli ging von der Frau aus. »Sie hat immer wieder von ihrer Familie in Amerika gesprochen.«

»Wirklich?« Sanft befreite sich Jools aus der Umarmung.

»Ja. Wir stehen alle noch ein wenig unter Schock wegen Millies plötzlichem Tod«, fuhr die Managerin mit erstickter Stimme fort. »Niemand von uns hat geahnt, wie krank sie wirklich war. Sie hat es immer als einen leichten Husten heruntergespielt und so getan, als ob es ihr gut ginge. Wenn ich gewusst hätte, dass sie eine Lungenentzündung hat …« Die Augen der jungen Frau füllten sich mit Tränen. »Sie hat so friedlich ausgesehen, als ich sie am Morgen in ihrem Bett gefunden habe.«

Millie war also an einer Lungenentzündung gestorben. Eine Information, die sie bis jetzt nicht gehabt hatte. Irgendwie hatte sie angenommen, dass Millies Tod ein Unfall gewesen war.

»Ich bin mir sicher, Sie haben alles in Ihrer Macht Stehende für sie getan«, versuchte Jools, sie zu beruhigen.

Dicke Tränen kullerten Emilys Wangen herunter. »Entschuldigen Sie, aber ich bin so nah am Wasser gebaut, und die ganze Sache mit Millie …« Sie schluchzte auf. »Sie war wie eine Mutter zu mir. Ich verdanke Millie alles! Jedes Mal, wenn ich Schritte auf der Treppe höre, denke ich, es ist Millie, und dann …« Sie brach ab. Der Schmerz spiegelte sich in ihren leuchtend blauen Augen wider. Jools nickte stumm. Es versetzte ihr einen Stich, dass diese junge Frau Millie näher gestanden hatte als sie selbst.

»Hören Sie, Miss Johnson …«, begann Jools ihre kleine Ansprache. Sie hatte sich die Sätze während der Autofahrt zurechtgelegt.

»Emily!« Die Managerin wischte sich mit den Fingern die Tränen von der Wange.

»Was?«

»Bitte nennen Sie mich Emily. Das tun alle hier.«

»Okay, Emily«, nickte Jools. »Ich habe erst vor knapp einer Woche von Millies Tod erfahren. Leider standen sich unsere Familien nicht besonders nahe und ich habe Dads Halbschwester schon seit Jahren nicht mehr gesehen.« Sie hatte beschlossen, bei der Wahrheit zu bleiben, anstatt so zu tun, als wäre alles in Ordnung gewesen zwischen ihnen. Wahrscheinlich wusste Emily ohnehin über ihr Verhältnis zueinander bescheid. »Ich habe mich, sobald es mir möglich war, in den Flieger gesetzt und bin von New York hierhergekommen. Für mich kommt das alles ziemlich überraschend. Ich weiß bis auf wenige Fakten, die mir Mr Stein heute mitgeteilt hat, eigentlich sehr wenig über die Halbschwester meines Vaters.«

»Der gute alte Maximilian. Ist er nicht großartig? So ein feiner Mensch«, unterbrach Emily sie lächelnd. »Er kommt häufig übers Wochenende als Gast zu uns.«

»Mr Stein erwähnte, dass er gern hier ist. Seine genauen Worte waren: ›Es ist ein magischer Ort‹«, zitierte sie den alten Herrn. Emily verzog das Gesicht zu einem Lächeln. »Ich plane, bis Sonntag zu bleiben, um alles Notwendige zu regeln. Deshalb wäre es schön, wenn Sie mir ein bisschen helfen könnten, mich hier zurechtzufinden.«

»Aber das ist doch selbstverständlich« Emily sah Jools nachdenklich an. Dabei wickelte sie eine Locke, die sich gelöst hatte, um ihren Finger.

»Gut.« Jools' Blick fiel auf das Schlüsselbrett hinter dem Tresen. Drei Schlüssel fehlten. »Ich muss zugeben, ich war etwas überrascht, als ich gehört habe, dass der Hotelbetrieb noch läuft. Ich hatte angenommen, dass alles stillstehen würde ... jetzt, wo Millie tot ist.«

»Natürlich machen wir weiter. Millie hat immer wieder betont, dass sie im Falle ihres Todes für alles gesorgt hat und wir uns keine Sorgen machen brauchen. Sie hat sogar darauf bestanden, dass alles in bester Ordnung sein soll, wenn Sie kommen, damit Sie das Hotel direkt übernehmen können.«

Jools spürte, wie sich ein Kloß in ihrem Hals bildete. Man ging hier also davon aus, dass sie das Hotel behalten würde. Sie schluckte trocken, aber der Kloß wollte nicht verschwinden.

»Ja, ähm. Das werden wir sehen«, wich sie aus.

Schritte näherten sich. Sekunden später kam ein junges Mädchen ins Zimmer gestürmt.

»Mum, du musst mir helfen!«, forderte es mit energischer Stimme.

»Melee, wir haben einen Gast«, entgegnete Emily mit einem strengen Blick.

Das Mädchen blieb abrupt vor Jools stehen. Sie trug einen kurzen Rock und darüber eine einfache Bluse. Ihre Füße steckten in flachen Ballerinas. Sie hatte die langen Haare zu einem Zopf zusammengebunden. Jools schätzte sie auf fünfzehn Jahre. Ihr Gesicht war über und über mit Sommersprossen bedeckt und sie hatte eine kleine Stupsnase. Die Ähnlichkeit zu ihrer Mutter war nicht zu übersehen.

»Ms Miller, das ist meine Tochter Melee«, fuhr Emily fort und legte den Arm um die Kleine, als gelte es, sie vor Jools zu schützen.

»Hi«, begrüßte Melee sie eingeschüchtert. Ihre Augen musterten Jools mit unverhohlener Neugier.

»Hallo, Melee.« Jools reichte dem Teenager die Hand. »Freut mich, dich kennenzulernen.«

»Sind Sie Mums neuer Boss?«

»Melee!«, ermahnte Emily sie mit erhobener Stimme.

»Schon gut«, lächelte Jools müde. Ihr PR-Manager-Hirn hatte sich bereits eingeschaltet und scannte die Kleine. Zugegeben, das Mädchen war wirklich entzückend. Mit etwas Make-up und dem richtigen Outfit würde sie einen ganz neuen, modernen Mädchentyp verkörpern. »Nein, ich bin nicht der neue Boss«, erklärte Jools bestimmt.

»Nicht?« Emily sah sie verwundert an.

Jools schüttelte den Kopf. »Nein, aber das sollten wir in Ruhe besprechen, wenn ich nicht so müde bin.« Sie hatte das Gefühl, durch einen Nebel zu sprechen, und es fiel ihr schwer, sich zu konzentrieren.

»Natürlich. Wie rücksichtslos von mir.« Emily ließ ihre Tochter los und eilte hinter den Empfangstresen.

»Sind Sie Amerikanerin?« Melee wippte vor ihr wie ein Stehaufmännchen.

»Ja, New York, genau genommen.«

»New York! Cool!« Melee verdrehte schwärmerisch die Augen. »Ich will unbedingt nach New York, aber Mum lässt mich nicht.«

»Ach so?« Jools warf Emily einen belustigten Blick zu.

»Nein, sie findet, dass ich zu jung dafür bin. Dabei bin ich doch schon fast sechzehn.«

Trotz ihrer Müdigkeit musste Jools schmunzeln. Sie konnte sich noch gut daran erinnern, wie sie sich in diesem Alter immer älter gemacht hatte. Sechzehn hatte in ihren Ohren so viel erwachsener geklungen als fünfzehn.

»Na ja, ich muss sagen, deine Mutter hat nicht ganz unrecht.«

»Aber ich will endlich raus aus diesem Kaff. Ich will etwas von der Welt sehen und nicht in Fleetwood Cove verschimmeln, während meine Klassenkameraden Spaß haben.« Sie verzog das Gesicht zu einer Grimasse.

»Melee, das reicht jetzt!«, ermahnte Emily sie.

»Ach, lassen Sie sie doch. Das ist schon okay. Ich arbeite häufig mit Teenagern zusammen.«

»Wirklich?« Melee kratzte sich am Kopf.

»Ja, ich bin PR-Managerin und betreue hauptsächlich die Newcomer, so wie Katie Pearce.«

»Oh mein Gott!«, kreischte Melee. »Katie Pearce! Mum, hast du das gehört? Sie betreut Katie!« Melee sprang aufgeregt vor ihr auf und ab wie ein Flummi, den man losgelassen hatte.

»Kenne ich nicht.« Emily kam mit einem Schlüssel in der Hand hinter dem Tresen hervor. »Das ist unser schönstes Zimmer und hat einen traumhaften Blick über die Bucht.»

»Leben Sie auch im Hotel?«

»Nein, Melee und ich wohnen im Gartencottage.« Emily hob das Kinn. »Millie hat mich aufgenommen, als ich schwanger war, und mir das Cottage überlassen. Ich war gerade achtzehn und suchte Arbeit. Ich weiß nicht, was ich ohne Millie getan hätte.«

Jools nickte mit zusammengepressten Lippen. »Verstehe.« Das erklärte, warum Emily so jung aussah. Obwohl sie Mutter einer fünfzehnjährigen Tochter war.

»Soll ich Ihnen Ihr Zimmer zeigen?«

»Ja, das wäre prima. Ich kann kaum die Augen offen halten.«

»Haben Sie Gepäck?« Emily schielte hinter Jools' Rücken.

Sie nickte. »Das ist noch im Auto.«

Emily gab ihrer Tochter ein Zeichen. »Bitte sag Luca Bescheid, dass er das Gepäck aus dem Wagen holen soll.«

»Oh, oh.« Melee rannte los.

Jools sah der Kleinen verwundert hinterher.

»Ähm, Luca ist manchmal ein wenig eigen«, erklärte Emily, die ihrem Blick gefolgt war.

»Und wer ist dieser Luca?« Sie erinnerte sich, dass der Name in Millies Testament erwähnt worden war.

»Luca Castano, unser Koch.«

»Klingt italienisch.« Sie legte den Kopf leicht schräg.

»Bingo.« Emily reichte Jools den Schlüssel.

»Millie hat einen italienischen Koch eingestellt? Wie ungewöhnlich.«

»Millie hat einen Koch gesucht und Luca hat die Stelle bekommen. Eine lange Geschichte, die er Ihnen am besten selbst erzählt. Luca mag es nicht, wenn über ihn getratscht wird«, erklärte Emily geduldig.

»Wer mag das schon?«, antwortete Jools nachdenklich.

»Würden Sie mir bitte die Autoschlüssel geben?«

»Natürlich.«

Jools öffnete die Handtasche und fing an, darin zu wühlen. Wie die meisten Frauen hatte auch sie eine Schwäche für große Shopper. Dieser hier war ein besonders schönes Model von Michael Kors, das sie in dem berühmten Kaufhaus Macy's am Broadway erstanden hatte. Sie zog ihr Handy hervor, oder besser gesagt das, was davon noch übrig war.

»Was ist denn da passiert?« Emilys Blick wanderte vom Handy zu Jools und wieder zurück.

»So ein Irrer hat gehupt, und dabei ist mir das Handy aus der Hand und auf die Straße gefallen. Anstatt anzuhalten, ist der Idiot gleich noch drüber gefahren.« Jools seufzte. »Ich muss mir so schnell wie möglich ein neues besorgen. Ohne mein Handy bin ich aufgeschmissen. Wie soll ich sonst für mein Büro erreichbar sein?« Sie raufte sich die Haare. »Haben Sie eine Ahnung, wo ich ein Smartphone bekomme?«

»Dafür müssen Sie nach Haverfordwest fahren. Hier in Fleetwood Cove gibt es nur einen kleinen Supermarkt. Ich bezweifele, dass Sie dort ein neues Handy bekommen.«

»Verdammt.« Jools ließ den Elektroschrott in ihre Tasche gleiten. »Selbst wenn ich wollte, ich bin ehrlich gesagt zu müde, um noch einmal zurückzufahren.«

»Ich kann Ihnen solange mein Handy leihen, wenn Sie möchten«, bot Emily ihr an. »Allerdings muss ich Sie warnen: Wir liegen hier ziemlich abgeschieden und der Empfang ist lausig, das Internet ebenso. Es gibt Tage, da bekommen wir gar keine Verbindung. Deshalb arbeiten wir nach wie vor über das gute alte Telefon.« Sie deutete auf ein altmodisches Wandtelefon.

»Keine Verbindung? Aber das gibt es doch nicht!« Jools war entsetzt. Sie hatte Ruby versprochen, jederzeit erreichbar zu sein.

Das war eine Katastrophe! Katie würde außer sich sein, von Graham ganz zu schweigen. Er erwartete von seinen Mitarbeiten totale Erreichbarkeit. *Ein Service am Kunden*, wie er es nannte.

»Doch leider ist es so.« Emily zog ihr Smartphone aus der Tasche und hielt es Jools entgegen.

»Das ist nett von Ihnen, aber meine Nummern sind alle auf der SIM-Karte gespeichert und die passt nicht in Ihr Gerät«, sagte sie bedauernd.

»Schade.« Emily zuckte mit den Schultern und ließ das Handy wieder hinter dem Tresen verschwinden.

Eine aufgeregte männliche Stimme hallte durch den Flur, gefolgt von Schritten. Ein hochgewachsener Mann mit breiten Schultern und dunklen Haaren stand plötzlich im Raum.

»Was soll das? Ich habe schon tausendmal gesagt, dass ich nicht gestört werden möchte, und jetzt schickst du mir den Keks und sagst, ich soll kommen, um Koffer zu tragen! Mamma mia!« Der Mann legte die Finger der rechten Hand an den Daumen und gestikulierte wild damit in der Luft. Seine schwarzen Haare glänzten im Licht wie die Federn eines Raben.

»Ich bin kein kleiner Keks!«, spuckte Melee ihm entgegen.

Der Blick des Mannes fiel auf Jools, die völlig verdattert neben Emily stand. Seine dunkelbraunen Augen glühten wie zwei Kohlestücke. Es hätte Jools nicht gewundert, wenn kleine Dampfwölkchen von ihrer Haut aufgestiegen wären, dort, wo er sie mit seinen Blicken berührte. Er hatte ein markant geschnittenes Gesicht und die geradeste Nase, die sie jemals gesehen hatte. Über seine Stirn verlief eine Narbe.

»Guten Tag, Signora«, begrüßte er Jools. Er strahlte die Selbstsicherheit eines Mannes aus, der es gewohnt war, dass die Frauen ihm zu Füßen lagen.

»Luca, das ist Jools Miller, Millies Erbin«, stellte Emily sie vor.

»Mamma mia, warum hast du mir das nicht gleich gesagt«, funkelte er Melee an.

»Du hast mich ja nicht ausreden lassen«, entgegnete diese und schob beleidigt den Unterkiefer vor.

»Entschuldigen Sie, Signora Miller.« Luca machte eine galante Verbeugung. »Hätte ich gewusst, dass Sie Millies Verwandte sind, wäre ich aus meiner Küche geflogen gekommen.«

Er sprach mit einem starken italienischen Akzent. Mit wenigen Schritten war er bei ihr. Ehe sie es verhindern konnte, nahm er ihren Kopf in seine Hände und gab ihr einen Kuss auf beide Wangen. »Herzlich willkommen im *Fleetwood on Sea*.« Dabei zog er das *n* lang und setzte noch ein *e* dahinter.

»Hallo«, krächzte sie. Eine heiße Welle flutete ihr Gesicht. Verlegen senkte sie den Kopf, damit er es nicht sah.

»Es tut mir sehr leid. Ich habe Millie sehr gemocht«, drang seine tiefe Stimme an ihr Ohr.

Jools hob den Kopf. Die Augen des Italieners ruhten noch immer auf ihr.

»Ich habe sie leider nicht gekannt«, gab sie freimütig zu.

Sie wollte nicht mit Mitleid überhäuft werden, das sie nicht verdient hatte. Sicher, der Tod eines Menschen ging einem stets nahe, aber in diesem speziellen Fall waren es mehr die Umstände, die ihr zu schaffen machten. Sie hatte nie darum gebeten, in Millies Leben hineingezogen zu werden, und doch war sie hier.

»Das sind die Schlüssel«, hörte sie Emily sagen.

»Prego«, raunte Luca.

»Worauf wartest du noch?« Emily wedelte mit der Hand in der Luft. »Ms Miller ist müde und möchte auf ihr Zimmer.«

»Pronto – wird sofort erledigt.« Luca eilte nach draußen. Nachdenklich sah Jools ihm hinterher und erhaschte einen Blick auf ein wohlgeformtes Hinterteil.

Melee stand zwischen Jools und Emily und beobachtete interessiert das Geschehen.

»Und du, junge Dame, gehst auf dein Zimmer und machst Hausaufgaben«, befahl Emily in einem Ton, der keine Widerrede zuließ.

»Aber ich muss mit dir wegen meiner Übernachtung bei Bree reden«, maulte Melee.

»Das kann noch warten. Bitte sag den Hughes‘ auf dem Weg nach draußen Bescheid, dass ich mich gleich um sie kümmere.«

»Wer sind die Hughes?«, fragte Jools.

»Ein älteres Ehepaar, das jedes Jahr um die gleiche Zeit seinen Urlaub in unserem Haus verbringt. Die beiden sind absolut reizend«, erklärte Emily und deutete ihr, zu folgen. Sie gingen den Flur entlang bis zu einer Treppe, die in die oberen Stockwerke führte, deren Holzdielen abgewetzt waren und dringend neu geschliffen und geölt werden mussten.

Hinter ihnen polterte es laut. Erschrocken drehte sich Jools um. Luca stand im Flur und hatte ihr Gepäck in der Hand.

»Ist das alles?«, fragte er Jools. Sie nickte. »Normalerweise haben Frauen doch immer mehrere Koffer dabei. Aber das«, er deutete mit dem Kopf auf Jools’ Koffer, »ist wirklich nicht viel!«

Sie wusste im ersten Moment nicht, wie er das meinte, aber sein anerkennendes Nicken wertete sie es als Kompliment.

»Ich reise gern mit wenig Gepäck.« Sie lächelte ihn müde an.

Mit wenigen Schritten hatte er sie überholt.

»Scusa.« Er drängelte sich an Jools vorbei in Richtung Treppe, dabei streifte er ihren Arm. Sofort hatte sie ein leichtes Kribbeln dort, wo er sie berührt hatte. Luca stürmte die Treppe nach oben. Jools und Emily folgten ihm.

»Die Gästezimmer befinden sich im ersten Stock. Millies Zimmer sind im Dachgeschoss«, erklärte Emily.

Wie im unteren Stockwerk auch war hier oben alles weiß gestrichen. An den Wänden hingen Aquarelle, die die Landschaft rund um Fleetwood Cove zeigten. Von der Decke baumelten Lampen, die Jools entfernt an Marmeladengläser erinnerten und die dem Ganzen einen Vintage-Touch gaben. Der Boden war an vielen Stellen abgewetzt und fleckig, was dem Charme keinen Abbruch tat.

Luca erwartete sie bereits am Ende des Flures. Er hatte den Koffer abgesetzt und stand vor der Tür.

»Wenn Sie mich nicht mehr brauchen, würde ich mich jetzt verabschieden. Ich muss das Abendessen vorbereiten«, entschuldigte er sich freundlich.

»Natürlich. Vielen Dank für Ihre Hilfe«, lächelte sie ihn an.

»Das wäre dann Ihr Zimmer.«

Emily stieß die Tür auf. Der Stolz in ihrer Stimme war nicht zu überhören.

Beim Anblick des massiven Himmelbetts in der Mitte des Zimmers machte Jools' Herz einen freudigen Hüpfer. Ihr erster Impuls war es, Anlauf zu nehmen und sich darauf fallenzulassen. Angesichts der Tatsache, dass Emily noch immer bei ihr war, unterließ sie es.

Ihre Augen glitten durch den Raum. Wie im übrigen Hotel dominierten auch hier die Farben Weiß und Türkis. Eine Chaiselongue stand am Fußende und bot genügend Platz, um den Koffer darauf abzulegen. Es gab einen Schrank, der so groß war, dass man darin Verstecken spielen konnte. Das Fenster war offen und die dunkelblauen Chintz-Vorhänge flatterten im Wind. Darunter standen ein kleiner Schreibtisch und ein Stuhl, von dem aus man beim Schreiben einen Blick über die ganze Bucht hatte. Sie entdeckte eine altmodische Schminkkommode mit einem winzigen Hocker davor.

»Kann ich noch etwas für Sie tun?«, fragte Emily, die geduldig an der Tür wartete.

»Nein.« Sie öffnete den obersten Knopf ihrer Bluse. »Ich denke, ich habe alles.«

»Sehen wir uns zum Abendessen?«

»Ja, aber vorher brauche eine Dusche und neue Klamotten.«

»Prima. Wir servieren das Abendessen in knapp einer Stunde.«

»Ja, gut«, nickte sie zerstreut. Es fiel ihr schwer, sich noch länger auf das Gespräch zu konzentrieren.

»Bis später.« Emily zog die Tür hinter sich zu.

Erleichtert schlüpfte Jools aus den Pumps und tapste über den warmen Holzboden zum Bett. Mit einem tiefen Seufzer ließ sie sich mit dem Rücken auf die Matratze fallen. Sofort wurde sie von weichen Daunen und Kissen umschlossen.

Das Bett war einfach traumhaft gemütlich. Genüsslich räkelte sie sich zwischen den Laken. Durch die Sprossenfenster fielen die letzten Sonnenstrahlen und warfen ihr rotes Licht auf den Boden und die Wände. Es sah aus, als würde ihr Zimmer in Flammen stehen.

Eine bleierne Müdigkeit überkam sie. *Nur kurz die Augen schließen*, war das Letzte, was sie dachte, dann wurde sie von einer angenehmen Dunkelheit eingehüllt.

5. Kapitel

Als sie die Augen wieder aufschlug, wusste sie im ersten Moment nicht, wo sie war. Alles war verschwommen. Ihr Blick wanderte orientierungslos durch den Raum. Fahles Licht fiel durch das Fenster und es dauerte, bis sie die Konturen klar erkennen konnte. Wie spät mochte es sein? Sie hatte jegliches Zeitgefühl verloren. Angestrengt lauschte sie mit angehaltenem Atem. Kein Geräusch war zu hören. Um sie herum war es totenstill, lediglich in der Ferne klapperte irgendwo ein loses Stück Holz im Wind.

Jools drehte den Kopf zur Seite. Auf dem Nachttisch stand ein kleiner Wecker, dessen Leuchtschrift 5:30 Uhr anzeigte. Sie schüttelte ungläubig den Kopf. Wenn die Uhrzeit stimmte, dann hatte sie tatsächlich fast zehn Stunden durchgeschlafen! Schlaftrunken richtete sie sich auf.

Zu ihrer Überraschung stellte sie fest, dass jemand eine Decke über sie ausgebreitet hatte – einen Quilt, der aus unzähligen bunten Stoffen zusammengefügt und in dessen Mitte eine Meerjungfrau zu erkennen war. Warum hatte derjenige sie nicht geweckt?

Ihr Blick wanderte durch den Raum. Gestern Abend war sie zu müde gewesen, um Einzelheiten wahrzunehmen. Erst jetzt registrierte sie die Ölgemälde an der Wand, die das *Fleetwood on Sea* und seine Umgebung zeigten. Ihre Augen blieben an dem kleinen Tisch neben dem Korbsessel hängen, auf dem ein abgedeckter Teller und eine Flasche Mineralwasser standen. Wie es aussah, hatte man sie nicht nur zugedeckt, sondern sich auch noch um ihr leibliches Wohl gekümmert.

Bei dem Gedanken an Essen meldete sich ihr Magen lautstark zu Wort. Sie schlüpfte unter der warmen Decke hervor und tapste auf nackten Füßen über den Holzboden. Neugierig hob sie den

Deckel an. Zwei appetitlich aussehende Sandwiches verbargen sich darunter. Mit spitzen Fingern angelte sie sich eines der Brote und schnupperte daran. Der Duft, der davon aufstieg, war vielversprechend. Ihr Blick fiel auf die Karte, die neben dem Teller lag.

Liebe Ms Miller,
ich wollte Sie nicht wecken. In der Küche gibt es mehr davon, falls Sie Hunger haben. Handtücher liegen im Badezimmer. Falls Sie sonst etwas brauchen, können Sie mich jederzeit unter der Nummer 987 mit dem Haustelefon erreichen.
Emily

Ein Lächeln huschte über Jools' Gesicht. Dankbar biss sie in das Sandwich. Sofort hatte sie den Geschmack von reifen Tomaten, Kräutern und Mozzarella im Mund. Das Sandwich war absolut göttlich und sie leckte sich genüsslich mit der Zunge über ihre Lippen.

Eine Möwe flog kreischend am Fenster vorbei. Neugierig warf sie einen Blick nach draußen. Vor ihr, fast zum Greifen nah, lag das Meer. Der Himmel war bis auf wenige Wolken frei. Eine feine Dunstschicht kroch über das Wasser, die von der aufgehenden Sonne beschienen wurde und das Meer aussehen ließ, als wäre es von einer rosa Zuckerwattendecke überzogen. Ein einsames kleines Fischerboot tuckerte am Horizont.

Es war Ebbe und das Meer hatte sich ein gutes Stück zurückgezogen. Plötzlich hatte sie eine Idee: Warum nicht eine Runde am Strand joggen gehen? In New York ging sie viermal die Woche ins Fitnessstudio, um auf dem Laufband zu schwitzen. Ganz selten schaffte sie es, draußen im Central Park ihre Runden zu drehen. Hier hatte sie endlich mal die Gelegenheit – ungestört durch Autos oder Menschen –, in der freien Natur vor einer traumhaften Kulisse zu laufen.

Entschlossen wuchtete sie den Koffer auf die Chaiselongue, um sich umzuziehen.

Obwohl die Sonne schien, war es verhältnismäßig frisch und sie fröstelte leicht. Neugierig folgte sie dem Weg in den Garten. Der hintere Teil des Grundstücks lag direkt an einer sanft abfallenden Klippe und war von einer Trockensteinmauer umrundet, auf der Wildblumen wuchsen. Eine Fliederhecke grenzte das Grundstück zur Straße hin ab.

Das Cottage, in dem Emily und Melee wohnten, lag keine hundert Meter entfernt auf dem Grundstück. Ein entzückend aussehendes Gebäude mit hellen Steinmauern, winzigen Fenstern und einem Reetdach, wie man es in der Gegend häufiger sah. Weißer Rauch stieg aus dem Schornstein in den klaren Himmel empor.

Gut gelaunt ging sie weiter, bis zum Ende der Steinmauer, in der sich ein Durchgang befand, der durch eine Holztür verschlossen war. Vorsichtig drückte sie den verrosteten Griff hinunter und das Türchen sprang auf. Ein Lächeln huschte über ihr müdes Gesicht, als sie den kleinen Sandweg entdeckte, der sich durch das Gelände nach unten zum Strand schlängelte. Normalerweise lief sie mit Musik, um ihren Rhythmus zu finden und sich abzulenken. Heute würde sie darauf verzichten müssen. Ihr Handy lag noch immer zerstört in ihrer Tasche. Sie würde gleich nach dem Frühstück nach Haverfordwest aufbrechen, um sich ein neues Smartphone zu kaufen. Sie füllte ihre Lungen mit der frischen Luft und spürte, wie die Energie durch ihre Adern floss.

Langsam setzte sie sich in Bewegung. Mit federnden Schritten lief sie über den weichen Untergrund, begleitet durch das Rauschen des Meeres. Der Wind strich sanft über die grasbewachsene Böschung. Mehrere Möwen flogen über ihren Kopf hinweg, um sich kurz darauf wie Kamikazeflieger in die Tiefe zu stürzen, auf der Suche nach einem leckeren Fisch.

Der Weg lief quer durch das Gelände und sie musste sich bei jedem ihrer Schritte konzentrieren, um nicht über eine Wurzel oder einen Stein zu stolpern. Außer ihr war keine Menschenseele weit und breit zu sehen. Eine Gruppe Schafe hatte sich auf dem Gras niedergelassen und beäugte den Eindringling mit großen Augen.

Sie lief den schmalen Pfad entlang, darauf bedacht, nicht die Kontrolle zu verlieren. Das letzte Stück war eine Treppe, aus einfachen Holzplanken zusammengezimmert. Zum Festhalten hatte man ein Tau gespannt, das mit Stahlschrauben in der Felswand verankert war. Sie kletterte die letzten Stufen hinab und landete mit einem Satz im Sand. Von hier unten sahen die zerklüfteten Felsen weitaus imposanter aus als von oben. Graues Gestein, zwischen dem das dichte Gras spross. Das Meer schimmerte pflaumenblau bis dunkelgrün im Licht der aufgehenden Sonne.

Dort, wo das Wasser am Ufer leckte, verlief eine schmale Linie, die aus winzigen Algenresten und Muscheln bestand. Der feine Sand hatte die Farbe von Elfenbein. Es sah wunderschön aus und ein plötzliches Glücksgefühl überkam sie. Es war, als hätte ihr jemand eine schwere Last von den Schultern genommen.

Ihr Blick wanderte nach rechts, wo sich die Häuser von Fleetwood Cove malerisch in die Bucht schmiegten. Die bunten Fassaden stachen zwischen dem grauen Stein wie Fremdkörper hervor. Von dem kleinen Hafen drang das leise Klingeln eine Glocke zu ihr. Mit gleichbleibender Geschwindigkeit joggte sie entlang der Wasserlinie – dort, wo der Sand etwas fester war – in Richtung Hafen. Der Wind zerrte an ihren Haaren, und immer wieder musste sie dem Wasser ausweichen.

Ihre Gedanken wanderten zu Dean. Was würde er sagen, wenn er sie so sehen könnte? Wild zerzauste Haare, ohne Make-up. Würde es ihm in Fleetwood Cove gefallen?

Wahrscheinlich nicht, beantwortete sie sich selbst die Frage.

Dean liebte den Luxus und die Bequemlichkeiten, die man sich mit Geld kaufen konnte. Für ihn bedeutete Entspannung, über den Golfplatz zu laufen und sich anschließend ein kühles Glas Bier im Clubhaus zu gönnen. Jools hatte sich nie damit anfreunden können. Golf war für sie kein Sport, sondern eine Ausrede, um in gepflegter Atmosphäre neue Kontakte zu potenziellen Geschäftspartnern zu knüpfen. Aber ein Großteil von Deans Leben drehte sich ums Geschäft. Sie war ein winziger Teil davon.

Sie hatte den kleinen Hafen am Ende der Bucht erreicht. Jetzt, zu Beginn der Saison, lagen nur drei Segelboote vor Anker, in ein paar Wochen würden es wohl weitaus mehr sein. Sie hatte gelesen, dass es Segler aus ganz Großbritannien hierher zog, um ein paar Tage in der reizenden Bucht vor Anker zu liegen und die Ruhe zu genießen.

Das Fischerboot, das sie vorhin noch am Horizont gesehen hatte, hatte mittlerweile den Hafen erreicht und drosselte sein Tempo. An der Mole wartete ein älterer Mann und beobachtete das Anlegemanöver aufmerksam. Jools verlangsamte ihren Schritt.

Ein Fischer mit breitem Kreuz in Jeans und dunkelblauem Troyer trat an die Reling und warf dem älteren Mann ein Tau zu, das dieser geschickt auffing und mit geübten Bewegungen um den Poller legte. Lachend sprang der Fischer von Bord und landete sicher auf der Mole. Fasziniert starrte sie ihn an. Seine dunkelblonden Haare waren zerzaust und ließen ihn von weitem wie einen Wikinger aussehen. Hundebellen hallte über das Wasser zu ihr. Irritiert sah sie sich um, aber von einem Hund war keine Spur. Ein einsamer Spaziergänger war in der Ferne zu sehen. Sie lief weiter. Die beiden Männer standen noch immer auf der Mole und unterhielten sich. Der jüngere der beiden hatte die Hände in die Hosentaschen gesteckt und lehnte sich lässig gegen die Kaimauer. Ein Lächeln umspielte seinen Mund, seine weißen Zähne blitzten.

Plötzlich veränderte der Mann seine Blickrichtung. Ertappt zuckte sie zusammen und senkte hastig den Kopf, ohne ihr Tempo zu verändern. Hatte er sie gesehen? Als sie wieder hochsah, hatte er ihr den Rücken zugekehrt und ging Arm in Arm mit dem älteren Mann die Mole hinunter.

Jools warf einen Blick auf die Uhr. Es war bereits kurz nach sieben. Es wurde Zeit, sich auf den Rückweg zu machen. Eilig machte sie auf den Hacken kehrt und lief zurück.

Im Hotel waren die ersten Geräusche zu hören, als sie in den Flur trat. Zufrieden ging sie an der verwaisten Rezeption vorbei zur

Treppe. Sie wollte gerade hochgehen, als die Eingangstür aufflog und Luca im Flur stand. Seine Haare waren zu einem Knoten am Hinterkopf zusammengebunden. Der Dreitagebart schimmerte wie ein dunkler Schatten um seinen Mund. Im Gegensatz zum Vortag trug er eine Lederjacke, dazu Jeans und Chucks. Unter den Arm hatte er einen Helm geklemmt. Als er sie sah, blieb er stehen. Seine Augen musterten sie belustigt.

Sie fluchte innerlich, dass sie nicht schneller gewesen war. Sie wollte nicht, dass jemand sie ohne Make-up sah.

»Buongiorno, Signora Miller«, grüßte er. Seine Stimme floss samtweich durch den Raum.

»Guten Morgen«, entgegnete sie unsicher.

»Sie waren joggen!«

»Ja, es ist so ein schöner Morgen. Ich konnte nicht widerstehen.« Sie tippelte unruhig von einem Fuß auf den anderen.

Er nickte, ohne die Augen von ihr zu nehmen. »Jeder Morgen ist hier so in Fleetwood Cove.« Er zog das e besonders lang.

»Tja, ähm, ich geh dann mal nach oben.« Sie deutete auf die elegant geschwungene Treppe.

»Sì.« Seine Mundwinkel kräuselten sich.

Lachte er sie etwa aus?

Auf der ersten Treppenstufe blieb sie stehen. »Ach, Luca, haben Sie die Sandwiches für mich zubereitet?«

»Sì!«

»Vielen Dank dafür. Sie haben vorzüglich geschmeckt.« Sie lächelte zaghaft.

»Das freut mich zu hören«, nickte er. »Ich wusste nicht, ob sie Vegetarierin sind, deshalb habe ich sie ohne Parmaschinken zubereitet.«

»Zu einem guten Stück Fleisch sage ich nicht Nein.«

»Bene – gut. Dann werde ich mir für heute Abend etwas besonders Leckeres ausdenken«, versprach er.

»Ich bin sehr gespannt. Nach allem, was ich gehört habe, sind Sie ein Meister Ihres Fachs.«

Sie schenkte ihm ein Lächeln. Der Italiener sah wirklich unverschämt gut aus mit seinen dunklen Haaren und den braunen Augen, die wie geschmolzene Schokolade schimmerten. Sie musste unbedingt Su von ihm erzählen.

»Es liegt nicht an mir, das zu beurteilen.« Er deutete auf die Tür hinter sich. »Ich muss in die Küche, sonst ist das Frühstück nicht rechtzeitig fertig.«

»Und ich muss unter die Dusche. Bis später.« Mit klopfendem Herzen lief sie die Treppe hoch. Sie spürte, wie ihr seine Blicke folgten.

Nachdem sie geduscht hatte, zog sie sich eine weiße Leinenhose an, dazu eine leichte Sommerbluse. Zufrieden betrachtete sie sich im Spiegel. Ihre Wangen waren vom Laufen gerötet und ihre Augen strahlten. Der kleine Ausflug hatte ihr gutgetan und die Benommenheit von ihr genommen. Was sie jetzt brauchte, war Kaffee, einen richtig starken.

Ihr Blick wanderte zu ihrem kaputten Handy. Eine absolute Katastrophe. In den letzten Jahren hatte sie sich angewöhnt, ihr Handy sogar nachts anzulassen, um im Notfall erreichbar zu sein. Ausgerechnet jetzt, wo sie tausende Kilometer von Zuhause entfernt war, musste es dieser Honk zu Schrott fahren. Sie musste schnellstmöglich gleichwertigen Ersatz besorgen. Jools knabberte unbewusst an der Unterlippe. Dean hatte bestimmt auch schon versucht, sie zu sprechen. In New York war es jetzt allerdings noch mitten in der Nacht. Sie konnte also in Ruhe frühstücken, bevor sie nach Haverfordwest aufbrechen und sich ein neues Handy besorgen würde.

»Guten Morgen«, wurde sie schon von weitem von Emily begrüßt, die hinter der Rezeption stand.

»Guten Morgen.« Jools blieb unschlüssig stehen.

Wie bereits gestern trug Emily ein Sommerkleid in bunten Farben. Ihre Haare waren zu einem unordentlichen Knoten am Hinterkopf zusammengefasst. Sie hatte ein leichtes Make-up aufgelegt und ihre Lippen leuchteten in einem knalligen Rot, was ihr zugegebenermaßen fantastisch stand.

»Haben Sie gut geschlafen?« Emily sah von ihrer Arbeit hoch.

»Ja, danke der Nachfrage. Ich war völlig erledigt.« Sie lächelte. »Haben Sie mich zugedeckt?«

»Ich hoffe, Sie sind mir nicht böse. Aber nachdem Sie gesagt haben, Sie würden runterkommen, wollte ich nachschauen, ob alles in Ordnung ist. Ich habe ein paarmal laut geklopft. Als Sie nicht geantwortet haben, habe ich es mit der Angst zu tun bekommen und bin reingegangen. Sie haben so tief und fest geschlafen, dass ich es einfach nicht übers Herz gebracht habe, Sie zu wecken.«.

»Ich hoffe, ich habe nicht geschnarcht«, scherzte sie.

»Ehrlich gesagt sogar sehr laut!«, entgegnete Emily mit ernster Miene.

»Wirklich?«

»Nein, Sie haben geschlafen wie ein Baby«, lachte Emily.

»Puh, jetzt haben Sie mir einen ganz schönen Schrecken eingejagt.«

Sie lachten beide.

»Luca hat mir erzählt, dass Sie heute Morgen schon joggen waren?« Emily sah ihr forschend ins Gesicht.

»Ja, es war absolut herrlich. Ich kann mich nicht daran erinnern, wann ich das letzte Mal im Freien gelaufen bin. Der Strand ist traumhaft schön.« Sie dachte an den Fischer mit seinen wehenden Haaren und den leuchtenden Augen.

»Millie ist auch jeden Morgen am Strand spazieren gegangen. Sie sagte immer, sie müsse nach dem Rechten schauen.« Emily verzog ihr Gesicht schmerzhaft.

»Mhm.«

»Was halten Sie davon, wenn ich Ihnen unser Restaurant zeige?«, wechselte Emily das Thema, wofür Jools dankbar war.

»Das klingt fantastisch. Ich könnte einen ganzen Bären verspeisen.«

»Das *Fleetwood on Sea* ist bekannt für sein gutes Frühstückbuffet. Sie werden sehen, es ist alles da, auch wenn es auf den ersten Blick klein aussieht.«

»Ich bin gespannt.« Jools' Blick fiel dabei auf das Bild mit der Meerjungfrau. »Woher hat das Hotel eigentlich seinen Namen?«

»Sie meinen *Fleetwood on Sea*?« Jools nickte. »Genau genommen verdankt Fleetwood seinen Namen den Strömungsverhältnissen vor der Bucht. Früher, wenn die Herbststürme tobten und ein Schiff vor der Küste Schiffbruch erlitt, wurden die Reste genau in die Bucht von Fleetwood an den Strand getrieben. Es gibt eine Sage unter den Einwohnern, wonach die Meerjungfrauen auf dem Felsen am Hafen gesessen und darauf gewartet haben, was der Sturm ihnen an Schätzen bringen würde.

Eines Tages strandete ein Schiff nicht weit von der Küste entfernt. Alle starben, bis auf einen jungen Seemann, der sich mit letzter Kraft an einer Schiffsplanke festklammerte und in die Bucht getrieben wurde. Die hübscheste unter den Meerjungfrauen hörte seine verzweifelten Rufe und kam ihm zu Hilfe. Die beiden verliebten sich unsterblich ineinander, sehr zum Ärger des Meeresgottes, dessen jüngste Tochter die Meerjungfrau war. Entgegen dem Willen ihres Vaters heirateten die beiden in der kleinen Kirche im Dorf. Zur Strafe, dass sie einen Sterblichen geheiratet hatte, verlor die Meerjungfrau ihre Unsterblichkeit und ihren Fischschwanz. Dort, wo heute das *Fleetwood on Sea* steht, soll die Meerjungfrau der Sage nach mit ihrem Mann gelebt haben. Ein einfaches Steinkreuz im Garten erinnert bis heute an die beiden.«

Jools seufzte. »Das hört sich wie eines der Märchen an, die ich als kleines Kind so gern gehört habe. Was für ein schöner Gedanke.«

»*Die kleine Meerjungfrau*?« Emily schmunzelte. »War auch eines meiner Lieblingsmärchen.« Sie hatten das Ende des kleinen Flurs erreicht.

»Da wären wir.« Emily öffnete die Tür schwungvoll. »Das ist es! Die Küche befindet sich gleich nebenan.« Sie deutete auf eine weitere Tür, durch die das leise Klappern von Geschirr drang. »Unsere Gäste lieben diesen Raum vor allem wegen des schönen Ausblicks.« Der Stolz in ihrer Stimme war nicht zu überhören.

Wie zum Beweis fiel die Sonne durch die bodentiefe Glasfront und überzog die dunklen Möbel mit ihrem goldenen Licht. Die weißen Fensterrahmen fügten sich perfekt in das Gesamtbild des Raumes ein und boten dem Betrachter einen uneingeschränkten Blick auf die Umgebung.

Vor Jools' Augen breitete sich das tiefblaue Meer, umrandet von den schroffen Felsen der Küste, aus. Kleine Schaumkronen tanzten auf den Wellenkämmen und in der Ferne waren die weißen Segel einer Jacht zu erkennen. Der Ausblick war einzigartig schön. Emily hatte nicht übertrieben.

Zu Jools' Überraschung hatten sich bereits einige Gäste eingefunden und saßen an kleinen Holztischen, um ihr Frühstück zu genießen. Rechts vom Eingang war das Buffet entlang der Wand aufgebaut.

»Wenn es warm ist, können wir die Türen zur Seite schieben, dann wirkt der Raum noch größer und man hat das Gefühl, im Freien zu sitzen. Wenn es von den Gästen gewünscht wird, stellen wir die Tische auch nach draußen«, erklärte Emily und deutete auf die Terrasse, die sich direkt an die Außenwand anschloss. »Heute ist es allerdings zu windig. Bitte nehmen Sie doch Platz.« Emily zeigte auf einen freien Tisch am Fenster. »Rose müsste jeden Moment hier sein und frischen Kaffee bringen. Ansonsten bedienen Sie sich bitte.«

»Wer ist Rose?«

»Rose Mackenzie, die Hausdame. Morgens ist sie zusammen mit Luca für das Frühstück zuständig. Anschließend geht sie unserem Zimmermädchen zur Hand. Sollten Sie etwas brauchen, wenden Sie sich getrost an Rose. Sie ist die gute Seele des *Fleetwood on Sea*.«

»Gut. Hätten Sie nach dem Frühstück etwas Zeit für mich?« Sie wollte einen Blick in die Bücher werfen und sich eine Übersicht über die aktuelle wirtschaftliche Lage des Hotels verschaffen. Ein gut funktionierendes Hotel war ein absoluter Pluspunkt, wenn es darum ging, den Preis beim Verkauf hochzutreiben.

»Na klar. Sie finden mich an der Rezeption.« Mit diesen Worten verabschiedete sich Emily.

Keiner der Gäste schien sie weiter zu beachten. Die meisten unterhielten sich mit ihrem Gegenüber bei einer Tasse Kaffee. Neugierig ging sie zum Buffet. Wie Emily schon angedeutet hatte, war es nicht sonderlich groß, aber dafür war die Auswahl überraschend vielfältig. Es gab vier verschiedene Sorten Marmelade, eine Käseplatte, eine Wurstplatte, Fisch in mehreren Varianten, unterschiedliche Müslisorten und eine große Schale mit frischen Früchten. Dazu waren Milch, Joghurt und Quark da. In einem Korb lag eine beachtliche Auswahl an frischem Brot und Brötchen. Alles sah appetitlich aus.

Jools entschied sich für eine Schale mit Früchten und Joghurt. Sie war keine besonders große Frühstückerin. Zu Hause trank sie meist nur einen Kaffee, und erst gegen Mittag, wenn sie ihre E-Mails abgearbeitet und die ersten Anrufe hinter sich hatte, genehmigte sie sich einen kleinen Happen. Häufig brachte Ruby ihr zwischendurch eine Kleinigkeit.

Jools nahm wieder am Tisch Platz und breitete die Stoffserviette über ihren Oberschenkeln aus.

»Sie müssen die Verwandte der Mistress aus New York sein«, ertönte plötzlich eine Stimme hinter ihr. Eine füllige Frau mit roten Wangen kam auf sie zu. Verdattert legte Jools den Löffel beiseite.

»Ms Miller, es ist mir eine Freude, Sie kennenzulernen. Mein Name ist Rose.« Die Augen der Hausdame glänzten feucht. »Wenn ich es nicht gewusst hätte, hätte ich Sie auch so erkannt. Die Ähnlichkeit mit Millie ist nicht zu übersehen.«

»Es freut mich, Sie kennenzulernen, Rose.« Sie reichte der Hausdame die Hand. Den winzigen Fältchen um die grauen Augen herum nach zu urteilen, schätzte sie die Frau auf Mitte vierzig. »Emily und ich haben gerade über Sie gesprochen.«

»Wirklich? Ich hoffe nur Gutes.« Sie zwinkerte Jools zu.

»Absolut. Emily hat sie in den höchsten Tönen gelobt.«

»Aye. Das ist gut.« Sie strich sich mit den Händen die Schürze glatt. »Ich war leider nicht da, als Sie gekommen sind, sonst hätte ich mich natürlich vorgestellt.« Die Hausdame hatte einen starken schottischen Akzent, so dass Jools alle Mühe hatte, sie zu verstehen.»Ich bin ja so froh, dass Sie endlich da sind. Wir hatten schon Angst, dass das *Fleetwood on Sea* verkauft werden könnte.«

Jools hätte sich fast verschluckt. Sie hatte schon befürchtet, dass man davon ausging, dass sie das Hotel übernehmen würde. Sie würde auf eine passende Gelegenheit warten, um den Angestellten von ihren Plänen zu berichten. Vorher musste sie sich allerdings einen Überblick verschaffen, um geeignete Käufer zu finden.

»Ich bin so schnell gekommen, wie ich konnte«, antwortete sie ausweichend.

»Aye.« Die Hausdame nickte eifrig. »Sind Sie mit Ihrem Zimmer zufrieden?«

»Das Zimmer ist prima und die Matratze ein Traum. Ich habe geschlafen wie ein Baby.«

»Gut, dann will ich Sie nicht länger beim Frühstück stören. Was darf ich Ihnen bringen? Kaffee oder Tee?«

»Gern einen Soy Latte Macchiato.«

»Bitte?« Rose sah sie verwirrt an.

»Einen Caffè Latte mit Sojamilch, bitte«, wiederholte sie ihren Wunsch.

»Das tut mir leid, Sojamilch führen wir nicht.« Rose schüttelte den Kopf.

»Dann einen einfachen Latte Macchiato, bitte.«

»Die Mistress hat auch immer Kaffee getrunken, selbst nach all den Jahren, die sie in Großbritannien gelebt hat.« Rose' Augen blickten traurig ins Leere. Jools seufzte innerlich. Anscheinend hatte jeder hier das Bedürfnis, sie mit Millie zu vergleichen. »Wir besitzen sogar eine echte italienische Kaffeemaschine. Leider ist

Luca der Einzige, der das Ding bedienen kann. Ich bin gleich wieder da.«

Für eine Frau mit ihrer Körperfülle bewegte sich Rose erstaunlich schnell. Jools war froh, wieder allein zu sein. Sie sah nach draußen, wo ein älteres Pärchen händchenhaltend durch den Garten schlenderte und die Blumen bewunderte, die dort wuchsen. Von ihnen ging eine Vertrautheit aus, die man selten bei Ehepaaren sah. Es musste schön sein, wenn man zusammen alt wurde.

»Da wäre ich wieder!« Rose stellte ihr ein Glas, auf dem ein wunderbarer Milchschaum thronte, auf den Tisch.

»Vielen Dank«, sagte Jools artig.

Die Hausdame machte keine Anstalten zu gehen, sondern blieb neben dem Tisch stehen. Anscheinend erwartete sie, dass Jools vor ihr einen Probeschluck nahm. Lächelnd nahm sie das Glas zur Hand und nippte daran. Sofort hatte sie den herrlich belebenden Geschmack von Kaffee auf der Zunge. Sie leckte sich über die Lippen.

»Richten Sie Luca bitte aus, dass der Kaffee wirklich vorzüglich ist.«

Ein Lächeln huschte über das runde Gesicht der Hausdame. »Wenn Sie möchten, bringe ich Ihnen später noch einen.«

»Auf das Angebot komme ich gern zurück«, entgegnete Jools bestens gelaunt. Der Frühstücksraum war zwar nicht nach dem heutigen Standard eingerichtet und alles wirkte ein wenig verstaubt, aber das Essen und der Kaffee waren wirklich ausgezeichnet und konnten mit jedem Fünf-Sterne-Hotel mithalten. Fast tat es ihr leid, das Hotel zu verkaufen. In der modernen Zeit, in der sie lebte, waren solche Rückzugsorte wie das *Fleetwood on Sea* selten geworden.

Nach dem Frühstück ging sie auf Erkundungstour durchs Hotel. Sie war neugierig, wie der Rest aussah.

Gleich neben dem Frühstücksraum lag der Aufenthaltsraum. Die Wände waren nicht verputzt und zeigten das bloße Mauerwerk. In New York waren diese Wände groß in Mode und die Leute gaben ein Vermögen dafür aus. Es gab ein Bücherregal, in dem die Werke bekannter Schriftsteller standen. Jools fragte sich im Stillen, ob jemals einer der Gäste eines der unzähligen Bücher gelesen hatte. Eine Sitzecke vor dem Kamin bildete den Mittelpunkt des Raumes. Die alten Polstermöbel waren an einigen Stellen abgewetzt und sie entdeckte mehrere Brandlöcher im Bezug. Die Wand über dem Kamin war mit schwarzem Ruß überzogen.

Auf dem Boden lagen schwere Perserteppiche. Eine kleine Bar, hinter der sich ein Regal mit diversen alkoholischen Getränken befand, war in die Ecke eingebaut worden. Alles wirkte sauber und aufgeräumt. Ein älterer Herr hatte es sich in der Sitzecke gemütlich gemacht und las vertieft die Tageszeitung.

Vom Aufenthaltsraum gelangte man direkt zum Wintergarten. Dieser Teil des Hauses unterschied sich deutlich von den übrigen. Jools nahm an, dass man ihn nachträglich angebaut hatte. Der Raum war hell und sonnendurchflutet. Jools sah nach oben, wo sich das Glasdach über die gesamte Fläche spannte und von dunklen Holzbalken getragen wurde.

Ein Kamin an der Stirnseite sorgte an kühlen Tagen für Wärme. Die Sitzecke aus hellen Rattanmöbeln bot Platz für acht Personen. Oliven- und Zitronenbäume in riesigen Terrakotta-Töpfen gaben dem Ganzen einen mediterranen Einschlag. Auf den Holzdielen am Rand standen große Windlichter. Jools konnte sich vorstellen, wie gemütlich es sein musste, wenn man an lauen Sommernächten dort saß und bei einem Glas Wein auf das Meer blickte.

Vom Wintergarten ging es durch eine Tür direkt auf die angrenzende Terrasse. Da das Grundstück an dieser Stelle leicht abfiel, war die Veranda auf Stützpfählen gebaut worden und zog sich großzügig entlang der Fassade. Auch hier gab es eine Sitzecke für Gäste, die nach Entspannung suchten. Das Ehepaar, das sie vom Frühstücksrestaurant aus beobachtet hatte, hatte auf der Hollywoodschaukel Platz genommen und starrte schweigend aufs Meer. Leise schlich sich Jools davon, um sie nicht zu stören.

Als sie zur Rezeption kam, verabschiedete sich Emily gerade von einem jüngeren Ehepaar. Die beiden strahlten, als ob sie gerade im Lotto gewonnen hätten.

»Es war wunderschön! Ich bin mir sicher, dass wir bald wiederkommen. Nicht wahr, Schatz?«, hörte Jools den Mann sagen.

»Das waren absolut traumhafte Flitterwochen«, schwärmte die junge Frau. »Alles war perfekt, dank Ihnen und dem übrigen Team. Bitte richten Sie Luca aus, dass ich seine Kochkünste vermissen werde.« Sie nahm Emilys Hand und drückte sie.

»Das werde ich gern tun. Ich freue mich, wenn wir Sie bald wieder als Gäste begrüßen dürfen«, nickte Emily mit einem herzlichen Lächeln auf dem Gesicht.

»Worauf sie sich verlassen können!« Der frischgebackene Ehemann strahlte.

Jools wartete, bis das junge Ehepaar gegangen war.

»Da bin ich wieder.« Sie lehnte sich mit dem Oberkörper an den Tresen.

»Und, wie war's?«

»Ausgezeichnet. Das letzte Mal, dass ich so guten Kaffee getrunken habe, war in Rom auf der Piazza di Sant'eustachio.«

»Haben Sie das Luca gesagt?« Emily kam hinter dem Empfangstresen hervor.

»Nein, das hat Rose übernommen.«

»Sehr gut.«

»Wo ist eigentlich Ihre Tochter? Ich habe sie gar nicht beim Frühstück gesehen.«

»Wir frühstücken immer im Cottage. Melees Schule liegt in Haverfordwest und der Schulbus holt sie bereits um sieben ab.«

»Sie Arme, schon so früh«, rutschte es ihr heraus.

»Es gibt Schlimmeres. Wenn ich an die Zeit zurückdenke, als Melee ein Baby war, kommt mir sieben Uhr wie ausschlafen vor.«

»Das kann ich mir vorstellen. Meiner Freundin Susan geht es gerade so. Sie hat zwei kleine Mädchen, die sie ganz schön auf Trab halten.«

»Ach, trotzdem vermisse ich die Zeit manchmal. Vor allem, wenn ihr Dickkopf zum Vorschein kommt und sie gegen alles, was ich sage, rebelliert.« Emily lachte.» Manchmal frage ich mich, ob wir als Teenager genauso waren.«

»Noch schlimmer!«, grinste Jools.

»Ich schätze, dass würden meine Eltern auch behaupten, wenn man sie fragen würde.« Emilys Mund war ein schmaler Strich.

Jools dachte darüber nach, was ihr Emily über sich erzählt hatte. Sie konnte sich nur ausmalen, wie ihre Eltern reagiert hätten, wäre sie mit knapp achtzehn schwanger geworden.

»Aber lassen wir das«, beendete Emily abrupt das Thema.

»Ich habe schon mal eine Runde durchs Hotel gedreht«, berichtete sie.

»Und, wie hat es Ihnen gefallen?« Emilys Augen blitzten erwartungsvoll.

Es schmerzte Jools, die Hoffnung der sympathischen Frau zu sehen. Eine Hoffnung, die sie nicht erfüllen konnte.

»Emily, ich will ehrlich zu Ihnen sein: Das Hotel ist in der Tat wunderbar, auch wenn einiges daran gemacht werden muss. Dennoch glaube ich nicht, dass ich es weiterführen werde.«

»Sie wollen verkaufen?« Sämtliche Farbe war aus Emilys Gesicht gewichen.

»Noch ist nichts unterschrieben.« Jools glaubte, einen Hoffnungsschimmer in Emilys Gesicht zu entdecken. »Millie hat einige Bedingungen an mein Erbe geknüpft, die ich erfüllen muss …« Sie machte eine lange Pause. »Es ist nicht so einfach, wie ich gehofft hatte, und ein Verkauf mehr als wahrscheinlich …« Emily sah aus, als hätte man sie geschlagen. Das Lächeln war aus ihrem Gesicht verschwunden und sie hatte die Lippen fest aufeinandergepresst. »Es tut mir wirklich leid, aber ich finde, es wäre ein Fehler, Ihnen etwas vorzuspielen.«

In Emilys Gesicht spiegelten sich die unterschiedlichsten Gefühle – Entsetzen, Verzweiflung und Wut. Jools konnte nur erahnen, was sich gerade in ihrem Kopf abspielte. Das *Fleetwood on*

Sea war ihr Zuhause. Sie und ihre Tochter hatten hier Sicherheit gefunden und sich ihr Leben eingerichtet. Wie würde es für die beiden weitergehen, wenn das Hotel verkauft wurde? Würden sie im Gartencottage wohnen bleiben können? Würde ihr Leben so verlaufen wie bisher?

Eigentlich sollte sie sich darüber keine Gedanken machen, schließlich war es nicht ihr Problem und sie kannte Emily kaum. Trotzdem tat es ihr weh, jetzt, wo sie die Person etwas kennengelernt hatte. Emily war der Typ Frau, den man sich als Freundin wünschte. Patent, offen und augenscheinlich gut gelaunt.

»Das habe ich schon befürchtet«, murmelte Emily leise. »Ich danke Ihnen für Ihre Ehrlichkeit.«

»Es tut mir wirklich leid.« Jools legte ihre Hand tröstend auf Emilys Schulter. »Ich hätte Ihnen gern bessere Neuigkeiten überbracht.«

Emily nickte stumm. »Wann werden Sie sich entscheiden?«

»Sobald ich einen Überblick habe«, log sie. Sie brachte es einfach nicht über das Herz, Emily die ganze Wahrheit zu sagen. »Millie hat Sie finanziell abgesichert, zumindest für eine Zeit, falls Ihnen das etwas hilft.«

Emily nickte stumm. Jools nahm die Hand von ihrer Schulter. Sie fühlte sich sichtlich unwohl in ihrer Haut. Am liebsten wäre sie in einer Spalte versunken, aber leider kamen diese Naturkatastrophen nicht, wenn man sie brauchte.

»Sollte es nötig werden, werde ich Ihnen die erforderlichen Zeugnisse ausstellen, damit Sie sich anderweitig bewerben können«, startete sie einen Versuch, die Situation zu entschärfen.

»Das wird nicht nötig sein. Millie hat bereits alles veranlasst.«

Jools nickte. »Möchten Sie, dass ich es den anderen sage?«

»Nein, das übernehme ich.« Sie wollte auf keinen Fall als Feigling dastehen.

»Selbstverständlich«, nickte Emily kühl.

»Als Erstes muss ich mich um ein neues Handy kümmern. Mein Freund macht sich bestimmt schon Sorgen, ganz zu schweigen von meinen Kunden. In meinem Job ist es ausschlaggebend, erreichbar zu sein. Ich wage es gar nicht, mir auszumalen, wer alles versucht hat, mich in der Zwischenzeit zu erreichen.«

»Das klingt ganz schön stressig.«

»Ist es auch, aber ich habe mich daran gewöhnt«, gestand sie.

»Auf der Hauptstraße von Haverfordwest gibt es einen Telefonladen, der die neusten Modelle führt und einen kompetent berät.«

»Danke.«

Sie fühlte sich schuldig an Emilys Misere, auch wenn es rational gesehen nicht ihr Fehler war. Sie konnte das Hotel unter den gegebenen Umständen unmöglich weiterführen, wobei sie den Gedanken absolut reizvoll fand.

Das Telefon klingelte.

»Würden Sie mich bitte entschuldigen?«, bat Emily.

»Natürlich«, nickte sie. »Emily, bitte machen Sie sich keine Sorgen. Wir finden eine Lösung für Sie und Melee.«

Hoffentlich!

6. Kapitel

Der Vormittag war erfolgreich gewesen. Das neue Smartphone lag in ihrer Handtasche und lud dank eines externen Akkus gerade auf, damit sie so schnell wie möglich damit arbeiten konnte. Bis dahin wollte sie sich ein nettes Café zum Arbeiten suchen.

Auf den zweiten Blick war Haverfordwest gar nicht so übel. Zwar waren die Geschäfte und deren Auswahl nicht so groß wie in New York, aber es gab alles, was man zum täglichen Leben brauchte. Auf der Hauptstraße fand sie drei Bäckereien, einen kleinen Supermarkt, die Post, einen Friseur und zwei Immobilienbüros. Dazwischen verstreut waren mehrere kleine Cafés, vor deren Fenstern Tische und Stühle auf dem Gehsteig aufgebaut waren. Sie entdeckte sogar ein Schild, das den Weg zu einer kleinen Kunstgalerie wies.

Dean würde begeistert sein. Er war ein passionierter Kunstsammler und immer auf der Suche nach neuen Talenten. Sie hatte ihn schon mehrfach zu Vernissagen begleitet und sein Gespür für Kunst bewundert.

Jools genoss es, unbeschwert durch die Straßen zu schlendern und die liebevoll hergerichteten Schaufenster zu bewundern. Die Auswahl war exquisit. Sie blieb vor einer winzigen Boutique stehen, die zwischen zwei Häuser gequetscht war und mit einem Fenster lockte, in dem luftig-leichte Sommerkleider hingen. Eines davon war aus rosa Chiffon und hatte entzückende kleine Flatterärmel. Ein Lächeln huschte über Jools' Gesicht. Sie konnte sich nicht erinnern, wann sie das letzte Mal ein Kleid anprobiert hatte, ohne in Eile zu sein. Die letzten Jahre waren geprägt gewesen von Arbeit und offiziellen Anlässen. Meist beschäftigte sie eine professionelle Shopperin, die für sie ihre Garderobe aussuchte.

Entschlossen trat sie ein. Sie war die einzige Kundin und die Verkäuferin schenkte Jools ihre ganze Aufmerksamkeit. Sie erklärte ihr, dass sie es auf das Kleid in der Auslage abgesehen hatte, und bat sie, ihr behilflich zu sein, die Puppe aus dem Schaufenster zu holen. Mit vereinten Kräften und bei lockerem Geplauder über das gute Wetter dieses Jahr schafften sie es schließlich.

Jools verschwand in der Umkleidekabine. Das schlichte, eng anliegende Kleid saß wie angegossen und unterstrich ihre weibliche Figur geradezu perfekt, ohne aufzutragen.

Als sie damit aus der Kabine trat, brach die Verkäuferin in Jubel aus. Jools konnte nicht anders und kaufte das Kleid. Sie würde es zu Katies Auftritt in Barrons Show anziehen. Einmal in Fahrt gekommen, erstand sie noch ein weiteres Kleid, das verspielter war und sich für eine Cocktailparty eignete. Hinzu kamen noch eine elegant geschnittene cremefarbene Leinenhose und zwei Blusen. Als Jools bezahlte, strahlte die Verkäuferin über das ganze Gesicht. Wahrscheinlich hatte sie dank Jools' Einkäufen gerade den Umsatz von einer Woche gemacht. Es würde sie nicht wundern, wenn die Dame das Geschäft für den Rest des Tages schließen würde.

Schwerbepackt setzte sie sich in eines der kleinen Cafés, um sich einen leckeren Latte Macchiato zu gönnen und in Ruhe ihre Mailbox abzuhören. Wie bereits befürchtet, hatte Dean mehrfach versucht, sie zu erreichen, und bat sie um einen Rückruf. Da es in New York noch früh am Morgen war, entschied sie sich, ihm eine Nachricht per WhatsApp zu schicken.

Katie hatte ebenfalls angerufen und ihr mit weinerlicher Stimme die Mailbox vollgequatscht. Sie runzelte die Stirn. Es dauerte einen Augenblick, bis Jools verstanden hatte, dass Katie das ganze Theater wegen des falschen Outfits machte, das man ihr angeblich zugeschickt hatte. Sie würde sie später zurückrufen, um sie wie immer zu beruhigen.

Zwei ihrer älteren Kunden hatten sich gemeldet, um ihre Termine mit Jools abzustimmen. Sie wies Ruby per Mail an, den beiden die Terminplanung für den kommenden Monat zuzuschicken. Bei den übrigen Mails handelte es sich hauptsächlich um Rückfragen von Kunden, die sie mit einer kurzen Mail beantwortete. Susan hatte ihr eine WhatsApp geschrieben und nachgefragt, ob sie heil angekommen war. Jools hatte ihr ausführlich von ihrer Ankunft und ihren ersten Eindrücken berichtet. Es freute sie im Stillen, dass sie und Susan wieder mehr Kontakt hatten. Die kleine Aussprache auf der Party hatte ihnen beiden gutgetan. Jools war fest entschlossen, sich ab jetzt mehr um ihre Freundin zu kümmern und ihren Pflichten als Patentante nachzukommen.

Gut gelaunt und mit neuen Kleidern machte sie sich auf den Heimweg. Über ihr spannte sich der strahlend blaue Himmel und die Sonne schien warm auf sie herab. Vielleicht könnte sie einen kleinen Abstecher nach Fleetwood Cove machen, bevor sie zurück zum Hotel fuhr. Sie wollte die kurze Zeit ihres Aufenthalts nutzen und so viel wie möglich von der Gegend sehen. Sie hatte die letzten Monate durchgearbeitet und lechzte nach einer Pause. Natürlich erwartete man von ihr, dass sie im Hotel zur Hand ging und sich um die Belange dort kümmerte. Dafür war der Nachmittag reserviert.

Die Straße schlängelte sich durch die grünen Felder wie eine dunkle Schlange. Immer wieder entdeckte sie Ruinen von ehemaligen Bauernhäusern, an denen Wind und Regen genagt und nicht viel mehr als ein paar Mauerreste übrig gelassen hatten. Zu ihrer Rechten fielen die steilen Klippen ins tosende Meer. Es gab weder Zäune noch eine Mauer, die einen Sturz in die Tiefe verhindern würden, falls ein Fahrer von der Straße abkam. Jools verlangsamte ihr Tempo und kurbelte das Fenster herunter. Sofort wurde der Innenraum des Wagens von frischer Seeluft geflutet, und mit ihr kam der Geschmack von Seetang und Abenteuer. Ihre Haare, die sie entgegen ihrer sonstigen Gewohnheit offen trug, wurden wild durcheinandergewirbelt. Sie nahm einen tiefen Atemzug. Als Kind hatte sie Geschichten, in denen Piraten und Meerjungfrauen vorkamen, geliebt. Bei schlechtem Wetter hatte ihr Nana oft stundenlang aus ihren Büchern vorgelesen, während draußen der Regen gegen die Fensterscheiben geprasselt hatte.

Sie warf einen Blick aufs Wasser, wo die Wellen ungestüm gegen die Felsen der Küste donnerten und die Gischt meterhoch in die Luft spritzte. In Ufernähe schimmerte das Wasser smaragdgrün, derweil es weiter draußen fast tintenblau schien. In der Ferne waren die weißen Segel einiger Jachten zu erkennen.

Wie aus dem Nichts tauchte eine Herde Schafe vor ihr auf. Einige der Tiere trotteten über die Straße. Jools trat auf die Bremse und brachte den Mini zehn Meter vor dem ersten Schaf zum Stehen, was die Tiere nicht weiter zu interessieren schien. Jools kam sich vor, als wäre sie in eine Postkarte gesprungen. Alles schien perfekt, sie fühlte sich so entspannt wie schon lange nicht mehr. Keine Termine, keine Konferenzen, kein Lärm. Niemand, der sie drängte. Geduldig wartete sie, bis die Schafe weitergezogen waren.

Die Straße vollzog eine sanfte Biegung und die ersten Häuser von Fleetwood Cove tauchten vor ihr auf. Die roten Dächer leuchteten im Sonnenlicht mit den bunten Fassaden um die Wette. Jools konnte vereinzelte Pünktchen erkennen – Menschen, die den Strand entlangliefen und das schöne Wetter genossen. Rechts am Hafen hatten sich mehrere Besucher versammelt und bewunderten das Einlaufen eines Segelbootes.

Gleich am Ortseingang befand sich ein Pub mit dem malerischen Namen *Stinky Rose*, dessen weiße Fassade wie ein frisch polierter Zahn blitzte. Der Besitzer hatte einige Tische und Stühle davor aufgebaut, an denen bereits die ersten Gäste saßen, um ein kühles Pint in der Sonne zu genießen.

Sie folgte der Uferstraße bis zu einem kleinen Parkplatz direkt neben dem Supermarkt. Draußen war es herrlich warm und sonnig. Eine junge Frau schob ihren Einkaufswagen ratternd zu ihrem Auto. Ihre kleine Tochter saß dabei in dem Klappsitz des Einkaufswagens und sang fröhlich ein Kinderlied.

Neugierig drückte Jools ihre Nase gegen die Schaufensterscheibe, um einen Blick in das Innere des Supermarktes zu erhaschen.

Der Laden war kaum größer als ein Kiosk und nur mit dem Wichtigsten ausgestattet. Für größere Einkäufe musste man wohl oder übel ins benachbarte Broad Haven oder nach Haverfordwest fahren.

Einer der Verkäufer trug einer älteren Dame den Einkaufskorb zu ihrem Auto und verabschiedete sie freundlich. Vor Jools' innerem Auge tauchten die blassen, mürrischen Gesichter der Verkäuferinnen auf, die des Nachts in New York hinter den Kassen saßen und darauf warteten, dass ihre Schicht zu Ende war. Der Luxus, in dem sie lebte, hatte für manche Menschen einen hohen Preis.

Gemütlich schlenderte Jools den schmalen Gehweg entlang in Richtung Hafen. Die Uferstraße war lediglich durch eine hohe Mauer vom Strand abgetrennt. Der feine Sand der Bucht schimmerte im Sonnenlicht wie Elfenbein und sie entdeckte mehrere Kinder, die lachend am Wasser tobten, bewacht durch ihre Mütter, die es sich auf einer Decke gemütlich gemacht hatten.

Keine zehn Schritte vom Supermarkt entfernt befand sich ein kleines Geschäft, das sich auf Touristen eingestellt hatte und Postkarten, Strandlatschen, Luftmatratzen, T-Shirts, Sandspielzeug und kleine Snacks anbot. Daneben befand sich ein ehemaliges Strandhaus, dessen blaue Fassade mit den pinkfarbenen Fenstern aussah, als hätte man sie mit Zuckerguss überzogen. Erst als sie direkt davorstand, erkannte sie, dass es sich um eine Kunstgalerie handelte. Neugierig betrachtete sie die Ölbilder und Aquarelle im Schaufenster. Der Künstler war ein Meister seines Fachs und hatte die Stimmung der Landschaft auf spielerische Weise eingefangen. Vielleicht würde sie hier ein Bild als Mitbringsel für Dean finden.

Es klingelte leise, als sie die Galerie betrat. Sofort hatte sie den Geruch von Ölfarbe und Lösungsmitteln in der Nase. Überall in dem geschätzt neunzig Quadratmeter großen Raum hingen Bilder. Es gab nicht einen freien Fleck an den Wänden, und selbst am Boden standen Bilder in Rahmen gegen die Wand gelehnt. Eine junge Frau mit langen blonden Haaren kam auf sie zugeeilt. Sie war ein Stück größer als Jools und strahlte einen natürlichen Sex-

Appeal aus. Sie trug helle, ausgewaschene Jeans und ein hautenges T-Shirt, das dem Betrachter nur wenig Spielraum für Spekulationen ließ, was ihre Körbchengröße anbelangte. Um ihr rechtes Handgelenk baumelten ein gutes Dutzend Armbänder.

»Hallo, mein Name ist Lily. Kann ich Ihnen behilflich sein?«, sagte die junge Frau, die schätzungsweise Anfang dreißig war, mit fröhlicher Stimme und stellte sich direkt neben sie. Es hätte Jools nicht gewundert, wenn sie ihr den Arm um die Taille gelegt hätte, wie bei alten Freundinnen.

»Hi. Mein Name ist Jools.«

»Hi, Jools.« Lily grinste sie breit an. »Freut mich.«

»Ganz meinerseits.«

»Wie kann ich dir behilflich sein?« Sie war ohne Umwege zur persönlichen Anrede übergegangen.

»Ich wollte mich nur einmal umschauen. Mein Freund ist ein begeisterter Kunstsammler und ich würde ihm gern ein Bild von Fleetwood Cove mitbringen.«

»Da bist du bei mir genau richtig!«, entgegnete Lily mit entwaffnender Offenheit. Ein Leuchten ging von ihrem Gesicht aus.

»Du hast eine beachtliche Auswahl.« Jools' Augen huschten mit Kennerblick über die Stellwände, wo jeder Millimeter mit Kunst überzogen war.

»Leider ist der Platz ziemlich begrenzt. Kann ich dir etwas zu trinken anbieten, während du dich in Ruhe umschaust?«

»Ein Wasser wäre prima.«

»Klaro, bin gleich wieder da. Fühl dich wie zu Hause. Du kannst alles anfassen und runternehmen. Aber Vorsicht! Ich musste ganz schön improvisieren, und es steht nicht alles so, wie es soll.« Lily verschwand in einem Nebenzimmer.

Jools schlenderte durch die Galerie. Der große Raum war in schlichtem Weiß gehalten und durch einfache Trennwände unterteilt, die nach oben hin offen waren. Unzählige Spotlichter an der Decke sorgten für die richtige Beleuchtung. Die Bilder waren auf ganz spezielle Weise angeordnet, so dass ihre Wirkung voll zur

Geltung kam und keines der Kunstwerke benachteiligt wurde. Die New Yorker High Society liebte kleine Galerien wie diese.

»Und, hast du schon etwas gefunden?« Lily kam mit einem Wasser in der Hand zurück. Um ihren geschwungenen Mund spielte ein Lächeln. Dankbar nahm Jools einen Schluck aus dem Glas.

»Dieses hier gefällt mir sehr gut.« Sie deutete auf eines der kleineren Aquarelle. Der Künstler hatte mit wenigen Pinselstrichen die Umgebung naturgetreu eingefangen, ohne dass es kitschig wirkte.

»Das habe ich gemalt«, erklärte die junge Frau.

»Du bist Künstlerin?«

»Ja. Ich habe an der *Sorbonne* Kunst studiert.« Der Stolz in ihrer Stimme war nicht zu überhören.

»Und was macht eine Künstlerin wie du hier in Fleetwood Cove?«

»Es gefällt mir hier. Ich stamme ursprünglich aus dem Nachbarort. Als ich jung war, wollte ich immer nur weg aus der Kleinstadt, deshalb bin ich auch nach Frankreich gegangen. Aber nach ein paar Jahren hatte ich Heimweh.« Lily lächelte. »Ich kann mir keinen schöneren Ort auf der Welt vorstellen, an dem ich lieber leben möchte.« Die Galeristin nahm das Bild in die Hand und hob es gegen das Licht, so dass Jools es besser betrachten konnte. »Alles ist so friedlich hier. Keine Hektik, kein Stress. Jeder lebt so vor sich hin und genießt den Tag.«

»Das klingt geradezu paradiesisch.«

»Ist es auch. Bist du das erste Mal bei uns? Ich habe dich noch gar nicht im Dorf gesehen.«

Jools zögerte einen Moment. Sie war offen gesagt überrascht von der direkten Art ihres Gegenübers.

»Entschuldige, ich bin manchmal wirklich schrecklich neugierig. Du brauchst nicht zu antworten, wenn du nicht möchtest.«

»Nein, nein, kein Problem. Ich bin zum ersten Mal hier. Ich wohne oben im *Fleetwood on Sea*.« Sie deutete in Richtung Plateau.

»Echt? Emily, die Managerin, ist eine Freundin von mir.« Jools schätzte, dass die beiden Frauen ungefähr im gleichen Alter waren. »Sie ist ein absoluter Schatz.«

»Ja, ich hatte bereits das Vergnügen.«

»Hast du schon was gegessen?«

»Bitte?« Sie sah Lily verwirrt an.

»Na, ich meine, im *Fleetwood on Sea*?«

»Wenn ich ehrlich bin, hatte ich noch nicht die Gelegenheit, im Restaurant zu essen. Ich war gestern nach meiner Ankunft so müde, dass ich eingeschlafen bin. Aber das Frühstück heute Morgen war ausgezeichnet.«

»Das *musst*«, sie betonte das Wort, »du unbedingt nachholen. Luca ist der beste Koch in der ganzen Gegend und kann es locker mit jedem Sterne-Koch aufnehmen. Der Mann ist eine Legende, noch dazu sieht er wahnsinnig gut aus.« Lily verdrehte schwärmerisch die Augen.

»Ist mir nicht aufgefallen«, brummt Jools, was gelogen war. Natürlich hatte sie den gutaussehenden Italiener bemerkt.

»Die Besitzerin ist erst vor Kurzem gestorben«, fuhr Lily im Plauderton fort, »und niemand weiß, wie es mit dem Hotel weitergehen soll, bis die Erbin sich entschieden hat. Irgendeine entfernte Verwandte der Besitzerin. Emily macht sich ganz schön Sorgen, wie es weitergehen soll.«

»Verständlich.« Jools' schlechtes Gewissen meldete sich zu Wort. Ertappt senkte sie den Kopf, damit Lily nicht sah, dass sie rot wurde.

»Es wäre wirklich eine Schande, wenn das Hotel nach all der Zeit verkauft werden würde. Zumal es sonst nichts Vergleichbares in der Gegend gibt«

»Vielleicht kann die Erbin das Hotel schlicht nicht behalten. Das wäre doch möglich.«

Lily beäugte sie misstrauisch. »Blödsinn. Spätestens, wenn der Erbe das Hotel sieht, wird er es behalten wollen.«

Verdammt! Warum machten es ihr alle nur so schwer?

Anscheinend ging jeder im Dorf davon aus, dass sie das Hotel übernehmen würde.

»Aber egal. Das ist schließlich nicht meine Sorge. Ich erzähle schon wieder zu viel«, beendete Lily ihren Redeschwall.

»Überhaupt nicht.« Jools' Blick fiel auf das Preisschild. Der Preis für das Bild war lächerlich gering. In New York hätte man das Doppelte dafür verlangt. »Ich denke, ich nehme es.«

»Du wirst es nicht bereuen.« Lily trug es zu dem kleinen Tisch in der Nähe des Eingangs.

»Ich würde das Bild gern ohne Rahmen kaufen, da es sonst nicht in meinen Koffer passt. Ich reise am Sonntag wieder ab.«

»Natürlich. Dein Timing ist übrigens perfekt. Am Samstag findet das *Fleetwood Cove Festival* statt. Das solltest du auf keinen Fall versäumen. Das ist das Beste am ganzen Sommer«, schwärmte Lily.

»Festival?«

»Das Festival ist der offizielle Startschuss für die Sommersaison.« Lily zog einen Bildkarton aus dem Regal hinter sich. »Besucher aus allen Teilen Englands kommen extra deswegen hierher. Es gibt Musik, Essensbuden und es wird bis spät in die Nacht getanzt. Ein kleines Konzert mit einem Überraschungsgast ist ebenfalls geplant. Höhepunkt ist allerdings das Auslaufen der Segelboote um Mitternacht! Wir sind richtige Partylöwen in Fleetwood Cove. Wir lieben Festivals, denn sie ziehen die Touristen an, und die meisten von uns leben davon. Das Sommerfestival ist erst der Anfang einer langen Reihe von Festivals.«

»Das hört sich ganz danach an. Ich bin gespannt.«

Sie war das letzte Mal während ihres Studiums auf einem Festival gewesen. Es hatte Bier, billigen Wein und Hot Dogs gegeben. Am Ende des Abends war sie betrunken bei einem Kommilitonen im Bett gelandet. Eine Erinnerung, die sie gern vergessen würde. Vor allem den Morgen danach, wo sie mit ziemlichen Kopfschmerzen in dem fremden Bett neben dem schnarchenden Typen aufgewacht war.

Sie hatte sich leise angezogen und sich wie ein Dieb aus dem Zimmer geschlichen. Leider hatte sie nicht damit gerechnet, dass sie ausgerechnet in den morgendlichen Appell platzen würde. Jeder hatte sie gesehen, wie sie mit verschmierten Augen, die Schuhe in der Hand, noch in ihren Partyklamotten den Gang entlanggetapst war.

»Prima. Ich würde mich freuen, wenn wir uns sehen. Dann kann ich dich in die kleinen Geheimnisse der Bewohner von Fleetwood Cove einweihen. Nach diesem Fest wirst du uns Engländer in einem ganz anderen Licht sehen.« Schmunzelnd legte sie den Transportkarton vor sich auf den kleinen Ladentisch.

»Wie meinst du das?« Jools reichte ihr die Kreditkarte.

»Jeder weiß doch, dass ihr Amerikaner uns alle für steife Limeys haltet, die den ganzen Tag nur Tee trinken und sich strikt an die Regeln halten«, zwinkerte Lily. »Ich möchte anmerken, dass ich ein absoluter Kaffeejunkie bin, und an Regeln halte ich mich schon lange nicht mehr.«

»Erwischt! Ich habe tatsächlich das eine oder andere Vorurteil in diese Richtung.«

»Wusste ich es doch!« Lily gab ihr die Kreditkarte zurück. »Laut Wettervorhersage soll es in den nächsten Tagen noch wärmer werden. Das letzte Mal hat es schrecklich geregnet und das Festival ist im wahrsten Sinne des Wortes ins Wasser gefallen.« Sie kicherte. »Was uns aber nicht abgehalten hat, trotzdem zu feiern. Das *Stinky Rose* ist Gott sei Dank überdacht.«

»Klingt nach Spaß. Ich werde nach dir Ausschau halten.« Sie nahm den Karton mit dem Bild entgegen. »Vielen Dank.«

Lily lächelte. »Und Vorsicht bei der Treppenstufe.«

»Bis Samstag«, rief sie über ihre Schulter, während sie in Richtung Ausgang davonrauschte.

Aus dem Augenwinkel sah sie einen dunklen Schatten auf sich zukommen. Ehe sie wusste, wie ihr geschah, wurde sie von dem massigen Körper gerammt und fiel mit einem erschrockenen Aufschrei gegen die Hauswand.

»Hoppla!«, drang eine äußerst männliche Stimme zu ihr, gefolgt von lautem Bellen.

Irritiert sah sie zur Seite. Ein Mann stand neben ihr und musterte sie mit durchdringendem Blick. Er war groß und sportlich gebaut. Seine ursprünglich dunkelblonden Haare waren von der Sonne ausgeblichen und mit hellen Strähnen durchzogen. Um seinen Mund lag der Dreitagebart wie ein Schatten.

»Alles okay, Miss?«, fragte der Unbekannte besorgt. Der Hund in seiner Begleitung schnüffelte interessiert an Jools' nacktem Bein. »Ich habe Sie nicht gesehen.«

»Das habe ich gemerkt«, blaffte sie. »Wären Sie so nett und würden Ihren Hund zurückrufen!«

Der Unbekannte stieß einen Pfiff aus. »Max, hierher!« Der Hund machte kehrt und trottete zu seinem Herrchen. Sie rieb sich die schmerzende Schulter.

»Ich wollte Sie bestimmt nicht über den Haufen rennen, aber Sie waren so schnell, dass ich Ihnen nicht ausweichen konnte.«

»Sie sollten sich lieber entschuldigen, statt mir die Schuld zu geben.«

»Sind alle Amerikanerinnen so angriffslustig wie Sie?«

»Sind alle Engländer solche Idioten wie Sie?«

Seine Mundwinkel zuckten verdächtig. Es sah so aus, als hätte er Spaß daran, sie zu ärgern.

»Alles okay, Jools?« Lily stand plötzlich neben ihr und sah sie besorgt an.

»Ja. Ich habe mich nur erschrocken, als dieser … dieser Mann mich umgerannt hat wie eine Dampfwalze.« Sie machte eine Kopfbewegung in Richtung des Unbekannten.

»Hey, Aidan, vergraulst du mir die Kunden?«, sprach Lily den Mann direkt an.

»Das würde ich niemals wagen.« Die grünen Augen des Unbekannten blitzten vergnügt.

»Das will ich hoffen, sonst bekommst du es mit mir zu tun.« Lily beugte ihren Arm und hielt die geballte Faust in die Höhe.

»Uh, ich scheiß mir gleich in die Hose vor Angst«, grinste Aidan. »Außerdem, so wie du deinen Daumen umschließt, brichst du ihn dir gleich beim ersten Schlag.«

»Blödmann!« Lily streckte ihm die Zunge raus.

»Wie immer sind deine Argumente einfach unschlagbar.« Aidan hob die Hand.

»Braver Junge …«

»Meinst du jetzt Max oder mich?« Aidans Mund verzog sich zu einem Grinsen.

»Dich natürlich, du großer Hornochse.« Lily stellte sich auf die Zehenspitzen und gab Aidan einen Kuss auf die Wange. »Zufrieden?«

»Nicht schlecht für den Anfang. Magst du mich vielleicht vorstellen?« Aidans Augen wanderten zu Jools, die fasziniert den Schlagabtausch der beiden verfolgt hatte.

»Jools, das ist Aidan Turner. Ihm gehört die *Sea Gull* da vorn.« Lily deutete auf eines der Boote im Hafen.

»Sehr erfreut, Sie kennenzulernen«, lächelte er, wobei seine Zähne aufblitzten.

»Hi. Jools Miller«, lächelte sie zurück.

Aidans grüne Augen zogen sich für den Bruchteil einer Sekunde zusammen. »Dann sind Sie die Amerikanerin, von der Luca heute Morgen gesprochen hat?«

»Das kann schon sein« entgegnete sie spitz.

Sie fragte sich im Stillen, was Luca mit diesem unverschämten Kerl zu schaffen hatte. War es ein Freund von ihm?

Sie fluchte innerlich. Anscheinend verbreiteten sich Neuigkeiten hier schneller als in der *New York Times*. Es wäre ihr lieber gewesen, wenn sie unerkannt entkommen wäre. Nun galt es, sich so diplomatisch wie möglich aus der Affäre zu ziehen, bevor die ganze Stadt erfuhr, dass sie das Hotel verkaufen wollte.

»Wie gefällt es Ihnen in Fleetwood Cove?«

Jools hatte das Gefühl, in den blaugrünen Seen seiner Augen zu ertrinken. Sie war wie hypnotisiert.

»Sehr gut. Die Landschaft ist ein Traum und der Ort entzückend«, erklärte sie vorsichtig, fest entschlossen, wieder die Kontrolle über das Gespräch zu übernehmen.

»Entzückend.« Aidan fuhr sich mit den Fingern durch die Haare. »Mhm.«

»Kann mir mal einer erklären, was los ist?«, mischte sich Lily in die Unterhaltung ein.

»Vor dir steht die neue Besitzerin des *Fleetwood on Sea*«, klärte Aidan sie auf.

»Aber warum hast du das nicht gleich gesagt?« Lily sah Jools verständnislos an.

»Es erschien mir nicht notwendig. Außerdem, was hätte es für einen Unterschied gemacht?«

»Keine Ahnung. Wahrscheinlich keinen«, zuckte Lily mit den Schultern. »Ich komme mir nur ein wenig dumm vor, weil ich dir so viel darüber erzählt habe.«

»Das war nicht meine Absicht. Ich wollte nur kein großes Aufheben machen, das ist alles.«

»Kein Aufheben!«, plusterte sich Lily auf. »Kein Aufheben! Ich bin begeistert. Als ich gehört habe, dass irgendjemand Fremdes das Hotel geerbt hat, habe ich mir ganz schön Sorgen gemacht. Ich meine, es hätte auch so einen gierigen alten Kerl treffen können, der das Hotel sofort verkaufen will, um für sich Profit daraus zu schlagen. Aber jetzt, wo ich dich kenne, bin ich ernsthaft erleichtert. Herzlich willkommen in Fleetwood Cove!« Lily strahlte über das ganze Gesicht.

Aidan sagte nichts, sondern musterte sie weiter stumm. Hatte er eine Ahnung, dass sie das Hotel nicht behalten würde?

»Das ist ganz reizend von dir«, antwortete sie schwach.

Sie überlegte fieberhaft, wie sie sich am schnellsten aus dem Staub machen konnte, bevor Lily auf die Idee kam, sie zu fragen, wie es mit dem Hotel weitergehen würde. Aidans Augen schienen sie zu durchbohren und es kostete sie alle Mühe, seinem Blick standzuhalten. Sie kannte diesen Schlag Mann genau. Selbstsicher und von sich überzeugt. Wahrscheinlich gab es in Fleetwood Cove seinetwegen schon einige gebrochene Herzen.

»Bitte seid mir nicht böse, aber ich bin spät dran. Ich habe Emily versprochen, rechtzeitig zurück zu sein«, flüchtete sie sich in eine Ausrede. »Nochmals vielen Dank für die nette Beratung.«

»Das ist mein Job.« Lily strahlte noch immer wie ein Honigkuchenpferd. »Bitte grüß Emily von mir. Bis hoffentlich bald.««

»Wird gemacht.« Jools zwang sich zu einem Lächeln, was nicht so recht gelingen wollte. Sie kam sich schrecklich schlecht vor.

»Auf Wiedersehen«, verabschiedete sich Jools so schnell wie möglich.

»Ms Miller.« Aidan stellte sich ihr in den Weg.

»Ja?« Sie hob den Kopf.

»Millies Hotel gehört zu Fleetwood Cove wie das Meer zu dieser Bucht. Überlegen Sie es sich gut, bevor Sie eine Entscheidung treffen«, sagte er mit gesenkter Stimme, so dass Lily ihn nicht hören konnte.

Drohte er ihr etwa? Für wen hielt sich der Kerl eigentlich? Ihr Magen machte einen nervösen Hüpfer.

»Das werde ich. Dessen können Sie sicher sein.« Sie presste die Lippen aufeinander.

Mit einem knappen Kopfnicken gab Aidan den Weg frei. Jools war froh, seinen Röntgenaugen zu entkommen. Sie eilte, so schnell sie konnte, zurück zum Parkplatz. Erleichtert ließ sie sich auf den weichen Ledersitz des Minis gleiten. Ihr Puls raste noch immer und sie zitterte am ganzen Körper.

Das war knapp gewesen. Warum ging nur jeder in diesem Dorf davon aus, dass sie das Hotel unter allen Umständen behalten würde? Was war so besonders an dem Hotel, dass niemand in Betracht zog, dass sie es verkaufen könnte? Bestimmt würden sie alle für eine profitsüchtige Amerikanerin halten, wenn sie es erfahren würden. Selbst Emily würde kein gutes Haar an ihr lassen. Wenn sie wüssten, an welche Bedingungen das Erbe geknüpft war, würden sie ihre Beweggründe vielleicht verstehen. Zehn Jahre waren eine halbe Ewigkeit. Kaum noch jemand schloss heutzutage Verträge mit solch langer Laufzeit ab. Hätte Millie ein oder zwei Jahre zur Bedingung gemacht, hätte sie es sich vielleicht überlegt. Aber so? Auf der anderen Seite war sie den Menschen von Fleetwood Cove keine Rechenschaft schuldig. Wenn sie am Sonntag nach Hause flog, hatten sie die meisten bestimmt schon wieder vergessen. Wie hieß es immer so schön: *Aus den Augen, aus dem Sinn*.

Ihre Hand zitterte, als sie das Handy aus der Tasche holte. Sie musste unbedingt Dean sprechen. Es klingelte.

»Wo, um Himmels willen, hast du gesteckt?«, schepperte seine Stimme an ihr Ohr. Ein Lächeln huschte über ihr Gesicht. Er hatte sie vermisst – ein gutes Zeichen.

»Es tut mir so leid, aber so ein Idiot hat mein Handy überfahren«, erklärte sie rasch.

»Was?« Mit knappen Worten berichtete sie von dem Unfall mit dem Handy.

»Ich war kurz davor, die Polizei zu rufen«, brummte er versöhnlich durch den Hörer.

»Du weißt, ich hätte mich gemeldet, aber ich muss zu meiner Schande gestehen, dass ich deine Nummer nicht auswendig weiß. Stell dir vor, ich musste in den Nachbarort fahren, um mir ein neues Smartphone zu besorgen. Heute Morgen hatte ich das Gefühl, in eine andere Zeit gesprungen zu sein. Von moderner Technik ist hier jedenfalls nicht viel zu spüren. Das Hotel arbeitet noch mit einem uralten Telefon, da das Netz so schlecht ist. Ganz zu schweigen vom Internet. Schrecklich und absolut nicht tragbar.«

Eine Mutter ging mit ihren zwei Kindern am Auto vorbei und sah sie verwundert an. War man denn hier nirgendwo allein? Sie sank noch tiefer in den Sitz.

»Wenigstens bist du jetzt wieder erreichbar.« Es knackte in der Leitung. »Und wie … so weit … gelaufen?« Deans Stimme war abgehackt.

»Nicht so gut. Das Testament von Dads Halbschwester ist noch schlimmer, als befürchtet«, sagte sie.

Es knackte erneut.

»Ich … dich …lecht verst...« Jools starrte auf das Display. Nur ein Balken. Emily hatte sie ja bereits gewarnt, dass die Verbindung schlecht sein würde. Sie hatte jedoch nicht damit gerechnet, dass sie so mies war. »Man könnte meinen, du telefonierst vom Mars«, kam der letzte Satz von Dean klar und deutlich durch.

»Ja, das Netz hier ist absolut beschissen«, schimpfte sie und hob das Smartphone in die Höhe.

»Was hat … Notar …sagt?«

Sie erzählte ihm von ihrem Besuch bei Maximilian Stein, ohne auch nur eine winzige Kleinigkeit auszulassen. »Das bedeutet, wenn ich verkaufe, bekomme ich nur einen winzigen Pflichtanteil«, beendete sie ihre Ausführungen.

Für einen Moment herrschte Schweigen. Sie hörte, wie Dean am anderen Ende schwer atmete.

»Das ist … totale Wahnsi…. Ich kümmere …«

Jools warf einen Blick durch das Seitenfenster. Die Flut hatte ihren höchsten Stand erreicht und die Wellen klatschten gegen den äußeren Zipfel der Mole. Einige Kinder hatten sich in Badesachen auf das Ende der Hafenmauer gestellt und warteten mit leuchtenden Augen darauf, dass die nächste Welle kam und sie von Kopf bis Fuß nass spritzte.

»Was? Ich verstehe dich nicht.«

Eine Welle kam in den Hafen gerollt und traf auf die Mole. Tausende von Wassertropfen, die in der Sonne wie kleine Diamanten glitzerten, flogen durch die Luft, als die Welle brach. Johlend liefen die Kinder davon. Beim Anblick der glücklichen Gesichter huschte ein Lächeln über Jools' Lippen.

»Ich erkundige mich mal, was du da machen kannst. Vielleicht kannst du das Testament ja anfechten.«

»Ich glaube nicht, dass dabei etwas herauskommt. Der Notar scheint ein rechtschaffender, ehrlicher Mann zu sein«, entgegnete sie schwach. »Die Leute sind überhaupt sehr nett hier. Vor allem die Angestellten im Hotel.»

»Jools, jetzt hör mir mal zu. Wenn du dich übermorgen in den Flieger setzt, wirst du keinen dieser Menschen jemals wiedersehen. Welche Rolle spielt es also …«

In ihrem Kopf überschlugen sich die Gedanken. Ja, welche Rolle spielte es?

Jetzt, da sie Emily, Melee, Luca und Rose persönlich kennengelernt hatte, waren es nicht mehr irgendwelche namenlosen Personen, denen gegenüber sie zu nichts verpflichtet war. Diese Personen hatten Gesichter bekommen.

Emilys enttäuschter Ausdruck von heute Morgen tauchte vor ihr auf. Luca, der sie misstrauisch musterte, wie jemand, dem es schwerfiel, Vertrauen zu seinen Mitmenschen zu fassen. Melee, deren Augen vor Bewunderung leuchteten, wenn sie mit ihr sprach. Rose, die sie mit Respekt ansah. Nicht zuletzt Lily, die sie herzlich aufgenommen hatte. All diese Menschen würde sie enttäuschen, wenn sie ihnen den Rücken zukehrte.

»Jools, bist du noch da?«

»Ja«, seufzte sie.

»Du bist diesen Menschen nichts schuldig«, wiederholte er.

»Ich weiß. Trotzdem ist es ein echtes Dilemma, in dem ich mich befinde. Die Leute sind verdammt nett zu mir und das Hotel ist so etwas wie eine Institution hier.«

»Jools, du von allen Menschen auf der Welt solltest doch am besten wissen, dass Men… sich nur … ver…dern. Aber das gehört … Leben dazu – Veränderung. Du hilfst ihn…, sich aus … Komfortzone zu befreien …«

»Indem ich ihnen das nehme, was sie am meisten lieben.«

»Ich finde, du übertreibst«.« Seine Stimme klang hart.

»Vielleicht. Entschuldige, ich bin völlig durcheinander. Die Anreise, der wenige Schlaf … das alles macht mich ganz wirr im Kopf.«

»Ich weiß, mein Darling. Aber dafür hast … ja mich. Ich habe … Graham zählt auf dich.«

»Hast du mit Graham gesprochen?«, horchte sie auf.

»Ja … Lunch getroffen. Er hat mir … seinen Plänen …, dich … Führungsriege des Unternehmens … holen. Er … große Stücke auf dich.« Die Verbindung wurde wieder schlechter und Deans Worte kamen nur noch abgehackt durch.

»Das freut mich zu hören.«

Sie entdeckte Aidan, der zusammen mit Max über die Uferstraße zum Hafen schlenderte. Mit einem Mal wusste sie, woher sie ihn kannte. Er war der Mann, den sie heute Morgen am Hafen beobachtet hatte. Warum war sie nicht gleich darauf gekommen?

Er sah unverschämt gut aus. Das enge Shirt spannte über seinen breiten Schultern und die Jeans saß perfekt auf seiner schmalen Hüfte. Sein Gang war katzenhaft. Die blonden Haare flatterten im Wind wie eine Fahne.

»Jools! Hörst … mir überhau... zu?«

»Natürlich, Darling«, antwortete sie rasch.

»Ich … Schluss machen. Ich … gleich ein … mit einigen Filmbossen. Es … das Budget für das nächste Jahr. Ich freue mich auf dich.«

»Ich mich auf dich.«

»Denk daran: Was du machst, ist absolut richtig.«

Sie wollte gerade antworten, aber Dean hatte schon aufgelegt. Frustriert starrte sie auf das dunkle Display ihres Handys. Warum konnte Dean nicht verstehen, dass es nicht so einfach war, wie er es darzustellen versuchte? Dies hier war eine völlig neue Situation für sie. Die Herzlichkeit, mit der sie empfangen worden war, hatte sie umgehauen. Sie knabberte nachdenklich an ihrer Unterlippe. Natürlich hatte er recht mit dem, was er sagte. Rein theoretisch war sie niemandem Rechenschaft schuldig, aber tief drin hatte sie das Gefühl, sich entschuldigen zu müssen. Sie würde verkaufen, so viel stand fest. Vielleicht wäre es das Einfachste, ihre Entscheidung erst unmittelbar vor ihrer Abreise bekanntzugeben. Damit würde sie sich eine Menge Ärger und Fragen ersparen. Sie nickte zufrieden. Genauso würde sie es handhaben, und dann verschwinden.

7. Kapitel

Sie parkte den Mini und holte die Sachen aus dem Kofferraum. Sie war noch ein wenig durch die Gegend gefahren, bis sie sich wieder beruhigt hatte. Das Gespräch mit Dean hatte sie mehr aufgewühlt, als sie gedacht hatte. Es war bereits spät am Nachmittag und der Parkplatz des *Fleetwood on Sea* voll besetzt. Ihr Blick fiel auf die schwarze Harley Davidson, die im Schatten des Hauses stand und etwas verloren zwischen den Familienkutschen wirkte. Luca war heute Morgen mit einem Helm im Arm erschienen. Wahrscheinlich handelte es sich bei der Harley um sein Motorrad.

Sie wollte gerade zur Rezeption gehen, als ihr Emily mit einem großen Strauß Bauernrosen aus dem Garten entgegenkam.

»Da sind Sie ja!« Emilys Blick wanderte zu den vielen Tüten in ihrer Hand. »Haben Sie alles bekommen, was Sie wollten?«

»Ja. Vielen Dank noch mal für den Tipp mit dem Handyladen. Ich fürchte, ich bin in eine Art Shoppingrausch verfallen. Das sieht mir ehrlich gesagt gar nicht ähnlich, aber ich habe eine kleine Boutique entdeckt und konnte einfach nicht anders. In New York fehlt mir einfach die Zeit.« Lachend hob sie den Arm, an dem die Tüten baumelten.

»Hauptsache, es hat Ihnen gefallen«, schmunzelte Emily. Gemeinsam gingen sie rein.

»Außerdem habe ich noch dazu ein Bild bei Ihrer Freundin gekauft.« Jools deutete auf den weißen Karton, den sie sich unter den linken Arm geklemmt hatte.

»Bei meiner Freundin?« Emily hob verwundert die Augenbraue.

»In Lilys Galerie. Eigentlich wollte ich nur einen kurzen Abstecher nach Fleetwood Cove machen, und dann habe ich mich in dieses wunderschöne Bild verliebt.«

»Lily hatte schon immer ein außergewöhnliches Talent. Sie hat sich mit Sicherheit gefreut, dass sie ein Bild verkauft hat. Der Winter ist für Lily eine harte Zeit. Kaum Touristen, kaum Verkäufe – und somit fast kein Einkommen.«

»Und wie kommt sie über die Runden?«

»Wenn die Saison zu Ende ist, arbeitet sie als Kellnerin im *Stinky Rose*.«

»Sind die Rosen aus dem Garten?« Sie deutete auf den Strauß Bauernrosen in Emilys Arm. Die zartrosa Blüten verströmten einen betörenden Duft.

»Selbstverständlich. Es wäre eine Schande, Blumen zu kaufen, wo wir doch selbst so wunderschöne haben.« Emily stellte den Strauß in eine Vase, die sie hinter dem Tresen versteckt hatte, und zupfte ihn zurecht. Lautes Klappern drang zu ihnen.

»Wer macht denn da so einen Lärm?«, fragte sie Emily mit hochgezogener Augenbraue.

»Ich schätze, das ist Luca in der Küche.«

»Das klingt ja so, als ob der Mann das Inventar auseinandernimmt«, brummte Jools.

»Ach, das ist gar nichts«, winkte Emily ab. »Wahrscheinlich hat er seine zehn Minuten.«

Es polterte erneut, gefolgt von lautem Scheppern, das sich anhörte, als wäre soeben das gesamte Geschirr zu Bruch gegangen.

»Ach du meine Güte!« Jools setzte die Tüten ab. »Vielleicht sollte ich lieber nachgucken. Nicht, dass ihm was zugestoßen ist.«

»Der Lieferant war da und hatte keinen guten Tag. Ich würde Luca lieber in Ruhe lassen«, versuchte Emily, sie abzuhalten.

»Was meinen Sie mit ›keinen guten Tag‹?«

»Wir bekommen dreimal in der Woche frische Waren angeliefert. Chris, der Lieferant, und Luca haben manchmal eine etwas unterschiedliche Auffassung, wie die Ware sein muss. Heute waren die Erdbeeren nicht reif und der Mangold nicht frisch genug.« Emily seufzte theatralisch. »Die Küche ähnelt der Höhle des Löwen, wenn Sie verstehen, was ich meine.«

Es klapperte erneut.

»Ich will mich lieber selbst davon überzeugen, dass nichts passiert ist. Schließlich bin ich die Chefin«, sagte Jools entschlossen und stürmte in Richtung Küche.

»Ich habe Sie gewarnt!«, rief Emily ihr hinterher.

Jools riss die Küchentür auf. Das Erste, was sie sah, war Luca, der hinter einem Berg von Gemüse stand und grimmig mit dem Messer eine Karotte zerteilte. Von dem Küchengehilfen keine Spur. Anscheinend hatte der Junge angesichts seines übellaunigen Chefs das Weite gesucht.

»Emily, ich habe dir gesagt, dass du mich nicht stören sollst«, blaffte er, ohne hochzuschauen.

»Gott sei Dank sind Sie Koch und nicht Richter geworden«, rutschte es ihr bei seinem Anblick heraus. »Hören Sie auf, die arme Möhre zu köpfen, die hat Ihnen nichts getan.«

Luca sah überrascht zu ihr hoch. »Signora Miller.« Seine dunklen Augen zogen sich zu Schlitzen zusammen. Er schmiss das Messer auf die Ablage, wo es scheppernd liegen blieb. »Das ist alles ganz, ganz schrecklich heute. Ich kann so nicht arbeiten.« Seine Hände flatterten dabei in der Luft wie aufgeregte Vögel.

»Ich dachte, es ist etwas passiert, bei dem Lärm, den Sie hier veranstalten«, verteidigte sie sich.

»Ist es auch!« Er stemmte die Hände in die Hüften. »Der Lieferant ist der absolute«, er suchte nach dem richtigen Wort, »Idiota!«

Sie konnte nur mit Mühe ein Lächeln unterdrücken.

»Idiot«, wiederholte sie ruhig.

»Sì!« Er deutete auf einen Haufen Salat hinter seinem Rücken auf dem Tisch. »Ich brauche frische Ware, um gutes Essen zu liefern.« Er nahm eine Handvoll Salatblätter und warf sie verächtlich vor ihre Füße. »Die sind nicht frisch!«

»Luca, jetzt beruhigen Sie sich doch erst einmal.« Sie trat einen Schritt näher.

»Ich will mich aber nicht beruhigen.« Wie ein trotziges Kind verschränkte er die Arme vor der Brust.

»Was halten Sie davon, wenn wir zusammen eine Tasse Kaffee trinken und Sie mir in aller Ruhe erzählen, was passiert ist?« Der Vorschlag kam nicht ganz uneigennützig. Sie sehnte sich schon seit Stunden nach einem vernünftigen Kaffee. »Vielleicht kann ich ja helfen.«

»Wirklich?« Er beäugte sie misstrauisch.

Sie nickte eifrig. »Ich würde mir gern Ihre Sorgen anhören und dabei einen Kaffee mit Ihnen trinken. Natürlich nur, wenn Sie Zeit haben«, lockte sie ihn.

»Ich habe so viel Zeit, wie ich will«, entgegnete er mit erhobenem Haupt. Typisch stolzer Italiener.

»Gut!« Ein Lächeln huschte über ihr müdes Gesicht.

»Na dann.« Er deutete auf den kleinen Holztisch in der Ecke.

Dankend nahm sie Platz. Während Luca sich daranmachte, den Kaffee zuzubereiten, sah sie sich um. Die Küche war nicht sonderlich groß, aber mit allem ausgestattet, was man für ein gutes Restaurant benötigte. In der Mitte des rechteckigen Raums befand sich der Arbeitsblock mit den Herdplatten. Über dem Block war ein Metallgestell, an dem die nötigen Kochutensilien hingen, so dass der Koch nur nach oben greifen brauchte, wenn er etwas benötigte. Dahinter gab es eine weitere Arbeitsfläche entlang der Wand, in der eine breite Spüle eingelassen war. Daneben befanden sich zwei Spülmaschinen. Auf der gegenüberliegenden Seite standen ein riesiger Kühlschrank und eine weitere Arbeitsfläche, auf der diverse Schälchen mit Nachtisch aufgestellt worden waren. Auf der Fensterbank standen Töpfe mit frischen Kräutern. Alles sah blitzblank und ordentlich aus.

»Das ist eine echte La Marzocco!« Luca deutete stolz auf das chromfarbene Monstrum vor sich. »Ich habe sie aus Italien kommen lassen. Die Marzocco macht den besten Espresso der Welt.« Er sprach den Namen der Maschine aus wie den Namen einer Geliebten.

Luca rollte genießerisch die Augen und drückte auf einen der unzähligen Knöpfe. Sofort sprang die Maschine an und Sekunden später lief die dunkle Flüssigkeit in die Steintasse darunter. Anschließend nahm Luca die metallene Kanne mit der aufgeschäumten Milch darin zur Hand und goss sie vorsichtig mit eleganten Bewegungen auf den Espresso. Jools bemerkte eine Tätowierung an seinem Oberarm.

»Prego!« Luca nickte zufrieden und stellte den fertigen Cappuccino vor ihr auf den Holztisch. »Cappuccino.« Wenn Luca sprach, klang es, als ob er singen würde. Herrlich weich und melodisch. Er ließ sich auf dem gegenüberliegenden Stuhl nieder.

Sie führte die Tasse zum Mund. Auf der weißen Schaumkrone war ein verschlungenes Herz zu sehen.

»Oh, wie hübsch.« Der Milchschaum hatte die perfekte cremige Konsistenz und der Kaffee war genau, wie sie es liebte: stark und heiß. Sie leckte sich genießerisch über die Lippen. »Mhm. Der ist perfekt.« Luca nickte und nahm ebenfalls einen Schluck. »Nun, wollen Sie mir erzählen, was passiert ist?«

»Ach.« Luca schnalzte verächtlich mit der Zunge. »Dieser Stümper hat mir schlechte Ware gebracht.« Er stand auf und eilte zur Arbeitsplatte, um ihr Sekunden später eine Erdbeere unter die Nase zu halten. »Kosten Sie!« Es war keine Bitte, sondern ein Befehl. Artig machte sie den Mund auf und nahm einen Bissen von der rot glänzenden Frucht.

Lucas Augen klebten förmlich auf ihrem Mund, während sie kaute. »Und?«

»Etwas wässrig«, lautete ihr Urteil.

»Si!«, stieß er zufrieden aus. »Genau das habe ich ihm auch gesagt. Viel zu wässrig, ohne Geschmack. Aber ich brauche Geschmack, wenn ich Panna cotta mache, und nicht so eine«, er verzog den Mund, »Pampe!«

Wenn Luca nur halb so leidenschaftlich beim Kochen war wie bei der Auswahl der Zutaten, dann war er wahrlich ein Meister.

Sie nickte. »Leider bin ich keine besonders große Köchin«, gestand sie ihm. »Deshalb kann ich es eigentlich gar nicht beurteilen. Aber ich gehe gern essen. Leider.« Sie deutete auf ihre Figur.

»Sie haben die Figur einer Madonna.« Seine Augen glitten begehrlich über sie hinweg.

Jools schluckte. »Ähm«, stotterte sie verlegen. »Für mich hat Essen etwas Sinnliches.«

»Endlich jemand in diesem Haus, der auf der gleichen Wellenlänge ist wie ich.« Luca schlug die Hände über dem Kopf zusammen. »Sie müssen mir versprechen, dass Sie heute mein Essen probieren.«

»Ich verspreche es«, lächelte sie und hob die gekreuzten Finger in die Luft.

»Molto bene!« Luca nahm einen Schluck aus seiner Tasse und sie folgte seinem Beispiel.

»Wie haben Sie Millie eigentlich kennengelernt?«

Lucas braune Augen wurden einen Ton dunkler. »Wir sind uns in Rom begegnet, zu einer Zeit, als es mir nicht sonderlich gut ging.« Er machte eine lange Pause. Es fiel ihm offensichtlich schwer, darüber zu sprechen. »Sie hat mir von ihrem Hotel vorgeschwärmt, und als ich gefragt habe, wo es ist, meinte sie nur: ›Kommen Sie doch vorbei und sehen es sich an‹. Sie sagte, es wäre der schönste Ort auf die ganze Welt.« Seine Augen suchten die ihren. »Ich habe dank Millie hier mein Glück gefunden.« Seine warme Stimme umschmeichelte sie. »Wie sieht es mit Ihnen aus, werden Sie bleiben?«

»Ich …« Sie zögerte. »Ich fliege am Sonntag wieder zurück.«

»Das ist ja schon bald. Bedeutet das, dass sie das Hotel nicht weiterführen?« Die Ader an seiner Schläfe trat hervor und sie sah, wie er um Fassung rang.

»Luca, ich kann und will keine Versprechungen machen. Das muss Ihnen vorerst als Antwort genügen.«

Er nickte stumm. »Sie sind recht erfolgreich drüben, wie man mir erzählte.«

»Ja, ich glaube, so könnte man es nennen. Allerdings bin ich noch nicht da, wo ich gerne sein möchte.« Sie dachte an Grahams Versprechen, sie als Partner zu sich ins Boot zu holen.

»Sind Sie verheiratet?«

»Nein, aber ich habe einen Freund.« Sie senkte den Blick und starrte auf ihre Hände, die ineinander verknotet auf ihrem Schoß lagen.

»Verstehe.« Luca drehte sich zu ihr. »Noch einen Cappuccino?«

»Da sage ich nicht Nein«, entgegnete sie lächelnd und hielt ihm ihre Tasse entgegen.

Luca machte sich wieder an der Maschine zu schaffen. Die Tür zur Küche flog auf und Emily stand im Raum.

»Was ist denn hier los?« Ihre Augen wanderten verwundert zwischen Luca und Jools hin und her.

»Luca und ich haben uns ein wenig unterhalten.«

»Das sehe ich!« Emilys Blick fiel auf die Tassen.

»Möchten Sie sich zu uns setzen?«, fragte Jools.

»Ich weiß nicht«, zögerte Emily.

»Ach, kommen Sie schon, wenn ich kann, können Sie es auch. Nicht wahr, Luca?«

»Sì.« Er schenkte ihr ein strahlendes Lächeln.

»Also gut. Aber ich übernehme keine Verantwortung, wenn es an der Rezeption jetzt drunter und drüber geht.«

»Kein Problem. Das nehme ich auf meine Kappe.« Jools zwinkerte ihr zu.

»Sie sind der Boss!« Emily ließ sich auf den Stuhl neben ihr fallen.

Luca stellte ihnen beiden eine frische Tasse auf den Tisch.

»Ich muss weitermachen, aber lasst euch durch mich nicht stören«, entschuldigte er sich.

Jools nippte an ihrem Becher. Der Kaffee stand dem ersten in keiner Weise nach und sie genoss jeden Schluck davon.

»Ich habe Ihre Tüten auf Ihr Zimmer bringen lassen«, sagte Emily.

»Vielen Dank.« Sie hatte ihre Einkäufe völlig vergessen.

Luca ging zum Kühlschrank und holte eine große Schale heraus.

»Kein Problem. Melee hatte sowieso gerade nichts zu tun. Außerdem vergöttert sie Sie, seit sie gehört hat, dass Sie diese Sängerin betreuen.«

»Katie! Ach du meine Güte. Ich fürchte, da muss ich ihr die Illusion nehmen. Katie ist ein liebes, nettes Mädchen, das eine schöne Stimme hat. Ansonsten unterscheidet sie sich nicht von anderen jungen Frauen, wenn man mal vom Geld absieht. Hinzu kommt, dass sie sich auf den falschen Mann eingelassen hat.«

»Das klingt aber gar nicht begeistert.«

»Wenn man wie ich im Showbiz arbeitet, verliert der ganze Glamour schnell an Reiz und Faszination. Melee kann froh sein, dass sie hier lebt und ein normales Leben führen kann. Wer so jung wie Katie schon zum Star wird, hat es schwer, normal zu bleiben. Den meisten steigt der Ruhm zu Kopf und viele verlieren sich in den Versuchungen, die das Glamourleben mit sich bringt.«

»Mhm. Aber warum arbeiten Sie dann für solche Leute, wenn es Ihnen nicht gefällt?«

»Wer hat gesagt, dass es mir nicht gefällt?« Aus dem Augenwinkel sah sie, wie Luca die weiße Masse in kleine Glasschälchen füllte, die er zuvor mit hauchdünnen Erdbeerscheiben ausgelegt hatte. Allein beim Anblick des Desserts lief ihr das Wasser im Munde zusammen.

»Die Arbeit an sich macht Spaß. Ich arbeite gerne mit Menschen zusammen und mag dabei die Herausforderung, aus unbedeutenden Künstlern etwas Besonderes zu machen. Sie zu formen und ihnen zu helfen, ihren Traum zu leben.«

»Und bleibt dabei nicht der eigene Traum vom Leben auf der Strecke?«, fragte Luca unvermittelt.

Jools sah ihn überrascht an. »Darüber habe ich mir noch nie Gedanken gemacht.«

»Wirklich! Ich muss sagen, das verwundert mich ein wenig. Wichtig ist doch, dass man seinen eignen Traum lebt und nicht damit beschäftigt ist, den Traum anderer Menschen zu verwirklichen.«

»Manchmal bist du ein richtiger Philosoph«, grinste Emily.

»Ich bin Italiener. Wir tun den ganzen Tag nichts anderes, als zu essen, zu lieben und das Leben zu genießen.« Seine Augen suchten die von Jools. »Das Leben ist zu kurz, um es zu verschenken. Millie wusste das.«

Jools antwortete nichts.

»Ich arbeite auch gerne mit Menschen und genieße das Leben, auch wenn ich keine Italienerin bin!« Emily prostete Luca mit der Kaffeetasse zu. »Wenn man im Hotel arbeitet, lernt man die unterschiedlichsten Menschen kennen.«

»Was muss man noch können, um ein Hotel wie dieses zu leiten?«, wollte Jools wissen.

»Das fragen Sie mich?« Emily zog erstaunt die Augenbrauen hoch.

»Na ja, von uns beiden sind Sie diejenige, die sich auskennt. Sie machen schließlich die Arbeit, seit Millie tot ist.«

»Ja, wobei Millie das Herz des *Fleetwood on Sea* war«, sagte Emily nachdenklich. »Ich glaube nicht, dass ich dieser Rolle gerecht werden kann. Millie hatte etwas ganz Besonderes, Warmherziges. Sie konnte den Menschen direkt in die Seele blicken.«

Jools dachte an Millies Worte in ihrem Brief an sie.

Kann es sein, dass du dich auf dem Weg nach oben selbst verloren hast?

Sollte sie recht gehabt haben? Manchmal war sich Jools nicht mehr so sicher, ob sie den richtigen Weg für sich eingeschlagen hatte. Hier in Fleetwood Cove kam ihr das Leben, welches sie in New York führte, mit einem Mal ziemlich oberflächlich vor.

»Ich weiß nicht, ob ich diesen Platz einnehmen könnte«, murmelte Jools leise.

»Das gilt es herauszufinden.« Luca sah Jools eindringlich an.

»Hm.« Jools drehte nachdenklich die Tasse in ihrer Hand.

»Es gibt noch andere Qualitäten, die man benötigt«, nahm Emily den Gesprächsfaden wieder auf.

»Und die wären?«

»Personalführung, Servicebereitschaft, Flexibilität, Menschenkenntnis und ein gewisses Organisationstalent. Der Job ist vielschichtig und äußerst abwechslungsreich. Kein Tag ist wie der andere, weil die Menschen, die bei uns wohnen, verschieden sind.« Emily strahlte.

»Ich liebe meinen Job!« Luca schwang den Kochlöffel in der Luft wie einen Zauberstab. »Es gibt nichts Schöneres, als neue Kompositionen zu erschaffen, die den Gaumen erfreuen. Das Gesicht der Gäste, wenn sie den ersten Bissen nehmen und ihre Geschmacksknospen Samba tanzen.«

»Du hörst dich an wie ein Schriftsteller«, grinste Emily.

»Das Gleiche habe ich auch gedacht«, nickte Jools.

Lucas Augen waren noch eine Spur dunkler geworden. »Vielleicht eines Tages, wenn ich meine Memoiren schreibe.«

Emily grinste. »Deine erste Leserin hast du bereits!«

Luca nahm eine Pfanne zur Hand und stellte sie auf den Herd. Emilys Augen schienen förmlich an ihm zu kleben. Jools fragte sich, ob zwischen den beiden mehr als nur Freundschaft war.

Für einen winzigen Augenblick fiel das Lächeln aus Emilys Gesicht. Sekunden später hatte sie sich wieder im Griff. »Emily, was hat Sie eigentlich nach Fleetwood Cove verschlagen?«

»Das ist eine lange Geschichte, aber um es kurzzufassen: Melees Vater hat mich sitzen gelassen, als ich ihm erzählt habe, dass ich schwanger bin. Meine Eltern waren stinksauer und haben von mir verlangt, dass ich das Kind abtreibe. Aber ich habe es nicht übers Herz gebracht. Stattdessen habe ich mir ein kleines Zimmer in einer Bruchbude genommen und als Kellnerin gearbeitet, um über die Runden zu kommen. So habe ich auch Millie kennengelernt. Sie und ihr Mann waren ein paarmal zum Mittagessen dort. Irgendwann bin ich mit Millie ins Gespräch gekommen. Sie müssen wissen, Millie konnte gut zuhören und hatte die Gabe, ihren Mitmenschen ihre größten Geheimnisse zu entlocken. Ich habe von meiner Misere erzählt. Das Nächste, was passierte, war, dass sie mir ein Angebot gemacht hat, bei ihr als stellvertretende Managerin zu arbeiten. Ich dachte zunächst, dass sie sich mit mir ein Scherz erlaubt, aber als sie am nächsten Tag wiederkam und ihr Angebot wiederholt hat, habe ich eine Woche später meine Sachen zusammengepackt und bin nach Fleetwood Cove getrampt.«

Für einen Moment herrschte Schweigen. So langsam bekam Jools das Gefühl, dass Dads Halbschwester ein weiches Herz gehabt hatte. Zumindest erklärte Emilys Geschichte ihre Loyalität Millie gegenüber.

»Sie war eine Frau mit einem großen Herz«, sagte Emily leise, als hätte sie Jools' Gedanken erraten.

»Das scheint mir auch so.«

Aber warum hatte Millie sie hierhergeholt?

Jools schüttelte kaum merklich den Kopf, als könnte sie den Gedanken damit vertreiben. Aber die Frage blieb im Raum stehen.

»Hier! Das sollten Sie probieren.«

Luca stand plötzlich neben ihr und hielt ihr einen Löffel mit der weißen Masse, die er zuvor aus dem Kühlschrank geholt hatte, unter die Nase. Artig öffnete Jools den Mund. Luca stand daneben und beobachtete sie mit Argusaugen.

Die Creme war kühl und ein sahniger Geschmack mit einem Hauch Vanille darin legte sich auf ihre Zunge. Genießerisch schloss sie die Augen und kostete den Moment aus. Als sie sie wieder aufschlug, sah sie geradewegs in Lucas Gesicht.

»Das ist der Hammer. Was ist das?« Sie leckte sich mit der Zunge über die kühlen Lippen.

»*Panna cotta dolce*.«

»Panna cotta dolce«, wiederholte sie, als würde es sich dabei um einen Liebesschwur handeln.

Emily grinste über das ganze Gesicht. »Damit kriegt er alle Frauen.«

Jools sah zu Luca, der lächelnd mit den Schultern zuckte. »Koch zu sein, hat auch seine Vorzüge.«

»Definitiv«, stimmte sie zu. Sie fühlte sich mehr und mehr wohl in dieser lockeren Umgebung. »Kann ich noch was haben?«

Wortlos schob ihr Luca ein Gläschen Panna cotta über den Tisch. Diesmal hatte er etwas von der Erdbeermasse darauf getan.

»Oh mein Gott!«, stieß sie begeistert aus. »Das ist einfach unglaublich. Ich habe das Gefühl, ein ganzes Erdbeerfeld im Mund zu haben. Nehmen Sie nichts?« Ihr Blick fiel auf Emily.

»Wenn ich jedes Mal probieren würde, wenn Luca etwas zu essen zaubert, könnten Sie mich durch das Hotel rollen.«

»Aber Sie *müssen* diese Creme probieren, die ist unglaublich!«

»Nur wenn Sie aufhören, mich noch länger zu siezen!«, entgegnete Emily. Ihre blauen Augen funkelten schelmisch.

»Deal!« Sie reichte Emily den Löffel. »Jools!«

»Emily.«

Jools schob ihr das Glas zu.

»Du weißt schon, ich hätte die Creme auch so probiert.« Emily häufte sich eine ordentliche Portion Panna cotta auf den Löffel und schob ihn sich in den Mund.

»Köstlich, wie immer.« Emily leckte sich mit der Zungenspitze über die Lippen. »Du hast dich mal wieder selbst übertroffen.«

Luca nickte zufrieden.

»Es war schön mit euch, aber ich muss zurück zur Rezeption, bevor es noch Tumult gibt.« Emily rutschte vom Stuhl. »Wir erwarten noch zehn Gäste.«

»So viele?« Jools sah sie mit großen Augen an.

»Wir sind ab morgen ausgebucht!«

»Aber das ist ja großartig!«, rief Jools begeistert.

»Ist es auch.« Emily warf einen Blick auf ihre Armbanduhr. »Die nächsten Gäste müssten in spätestens einer halben Stunde hier sein.«

»Kann ich dir irgendwie behilflich sein?«, fragte Jools und stand ebenfalls auf. »Ich würde gerne mal hinter die Kulissen schauen,«

»Gute Idee, dann bekommst du gleich einen Eindruck, wie alles hier läuft und was du geändert haben möchtest«, antwortete Emily begeistert. »Hast du schon mal an einer Rezeption gearbeitet?«

»Ehrlich gesagt noch nie.«

»Egal. Du bist die Chefin, du kannst sowieso machen, was du willst«, sagte Emily mit einem Augenzwinkern. »Ich könnte ein zweites Paar Hände gut gebrauchen.«

»Na dann, auf ins Getümmel!«

»Und was ist mit mir? Du hast mir noch nicht gesagt, was ich machen soll.« Luca sah sie fragend an. Er war nahtlos zum *Du* übergegangen. Anscheinend hatte er Emilys Vorschlag, sich zu duzen, gleich mitübernommen.

»Was soll schon mit dir sein?«, antwortete Jools schulterzuckend. »Du kümmerst dich um das Essen! Du bist schließlich der Koch hier.«

»Das ist mal wieder typisch Frau«, stöhnte Luca gespielt. »Kaum lässt man sie von der Panna cotta probieren, machen sie mit einem, was sie wollen.«

Emily und Jools kicherten übermütig.

»Was haltet ihr davon, wenn wir nachher zusammen zu Abend essen?«, schlug Emily beim Rausgehen vor. »Dann können wir uns ein bisschen besser kennenlernen.«

»Das ist eine großartige Idee!«, rief Jools begeistert.

Der Gedanke gefiel ihr. Sie wollte mehr über die beiden und ihre Bewegründe, hier zu leben, wissen. Ihr Blick fiel auf Luca.

»Welcher Mann würde Nein sagen, wenn ihn zwei wunderschöne Frauen fragen, ob er mit ihnen essen möchte?«, grinste der Italiener. »Natürlich – allerdings unter einer Bedingung!«

»Und die wäre?« Jools sah ihn mit großen Augen an.

»Ich koche und wir essen bei Emily im Cottage! Ich möchte nach Feierabend meine Ruhe vor den Gästen haben.«

Jools sah Emily fragend an.

»Guter Plan. Wenn wir im Restaurant essen, werden wir die ganze Zeit beobachtet. Ich spreche mit Rose, das geht bestimmt klar«, nickte Emily bestimmt. »Jools, dir ist klar, dass wir uns nicht vor zehn Uhr treffen können? Luca muss bis halb zehn in der Küche sein.«

Nun lag es an ihr.

»Kein Problem, solange ihr für genügend Kaffee-Nachschub sorgt, bin ich dabei!«

Sie hatte bisher keine Gelegenheit gehabt, sich das Gartencottage näher anzuschauen, und war gespannt, wie es von innen aussehen würde.

»Gut, dann sehen wir uns um zehn Uhr!« Luca machte eine Handbewegung, als würde er unsichtbaren Staub wegwischen. »Und nun raus aus meiner Küche!«

8. Kapitel

»Puh, ich hätte nicht gedacht, dass die Arbeit an der Rezeption so anstrengend ist.«

Jools gähnte herzhaft und sank auf den kleinen Stuhl hinter dem Empfang. Der Zeitunterschied von fünf Stunden machte sich bemerkbar und sie fühlte sich mit einem Schlag hundemüde.

Sie und Emily hatten die letzten zwei Stunden durchgearbeitet. Wie Emily gesagt hatte, waren die neuen Gäste einer nach dem anderen eingetrudelt. Zwei Ehepaare, ein junges Pärchen, das sich die ganze Zeit verliebt in die Augen geschaut und die Hände nicht voneinander gelassen hatte, und eine ältere Dame in Begleitung ihrer Tochter. Dazu waren noch einige Gäste aus dem Dorf zum Abendessen gekommen.

Jools hatte die Arbeit, die Emily leistete, völlig unterschätzt. Emily wirbelte hinter der Rezeption herum wie ein Hexenmeister. Sie koordinierte die Zimmer, erfüllte die großen und kleinen Sonderwünsche, half beim Gepäck, gab eine kleine Führung für die Neuankömmlinge und war dabei stets gut gelaunt und zu Scherzen aufgelegt. Sie füllte ihre Rolle als Gastgeberin perfekt aus. Die persönliche Zuwendung, mit der sie auf die Gäste zuging, war beispielhaft. Jools konnte verstehen, was Millie in der jungen Frau gesehen hatte. Emily war wie gemacht für diesen Job und Jools hatte jede Minute in ihrer Gegenwart genossen. Sie hatten sich ohne viele Worte verstanden und die Zeit war im Flug vergangen. Jools hätte noch ewig so weitermachen können.

»Ja, es war ordentlich was los«, lächelte Emily. Ihre Wangen waren von der Arbeit gerötet, ihrer Augen leuchteten.

»Ist das immer so?« Jools strich sich eine Strähne aus dem Gesicht.

»Jetzt, wo das Festival vor der Tür steht, herrscht natürlich Hochbetrieb. Im Winter ist es eindeutig ruhiger.«

Melee kam um die Ecke gefegt. Ihre Augen strahlten, als sie Jools entdeckte.

»Hi, Mum.«

»Hallo, Keks.« Emily beugte sich zu ihrer Tochter und gab ihr einen Kuss.

»Mum, wie oft soll ich dir noch sagen, dass du mich nicht Keks nennen sollst? Ich bin schließlich schon fast sechzehn.« Melee warf ihrer Mutter einen genervten Blick zu. Jools konnte nur mit Mühe ein Lächeln unterdrücken. »Hallo, Ms Miller.« Melee strahlte sie an.

»Bitte nenn mich doch Jools, wie alle anderen auch.«

»Cool.« Es war ihr deutlich anzusehen, wie sehr sie sich freute. »Gibt dir Mum gerade eine Einweisung?«

»So könnte man es nennen«, schmunzelte Jools.

»Blödsinn, Jools hat mir geholfen. Ich weiß nicht, was ich ohne sie gemacht hätte«, entgegnete Emily bescheiden.

»Das ist zwar sehr lieb von dir, aber entspricht selbstverständlich nicht der Wahrheit«, widersprach Jools. »Deine Mum braucht ganz bestimmt keine Unterstützung von mir. Ehrlich gesagt macht sie ihre Sache perfekt und ich habe viel gelernt.«

»Danke. Ich finde, wir beide geben ein ziemlich gutes Team ab.« Emily klopfte Jools anerkennend auf die Schulter.

»Das sehe ich genau so!« Tatsächlich hatte sie es genossen, mit jemandem zusammenzuarbeiten, der ähnlich tickte wie sie, obwohl sie eigentlich mehr ein Einzelkämpfer war. Es war ein gutes Gefühl, sich auf jemanden zu verlassen.

Emily wandte sich an Melee. »Hast du deine Hausaufgaben gemacht?«

Melee stöhnte. »Mum! Du brauchst mich nicht immer zu fragen. Ja, natürlich habe ich meine Aufgaben erledigt. Ich habe auch meine Zähne geputzt und mir die Hände vor dem Essen gewaschen.«

Jools kicherte leise.

»Überleg es dir gut, bevor du Kinder in die Welt setzt.« Emily sah Jools mit gespieltem Entsetzen an.

»Ich werde deinen Rat beherzigen«, grinste Jools zurück.

»Ich soll dir von Rose ausrichten, dass fast alle Plätze im Restaurant belegt sind.« Melee zupfte an einer roten Haarlocke.

»Prima.« Emily nickte zufrieden. »Wir machen einen guten Teil unseres Umsatzes durch das Restaurant«, erklärte sie Jools. »Am Anfang hatten wir nur die Hotelgäste, aber seit Luca da ist, brummt das Restaurant.«

»Schafft Luca das ganz allein? Das erscheint mir ganz schön viel für einen einzigen Koch.«

»Bisher lief es ganz gut mit einer Hilfskraft, aber im letzten Jahr hat sich die Anzahl der Gäste im Restaurant fast verdoppelt. Wenn es so weitergeht, müssen wir vergrößern. Ich habe schon darüber nachgedacht, einen Souschef einzustellen, wollte aber warten, bis der neue Hotelbesitzer feststeht.«

Eine unangenehme Stille entstand zwischen ihnen. Jools fühlte sich sichtlich unwohl in ihrer Haut. Wieder wurde ihr bewusst, wie viel von ihrer Entscheidung abhing. Die Leichtigkeit, mit der sie gekommen war, war verschwunden. Egal wie sie sich entschied, sie würde immer Emilys Gesicht vor Augen haben.

»Mum«, durchbrach Melees glockenklare Stimme das Schweigen. »Kann ich auf mein Zimmer? Gleich kommt *Britain's Got Talent.*«

»Natürlich, Keks.«

»Mum!« Melee rollte genervt die Augen.

»Entschuldige.« Emily strich ihrer Tochter über das Haar. »Ich vergesse manchmal, wie erwachsen du bist.« Dabei betonte sie ›erwachsen‹, was sofort ein Lächeln auf Melees Gesicht zauberte.

»Ach Mum.« Melee gab ihrer Mutter einen dicken Schmatzer auf die Wange und verschwand.

»Es ist oft nicht leicht, die Mutter eines Teenagers zu sein«, sagte Emily an Jools gewandt.

»Was ist mit Melees Vater? Habt ihr noch Kontakt?«

»Jay ist Künstler und hat kein Interesse daran, seine Tochter näher kennenzulernen. Ich habe ehrlich gesagt keine Ahnung, wo er im Moment steckt, und von mir aus kann es gerne so bleiben.«

»Autsch, das tut mir leid.«

»Muss es nicht. Versteh mich nicht falsch, ich habe schon vor langer Zeit meinen Frieden mit ihm gemacht. Wir waren einfach zu jung. Melee und ich kommen gut miteinander klar, auch ohne Mann. Wir waren von Anfang an eine eingeschworene Einheit.«

Jools nickte. Sie konnte sich nur vorstellen, wie schwierig es für Emily gewesen sein musste, mit knapp achtzehn schwanger zu werden, ohne Ausbildung, ohne Geld und ohne Mann.

»So, ich muss noch ein paar Sachen erledigen, bevor wir essen gehen«, wechselte Emily abrupt das Thema.

»Ich muss eigentlich auch mal auf mein Zimmer und ein bisschen arbeiten.« Wahrscheinlich lief ihr E-Mail-Postfach bereits über. Außerdem wollte sie Dean anrufen.

»Ich hoffe, nichts Wichtiges? Wie schon erwähnt, haben wir hier draußen keinen anständigen Internetanschluss. Der Aufbau einer Seite dauert manchmal Stunden. Ich habe schon alles versucht und mit mehreren Anbietern gesprochen, aber keiner konnte mir eine vernünftige Lösung anbieten. Im Dorf gibt es ein kleines Café, die haben ganz gutes Internet. Keine Ahnung, warum.«

»Danke für den Hinweis. Ich will nur meine E-Mails checken, ob im Büro irgendetwas Wichtiges aufgelaufen ist, und kurz die Mailbox abhören. Ich habe meiner Sekretärin gesagt, dass sie mich jederzeit anrufen kann. «

Emily sah sie nachdenklich an. »Ich finde, du arbeitest zu viel! Wo bleibt da der Spaß?«

»Mach dir um mich keine Sorgen. Wenn ich dich so sehe ist, finde ich nicht, dass ich so viel mehr arbeite als du. In meiner Branche musst du immer erreichbar sein. Tag und Nacht.«

»Das kenne ich«, seufzte Emily. „Es kommt immer wieder vor, dass die Gäste mich mitten in der Nacht anrufen, um zu fragen, wo sie eine Zahnbürste finden, ab wann wir Frühstück servieren oder wann sie auschecken müssen.«

»Bei mir ist es ähnlich, nur dass es nicht um Zahnbürsten, sondern Pressetermine geht. Das ist der Nachteil, wenn man mit Celebrities zusammenarbeitet. Die kennen einfach keine Privatsphäre und glauben, dass sie dich gleich mitgekauft haben.«

»Mhm.«

»Aber daran gewöhnt man sich«, wiegelte sie ab.

»Wahrscheinlich«, nickte Emily.

»Wenn du mich nicht länger brauchst, würde ich jetzt nach oben gehen.« Jools stand auf.

»Ach, bevor ich es vergesse.« Emily sprang auf. »Ich habe dir ja noch gar nicht die Schlüssel zu Millies Wohnung gegeben.« Sie reichte Jools ein kleines ledernes Etui.

»Danke.« Nachdenklich betrachtete sie den kleinen silbernen Schlüssel in ihrer Hand.

Es polterte auf der Treppe. Sekunden später tauchte die ältere Dame in Begleitung ihrer Tochter auf.

»Misses und Miss St John.« Sofort setzte Emily ihr professionelles Lächeln auf. »Ist soweit alles zu Ihrer Zufriedenheit?«

»Das Zimmer ist absolut wunderbar«, entgegnete die ältere Dame freundlich.

Sie trug ein schlichtes helles Kostüm. Ihre Tochter – Jools schätzte sie auf Ende vierzig – hatte sich umgezogen und ihr Reisekostüm gegen eine dunkle, ebenso spießig aussehende Stoffhose eingetauscht. Jools fragte sich im Stillen, was eine Frau in ihrem Alter bewegen mochte, zusammen mit ihrer Mutter anstatt mit Freundinnen oder dem Partner Urlaub zu machen.

»Das freut mich zu hören. Kann ich Ihnen sonst irgendwie behilflich sein?« Emily lächelte.

»Würden Sie uns bitte noch sagen, wo das Speisezimmer ist?«, meldete sich die Tochter das erste Mal seit ihrer Ankunft zu Wort.

»Nur den Flur geradeaus, dann die zweite Tür gleich rechts«, deutete Emily.

»Danke schön.« Die beiden Frauen zögerten.

»Warten Sie, ich bringe Sie hin«, bot sich Jools an. Sie war neugierig, wie es im Restaurant aussah.

»Das ist ja ganz reizend von Ihnen«, flötete Miss St John.

»Wenn Sie mir bitte folgen wollen.« Jools zwinkerte Emily zu.

»Bis später. Wir treffen uns um zehn Uhr hier an der Rezeption«, rief Emily ihr hinterher.

Im Restaurant herrschte Hochbetrieb. Stimmen schwirrten durch den Raum und Gelächter war zu hören. Fast alle Plätze waren besetzt. Jools entdeckte einige bekannte Gesichter, aber auch Fremde unter den Gästen – allem Anschein nach Besucher aus dem Dorf.

Die Abendsonne fiel durch die großen Fenster und tauchte alles in ihr weiches Licht. Die Tische waren festlich weiß und mit altem englischem Porzellan in einem zarten Roséton gedeckt. Kleine Blumenarrangements zierten die Mitte eines jeden Tisches. Im Hintergrund lief leise Lounge-Musik.

Rose flatterte geschäftig umher, unterstützt durch eine junge Frau, die Jools bisher nicht kennengelernt hatte. Als sie den Raum betraten, stürzte sich Rose sofort auf sie.

»Ms Miller, wie schön, Sie zu sehen.« Aus dem Augenwinkel sah sie, wie einige der Gäste sie interessiert musterten. Wahrscheinlich hatte sich die Neuigkeit, dass die neue Besitzerin eingetroffen war, schon herumgesprochen.

»Guten Abend, Rose. Ich bin nur kurz gekommen, um den St Johns unser Restaurant zu zeigen.« Sie deutete auf das Mutter-und-Tochter-Gespann neben sich.

»Da haben Sie aber ein Glück«, wandte sich Rose an die beiden Frauen, »von der neuen Chefin persönlich zum Tisch begleitet zu werden.«

Jools wäre am liebsten im Boden versunken. Wenn sie bis zu diesem Moment noch nicht das Interesse aller gehabt hatte, spätestens jetzt war die Aufmerksamkeit des gesamten Restaurants auf sie gerichtet. Wieder ging man einfach davon aus, dass sie Millies Erbe antrat, ohne sie zu fragen. Sie spürte, wie eine verräterische Röte ihren Hals hochkroch.

»Wirklich? Eine Amerikanerin?«, stieß Miss St John mit spitzen Lippen hervor, als wäre Jools unsichtbar. »Wer hätte das gedacht.«

Es klang, als ob die Tatsache, dass sie Amerikanerin war, an sich schon ein Makel darstellte. Ihre Tochter starrte peinlich berührt auf den Boden.

»Wie meinen Sie das?«, fragte Jools so freundlich, wie es ihr möglich war, nach.

»Nun ja, Amerikaner mögen es ja gern«, die Frau zögerte, »… nehmen Sie mir den Ausdruck bitte nicht übel – protzig. Das *Fleetwood on Sea* hingegen ist sehr geschmackvoll eingerichtet.«

Jeder im Raum schien angesichts der Aussage die Luft anzuhalten. Alle Blicke waren gespannt auf Jools gerichtet.

»Ich nehme es Ihnen überhaupt nicht übel – im Gegenteil, ich nehme es als Kompliment. Wobei nicht ich das Hotel eingerichtet habe, sondern die verstorbene Besitzerin, die ebenfalls Amerikanerin war. Aber ich bin ganz Ihrer Meinung: Ich hasse diese stylischen, kalten Hotels, die alle miteinander austauschbar sind. Wir sollten uns alle ein bisschen Bescheidenheit bewahren. Allen voran unser neuer Präsident«, lächelte Jools freundlich.

Sie hatte die kleine Anspielung bewusst platziert, da sie um das gespaltete Verhältnis der Europäer zum amerikanischen Präsidenten wusste.

»Ich sehe, wir verstehen uns«, schlug Miss St John einen versöhnlichen Ton an. Beifälliges Murmeln ertönte und sie sah, wie einige der Gäste nickten.

»Ich bin froh, dass es Ihnen gefällt und wir Sie bei uns begrüßen dürfen. Rose, wären Sie so nett und würden die beiden zu ihrem Platz führen?«

»Mit Vergnügen!« Die Hausdame lächelte Jools an.

Jools wollte gerade auf dem Absatz kehrtmachen, als ein Ehepaar sie zu sich an den Tisch winkte.

»Kann ich Ihnen behilflich sein?« Jools stellte sich zu ihnen an den Tisch.

»Entschuldigen Sie bitte, aber mein Mann und ich konnten das Gespräch eben nicht überhören«, fing die Frau an. »Wir sind schon seit Langem Gäste in Ihrem Hotel und wollten Ihnen sagen, wie sehr wir uns freuen, dass Mildred eine so charmante und aufmerksame Nachfolgerin gefunden hat.«

»Das ist ganz reizend von Ihnen, dass Sie das sagen. Aber ich bin mir sicher, dass *Fleetwood on Sea* auch ohne mich zurechtkommen würde«, wies sie die freundlichen Worte von sich.

»Wo denken Sie hin! Ein solches Haus wie das Ihre lebt von den Menschen, die es leiten und zu dem machen, was es ist – ein Kleinod!« Die Frau fasste sich mit der Hand an die Brust. »Wir wüssten nicht, was wir ohne *Fleetwood on Sea* machen sollten. Wissen Sie, wir haben hier unsere Flitterwochen verbracht und kommen seitdem einmal im Jahr hierher. Mittlerweile sind es nun achtunddreißig Jahre.« Sie tätschelte liebevoll die faltige Hand ihres Mannes. »Bevor Mildred und ihr Mann das Hotel übernommen haben, war es kaum mehr als eine Pension. Die beiden haben wirklich wahre Wunder vollbracht.«

»Da gebe ich Ihnen völlig recht!«, nickte Jools. Sie hatte bis zu diesem Moment keine Ahnung gehabt, dass das *Fleetwood on Sea* bereits seit so langer Zeit bestand. »Das Hotel ist phantastisch.«

Das Interessante an ihrer Aussage war, dass sie es tatsächlich so meinte, wie sie es sagte. Das *Fleetwood on Sea* war wie eine kleine Schatztruhe inmitten einer reizvollen Landschaft.

Es wurde Zeit, dass sie sich damit auseinandersetzte, was in Zukunft damit passieren sollte, bevor noch mehr Menschen davon ausgingen, dass sie die nächste Besitzerin sein würde. Der Schlüssel zu Millies Wohnung brannte in ihrer Tasche.

Das Erste, was sie wahrnahm, als sie zwei Stunden später Millies Wohnung betrat, war ein Hauch von Lavendelduft in der Luft. Die honigfarbenen Holzdielen im Eingang knarrten leise unter ihren

Schritten, als sie den Flur entlangging. Die Wand war fast gänzlich mit alten Schwarz-Weiß-Fotografien bedeckt – Zeugnisse einer vergangenen Zeit. Neugierig betrachtete Jools die Aufnahmen. Die meisten von ihnen zeigten Millie als junge Frau mit langen dunklen Haaren und einem verträumten Blick. Immer an ihrer Seite: ihr Mann James. Er war etwas größer als seine Frau, mit freundlichen Augen und markant geschnittenen Gesichtszügen. Das Glück schien den beiden förmlich aus dem Gesicht zu springen.

Sie trat näher heran, um Millies Gesicht einer genaueren Untersuchung zu unterziehen. Tatsächlich entdeckte sie einige Ähnlichkeiten mit dem ihres Vaters. Beide hatten die gleichen hohen Wangenknochen, die auch Jools geerbt hatte, die gleichen ausdrucksstarken Augen und die wilde dunkle Lockenmähne. Im Gegensatz zu dem Mund ihres Vaters schien der von Millie immer zu lächeln. Ihr Vater hatte oft sorgenvoll dreingeschaut und nur selten gelacht, seit ihn seine Frau verlassen hatte. Es war, als ob ihre Mutter sein Lachen mitgenommen hätte.

Bis heute fiel es ihr schwer, sich ihren Vater als gut gelaunten jungen Mann vorzustellen. Millie hingegen schien sich ihr Lachen bis ins hohe Alter bewahrt zu haben, wie sie den Fotografien aus späteren Zeiten entnahm.

Eines der Bilder zeigte Millie vor ihrem Hotel. Sie hatte die Arme jubelnd in die Luft gestreckt, als wollte sie die ganze Welt umarmen. Jools konnte nicht anders und schmunzelte bei dem Anblick von so viel Lebensfreude. Ihr Blick wanderte weiter. Die nächste Aufnahme zeigte das junge Paar bei einem Picknick inmitten der grünen Landschaft. James hatte seinen Arm um Millie gelegt und deutete mit der anderen Hand auf das offene Meer, das unter ihnen lag. Beide sahen so glücklich aus. Das Bild drückte so viel Liebe aus, dass es Jools ganz warm ums Herz wurde. Viele der Fotografien zeigten das Ehepaar auf ihren Reisen. Auffällig war, dass sie sich auf jedem der Bilder an den Händen hielten.

Würde sie auch noch so glücklich sein, wenn sie alt war? War Dean der Mann an ihrer Seite – der Mann, mit dem sie alt werden würde? Sie liebte Dean, aber war sie wirklich glücklich mit ihm? In letzter Zeit hatte sie häufig das Gefühl gehabt, dass etwas zwischen ihnen fehlte. Was genau, vermochte sie nicht zu sagen.

Sie löste ihren Blick von den Bildern und ging weiter ins Wohnzimmer. Der Raum war mit antiken Möbeln aus dunklem Mahagoniholz eingerichtet. Es gab eine kleine Sitzecke in der Mitte des Raumes, vor der ein Holztisch stand. Jemand hatte einen Blumenstrauß mit frischen Bauernrosen darauf gestellt – vermutlich Emily. An der Stirnseite des Raumes befand sich eine Vitrine, durch deren Glasscheiben man ein antikes Porzellanservice bewundern konnte. Ein Sekretär stand direkt unter dem Fenster. Alles wirkte gemütlich, auch wenn die Einrichtung so gar nicht ihrem Stil entsprach.

Ihr Blick fiel auf einen Umschlag, der unschuldig weiß auf der Ablage des Sekretärs lag. Jools stieß überrascht die Luft aus, als sie den Namen sah, der mit fein geschwungener Schrift darauf geschrieben stand.

Jools Grace Miller

Anscheinend hatte Millie fest damit gerechnet, dass sie kommen würde.

Ihre Finger zitterten, als sie den Umschlag in die Hand nahm. Sie zögerte. Sollte sie den Brief jetzt lesen? Es war bereits kurz nach neun und sie wollte noch duschen und ihr E-Mail-Postfach kontrollieren, bevor sie zum Essen ging. Kurzentschlossen faltete sie den Brief und steckte ihn sich in die Tasche. Sie würde ihn später lesen.

Das große Schlafzimmer lag gleich neben dem Wohnzimmer. Ein schlichter Raum mit einem Himmelbett darin, das das Herz einer jeden Frau höherschlagen ließ. Ein pastellfarbener Quilt lag darüber ausgebreitet. Vorsichtig strich sie mit den Fingerspitzen über die unzähligen bunten Flicken. Das zentrale Motiv war eine Meerjungfrau. Es war ein kleines Meisterwerk, dessen stimmige Anordnung der unzähligen Stoffflicken viel Geschick und Geschmack bewies. Jools' Blick wanderte weiter. Die altrosafarbenen

Vorhänge gingen bis zum Boden und waren über die Jahre ausgebleicht. Die Blümchentapete war in den gleichen Farben wie der Quilt gehalten.

Ihr Blick fiel auf den Nachttisch, worauf ein einzelnes Bild in einem goldenen Rahmen stand. Es zeigte ihren Onkel als jungen Mann, der lächelnd auf Millie herabblickte. Selbst aus heutiger Sicht war James Bishop ein attraktiver Mann gewesen.

Der Kleiderschrank in der Ecke war geschlossen. Das Zimmer sah aus, als wäre es noch bewohnt, und es hätte Jools nicht gewundert, wenn Millie durch die Tür getreten wäre. Sie kam sich ein klein wenig wie ein Eindringling vor, als sie die Schranktür öffnete. Millies Garderobe hing sorgfältig aufgereiht. Vorsichtig strich sie mit den Fingern über die Kleider. Millie war eine schlanke Frau gewesen. Die meisten Sachen hatten Größe achtunddreißig. Neugierig nahm sie eines der Kleider in die Hand. Sie hatte es auf einem der früheren Bilder an Millie gesehen. Es war aus einfachem weißem Baumwollstoff, dessen Schnitt leicht aus der Mode gekommen war. Trotzdem war es in seiner Schlichtheit schön. Millie hatte zweifellos Geschmack besessen. Jools trat vor den Spiegel und hielt sich das Kleid vor den Körper. Die Ähnlichkeit zu Millie war selbst für sie erschreckend. Jools schluckte schwer. Nachdenklich hängte sie es wieder an seinen Platz zurück.

Leise zog sie die Tür hinter sich zu, als sie nach unten ging.

Jools eilte nach draußen. Sie war spät dran.

Der Mond leuchtete zwischen Wolkenfetzen hindurch und ließ die Landschaft rund um das Hotel aussehen, als wäre sie von einer hauchdünnen silbernen Decke überzogen. Der Wind hatte zugelegt und zerrte an ihren Kleidern, während sie dem schmalen Pfad am Parkplatz vorbei in den hinteren Teil des Grundstücks folgte. Das Gartencottage lag keine zweihundert Meter von der Klippe entfernt. Das Tosen der Brandung war überall zu hören. Hätte sie nicht gewusst, dass das Meer unterhalb des Grundstücks lag, hätte sie Angst gehabt, sich die Füße nass zu machen.

Aus den kleinen Fenstern des Cottages fiel gelbes Licht auf den Vorgarten. Sie sah Melee, die aufgeregt durch das Zimmer hüpfte und dabei wild mit den Händen gestikulierte. Lächelnd drückte Jools die Klingel.

Keine Minute später wurde die Tür aufgerissen und Emily stand vor ihr. Sie hatte sich ebenfalls umgezogen und trug einen kurzen Jeansrock, hochhackige Pumps und ein pfirsichfarbenes Seidentop. Das Licht fiel auf ihre Haare und ließ ihren Kopf aussehen, als würde er in Flammen stehen. Jools fand, dass sie atemberaubend gut aussah.

Sie selbst trug eine hautenge schwarze Leggins und eine durchsichtige schwarze Bluse, unter der ihr schwarzer BH hervorblitzte. Eine Kombination, die sie häufig bei offiziellen Partys trug, da sie zeitlos elegant war, mit einem Hauch von Sex-Appeal.

Emily pfiff anerkennend durch die Zähne. »Wow, ich weiß nicht, ob Luca bei deinem Anblick noch kochen kann. Du siehst richtig scharf aus.«

»Das Gleiche wollte ich gerade dir sagen«, schmunzelte Jools.

»Herzlich willkommen in meiner bescheidenen Hütte.«

Im Gegensatz zum Haupthaus waren die Wände des Cottages naturbelassen und aus hellem Stein. Der Boden im Flur war mit alten Holzdielen ausgelegt, die weiß geölt waren. Die Decke war niedriger als im Haupthaus und Jools musste aufpassen, sich nicht den Kopf zu stoßen, als sie über die Türschwelle eintrat.

Sie hob die Nase in die Luft und schnupperte. Es roch angenehm nach frischem Pizzabrot und Kräutern. »Wo steckt Luca eigentlich?«

In diesem Moment klapperte es laut aus dem hinteren Teil des Cottages.

»Wie es sich anhört, nimmt er momentan meine Küche auseinander!«, lachte Emily. »Er hat erst einmal angefangen, alles umzuorganisieren, und ich bezweifele, dass ich jemals wieder kochen werde. Wobei das natürlich auch nichts machen würde, denn ich koche so gut wie nie.«

»Dann haben wir schon wieder etwas gemeinsam. Ich kann nur Frühstückseier machen.«

»Das ist genau ein Gericht mehr, als ich kann.«

Sie lachten fröhlich.

»Jools!« Melee kam um die Ecke in den Flur gestürmt. Ihre wilden Locken ringelten sich um ihren Kopf wie kleine Schlangen.

»Hallo … Melee.« Fast wäre ihr *Keks* herausgerutscht.

»Wenn ich meinen Freunden erzähle, dass Katies Managerin bei uns gegessen hat, flippen die alle aus.«

»Melee, wir haben doch darüber gesprochen.« Emily warf Jools einen entschuldigenden Blick zu.

»Ach, kein Problem. Aber ehrlich gesagt bin ich nicht ihre Managerin, sondern ihre *PR*-Managerin. Sie hat einen Manager, der für ihre Buchungen und Verträge zuständig ist. Das sind in diesem Business zwei völlig verschiedene Dinge.«

Sie hatte sich den ganzen Tag keine großen Gedanken über ihren Job gemacht. Ein Zustand, der Seltenheitswert hatte. Zu Hause in New York drehte sich alles um ihre Arbeit und es kam nicht selten vor, dass sie bis spät in der Nacht am Handy hing und telefonierte. Dank der schlechten Verbindung in Fleetwood Cove war sie wie abgeschnitten und musste zugeben, dass es ihr gefiel. Die Welt drehte sich weiter, auch ohne sie.

»Lust auf eine kleine Führung?«, fragte Emily.

»Ich wüsste nicht, was ich lieber täte«, entgegnete Jools lächelnd.

»Gut. Ich gehe mit«, tönte Melee und blieb an Jools‘ Seite wie ein Schatten.

Das Erdgeschoss bestand aus einer Küche, dem Wohnzimmer, einem Gästezimmer, das Emily als Büro umfunktioniert hatte, und einem Gäste-WC. Die Decken waren niedrig, so wie man es häufig in alten Cottages fand. Sie folgte Emily ins Wohnzimmer, das sich gegenüber der Küche befand.

»Darf ich dir ein Glas Wein anbieten?«, fragte Emily und deutete auf einen kleinen Couchtisch neben dem Sofa. Darauf standen eine mit Weißwein gefüllte Karaffe und zwei Gläser. »Wir haben absolutes Verbot, in die Küche zu kommen, bis Luca uns ruft.«

»Zu einem Wein würde ich nicht Nein sagen«, entgegnete Jools.

»Ich auch nicht«, grinste Melee frech.

»Davon träumst du aber«, entgegnete Emily mit strengem Blick. »Ich würde vorschlagen, du gehst nach oben und machst dich fertig für die Nacht.«

»Ach Mum, noch ein halbes Stündchen«, bettelte der Teenager.

»Du hast morgen Schule. Die Abmachung war, dass du Jools noch begrüßen darfst und dann verschwindest.«

Melee schob trotzig die Unterlippe vor.

»Weißt du was?« mischte sich Jools ein. »Ich bin morgen auch noch da. Wenn du Lust hast, setzen wir uns nach der Schule zusammen und du darfst mich fragen, was du möchtest.«

»Echt jetzt?« Melee sah sie mit großen Augen an.

»Hey, sehe ich aus wie jemand, der sein Wort nicht hält?« Sie sah Melee entrüstet an. Melee schüttelte den Kopf. »Dann haben wir einen Deal.«

»Cool!« Melee hüpfte begeistert vor ihr auf und ab.

»Dann zeige ich dir ein paar Aufnahmen von Katie, die noch niemand gesehen hat«, versprach sie mit verschwörerischer Miene.

»Danke, Jools.«

Ehe Jools es verhindern konnte, fiel Melee ihr um den Hals. Jools lächelte verlegen.

»So, und nun ab ins Bett«, forderte Emily sie auf. Glücklich lächelnd stürmte Melee nach draußen. »Du musst das nicht tun«, sagte Emily mit gesenkter Stimme.

»Blödsinn, ich mache es gern. Melee ist ein liebes Mädchen und ihre Begeisterung ansteckend.« Jools nahm auf dem Sofa Platz.

»Okay, wenn das so ist.« Emily schenkte ihnen Wein ein und reichte Jools ein Glas. »Auf einen schönen Abend.«

»Auf einen schönen Abend.« Sie hoben ihre Gläser und stießen miteinander an. Der Wein war herrlich samtig und hinterließ einen leichten Geschmack nach Stachelbeere im Mund.

»Gut?« Emily sah sie fragend an.

»Ausgezeichnet«, nickte Jools.

»Habe ich aus dem Weinkeller des Hotels geklaut«, gab Emily freimütig zu. »Ich dachte, wenn der Boss zu Gast ist, kann ich mal ein gutes Schlückchen springen lassen.«

»Also wenn es so ist, dann möchte ich das nächste Mal Champagner serviert bekommen«, kicherte Jools.

»Dein Wunsch ist mein Befehl.« Emily ließ sich auf dem Sofa zurücksinken. »Warst du in Millies Wohnung?«

»Ja, ich habe mir alles angesehen und einen Brief an mich auf dem Schreibtisch gefunden. Wusstest du davon?«

»Nein … beziehungsweise doch. Ich habe es erst am Morgen nach ihrem Tod gesehen.« Emilys Augen blickten sie traurig an. »Sie muss geahnt haben, dass sie sterben wird. Weißt du, sie hat mich am Abend ihres Todes gebeten, die Vorhänge aufzuziehen. Sie meinte, es würde sie beruhigen, wenn sie den Mond sehen könnte.«

Jools nickte stumm. Das Bett in Millies Schlafzimmer war so ausgerichtet, dass man im Liegen durch das Fenster nach draußen schauen konnte.

»Wahrscheinlich war der Mond das Letzte, was sie gesehen hat«, murmelte sie mehr zu sich selbst.

»Ein schöner Gedanke, findest du nicht?«

»Ja, ich denke, es gibt schlimmere Arten zu sterben.« Sie dachte an ihren Vater, der am Ende nur noch ein Häufchen Elend gewesen war. An Maschinen angeschlossen, die ihn mit Medikamenten und Nahrung versorgten, hatte er bis zum Schluss um sein Leben gekämpft und letztendlich verloren. Auf eine traurige Weise war sie froh gewesen, als sein Leiden endlich ein Ende gehabt hatte. Sie schluckte trocken.

»Und wie gefällt es dir bisher?« Emily schwenkte vorsichtig ihr Glas in der Hand. Der Weißwein bewegte sich träge hin und her.

»Du meinst in Fleetwood Cove?« Emily nickte und nahm einen Schluck aus dem Glas. »Wunderschön. Ich bin ehrlich überrascht.«

»Das sagen fast alle, wenn sie das erste Mal hier zu Besuch sind.« Jools konnte ein hoffnungsvolles Blitzen in ihren Augen sehen. Sofort zog sich ihr Magen zusammen.

»Höre ich da Gläser klirren?« Luca stand plötzlich in der Tür. Er war ganz in Schwarz gekleidet. Seine dunklen Haare glänzten frisch gewaschen und er hatte sich eine Schürze um die Hüften gebunden. Einzig die weißen Turnschuhe passten nicht zu seinem eleganten Outfit. Trotzdem sah er unglaublich gut aus.

»Du hast richtig gehört.« Emily deutete auf die Gläser. »Wir waren so frei, einen Schluck zu trinken, bis du so weit bist.«

»Assolutamente.« Seine Augen glitten über Jools' Gesicht hinweg nach unten, wo sie einen Augenblick zu lange auf ihren Brüsten verweilten, bevor sie wieder nach oben wanderten. Der Mann war definitiv nicht schwul, so viel war sicher. »Du siehst bezaubernd aus«, lautete sein abschließendes Urteil.

»Und ich?« Emily stand auf und drehte sich keck um die eigene Achse.

»Fantastisch wie immer«, nickte Luca, ohne den Blick von Jools zu nehmen. Sie schluckte. Die Augen des Italieners schienen zu glühen.

»Wie sieht es aus mit dem Essen?«, fragte Emily. »Ich verhungere gleich.«

»Deshalb bin ich hier, ich wollte euch gerade holen«, nickte Luca zufrieden.

»Ich muss sagen, ich bin ziemlich gespannt, nachdem ich so viel Gutes über deine Küche gehört habe«, gestand Jools.

»Und nichts davon war übertrieben. So viel kann ich dir jetzt schon verraten.« Emily hakte sich wie selbstverständlich bei ihr unter. »Luca ist der beste italienische Koch weit und breit.«

»Sehr witzig, Emily«, knurrte Luca. »Ich bin schließlich der einzige italienische Koch im Umkreis von hundert Meilen.«

»Sage ich doch.« Emily zwinkerte Jools zu. Sie betraten die Küche. »Tatataaa!« Emily machte eine ausladende Handbewegung. »Home, sweet home!«

Die Wohnküche des Cottages war fast so groß wie das Wohnzimmer, die Einrichtung einfach und etwas veraltet. In der Mitte stand ein alter Holztisch, der aus alten Schiffsplanken zusammengezimmert worden war und an dem acht Personen Platz fanden.

Luca hatte den Tisch bereits gedeckt. Ein Kristallleuchter hing von der Decke und warf glitzernde Reflexe an die Wand. Jemand hatte zwei mit Sand gefüllte Windlichter auf den Tisch gestellt. Das Geschirr war aus schlichtem weißem Porzellan. Ein wunderschöner Strauß Wildblumen rundete die Dekoration ab und Sitzkissen in den Pastelltönen Mint, Rosa und Blau lockerten alles auf.

Die breite Fensterbank war vollgestellt mit Kräutern.

»Du züchtest deine eigenen Kräuter?«, fragte Jools.

»Reine Dekoration«, gestand Emily. »Wenn wir Luca nicht hätten, wären Melee und ich wahrscheinlich längst verhungert oder würden an Verfettung durch Fertiggerichte leiden.«

»Eemelii ist die schlechteste Köchin, die ich kenne, aber sie hat einen exzellenten Geschmack.« Die Art, wie Luca Emilys Namen aussprach, lockte Jools ein Lächeln hervor.

»Deshalb darf ich immer alle Gerichte probieren«, grinste Emily verschmitzt. »Aber zu deiner Frage: Luca hat letztes Jahr einen Kräutergarten gleich neben der Küche angelegt. Wir haben frischen Thymian, Rosmarin, Oregano und Majoran.«

»Du hast die Minze vergessen«, korrigierte Luca sie.

»Stimmt!«, nickte Emily.

Jools' Blick fiel auf den Kamin, in dem ein Feuer prasselte und seine angenehme Wärme im Zimmer verbreitete. Davor lag zusammengerollt eine kleine schwarze Katze und döste in der Wärme. Als sie die Stimmen hörte, hob sie träge den Kopf und musterte mit ihren grünen Augen die Neuankömmlinge.

»Das ist Miss Maple«, sagte Emily, die Jools' Blick aufgefangen hatte.

»Hallo, Miss Maple!« Jools ging in die Knie und streichelte über das weiche Fell. »Was bist du nur für eine schöne Katze?« Sofort ertönte ein zufriedenes Schnurren.

»Wie es aussieht, mag sie dich«, lächelte Emily und nahm am Tisch Platz. »Das ist ein großes Kompliment, denn Miss Maple kann eine Zicke sein, wenn sie jemanden nicht leiden kann.«

»Ich wollte als kleines Mädchen immer eine Katze«, murmelte Jools. »Aber meine Eltern waren dagegen. Sie haben mir stattdessen ein Computerspiel mit einer virtuellen Katze zu Weihnachten geschenkt.«

»Das klingt ganz wie meine Eltern«, entgegnete Emily. Für den Bruchteil eines Wimpernschlags war das Lächeln aus ihrem Gesicht verschwunden. »Aber bitte nimm doch Platz.« Sie deutete auf einen der Stühle.

»Das Cottage ist ein Traum«, sagte Jools und ließ sich auf das weiche Kissen fallen. »Ich stelle es mir furchtbar gemütlich vor, wenn es draußen stürmt und der Regen gegen die Fenster prasselt.«

»Dann wird dir der Winter gefallen, da ist es fast immer so«, grinste Emily und prostete ihr zu.

Jools schluckte ihren Protest hinunter, um nicht die gute Stimmung zu verderben. Die Wahrscheinlichkeit, dass sie jemals einen Winter in Fleetwood Cove verbringen würde, belief sich, wenn alles nach Plan ging, gegen null.

Ihre Augen wanderten zum Herd, wo Luca mit dem Rücken zu ihnen stand. Im Stillen bewunderte sie sein breites Kreuz, über das sich das T-Shirt spannte und die Muskeln darunter erahnen ließ. Seine Haare schimmerten schwarz im Licht. Vom Herd zog ein köstlicher Duft zu ihnen rüber.

»Was gibt es eigentlich zu essen?« Sie schielte hinter Lucas Rücken, in der Hoffnung, einen Blick auf die vorbereiteten Teller zu erhaschen. »Ich habe einen Bärenhunger.«

»Ich auch!« Emily prostete ihr zu. »Und wenn das Essen nicht gleich kommt, dann bin ich noch dazu betrunken.«

»Das Menü steht heute ganz im Zeichen meiner Heimat!« Ein Lächeln huschte über sein markantes Gesicht. Mit geübten Bewegungen nahm er die Pfanne vom Herd und verteilte den Inhalt auf die vorgewärmten Teller.

»Das riecht absolut himmlisch«, schnupperte Jools.

»Rate doch mal, was es sein könnte« forderte Luca sie heraus.

»Also …« Jools schloss die Augen. »Ich würde sagen, es gibt Fisch. Was genau, kann ich nicht sagen. Aber es riecht nach gebratener Frucht und Balsamico.« Sie schlug die Augen wieder auf.

»Für eine Amerikanerin gar nicht so schlecht.« Luca schnalzte anerkennend mit der Zunge. »Ecco. Oktopus auf gebratene Wassermelone mit Balsamicodressing, dazu eine feine Rucola-Salat mit geröstete Pinienkerne«, präsentierte er ihr den fertigen Vorspeisenteller.

Oktopus! Ihr Magen zog sich bei dem Gedanken daran, was da vor ihr auf dem Teller lag, zusammen. Skeptisch betrachtete sie die lilafarbenen Tentakel, die so dick wie ihr Daumen waren und an denen noch die Saufnäpfe zu erkennen waren.

»Na los, worauf wartest du?«, forderte Emily sie fröhlich kauend auf. »Das ist eine von Lucas Spezialitäten!«

»Okay …«

Ihr Puls schnellte in die Höhe, als sie sich unter Emilys und Lucas wachsamen Blicken ein Stück Oktopus mit Wassermelone in den Mund schob. Die Konsistenz war überraschend angenehm und überhaupt nicht schwammig wie befürchtet.

Das Erste, was sie wahrnahm, war das fruchtige Aroma der Wassermelone. Durch das Anbraten trat die Süße noch stärker hervor. Das Nächste war der leicht fischige Geschmack des Oktopus, der sich perfekt mit der Wassermelone ergänzte. Dazu kam eine angenehme Säure, die zweifellos vom Balsamico stammte, mit dem Luca das Ganze abgelöscht hatte.

Ein Lächeln huschte über ihr Gesicht.

»Lecker. Geradezu köstlich.« Sie schmatzte anerkennend.

Luca strahlte und seine weißen Zähne blitzten. »Bravissimo.«

Emily hielt ihr Glas in die Höhe. »Auf Luca, den besten Koch der Welt.«

»Auf Luca«, nickte Jools. »Den Mann, der mir gezeigt hat, dass Oktopus nicht nur ein glitschiges Ding ist, das Tinte versprüht.«

Luca hob sein Glas und ihre Augen trafen sich. Jools schluckte trocken. Von diesem Mann ging etwas Wildes aus.

Sie nahm einen tiefen Schluck. Erst jetzt fiel ihr auf, dass Luca nur Wasser im Glas hatte.

»Trinkst du keinen Wein? Ich dachte immer, dass alle Italiener Wein trinken, egal zu welcher Tages- und Nachtzeit.«

»Ich trinke keinen Alkohol«, entgegnete er mit ruhiger Stimme. Die Art, wie er es sagte, veranlasste sie dazu, nicht weiter nachzufragen.

»Du weißt nicht, was dir entgeht.«

Jools hob ihr Glas und prostete Emily zu. Sie wünschte sich im Stillen, Dean wäre hier. Er liebte gutes Essen und gab auch gern viel Geld dafür aus, wenn es sich in seinen Augen lohnte.

»Erzähl uns doch ein wenig von New York«, bat Emily. »Ich selbst war noch nie drüben, aber jeder, der mal dort war, schwärmt davon.«

»Ja, ich würde wirklich gern hören, wie du lebst und was eine PR-Managerin so alles macht«, nickte Luca.

»Also gut.« Sie legte die Gabel beiseite. Sie hatte bereits viel zu viel Wein getrunken. »Ihr habt es nicht anders gewollt …«

Sie erzählte den beiden von ihrer Arbeit bei der *Starlight*. Wie sie mit Anfang zwanzig als blutige Anfängerin den Job bekommen und sich langsam nach oben gearbeitet hatte. »Na ja, und mittlerweile betreue ich die Newcomer.«

»Ich hätte gedacht, dass jemand, der länger dabei ist, eher die Celebrities bekommt«, meinte Emily interessiert.

»Nun ja, so ganz verkehrt ist der Gedanke nicht. Allerdings sind die Newcomer mitunter unsere wichtigste und sensibelste Gruppe. Die Karriere eines Stars muss gut geplant sein. Ein Fehler gleich am Anfang und es wird schwer, noch mal Fuß in der Branche zu fassen. Mir gefallen die Newcomer aber noch aus einem ganz anderen Grund.« Sie nippte an ihrem Glas.

»Und der wäre?« Lucas Augen ruhten auf ihr. Sie spürte ein leichtes Prickeln in der Magengegend.

»Na ja, die Newbies sind noch unverbraucht und unverdorben. Ich habe im Laufe meiner Arbeit gelernt, dass Erfolg die meisten Menschen verändert. Nur wenige kommen damit klar und bleiben der Mensch, der sie vorher waren. Wenn man den ganzen Tag von der Plattenfirma, Fans und Freunden hofiert wird, fällt es schwer, natürlich zu bleiben und keinen Höhenflug zu erleiden. Auf der anderen Seite sind die meisten Stars auf eine Art ziemlich allein.«

»Warum?« Emily wippte mit den Füßen.

»Mit dem Erfolg kommt das Geld, und damit die Aasgeier der Branche. Jeder will ein Stück vom Kuchen abhaben und Freunde sind nicht gleich Freunde.«

»Verstehe. Ich habe schon vor langer Zeit aufgehört, mich mit Menschen zu umgeben, die mir persönlich nichts bringen.«

»Das habe ich gehört«, grinste Emily, » ... und ich nehme es als Kompliment.«

»Das kannst du auch.« Luca stand auf. Sein Blick fiel auf die leeren Teller. »Wie ich sehe, hat es euch geschmeckt.«

»Ehrlich gesagt habe ich nur aus Höflichkeit aufgegessen«, sagte Jools mit ernster Miene.

»Höflichkeit!« Luca machte ein bestürztes Gesicht.

»Ja, ihr Italiener seid doch so ein stolzes Volk, habe ich gehört.«

»Sì, aber deshalb brauchst du nicht ...« Er brach kopfschüttelnd ab. »Es tut mir leid, dass es dir nicht geschmeckt hat.«

Jools brach in wildes Gegacker aus. »Das war nur ein Scherz, bitte verzeih mir. Ich konnte einfach nicht widerstehen.«

Emily verschluckte sich vor Lachen.

»Du hast eine komische Art von Humor!«

»Ich bin Amerikanerin! Schon vergessen?«

»Und ich bin Italiener! Wir vergessen nie!« Er hob den Zeigefinger in die Luft. »Also Vorsicht!«

»Eins zu null für dich«, lachte Emily noch immer. »Ich habe es dir echt abgenommen.«

»Dann ist ja gut. Das war der Plan.« Jools lehnte sich zufrieden in ihrem Stuhl zurück.

»Zum Hauptgang habe ich einen Rotwein für euch vorbereitet.« Luca reichte Jools ein frisches Glas zum Probieren.

»Aus dem Keller des *Fleetwood on Sea*«, kicherte Jools.

»Nein, diesen Tropfen habe ich für besondere Anlässe aus meiner Heimat mitgebracht«, entgegnete er entrüstet.

»Oh, ich dachte nur …« Jools warf Emily einen Hilfe suchenden Blick zu. »Entschuldige bitte, Luca. Es war nicht so gemeint.«

»Ich habe Jools einen Wein aus dem Keller serviert«, grinste Emily schuldbewusst.

»Prego. Dieser hier ist aus dem Weinkeller meines Freundes Giacomo. Es gibt nur eine winzige Auflage davon.«

»Den willst du wirklich mit uns teilen?«, fragte Jools erstaunt.

»Sì. Ich finde, die Ankunft der neuen Besitzerin ist Grund genug zum Feiern.«

Jools schluckte nervös. Bis zu diesem Moment war der Abend gut verlaufen. Nun drohte die Stimmung zu kippen. Fieberhaft suchte sie nach einer unverfänglichen Antwort.

»Noch habe ich nichts unterschrieben«, witzelte sie.

Lucas Augen wurden eine Nuance dunkler. »Dann hoffen wir mal, dass du diesen Fehler bald nachholst.«

»Nach diesem Essen gibt es fast keinen Grund mehr, es nicht zu tun«, erwiderte sie etwas voreilig.

Luca schenkte ihr lächelnd einen Probierschluck ein. Sie hielt das Glas gegen das Licht. Der Wein hatte eine tiefrote Farbe wie Blut. Ein kräftiger Geruch nach Beeren stieg ihr in die Nase, als sie den ersten Schluck nahm.

»Oh mein Gott, ist der köstlich! Den musst du unbedingt kosten, Emily.« Sie leckte sich begeistert mit der Zungenspitze einen Tropfen von den Lippen. Lucas Augen folgten jeder ihrer Bewegungen. »Der Wein schmeckt, als ob du reife Beeren in Bitterschokolade tauchst.«

»Dann ist er perfekt für unseren nächsten Gang«, nickte Luca zufrieden und schenkte Emilys Glas voll. »Es gibt Lammbraten mit Kräuterrisotto.«

»Lammbraten!« Jools' Augen weiteten sich. »So viel esse ich sonst nie. Ich weiß gar nicht, wie ich das bewältigen soll.«

»Du gehst wohl nie beim Italiener essen?«, lachte Emily. »Wie ich Luca kenne, gibt es auch noch eine Nachspeise.«

»Sì – klaro.« Luca hatte ein breites Grinsen auf dem Gesicht. »Panna cotta dolce.«

»Oh mein Gott. Ich glaube, ich brauche Hilfe, damit ich den Weg die Treppen hoch zu meinem Zimmer schaffe«, kicherte Jools und legte die Hände auf ihren flachen Bauch. »Ich habe jetzt schon einen kleinen Glimmer.«

»Wunderbar. Mir geht es genauso«, giggelte Emily fröhlich. »Auf den Abend.«

Sie stießen erneut an, während Luca sich am Backofen zu schaffen machte.

Kurze Zeit später stand das Essen vor ihnen auf dem Tisch. Allein beim Anblick des Bratens lief ihr das Wasser im Munde zusammen und alle guten Vorsätze waren auf der Stelle vergessen. Normalerweise achtete sie streng darauf, dass sie nach sechs Uhr nichts mehr zu sich nahm, und verzichtete weitgehend auf Alkohol. In einer Gesellschaft, in der Geld und Aussehen alles bedeuteten, musste man sich anpassen. Ihre Kunden erwarteten von ihr, dass sie schlank und repräsentativ aussah. Aber heute war es ihr egal. Das Essen schmeckte einfach köstlich und sie aß ihren Teller bis auf den letzten Bissen leer.

Luca, der sie mit kleinen Geschichten aus seiner Heimat unterhielt, stellte sich als äußerst unterhaltsam heraus. Immer wieder musste er seine Erzählungen unterbrechen und warten, bis sich Emily und Jools von einem Lachanfall beruhigt hatten. Dabei floss der Wein in Strömen. Auch die Nachspeise war jede Sünde wert. Luca erwischte sie, sehr zu seiner Belustigung, dabei, wie sie am Ende das Glas mit der Zunge ausleckte.

»Wie eine kleine Katze«, meinte er mit samtiger Stimme.

Jools, die deutlich zu viel getrunken hatte, kicherte. Ihr war schwindelig und sie fühlte sich eigenartig leicht.

»Ich glaube, ich habe noch nie so lecker gegessen«, gestand sie. »Ich kann verstehen, warum die Leute extra hierher zum Essen kommen. Das war einfach unglaublich.«

»Ich habe nicht zu viel versprochen«, lächelte Emily zufrieden.

»Auf keinen Fall! Millie hat wirklich Glück gehabt, dass sie dich gefunden hat«, wandte sie sich an Luca.

»Das Glück war auf beiden Seiten. Ich bin Millie sehr dankbar, dass sie mich aufgenommen hat.« Luca griff sich an den Hinterkopf und löste das Haargummi. Eine Welle dunkler Haare ergoss sich bis zu seinen Schultern und ließ ihn wie einen italienischen Gott aussehen.

»Das klingt, als wärst du ein Problemfall gewesen«, hakte Jools nach.

»So könnte man es nennen«, entgegnete er, ohne weiter darauf einzugehen.

»Und was hast du morgen vor?«, fragte Emily. Ihre Wangen waren vom Wein gerötet und ihre Augen glänzten.

»Ich wollte einen Blick in die Buchhaltung werfen«, sie kicherte beschwipst, »wenn ich morgen dazu in der Lage bin.«

»Wenn du möchtest, helfe ich dir dabei. Ich habe alles vorbereitet, als ich gehört habe, dass du kommst.«

»Sag mal, wer ist denn dieser Aidan?«, platzte Jools heraus. Sie hatte den ganzen Abend immer wieder an ihn denken müssen.

»Huch, wie kommst du denn darauf?« Emily sah sie erstaunt an.

»Ich war doch heute in der Galerie, und da bin ich sozusagen in ihn reingerannt.«

»Aidan war bei Lily?« Emilys Augen weiteten sich ein wenig mehr, wenn das überhaupt noch möglich war.

»Wieso?«

Emily räusperte sich. »Na ja, also Aidan und Lily waren vor langer Zeit mal ein Paar.«

»Ach so.« Sie dachte daran, wie Aidan Lily zur Begrüßung geküsst hatte. »Ich hatte nicht den Eindruck, dass es ein Problem zwischen den beiden gibt.«

»Das täuscht. Die Trennung ist damals sehr unschön verlaufen. Lily hat ihn einfach sitzen gelassen und ist nach Frankreich gefahren, ohne sich von ihm zu verabschieden. Hat seinem Ego einen anständigen Schlag versetzt. Aber warum fragst du?«

»Ach, einfach nur so.« Aidans Worte kamen ihr in den Sinn. »Er hält ziemlich große Stücke auf euch beide.«

»Wirklich?« Eine zarte Röte huschte über Emilys Gesicht. »Bei Luca wundert es mich nicht, schließlich wohnen die beiden zusammen, aber bei mir …«

»Wie? Du wohnst bei Aidan?« Sie sah Luca erstaunt an.

»Ja, als ich damals hergekommen bin, war kein Zimmer frei. Aidan hat mir eines bei sich angeboten. Wir verstehen uns gut, und solange er das Zimmer nicht braucht, ist es mir recht.«

»Das erklärt einiges.« Sie dachte daran, wie wütend er sie angesehen hatte. »Was macht dieser Aidan eigentlich?«

»Du meinst beruflich?«, fragte Emily.

»Ja.«

»Aidans Familie gehören das Fischerboot und der Fischereibedarfsladen am Hafen. Außerdem beliefert er die Restaurants der Umgebung mit frischem Fisch. Vielleicht hast du das Schild schon gesehen. *Fisherman's Supplies*«, erklärte Emily.

»Waaas!« Jools hatte geschrien. Eine angespannte Stille trat ein. »Dann ist Aidan schuld daran, dass mein Handy kaputt ist.« Sie erzählte den beiden von ihrer Begegnung mit Aidan auf der Straße nach Fleetwood Cove.

»Ich bin mir sicher, er hat es einfach nicht gesehen«, entgegnete Emily. »Typisch Mann eben. Wahrscheinlich war er zu beschäftigt damit, dir auf den Hintern zu starren. Zumindest sähe ihm das ähnlich.«

Luca nickte zustimmend.

»Das ist vielleicht ein Grund, aber noch lange keine Entschuldigung. Mein Handy ist mein Leben.«

»Das klingt gar nicht gut. Ich habe zwar ein Handy, aber ich benutze es so gut wie nie.« Luca sah sie bedauernd an.

»Geht mir genauso. Ich benutze es als«, Emily machte mit den Fingern Gänsefüßchen in der Luft, »Babyfon für Melee.«

»Aber seid ihr denn nicht bei Facebook?« Beide schüttelten verneinend den Kopf.

»Twitter?« Wieder die gleiche Reaktion. »Instagram, Pinterest, Google«, startete sie einen weiteren Versuch.

»Nope!« Emily grinste schief. »Aber ich habe einen E-Mail-Account.«

»Na, immerhin etwas«, entgegnete Jools leicht fassungslos.

Das erklärte zumindest, warum sie *Fleetwood on Sea* nicht im Internet gefunden hatte. Die Leute hier lebten tatsächlich hinter dem Mond. Ein Alltag ohne Facebook und Twitter war für Jools kaum vorstellbar. In ihrem Business ging alles über die Social-Media-Kanäle. Selbst der amerikanische Präsident twitterte seine Neuigkeiten – manchmal sehr zum Leidwesen seiner Berater, wie sie aus erster Hand wusste.

Jools gähnte verstohlen. Der Jetlag kam mit ungebremster Kraft wieder zum Vorschein.

»Ich glaube, ich muss ins Bett«, sagte sie schließlich.

»Ich habe mich schon gewundert, wie fit du noch bist. Wir haben zwar nicht viele Gäste aus Übersee, aber diejenigen, die wir haben, sind die ersten Tage immer völlig erledigt und verbringen den Großteil des Tages mit Schlafen.«

»Schlafen klingt traumhaft.« Jools blinzelte.

»Ich begleite dich noch zur Tür.« Emily stand auf.

»Soll ich euch nicht doch helfen, aufzuräumen?« Jools deutete auf die Teller in der Spüle.

»Das fehlt noch, dass die Chefin abwäscht!«, lachte Emily. »Außerdem, so wie du aussiehst, schläfst du uns im Stehen ein.«

»Vielen Dank auch!« Jools machte ein beleidigtes Gesicht.

»So war das nicht gemeint«, sagte Emily erschrocken.

»Weiß ich doch, alles gut. War nur wieder einer meiner schrägen Witze.« Sie gähnte erneut und alles um sie herum verschwamm.

»Ab mit dir ins Bett. Luca und ich sind ein eingespieltes Team. Das ist nicht das erste Mal, dass wir zusammen meine Küche aufräumen.«

»Na dann.« Jools stand auf. »Vielen Dank noch mal für das köstliche Essen.«

»Es war mir ein Vergnügen.« Luca beugte sich leicht nach vorn und führte ihre Hand zum Mund.

»Das Vergnügen lag ganz auf meiner Seite«, entgegnete sie keck.

Als seine Lippen ihre Haut berührten, spürte sie, wie ein heißer Strahl durch ihren Unterleib schoss. Was war nur los mit ihr? Erst Aidan, und nun Luca. Lag es an der frischen Seeluft? Ihre Nana hatte immer gesagt, dass das Meer die Sinne anregte.

Emily begleitete sie nach draußen.

»Danke für diesen wunderschönen Abend«, verabschiedete sie sich.

»Freut mich, dass es dir gefallen hat.« Ein Lächeln huschte über Emilys Gesicht.

»Ehrlich gesagt kann ich mich nicht erinnern, wann ich das letzte Mal einen so entspannten Abend hatte«, gestand sie.

Emily nickte. »Manchmal ist es gut, wenn man seinen alten Bahnen entkommt und alle Knöpfe wieder auf Anfang stellt.«

»Vielleicht«, entgegnete Jools nachdenklich. Sie reichte Emily die Hand. »Danke für alles.«

»Kein Problem. Hauptsache du fühlst dich wohl.«

Aus Emilys Gesicht war die Fröhlichkeit von eben verflogen und sie sah Jools mit ernster Miene an. Beide wussten genau, was sie damit gemeint hatte.

»Das tue ich. Wirklich. Aber es wird nichts an meiner Meinung ändern.«

»Ich weiß«, seufzte Emily und schloss die Tür.

Nachdenklich ging sie den Weg zurück zum Haus. Kurz bevor sie das Hotel erreicht hatte, sah sie sich noch einmal um. Durch das Küchenfenster konnte sie Emily und Luca sehen, die sich miteinander unterhielten. Luca gestikulierte wild mit den Händen. Sprachen sie über sie?

Den ganzen Abend hatte die Frage, ob Jools das Hotel übernehmen würde, wie ein Damoklesschwert über ihnen geschwebt. Alle drei hatten es tunlichst vermieden, das Thema anzusprechen, aber sie wusste, wie sehr es die beiden beschäftigte. Auch Jools dachte an nichts anderes. In den letzten vierundzwanzig Stunden war ihr Leben auf den Kopf gestellt worden. Immer wieder befielen sie Zweifel, ob ihre Entscheidung die richtige war oder ob es nicht doch eine Lösung gab, die sie bisher nicht in Betracht gezogen hatte.

9. Kapitel

Sie wurde durch das Heulen des Windes geweckt. Blinzelnd öffnete sie die Augen. Sie hatte leichte Kopfschmerzen, die zweifellos vom vielen Wein kamen, den sie gestern Abend getrunken hatte.

Nachdem sie sich ins Bett gelegt hatte, war sie in einen unruhigen Schlaf gefallen. Wilde Träume hatten sie verfolgt. Irgendwann mitten in der Nacht war sie mit Herzrasen und schweißgebadet aufgewacht. Die Frage, was sie mit dem Hotel tun sollte, lag ihr schwer auf der Seele. Bis zu ihrer Ankunft war klar gewesen, dass sie verkaufen würde, so schnell sie konnte. Diese Gewissheit war verflogen und hatte Zweifeln Platz gemacht. Der nette Empfang der Angestellten hatte die Sache nicht leichter gemacht.

Ihr Blick fiel auf den Umschlag neben ihrem Bett. Sie hatte ihn gestern dort abgelegt, ohne ihn zu öffnen. Verschlafen richtete sie sich auf und nahm den Brief zur Hand. Auf der Rückseite leuchtete Millies rotes Siegel wie ein Blutfleck. Ihre Finger zitterten, als sie das Papier aus dem Umschlag zog.

Liebe Jools,
wenn du das liest, habe ich immerhin erreicht, dass du hierhergekommen bist.

Ich kann mir vorstellen, dass du sehr überrascht über meinen ersten Brief warst, den dir mein guter Freund Maximilian Stein ausgehändigt haben sollte. (Ich gehe fest davon aus, dass er es getan hat. Maximilian Stein war ein lieber Freund meines verstorbenen Mannes und hat uns zeitlebens mit Rat und Tat zur Seite gestanden. Er war immer ein gern gesehener Gast bei uns.)

Vielleicht bist du verärgert – was ich dir nicht übel nehmen würde. Schließlich habe ich dich gezwungen, hierher nach Fleetwood Cove zu kommen. Du hast dich bestimmt gefragt, warum ich das getan habe.

Womit sie nicht unrecht hat, dachte Jools.

Nun, ich habe lange darüber nachgedacht, wie ich es schaffe, dass du - als moderne junge Frau, die mit beiden Beinen im Geschäftsleben steht - dir die Zeit nimmst und nach Fleetwood Cove kommst. Dich zu erpressen, ist zwar keine schöne Art, schien mir jedoch die einzige Möglichkeit zu sein.

Ich möchte, dass du diesen herrlichen Flecken Erde mit deinen eigenen Augen siehst. Dass du die Schönheit dieser rauen Landschaft erkennst. Dass du die frische Luft einatmest und sich der salzige Geschmack des Meeres auf deine Zunge legt. Du sollst sehen, wie das Meer je nach Tageszeit seine Farbe wechselt. Und vor allem hoffe ich, dass du die wunderbaren Menschen kennenlernst, die mich umgeben und mein Leben zu etwas Besonderem gemacht haben.

Nicht zuletzt hoffe ich, dass du dein Herz an das *Fleetwood on Sea* verlieren wirst, so wie ich und mein geliebter James es getan haben. Dieses Hotel ist etwas ganz Besonderes, und es würde mich zutiefst glücklich machen, wenn ich es in deinen Händen wüsste.

Ich könnte den Gedanken nicht ertragen, dass ein gieriger Investor das Grundstück an sich reißt, um dort ein modernes Hotel zu bauen. Deshalb hoffe ich, dass du alles durch meine Augen sehen kannst und verstehst, warum ich dich dafür ausgesucht habe.

Aber egal, wie du dich entscheidest, mein größter Wunsch ist, dass du ebenso glücklich wirst, wie ich es war - ob nun hier oder in Amerika. Manchen Menschen ist dieses Glück leider nicht vergönnt, so wie deinem Vater und meinem Bruder. Wir haben uns zwar erst sehr spät kennengelernt, aber im Herzen war er immer mein Bruder und nicht nur mein Halbbruder. Ich wünschte dein Großvater hätte seine Affäre mit meiner Mutter früher offiziell gemacht. Vielleicht hätten dein Vater und ich dann eine echte Chance gehabt uns wirklich näherzukommen. So standen die unausgesprochenen Vorwürfe und die Entscheidung deines Großvaters mich als Haupterbin einzusetzen, immer zwischen uns. Ich bin mir sicher, dass deine Mutter alles versucht hat, aber manchmal sind die Wunden in einer Seele so tief, dass auch ein geliebter Mensch sie nicht heilen kann.

Du bist aus demselben Holz geschnitzt wie ich. Deshalb bin ich überzeugt davon, das Richtige getan zu haben. Solltest du dich entgegen meiner Hoffnung doch dazu entschließen, das Hotel zu verkaufen, dann sorge bitte dafür, dass es in gute Hände kommt.

In tiefer Verbundenheit und Liebe,
deine Millie

Eine Träne hatte sich in ihre Augen geschlichen. Blinzelnd versuchte Jools, sie zu vertreiben. Millies Worte berührten sie zutiefst. Einmal mehr wünschte sie sich, die Schwester ihre Vaters besser gekannt zu haben.

War das alles Teil eines großen Lebensplans und der Brief nur ein weiterer Puzzlestein? Seufzend legte Jools das Papier beiseite. Sie dachte an ihr Leben in New York. Die Hektik, die Menschen, die tägliche Herausforderung, zu bestehen, der Leistungsdruck. All das war für sie im Laufe der Zeit normal geworden. War dieses Leben wirklich das, wovon sie geträumt hatte, oder war ein Leben hier draußen, in der Abgeschiedenheit, inmitten dieser herrlichen Landschaft, nicht erstrebenswerter?

Was war mit Dean? War sie Teil seines Lebensplans? Manchmal hatte sie das Gefühl, nur ein angenehmes Beiwerk zu sein. Gewiss, der Sex, den sie hatten, war großartig, aber genügte das, um ein Leben miteinander zu verbringen?

Stöhnend warf sie sich auf die andere Seite des Bettes. In ihrem Kopf schwirrten die Gedanken. Ihr Blick fiel auf das Fenster. Vielleicht würde ein Spaziergang an der frischen Luft helfen, etwas Klarheit in ihre wirren Gedanken zu bringen. Kurzerhand stand sie auf und tapste auf nackten Füßen ins Badezimmer.

Das Wetter hatte sich über Nacht geändert. Es war kühl geworden und der Himmel war bedeckt. Sie war froh, dass sie sich warm angezogen hatte. In Turnschuhen und Jeans stapfte sie durch das feuchte Gras. Leider hatte sie in der Aufregung der Abreise vergessen, eine Jacke einzupacken.

Dunkle Wolken wurden vom Wind wie träge Segelschiffe über den Horizont getrieben. Weit draußen auf dem Meer schaukelte ein Fischerboot einsam zwischen den Wellen. Aidan? Sie hielt sich die Hand vor die Augen, um besser sehen zu können, aber der Kutter war zu weit weg, um nähere Details zu erkennen. Ein Schwarm Möwen folgte dem Boot, in der Hoffnung, einen der Fangabfälle zu ergattern.

Trotz des Pullovers fröstelte sie leicht, als sie den schmalen Weg zur Kirche ging. Der kleine Friedhof lag zwischen dem *Fleetwood on Sea* und Fleetwood Cove, eingebettet in saftiges Grün, dreihundert Meter von der Kirche entfernt. Wer immer sich diesen Platz ausgesucht hatte, hatte Geschmack bewiesen. Von hier aus hatte man einen fantastischen Blick über die Bucht des kleinen Ferienorts.

Das Meer präsentierte sich wie eine launische alte Frau und hatte seine Farbe über Nacht gewechselt. Jetzt schimmerte es tiefblau wie Lapislazuli und weiße Schaumkronen tanzten auf den Wellenkämmen. Wenn die Wellen gegen die Felsen trafen, klang es wie ein entferntes Donnergrollen. Der Friedhof war von einer kniehohen Trockensteinmauer umgeben und dank seiner leicht zurückgesetzten Lage windgeschützt. Die verwitterten Steine waren mit gelben Flechten und Moos überwuchert. Langsam überquerte sie den Friedhof, auf der Suche nach Millies Grab. Emily hatte ihr die Stelle genau beschrieben.

Schon nach wenigen Schritten hatte sie es gefunden. Es war ein schlichter Grabstein, der neu glänzte und noch keine Spuren der Verwitterung zeigte wie die restlichen. Der Grabstein war in den Boden eingelassen. Jemand hatte eine Heckenrose an das Kopfende gepflanzt – bestimmt Emily, die eine Schwäche für Rosen hatte.

Jools setzte sich auf das weiche Gras. In den Grabstein war die Silhouette zweier Menschen eingraviert, die sich an den Händen hielten. Darunter stand geschrieben:

Wir hatten das große Glück, uns zu begegnen.
Gemeinsam sind wir durch das Leben gegangen,
nun sind wir in der Ewigkeit liebend vereint.
Mildred und James

Jools schluckte. Ihre Augen schwammen in Tränen. Es musste schön sein, wenn man den einen Menschen fand, der perfekt zu einem passte und mit dem man am Ende auf ein erfülltes Leben zurückblicken konnte. Etwas, das es in der heutigen Zeit von *Tinder* und Dating-Plattformen nur noch selten gab. Das Leben war schnelllebiger geworden, und mit ihm die Liebe. Sie hatte bereits mehrere Scheidungen in ihrem engeren Umfeld miterlebt. Paare, die sich einst geliebt hatten, bekriegten sich aufs Blut. Hass und Liebe lagen häufig dicht beieinander.

Auch Dean war bereits geschieden. Dank eines Ehevertrags war es ihm gelungen, den Großteil seines Vermögens zu behalten, aber den Glauben an die Ehe hatte er verloren – sehr zu ihrem Leidwesen. Mit ihren Freunden verhielt es sich nicht wesentlich anders. Viele von ihnen kamen und gingen. Nichts war mehr von Dauer. Susan und Barron bildeten eine Riesenausnahme.

Gedankenverloren strich sie mit den Fingerspitzen über den glatten Grabstein und fuhr die Linien der Buchstaben nach. War Dean ihre große Liebe und die Erfüllung ihrer Träume? Dieses unstete Leben, das von ihren Berufen geprägt wurde und ihnen kaum Zeit für Zweisamkeit ließ? Als junges Mädchen hatte sie immer davon geträumt, zu heiraten und eine Familie zu gründen. Was war passiert, dass sie ihre Träume verloren hatte?

Das Dünengras raschelte leise, als der Wind sanft darüberfuhr. Sie schüttelte den Kopf, als könnte sie die Gedanken damit abschütteln.

»Was hast du dir nur dabei gedacht, Millie«, flüsterte sie leise, als hätte sie Angst, dass jemand sie hören könnte. Sie drückte ihre Lippen auf ihre Hand und legte sie anschließend auf den Grabstein, dort, wo Millies Name in den Stein geritzt war. Dann richtete sie sich auf.

Sie überquerte den Friedhof, ohne sich noch einmal umzudrehen. Der Wind blies von hinten und wirbelte ihre Haare durcheinander, so dass sie ihr ins Gesicht fielen. Die dunklen Schatten der Wolken huschten über die Landschaft.

Lautes Hundebellen ließ sie hochschauen. Ihr Puls schnellte in die Höhe, als sie die hochgewachsene Gestalt erkannte, die direkt auf sie zukam.

»Max, hierher«, pfiff Aidan seinen Hund an seine Seite. Als er Jools sah, blieb er stehen.

»Schon so früh unterwegs?« Er lächelte und um seine Augen bildeten sich kleine Fältchen. Ihr Puls begann unmittelbar zu rasen und sie bekam feuchte Hände.

»Ja, ich wollte mir Millies Grab ansehen, bevor ich abreise«, antwortete sie, um einen ruhigen Tonfall bemüht.

Sie strich sich eine Strähne aus dem Gesicht hinters Ohr.

Er nickte stumm. Seine Augen scannten jeden Millimeter ihres Gesichts. Sie tippelte nervös von einem Fuß auf den anderen.

»Haben Sie sich schon entschieden?«

»Sie meinen wegen des Hotels?« Sie schüttelte den Kopf. »Ich wüsste nicht, was Sie das angeht.«

»Ich lebe im Gegensatz zu Ihnen hier.« Er funkelte sie angriffslustig an. Sie kickte einen Stein mit dem Fuß weg. »Der Stein kann nichts dafür.« Seine Mundwinkel kräuselten sich. »Ein schlichtes Ja oder Nein würde mir als Antwort genügen.«

»Warum ist es Ihnen so wichtig, wie ich mich entscheide?« Sie hatte beschlossen, sich nicht wieder das Zepter aus der Hand nehmen und ihm die Gesprächsführung kampflos zu überlassen. Demonstrativ stellte sie sich breitbeinig vor ihn und stemmte die Hände in die Hüften.

»Weil das da meine Freunde sind.« Er deutete mit dem Kopf in Richtung *Fleetwood on Sea.* »Ich kenne Emily, Luca und Rose schon seit sehr langer Zeit und weiß, was das Hotel ihnen bedeutet. Wenn Sie es verkaufen, dann verkaufen Sie die drei gleich mit.« Aidan sah in seinem einfachen Baumwollhemd und den Jeans unverschämt gut aus. Die blonden Haare waren zerzaust und das Gesicht vom Wind gerötet. Seine sonnengebräunte Haut schimmerte golden im Licht. Im Gegensatz zu ihr schien er nicht zu frieren.

»Mister Turner«, fing sie an, »ich habe nicht darum gebeten, Erbin eines Hotels am äußersten Zipfel von Großbritannien zu werden. Mein Leben spielt sich in New York ab, wo ich als PR-Beraterin in einem großen Unternehmen arbeite. Meine Kunden sind Personen des öffentlichen

Lebens und Prominente. Ich habe keine Zeit, mich um ein Hotel zu kümmern. Aber ich kann Ihnen versichern, dass Millie im Falle eines Verkaufs die nötige Vorsorge getroffen hat, so dass keiner der Angestellten darunter zu leiden hat.« Das entsprach zwar nicht der vollen Wahrheit, aber sie fühlte sich an die Wand gedrängt und wollte Aidan einfach nur noch loswerden.

Er legte den Kopf leicht schräg, ohne seine Augen von ihr zu lösen.

»Millie muss etwas in Ihnen gesehen haben, sonst hätte sie Ihnen nicht das Hotel vermacht. Ihre Aufgabe ist es, sich darüber klar zu werden, was Sie für ein Leben führen möchten. Ich wünsche Ihnen jedenfalls viel Glück dabei.«

»Ich denke nicht, dass Sie das etwas angeht«, entgegnete sie barsch.

»Womit Sie recht haben. Good day, Ms Miller.« Aidan tippte sich mit der Hand gegen die Schläfe.

»Good day, Mister Turner«, sagte sie schmallippig.

Aidan pfiff seinen Hund zu sich. Ohne sich noch einmal nach ihr umzudrehen, ging er den Hügel runter in Richtung Dorf. Nachdenklich sah sie der schlanken Gestalt hinterher.

Was hatte dieser Mann nur an sich, dass er sie innerhalb kürzester Zeit dazu brachte, Dinge zu sagen, die sie eigentlich nicht so meinte?

Nachdem sie gefrühstückt hatte, verbrachte sie den Vormittag damit, sich die Buchhaltung anzusehen. Die Zahlen waren ordentlich und das Hotel warf Gewinn ab – wobei sie sich sicher war, dass man weit mehr Profit herausschlagen würde, wenn man die Preise nur ein wenig anheben und Werbung im Internet machen würde, um eine gleichmäßige Auslastung über das ganze Jahr zu erreichen. Im Moment lebte das *Fleetwood on Sea* rein von der Mundpropaganda seiner Sommergäste. Was bedeutete, dass die Zahl der Besucher in den unattraktiven Wintermonaten drastisch zurückging. Ein interessanter Aspekt, mit dem sie potentielle Käufer locken konnte.

Sie wollte gerade zu Emily gehen, um mit ihr darüber zu sprechen, als ihr einfiel, dass das vielleicht keine gute Idee war, da es nur die Hoffnung schüren würde, dass sie das Hotel behielt. Gegen Mittag klappte sie die Bücher unverrichteter Dinge zusammen, um gemütlich einen Kaffee zu trinken. Sie war ganz süchtig nach Lucas absolut himmlischem Cappuccino.

Auf dem Weg zum Aufenthaltsraum kam ihr Melee entgegen und erinnerte sie daran, sich mit ihr Katies Fotos anzusehen. Bewaffnet mit Jools' Laptop zogen sie sich in den Wintergarten zurück. Jools liebte dieses Zimmer, da es das hellste und modernste im ganzen Hotel war. Der zirka vierzig Quadratmeter große Anbau war, wie ihr Rose heute Morgen beim Frühstück erzählt hatte, im Nachhinein angefügt worden, um der steigenden Zahl der Gäste gerecht zu werden.

Der Regen hatte aufgehört und die Sonne blitzte gelegentlich zwischen den Wolken durch. Jools und Melee machten es sich auf dem Zweiersofa gemütlich. Bis auf das Ehepaar aus Zimmer 8, das es sich ebenfalls bequem gemacht hatte, waren sie allein. Die meisten Gäste waren unterwegs, um die Gegend zu erkunden. Misses St

John und ihre Tochter waren zum Golfclub nach Haverfordwest gefahren. Jools hatte förmlich vor Augen, wie die Frauen in ihren Golfoutfits über den Platz stolzierten. Bei den beiden hatte sie das Gefühl, dass sie im falschen Jahrhundert geboren worden waren. So wie sie redeten und sich benahmen, hätte man sie locker in den Beginn des zwanzigsten Jahrhunderts stecken können. Das junge Paar hatte sie seit der Ankunft nicht mehr gesehen. Laut Zimmermädchen hatten sie sich im Zimmer eingeschlossen. Den eindeutigen Geräuschen nach zu urteilen, die durch die Tür nach außen drangen, waren sie beide noch am Leben.

Aus der Küche waren gedämpfte Geräusche zu hören. Anscheinend war Luca mit den Vorbereitungen für das Abendessen beschäftigt. Emily war an der Rezeption und ging die Buchungen für die kommende Woche durch.

Rose kam mit schwingenden Hüften in den Raum gesegelt. Wie bereits am Vortag trug sie ein schlichtes dunkelblaues Kleid und praktische flache Pumps dazu. Als sie Jools und Melee entdeckte, huschte ein Lächeln über ihr Gesicht und ihre grauen Augen leuchteten.

»Good day, Ms Miller«, begrüßte sie Jools freundlich und faltete die Hände im Schoß.

»Miss Mackenzie«, lächelte Jools freundlich zurück.

Sie hätte die Hausdame mit ihrem Vornamen ansprechen können, aber irgendwie erschien es ihr der älteren Frau gegenüber angemessener, sie bei ihrem ganzen Namen zu nennen.

»Ich hoffe, Sie haben gut geschlafen?«

»Eigentlich schon. Ein bisschen unruhig vielleicht«, gab sie ehrlich zu.

Rose nickte. »Das liegt am Wetter. Ich schlafe immer schlecht, wenn das Wetter wechselt und ein Sturm aufzieht. Meine Knochen zwicken bereits Tage im Voraus.«

»Das wäre natürlich möglich.« Nana hatte auch immer erzählt, sie würde es in den Knochen spüren, wenn das Wetter wechselte.

»Wie ich gehört habe, haben Sie Lucas Kochkünste genossen.«

»Absolut!« Bei dem Gedanken an das köstliche Mahl von gestern Abend lief ihr sofort das Wasser im Munde zusammen. »Das Essen war vorzüglich.«

»Aye, leider kann Luca alles – nur keinen guten Haggis.« Rose schüttelte zur Bekräftigung den Kopf.

»Haggis?« Jools warf Rose einen fragenden Blick zu.

»Haggis ist das traditionelle schottische Nationalgericht, bei dem der Magen eines Schafs mit Herz, Lunge und Nierenfett vom Schaf, Zwiebeln und Hafermehl gefüllt wird«, erklärte Miss Mackenzie mit ernster Miene, als ob es sich dabei um den Geheimcode für die Bank von England handeln würde.

»Oh!« Jools' Magen machte einen Hüpfer, aber keinen der guten Sorte, sondern so, als würde sie einen Horrorfilm sehen.

Oktopus zu essen, war eine Sache, aber Innereien waren für eine Amerikanerin ein absolutes Tabu. Keiner ihrer Freunde würde sich freiwillig einer solchen Mahlzeit aussetzen. Wenn möglich, würde sie alle Hebel in Bewegung setzen, es ebenfalls nicht zu tun.

»Wir haben ein altes Familienrezept«, flüsterte Miss Mackenzie, als fürchtete sie, jemand könnte heimlich mitschreiben. »Wenn Sie möchten, koche ich es für Sie.«

»Tja, ähm, das ist ganz lieb von Ihnen, aber ich weiß nicht, wie lange ich noch bleibe. Vielleicht können wir es ja bei meinem nächsten Besuch in Angriff nehmen«, wich sie aus.

»Aye!«, nickte Miss Mackenzie zufrieden. Jools Blick fiel auf Melee, die aussah, als würde sie jeden Augenblick in schallendes Gelächter ausbrechen. »Darf ich Ihnen eine Erfrischung anbieten? Ich habe eine frische Erdbeer-Zitronen-Limonade angesetzt.«

»Au ja!« Melee klatschte begeistert in die Hände, wie ein Seehund, dem man einen Ball zuwarf.

Der Blick von Miss Mackenzie fiel auf Jools.

»Wenn Melee so begeistert ist, dann kann ich nicht Nein sagen. Gern auch ein Glas für mich«, antwortete sie höflich.

Rose nickte und wandte sich an das Ehepaar, um sie ebenfalls nach Getränkewünschen zu fragen.

»Schmeckt die Limonade wirklich so gut?«, fragte sie vorsichtig nach, als Miss Mackenzie außer Hörweite war.

»Rose' Limonade ist die beste! Da kann nicht mal die von Luca mithalten«, nickte Melee.

»Puh, als ich das Rezept für Haggis gehört habe, war ich mir jetzt nicht so sicher, ob es ein Fehler ist«, zwinkerte Jools ihr zu.

Sie lachten beide. Es gefiel ihr, sich so ungezwungen mit Melee zu unterhalten. Die Kleine war ein aufgeweckter Teenager und im Gegensatz zu den Jugendlichen, mit denen sie sonst zu tun hatte, völlig natürlich. Sie nahm kein Blatt vor den Mund und sagte, was sie dachte.

Sie öffnete ihre Bildergalerie auf dem Laptop, um Melee ein paar der Agenturfotos zu zeigen, wo sie mit diversen Stars der Musikszene zu sehen war. Melee rutschte dichter an sie heran und sie spürte die Wärme, die von der jungen Frau ausging. Es musste ein schönes Gefühl sein, wenn man eine Tochter wie Melee sein Eigen nennen konnte. Für einen winzigen Augenblick beneidete sie Emily um dieses Glück.

Lächelnd angesichts von Melees begeisterten Kommentaren, zeigte sie ihr die Fotos der verschiedenen Celebrities, die sie betreute.

»Und du darfst immer mit auf die Partys gehen?« Melee sah sie mit großen Augen an.

»Na ja, also für mich ist es mehr ein Muss, denn eigentlich ist es Arbeit, auch wenn es für dich wie ein riesen Spaß aussieht. Ob ich mitgehe, hängt davon ab, wie neu mein Kunde im Geschäft ist. Nehmen wir zum Beispiel Katie. Sie ist noch relativ neu und am Anfang ihrer Karriere. Da ist es ganz hilfreich, wenn ich dabei bin und sie mit den richtigen Leuten bekannt mache.« Das erste Mal, als sie Katie nicht auf einen ihrer Termine begleitet hatte, war diese ziemlich angetrunken gewesen und hatte mit dem DJ geknutscht. Eine Freundin hatte Jools alarmiert angerufen und so Schlimmeres verhindert. Jools hatte sie in letzter Minute aus der Schusslinie der Fotografen ziehen können. Ein Skandal konnte hilfreich sein, wenn der Stern eines Stars am Sinken war, aber nicht zu Beginn der Karriere.

Melee nickte eifrig.

»Außerdem begleite ich die Stars häufig zu ihren Terminen mit den Stylisten«, erklärte sie weiter.

»Oh, ich wünschte, ich wäre so hübsch und hätte meine eigene Stylistin«, sagte Melee, den Blick sehnsüchtig auf ein Foto von Katie gerichtet.

Jools sah dem Teenager ins Gesicht. Eine Locke hatte sich aus ihrem Pferdeschwanz gelöst, die Jools ihr vorsichtig aus dem Gesicht strich. »Als ich dich vorgestern das erste Mal gesehen habe, wusste ich gleich, dass du etwas ganz Besonderes bist. Du bist schlau, hast eine tolle sportliche Figur, und noch dazu bist du wunderschön. Das ist mehr, als Katie Pearce aufzuweisen hat. Lass dich nicht durch die vermeintliche Schönheit auf den Fotos täuschen. Bei solchen Aufnahmen«, Jools tippte mit dem Finger auf das Display, »sind eine Stylistin, eine Visagistin und ein Fotograf die ganze Zeit damit beschäftigt, Katie so gut wie möglich in Szene zu setzen. Es werden Hunderte von Fotos geschossen, bis dieses eine am Ende ausgesucht wird. Dem noch nicht genug, wird es anschließend digital bearbeitet. Siehst du«, sie deutete auf Katies Wange, »an diesem Tag hatte sie dort einen fetten Eiterpickel. Ein Klick von der Bildbearbeitung und er war weg. So einfach ist das.«

»Dann ist sie gar nicht so hübsch?« Melees Augen weiteten sich erwartungsvoll.

»Doch, das ist sie, aber sie ist bei Weitem nicht perfekt!«

»Das ist doch eigentlich Betrug, was du da machst.« Melee knabberte verlegen an ihrer Unterlippe. »Schließlich spielt ihr den Menschen da draußen etwas vor, was nicht ist.«

Jools schwieg. Der letzte Satz hing in der Luft und sickerte langsam zu ihr durch. Es erschreckte sie, wie ein Teenager ihre Arbeit mit einem Satz auf den Punkt brachte.

»Betrug klingt ganz schön hart«, räusperte sie sich. »Ich würde es eher eine Illusion nennen, die wir bedienen.«

»Aber es ist eine bewusste Täuschung am Kunden – also an mir«, widersprach Melee voller Inbrunst.

»Nein, so sehe ich das nicht. Nehmen wir zum Beispiel Katie. Sie hat wirklich eine gute Stimme und ein hübsches Gesicht. Sie ist keine Illusion.«

»Trotzdem, du machst sie zu etwas, das sie nicht ist«, beharrte Melee. »Warum lässt man sie nicht so sein, wie sie ist?«

»Weil die Masse einen Superstar möchte und nicht das nette Mädchen von nebenan.«

Rose kam mit einem Tablett in der Hand zurück. Die Limonade schimmerte rosa in den Gläsern und es schwammen Zitronenscheiben darin.

»Da bin ich wieder«, sagte die Hausdame strahlend und stellte die Gläser vor ihnen auf den Tisch.

»Danke, Miss Mackenzie.« Jools nahm vorsichtig einen Schluck. Die Limonade schmeckte herrlich erfrischend und der Rosmarin verlieh dem Ganzen einen würzigen Beigeschmack. »Absolut köstlich!«, lautete ihr abschließendes Urteil.

»Lecker wie immer«, grinste Melee.

»Aye!«, nickte Rose und eilte mit dem Tablett zu dem Ehepaar.

In diesem Moment klingelte Jools' Smartphone.

»Wenn man vom Teufel spricht!« Sie deutete mit einer Kopfbewegung auf das Display ihres Laptops, wo noch immer Katie Pearce' lachendes Gesicht zu sehen war.

»Wow!«, quiekte Melee.

Jools grinste und klickte auf ›Annehmen‹.

»Hallo, Katie«, grüßte sie mit ihrer Geschäftsstimme, die eine Oktave tiefer als ihre normale Stimme war. Melee sah sie irritiert an. Jools grinste. Wortfetzen drangen durch den Lautsprecher. »Katie, ich kann dich nicht hören«, rief sie. »Die Verbindung ist total schlecht.«

Jools warf einen Blick auf das Display. Mist, nur ein Balken. Sie stand auf und hob die Hand in die Luft.

»Was machst du da?«, fragte Melee.

»Ich habe kein Netz!« Die Augen des Ehepaars folgten ihr verständnislos.

»Im Garten hast du manchmal eine bessere Verbindung.« Melee deutete mit der Hand nach draußen.

»Danke.«

Jools stürmte durch die Terrassentür ins Freie. Katie hatten in der Zwischenzeit aufgelegt. Verdammt!

Die Anzeige pendelte zwischen einem und zwei Balken hin und her. Hektisch drückte sie die Wiederwahltaste. Es klingelte, gefolgt von lautem Knacken.

»Jools«, drang Katies Stimme abgehackt zu ihr durch.

»Katie, ich kann dich nur ganz schlecht verstehen«, schrie sie in den Hörer. Der Wind peitschte ihr ins Gesicht.

»Ich … John …«, riss das Gespräch erneut ab.

Verdammter Mist. Sie griff sich an den Kopf. Das war doch zum Verrücktwerden. Es musste doch möglich sein, ein vernünftiges Telefongespräch zu führen. Ratlos stapfte sie zurück zum Haus.

»Und, Erfolg gehabt?«, empfing Melee sie.

»Leider nein.« Jools schüttelte düster den Kopf. Ihr war die gute Laune gründlich vergangen.

»Du könntest nach Haverfordwest fahren, wenn es so wichtig ist. Die haben meistens ein ganz gutes Netz«, schlug Melee vor.

»Ich kann doch nicht wegen jedem Gespräch nach Haverfordwest fahren«, entgegnete Jools schlecht gelaunt. »Das ist kein Spiel, Melee. Ich habe unzählige Kunden, die von mir erwarten, dass ich für sie erreichbar bin. Egal, wo ich mich gerade befinde.«

»Ich wollte dir nur helfen«, stotterte Melee.

Ihr Gesicht war feuerrot und sie sah aus, als würde sie jeden Moment in Tränen ausbrechen. Die Frau gegenüber warf Jools einen strafenden Blick zu. Sofort meldete sich ihr schlechtes Gewissen zu Wort.

»Tut mir leid, Melee«, sagte sie versöhnlich. »Ich hätte meine schlechte Laune nicht an dir auslassen sollen. Es ist nicht deine

Schuld. Kannst du mir noch mal verzeihen? Ich verspreche, mich zu bessern.«

»Na klar.« Melees Gesicht erhellte sich.

»Außerdem hast du recht, ich bin schließlich wegen des Hotels hier und nicht wegen meines Jobs in New York.« Sie ließ sich wieder neben Melee auf dem Stuhl nieder.

»Mum hat gesagt, dass du das Hotel eventuell verkaufst.« Melee sah ihr direkt ins Gesicht. In ihren Augen spiegelten sich Neugier und Angst.

»Ja, weißt du, das ist nicht so einfach …«, sagte sie ausweichend.

»So fängt Mum auch immer an, wenn sie um den heißen Brei redet«, unterbrach Melee sie.

Jools spitzte die Lippen. Sie war es nicht gewohnt, von einem Teenager der Lüge überführt zu werden, und genau das war ihr Plan gewesen: Sie hatte Melee anlügen wollen, um ihr nicht die Wahrheit ins Gesicht sagen zu müssen.

»Es ist kompliziert«, sagte sie schließlich.

»Aha.« Sie sah, wie sich Melees Finger ineinander verknoteten. »Müssen Mum und ich dann von hier weg?«

»Nein. Dafür werde ich persönlich sorgen, falls es so weit kommt«, sagte sie ungewohnt heftig.

Der Gedanke, dass sie schuld daran sein würde, wenn man Melee und ihre Mutter von hier vertreiben würde, war ihr unerträglich. Sie dachte an den gemütlichen Abend gestern im Cottage. An Emilys uneingeschränkte Gastfreundschaft, obwohl sie wusste, dass ihr Leben, so wie es war, auf der Kippe stand.

»Ehrenwort?«

»Großes Ehrenwort.«

10. Kapitel

Jools saß mit angezogenen Beinen im weichen Sand und starrte aufs Meer. Die dunklen Regenwolken waren vorbeigezogen und die Sonne eroberte sich mehr und mehr ihren Platz am Horizont zurück. Der Wind hatte nachgelassen und es war deutlich wärmer geworden. Es war erstaunlich, wie schnell das Wetter an der Küste wechselte.

Nachdem Melee gegangen war, um ihre Hausaufgaben zu erledigen, hatte Jools ihre Sachen geschnappt und war den Weg zum Strand hinuntergelaufen. Sie musste nachdenken.

Der Verkauf des Hotels und alles, was damit zusammenhing, lasteten auf ihr. Sie sah nach oben über die Klippe hinweg zum Plateau. Das Gartencottage mit seinem hellen Mauerwerk und dem Reetdach sah selbst von hier unten entzückend aus. Dahinter thronte das *Fleetwood on Sea* fast majestätisch.

Für einen Augenblick erlaubte sie sich die Vorstellung, wie es wäre, dort oben zu wohnen. Täglich die frische Luft zu atmen und diesen fantastischen Ausblick zu genießen, anstatt aus ihrem Apartment auf den Häuserblock gegenüber zu starren. Die Idee war verrückt, aber nicht unmöglich. Vielleicht konnte sie das Hotel behalten und die Geschäfte von drüben führen. Mit Emily hätte sie eine zuverlässige Managerin an ihrer Seite, die dafür sorgen würde, dass der Hotelbetrieb lief. Natürlich müsste sie auf das Geld verzichten, das der Verkauf bringen würde, aber sie hatte bisher auch gut gelebt und war im Grunde nicht darauf angewiesen. Ihr Job bei der *Starlight* war gut bezahlt, und wenn Graham sein Wort hielt, würde sie bald eine saftige Gehaltserhöhung bekommen.

Das Geld, das sie von Millie erben würde, falls sie das Hotel behielt, konnte sie für die anfallenden Renovierungsarbeiten einsetzen. Die Außenfassade hatte eine Generalüberholung dringend nötig, damit der helle Stein wieder seinen ursprünglichen Glanz erhielt und die Risse nicht größer wurden. Das Dach musste ausgebessert werden, um den Herbststürmen standzuhalten, und die Böden im gesamten Hotel brauchten einen frischen Schliff. Einige der Möbel waren durchgesessen und mussten ausgetauscht werden.

Im Geiste stellte sie sich den Aufenthaltsraum mit hellen Loungesesseln vor, die Wände hell gestrichen und ein flackerndes Feuer im Kamin. Die Gästezimmer waren veraltet und hatten eine Erneuerung von Grund auf nötig.

Hör auf damit, schrie eine Stimme in ihrem Kopf. *Du verkaufst das Hotel, und damit basta*.

Mit einem Mal befiel sie ein starkes Verlangen, mit Dean zu sprechen. Sie wollte seine beruhigende Stimme hören, die ihr versicherte, dass sie das Richtige tat.

Mit einem Ruck erhob sie sich aus dem Sand und stapfte energisch am Ufer entlang, bis sie die ersten Häuser von Fleetwood Cove erreicht hatte. Zu ihrer Überraschung und dem schlechten Wetter von heute Mittag zum Trotz hatten einige Mütter mit ihren Kindern im Schutz der Mauer ihre Stühle aufgebaut. Die Kinder spielten in kurzen Hosen und Sweatshirts im Sand, während ihre Mütter Tee aus Thermoskannen tranken. Zumindest ging sie davon aus, dass es sich bei dem hellbraunen Getränk um Tee handelte.

Die Läden entlang der Uferstraße hatten ihre Türen geöffnet. Einige der Besitzer standen auf der Straße und unterhielten sich mit ihren Kunden. Niemand schien sich am Wetter zu stören.

Emily hatte von einem kleinen Café gesprochen, das über ein einigermaßen gutes Internet verfügen sollte. Ihren Augen wanderten die Häuserreihe entlang, bis ihr Blick auf ein Schild fiel.

Betty's Tearoom

Das musste es sein. Bei ihrem ersten Besuch war ihr das winzige Haus nicht aufgefallen.

Mit langen Schritten lief sie den Gehweg entlang, bis sie vor dem Café stand. Neugierig trat sie durch die Eingangstür. Ein leises Klingeln kündigte sie an. Einige der Gäste hoben interessiert den Blick, aber die meisten waren so in ihr Gespräch vertieft, dass sie den Neuankömmling nicht bemerkten.

Wenige Schritte vom Eingang entfernt befand sich ein kleiner Tresen, hinter dessen Glasfront man einen Blick auf die gebackenen Köstlichkeiten werfen konnte. Earl-Grey-Cake, selbst gemachte Cake-Pops und Cupcakes mit bunten Cremehütchen darauf, Brownies, Scones und sogar Macarons. Alles war liebevoll auf silbernen Etageren angerichtet. Über dem Tresen hing eine Schiefertafel, auf der mit weißer Kreide die Kaffee-und-Tee-Spezialitäten des Cafés aufgezählt waren.

Die runden, einfachen Holztische waren allesamt besetzt. Die meisten der Gäste waren Frauen, aber sie entdeckte auch einige Pärchen, die es sich bei einer guten Tasse Tee oder Kaffee gemütlich gemacht hatten. Eine runde Frau mit blond gefärbten Haaren kam auf sie zugeeilt.

»Guten Tag, Miss. Kann ich Ihnen behilflich sein?«, piepste sie in einer Tonlage, zu der Jools nicht mehr fähig war, seit sie dem Kindergarten entwachsen war. Die Frau trug ein einfaches Kleid, über das sie eine rosa Schürze gebunden hatte, auf der mit riesengroßen Lettern *Betty* geschrieben stand. Jools schloss daraus, dass es sich bei der Frau um die Besitzerin des Cafés handelte.

»Hi.« Ihr Blick glitt über die vollen Tische. »Ich würde gern einen Kaffee trinken.«

»Aber natürlich«, flötete die Frau. Sie hatte ein rundes Gesicht, in dessen Wangen sich kleine Grübchen bildeten, wenn sie lächelte. »Sie sind *die* Amerikanerin?« Dabei betonte sie ›die‹, als würde es sich dabei um einen Makel handeln, von dem Jools noch nichts wusste.

»Ähm, das kommt darauf an, was Sie damit meinen«, entgegnete Jools vorsichtig.

»Dass Sie Mildreds Verwandte aus New York sind?«

»Das ist richtig. Mein Name ist Jools Miller.« Sie reichte der Besitzerin die Hand. Die Nachricht ihrer Ankunft hatte sich anscheinend schnell herumgesprochen.

»Herzlich willkommen in Fleetwood Cove«, strahlte die Frau sie an. »Mein Name ist Betty Thomson. Lily hat mir schon so viel von Ihnen erzählt.« Sie kicherte wie ein bekifftes Eichhörnchen.

»Ach wirklich?« Jools runzelte die Stirn. Zeitgleich fragte sie sich, was Lily erzählt haben konnte, dass ihr Name so viel Freude bei ihrem Gegenüber erzeugte.

»Und wie gefällt es Ihnen bei uns, jetzt, wo Sie bald eine von uns sein werden?« Wieder dieses Kichern, als ob sich Noten überschlagen würden.

»Es gefällt mir ausgesprochen gut«, antwortete Jools erwartungsgemäß. »Die Landschaft ist malerisch schön und die Einwohner haben mich sehr nett aufgenommen.«

Betty nickte zufrieden. »Es muss ja für Sie ein ziemlicher Kulturschock sein, wenn man als Amerikanerin hierherkommt, angesichts unserer Traditionen, die es bei Ihnen dort drüben nicht gibt.« Sie deutete auf ein Porträt der Queen, das neben der Vitrine hing. »Aber ich bin mir sicher, mit unserer Hilfe werden Sie sich schnell zurechtfinden.«

Jools runzelte aufgrund der versteckten Vorurteile die Stirn. Aus dem Mund der Café-Besitzerin klang es gerade so, als ob es sich bei Amerika um ein Entwicklungsland handeln würde.

»Liebste Betty«, flötete Jools, ganz die Liebenswürdigkeit in Person, »wir haben zwar keine Queen und vielleicht nicht die gleiche Kultur, aber dafür haben wir Lady Gaga, Beyoncé, George Clooney, Elvis, Michael Jackson, um nur einige der Stars zu nennen, die unser Land hervorgebracht hat. Ich finde nicht, dass wir uns verstecken müssen.«

»Tja, ähm, das mag sein«, entgegnete Betty mit spitzem Mund. Jools nickte zufrieden. »Ich bin übrigens die Vorsitzende des Frauenkomitees und würde mich freuen, Sie bei Gelegenheit bei einem unserer Meetings begrüßen zu dürfen«, fuhr Betty fort. »Normalerweise treffen wir uns immer am ersten Freitag des Monats. Allerdings fällt das nächste Treffen zugunsten des Festivals aus. Kommen Sie auch?«

Jools nickte.

»Wunderbar. Sie müssen unbedingt an unserem Stand vorbeikommen, damit ich Sie den anderen Frauen vorstellen kann. Wir verkaufen Kuchen für einen guten Zweck.«

»Und was für ein Zweck wäre das?«, fragte sie aus beruflicher Neugier. Schließlich gehörten Charity-Veranstaltungen zu ihrem täglichen Brot.

Betty führte Jools an einen Zweiertisch, der gerade frei geworden war. »Wir sammeln für die Anschaffung einer Harfe.«

»Ähm, was bitte?« Jools musste sich Mühe geben, nicht laut loszulachen.

»Das Komitee gibt einmal im Monat ein Konzert für unsere Sommergäste und es kam der Wunsch nach einer Harfe auf.«

»Verstehen Sie mich nicht falsch, aber spielt denn einer von Ihnen dieses Instrument?«

»Nein.« Betty schüttelte den Kopf. »Aber was nicht ist, kann ja noch werden.«

»Das ist wohl richtig«, nickte Jools, darum bemüht, ihre Fassung zu bewahren.

»Unser bester Tisch.« Betty deutete aus dem Fenster auf den Hafen. »Was darf ich Ihnen bringen?«

Jools nannte ihr die Bestellung und erfragte gleich das Passwort für das WLAN. Erleichtert sah sie Betty hinterher, die sich zwischen den Tischen hindurchschlängelte und hinter dem Tresen verschwand. Sie tippte das Passwort in ihr Handy ein. Voller Empfang. Zumindest das hatte schon mal geklappt. Das Handy brummte in ihrer Hand, als die E-Mails reingerauscht kamen. Sie öffnete das Postfach und stellte mit Entsetzen fest, dass es voll war.

Die Café -Besitzerin kam schwer beladen mit einem Tablett zu ihr an den Platz und stellte eine Etagere mit zwei Scones und Clotted Creme vor ihr ab, zusammen mit einer kleinen Kanne Kaffee.

»Ein kleiner Willkommensgruß«, kicherte Betty. »Wir Frauen aus Fleetwood Cove müssen schließlich zusammenhalten.«

»Aber das wäre wirklich nicht nötig gewesen.« Die Scones sahen äußerst appetitlich aus und ihr Magen, der alte Verräter, meldete sich knurrend zu Wort. »Vielen Dank, Betty.«

»Gern geschehen.« Betty schielte auf das Display von Jools' Smartphone.

»Ich wollte gerade einen Freund anrufen«, sagte Jools entschuldigend, in der Hoffnung, Betty damit zum Gehen zu bewegen. Leider Fehlanzeige. Betty starrte noch immer mit einem Dauergrinsen auf sie hinab. »Möchten Sie sich kurz zu mir setzen?«, fragte sie resigniert. Sie hatte den Satz noch nicht fertig ausgesprochen, da hatte Betty schon neben ihr auf dem winzigen Stuhl Platz genommen.

»Normalerweise setze ich mich nicht zu meinen Gästen. Die anderen Frauen könnten eifersüchtig sein.« Betty ließ ihren Blick durch das Café schweifen. »Aber wenn Sie mich so bitten, will ich mal eine Ausnahme machen.« Sie rutschte mit dem Stuhl dichter an Jools heran, so dass sich ihre Oberschenkel berührten. »Sie müssen mir unbedingt verraten, was es mit diesem italienischen Koch auf sich hat, den sie beschäftigen.«

Jools sah Betty irritiert an. »Ähm, wie meinen Sie das?«

»Mir ist da so ein Gerücht zu Ohren gekommen«, Betty senkte ihre Stimme, »dass er möglicherweise drogenabhängig war.«

Jools verschluckte sich und fing an zu husten.

»Keine Ahnung.« Selbst wenn sie es gewusst hätte, hätte sie sich lieber die Zunge abgebissen, als es dieser impertinenten Person zu verraten. Betty verzog enttäuscht das Gesicht. »Wieso fragen Sie ihn das nicht selbst?«, schlug Jools vor.

»Ich?« Betty fasste sich mit gespieltem Entsetzen an die Brust. »Niemals. Ich könnte unmöglich …« Sie schnappte nach Luft wie ein Fisch auf dem Trockenen. »Stellen Sie sich mal vor, was die anderen Damen von mir denken würden, zumal ich die Vorsitzende des Komitees bin.«

»Aber es scheint Sie doch zu interessieren«, entgegnete Jools ruhig, der die Unterhaltung langsam Spaß machte. »Wenn Sie möchten, kommen Sie einfach heute Abend vorbei und ich bitte Luca, dazuzukommen.«

Bettys Gesicht verfärbte sich von Zartrosa zu Dunkelrot. »Wo denken Sie hin? Es war reines Interesse an meinen Mitmenschen.« Betty fächelte sich mit der Hand Luft zu. »Man will doch schließlich wissen, mit wem man es zu tun hat.«

»Ach so«, grinste Jools.

Eine Frau rief Bettys Namen.

»Entschuldigen Sie mich bitte.« Betty stand auf. »Und kein Wort über unser Gespräch zu anderen.« Sie drehte mit den Fingern ein unsichtbares Schloss an ihren Lippen zu.

»Worauf Sie sich verlassen können«, nickte Jools. Sollte sie jemals ein Geheimnis haben, wäre Betty Thomson die letzte Person, mit der sie darüber reden würde – so viel war sicher. Zu Jools' Erleichterung eilte Betty davon.

Sie nahm einen Schluck Kaffee und biss ein Stück vom Scone ab. Der Teig war herrlich fluffig und saftig. Die Clotted Creme war schwer und reichhaltig im Geschmack und jede Sünde wert.

Genüsslich kaute sie, bevor sie sich die Kopfhörer ins Ohr steckte und nach dem Smartphone griff. Es musste schließlich nicht jeder mithören, was sie mit Dean zu besprechen hatte.

Es klingelte. Sekunden später tauchte Deans verpixeltes Gesicht auf dem winzigen Display auf.

»Jools. Endlich.« Er wirkte irritiert.

»Hi, Dean«, lächelte sie. »Es tut mir leid, aber die Verbindung hier ist eine Katastrophe. Oben im Hotel habe ich kein Netz.«

»Wo steckst du denn?« Sein Blick wanderte neugierig über das Display. »Sieht ziemlich provinziell bei dir aus.«

»Ach, sei nicht so versnobt«, neckte sie ihn. Jools war froh, dass Betty das nicht gehört hatte. »Ich bin in einem Café, das der einzige Ort in der ganzen Gegend mit funktionierendem Internet zu sein scheint.«

»Hm«, brummte Dean ungläubig. Er sah alles andere als begeistert über ihren Anruf aus.

»Freust du dich denn gar nicht, mich zu sehen?«

»Natürlich, ich stecke nur bis zum Hals in Arbeit.« Seine Augen streiften hektisch zur Seite.

»Soll ich später noch mal anrufen?«, fragte sie enttäuscht.

»Nein. Warte kurz.« Sie sah, wie er ein Zeichen machte und Cassie, seine Assistentin, kurz im Hintergrund durch das Bild huschte. »So, jetzt bin ich bei dir«, wandte er sich wieder Jools zu. »Wie geht es dir? Wie kommst du voran?«

»Genau darüber wollte ich mit dir sprechen«, fing sie zögerlich an. Eigentlich hatte sie sich die Worte auf dem Weg zum Café zurechtgelegt, aber nun war alles wie weggeblasen.

»Das klingt ganz so, als ob du deine Meinung geändert hättest.« Er sah sie mit strengem Blick an.

»Nein. Aber jeder hier scheint von mir zu erwarten, dass ich das Hotel übernehme.« Sie warf einen hektischen Blick zur Seite, ob jemand mithörte. Zu ihrer Erleichterung waren alle Umsitzenden in ihre Gespräche vertieft und beachteten sie nicht.

»Jools! Warum machst du dir darüber solche Gedanken? Du bist doch sonst nicht so.« Er sprach mit ihr wie mit einem Kind.

»Weil es mich belastet«, entgegnete sie trotzig. »Ich wollte mir deinen Rat holen.«

»Ach so.« Sie sah, wie sich sein Unterkiefer hin und her bewegte. Ein sicheres Zeichen dafür, dass Dean angespannt war.

»Ich weiß nicht, wie ich es ihnen sagen soll.« Sie holte tief Luft.

»Wie meinst du das?«, unterbrach er sie.

»Wenn du mich ausreden lassen würdest, könnte ich es dir sagen.« Dean nickte. Seine Lippen waren fest aufeinandergepresst. »Vielleicht gibt es doch noch einen anderen Weg, auf den ich nur nicht komme«, ließ sie die Katze aus dem Sack. »Hast du etwas in Erfahrung bringen können?«

»Nein. So wie ich es verstanden habe, ist das Testament wasserdicht!« Deans Kiefer mahlte ohne Unterlass. »Ich dachte, wir hätten die Sache mit dem Verkauf geklärt, und jetzt fängst du wieder von vorne an.«

»Ich verstehe nicht, warum du auf das Thema so gereizt reagierst«, warf sie ihm an den Kopf.

»Weil dieses Hotel so langsam zu einer fixen Idee von dir wird«, entgegnete er verärgert. »Jools, mach endlich die Augen auf und hör auf zu träumen. Du lebst in New York und dieses verdammte Hotel ist in Großbritannien. Wie willst du ein Hotel leiten, mal abgesehen von der Entfernung? Du hast keine Ahnung von Buchhaltung und Personalführung.«

»Das ist ja wohl Quatsch. Ich mache nichts anderes, als Menschen auf ihrem Weg zum Ruhm zu begleiten. Das ist im weitesten Sinne nichts anderes als Personalführung auf höchster Ebene.« Sie hatte unbewusst laut gesprochen. Die ersten Gäste hatten aufgehört zu reden und beobachteten sie verstohlen. »Außerdem heißt das noch lange nicht, dass ich nicht lernen könnte, was mir noch an Wissen fehlt. Ich bin schließlich nicht doof.«

»Das ist wieder typisch Frau, dass du alles gleich persönlich nimmst.«

»Wie soll ich es sonst auffassen, wenn du mir ins Gesicht sagst, dass ich kein Hotel führen kann?«, entgegnete sie rebellisch.

Dean seufzte laut. »Jools, so kommen wir nicht …« Das Gespräch wurde unterbrochen. Deans Gesicht auf ihrem Bildschirm war eingefroren. Sekundenlang starrte er sie mit funkelnden Augen und aufgerissenem Mund an. »… Jools.« Deans Gesicht bewegte sich wieder.

»Du warst weg«, sagte sie. »Ich habe nichts verstanden.«

»Es hat doch keinen Sinn, sich zu streiten«, entgegnete er versöhnlich.

»Ja, du hast recht. Es tut mir leid. Ich bin schrecklich angespannt wegen der ganzen Sache.« Sie seufzte laut. »Ich bin froh, wenn alles geklärt ist.«

»Ich auch. Dann bist du wieder hier und alles kann seinen gewohnten Weg gehen. Außerdem liegt eine große Aufgabe vor dir.«

»Was meinst du?«

»Die Partnerschaft mit Graham natürlich«, entgegnete er leicht verwundert. Auf seiner Stirn hatten sich leichte Falten gebildet.

»Ja, die hätte ich fast vergessen«, murmelte sie.

»Wie kannst du das vergessen?«, schnaubte Dean. »Ich an deiner Stelle würde an nichts anderes denken und mich nicht wegen dieses popligen kleinen Hotels am anderen Ende des Atlantiks so aufregen.«

»Ich bin eben anders «, verteidigte sie sich. »Außerdem ist *Fleetwood on Sea* kein kleines popliges Hotel, sondern traumhaft schön.«

»Das stimmt. Aber versuch doch, es von der rationalen Seite zu betrachten: Du hast von einer Verwandten, die du nicht kanntest, ein Hotel in Großbritannien geerbt …« Sie nickte verschlossen. »An dieses Erbe sind Bedingung geknüpft, die du nicht erfüllen kannst, ohne selbst verzichten zu müssen.« Jools nickte erneut. »Alles, was du tun musst, ist, deine Unterschrift unter den Kaufvertrag zu setzen. Dann bist du frei, die Angestellten sind glücklich und du hast noch etwas Geld zu deiner eigenen Verfügung übrig.«

»Was du in deiner ganzen Auflistung vergessen hast, sind die Menschen, die in diesem Hotel arbeiten«, schnaubte sie. »Emily hat eine reizende Tochter, Melee. Die beiden wohnen zusammen im Gartencottage. Dann sind da noch Luca, der begnadete Koch, und Rose Mackenzie, die Hausdame. Diese Menschen würden einfach ihren Job verlieren.«

Dean schwieg. Sie sah, wie seine Kiefermuskeln arbeiteten.

»Das *Fleetwood on Sea* ist etwas ganz Besonderes und nicht irgendein Hotel am Meer. Ich wünschte, du wärst mitgekommen und könntest es sehen. Es liegt auf einem Plateau, von dem man einen genialen Blick über die ganze Bucht hat. Mit ein bisschen Geduld und Geld könnte man dieses Hotel in eine Oase verwandeln.«

»Du vergisst einen wichtigen Punkt«, sagte Dean betont ruhig, was sie nur noch mehr auf die Palme brachte. »Es liegt in Großbritannien. Das kannst du nicht einfach ignorieren.«

»Das ist es ja, worüber ich nachdenken muss. Vielleicht gibt es ja eine Lösung, einen Winkelzug, um es allen recht zu machen. «

»Jools, wach endlich aus deinem kleinen Traum auf.« Dean sah zur Seite und nickte. Jools nahm an, dass seine Sekretärin ihn etwas gefragt hatte.

»Das ist kein kleiner Traum«, widersprach sie.

»Doch, das ist es. Du vergisst deinen Job bei deinen ganzen Überlegungen. Du bist eine bekannte PR-Managerin. Du hast erreicht, wovon viele Frauen träumen. Du hast dir einen Platz in der Welt der Prominenten und Stars erkämpft. Du betreust wichtige Kunden und vielleicht … vielleicht wirst du in absehbarer Zukunft sogar Partnerin werden. All das willst du für ein kleines Hotel in England hinschmeißen?«

»Wales«, korrigierte sie ihn. Sie knabberte nervös an ihrer Unterlippe. Dean hatte recht – wie fast immer. Es wäre Wahnsinn, wenn sie alles hinwerfen würde.

»Nein, natürlich nicht«, sagte sie kleinlaut.

»Siehst du, ich wusste ja, dass du vernünftig bist«, schloss er großmütig, was ihre Wut wieder hochkommen ließ.

Sie sah betrübt aus dem Fenster. Das Fischerboot kam in den Hafen gelaufen, begleitet von einem Schwarm Möwen.

»Gut. Ich muss weitermachen.« Dean nickte sichtlich zufrieden. »Hey, Kleines, sieh mich an.« Ihr Blick wanderte zum Display. »Ich meine es doch nur gut mit dir«, erklärte er. »Ich bin dein Freund, nicht dein Feind. Außerdem, hast du jemals darüber nachgedacht, welche Konsequenz es für uns hätte, wenn du das Hotel behalten würdest?«

»Wieso?«, horchte sie alarmiert auf.

»Du kannst doch nicht so naiv sein, zu glauben, dass zwischen uns alles so weitergehen würde wie bisher«, setzte er ihr die Pistole auf die Brust.

»Gott sei Dank stellt sich diese Frage ja nicht.«

Seine Augen zuckten unruhig zur Seite, gefolgt von einem kurzen Kopfnicken.

»Darling, ich muss los.«

»Ja, klar. Bis Montag.«

»Bis Montag.« Ein kurzes Lächeln und Deans Gesicht war weg.

Frustriert schaltete sie das Smartphone aus. Das Gespräch war definitiv nicht so gelaufen, wie sie es sich gedacht hatte. Anstatt Verständnis zu bekommen, hatte Dean sie wie ein ungezogenes Kleinkind behandelt. Ein dumpfer Schmerz breitete sich hinter ihren Augen aus. Höchstwahrscheinlich eine Folge vom Stress. Sie brauchte unbedingt frische Luft, wenn sich daraus keine Migräne entwickeln sollte. Entschlossen hob sie die Hand, um Betty mit der Rechnung zu rufen.

Das Fischerboot legte an der Mole an. Aidans Kopf tauchte an der Reling auf. Er sah unglaublich gut aus. Wie eine moderne Ausgabe eines Freibeuters. Sein Gesicht strahlte, als er den Wartenden auf der Mole das Tau zum Festmachen zuwarf.

Betty kam zu ihr an den Tisch.

»Ärger daheim?« Ihre Augen glitten misstrauisch über Jools' Gesicht.

»Nein. Nur eine kleine Auseinandersetzung mit einem Kunden. Alles in Ordnung«, winkte sie ab und zwang sich zu einem Lächeln. Sie hatte keine Lust, mit Betty ihr Privatleben auszudiskutieren. Sie zückte ihre Geldbörse.

»Nein, das geht aufs Haus«, zwitscherte Betty liebenswürdig.

»Danke, das ist nett von Ihnen.« Sie beeilte sich aufzustehen.

»Warum denn so eilig?« Betty stand wie angewurzelt neben ihr.

»Ich wollte sehen, was das Boot für einen Fang gemacht hat.« Sie deutete auf die Menschenmenge, die sich am Pier versammelt hatte.

Betty nickte. »Ich hoffe, wir sehen uns bald mal wieder.«

»Unbedingt«, versicherte Jools ihr. »Die Scones waren köstlich. Vielen Dank noch mal.« Sie drängte sich an Betty vorbei nach draußen.

Wahrscheinlich hielt man sie für unhöflich, aber der Schmerz hinter ihren Augen nahm zu und sie brauchte frische Luft.

Als sie nach draußen kam, atmete sie tief durch. Langsam ging sie die Uferstraße bis zum Hafen. Die Wolken am Himmel sahen aus wie rosa Schleierfetzen, die man in die Luft geworfen hatte. Seevögel liefen am Ufer entlang und pickten Würmer und kleines Getier aus dem weichen Sand. Einige Zuschauer hatten sich am Pier versammelt und sahen Aidan zu, wie er und ein zweiter Mann den Fang von Bord trugen.

»Hey, Aidan, da hast du mehr Glück als Verstand gehabt«, rief eine der Frauen.

»Was heißt hier Glück? Das habe ich von Ben gelernt.« Der ältere Mann neben Aidan lachte.

Unauffällig näherte sich Jools der Menge, um einen Blick auf den Korb zu werfen, in dem der Fang lagerte. Gleich obenauf lagen fette Seelachse und Heringe.

»Aidan, bekomme ich einen Fisch von dir?«, rief eine dralle junge Frau mit langen blonden Haaren und Sommersprossen im Gesicht. Ein hübsches Mädchen, ohne Zweifel.

»Was bekomme ich dafür?«, grinste Aidan sie breit an.

»Einen Kuss«, schrie eine Freundin des Mädchens und alle lachten.

»Mir soll's recht sein«, zuckte die junge Frau mit den Schultern und trat vor. Ihre Freundinnen feuerten sie klatschend an.

Unter lautem Gelächter der Umstehenden zog Aidan das Mädchen in seine Arme und küsste sie. Als er sie entließ, hatte sie feuerrote Wangen und ein seliges Lächeln auf dem Gesicht. Jools verspürte einen leichten Stich in der Bauchgegend.

»Ich würde sagen, wir sind quitt!«, grinste Aidan breit. »Such dir einen Fisch aus.« Er machte eine elegante Verbeugung und trat einen Schritt zurück, damit die Frau sich den Fang in Ruhe anschauen konnte.

»Den da!« Sie deutete mit dem Finger auf einen der Seelachse.

»Eine gute Wahl.«

Aidan wickelte den Fisch in eine alte Zeitung und drückte ihn ihr in die Hand. In Begleitung ihrer kichernden Freundinnen ging die junge Frau weiter, dabei hielt sie den Fisch wie eine Trophäe vor sich.

»Noch jemand einen Fisch?« Aidans Augen glitten über die Köpfe der Menge und blieben an Jools kleben. »Ms Miller, wie sieht es mit Ihnen aus?«

Seine Augen funkelten vergnügt. Jools spürte, wie eine verräterische Röte ihren Hals hochkroch. Alle Blicke waren auf sie gerichtet.

»Die würde ich auch küssen wollen«, johlte einer der umstehenden Männer begeistert.

Jools wäre am liebsten im Erdboden versunken. Fassungslos starrte sie ihn an.

»Ich küsse keinen Mann, der nach Fisch riecht«, entgegnete sie und reckte den Kopf selbstbewusst in die Höhe.

»Uhhuuuuuu!«, grölte die Menge.

»Das glaube ich Ihnen gern«, antwortete Aidan süffisant, ohne das Lächeln aus seinem Gesicht zu nehmen. »Dort, wo sie herkommen, kriecht den Typen wahrscheinlich Parfümgeruch aus dem Arsch.«

Die Menge tobte.

»Dort, wo ich herkomme, respektieren die Männer eine Frau und erkaufen sich nicht die Küsse.« Sie ballte die Hände zu Fäusten und sah ihn wütend an.

Aidan zuckte mit den Schultern. »Die Kleine hätte auch Nein sagen können – so wie Sie. Aber sie wusste wenigstens, was ihr entgangen wäre!«

»Wenn Sie sich da mal nicht überschätzen, Mr Turner.« Sie stellte sich breitbeinig vor ihn.

»Das käme auf einen Versuch an«, murmelte er.

Ehe sie sich versah, wirbelte er sie herum und küsste sie. Sie war im ersten Moment so perplex, dass sie ihn gewähren ließ, als seine Zunge ihre Lippen teilte. Er schmeckte so, wie er war: wild und exotisch. Sie hatte das Gefühl, in seinen Armen zu zerfließen. Ihr Puls schnellte in ungeahnte Höhen und ein heißer Strahl fuhr ihr durch den Unterleib. Die Welt um sie herum stand still. Es gab nur noch sie und Aidan.

Was tust du hier?, drang ein einziger Gedanke zu ihr durch. Das reichte und sie erwachte aus ihrer Starre. Sie legte die Hände auf seine Brust und stieß sich mit einem Ruck weg. Seine smaragdfarbenen Augen brannten sich in ihre. Ihr Herz hämmerte wie verrückt gegen ihre Brust. Täuschte sie sich oder sah er überrascht aus? Die Menge johlte vor Begeisterung. Sie schluckte.

»Dein Fisch! Du hast ihn dir ehrlich erworben.« Aidan deutete auf den Korb.

»Du kannst dir deinen Fisch sonst wo hinstecken!« Ihre erhobene Hand landete mit einem lauten Klatschen in seinem Gesicht und hinterließ einen feuerroten Abdruck. Sie riss sich von seinem überraschten Blick los.

Ohne sich noch einmal umzudrehen, bahnte sie sich den Weg durch die Menge und stapfte davon. Ihr Herz schlug ihr bis zum Hals und das Blut rauschte in ihren Ohren. Was war nur in sie gefahren?

11. Kapitel

Die Fenster schimmerten wie gelbe Katzenaugen in der Dämmerung, als sie das *Fleetwood on Sea* endlich erreichte.

»Hi!« Emily kam ihr auf der Treppe entgegen.

»Hallo«, sagte Jools tonlos.

Sie war bis auf die Knochen durchgefroren, noch dazu hatte sie schlechte Laune. Der Jetlag, Millies Brief, das Telefongespräch mit Dean und nicht zuletzt Aidans Kuss. Ihr schwirrte der Kopf und sie war froh, wenn sie sich in ihr Zimmer zurückziehen und in Ruhe über alles nachdenken konnte.

»Wo kommst du so spät her? Ich habe dich überall gesucht.« Emily hob die Hände und legte sie auf das Treppengeländer.

»Ich war im Dorf«, murmelte Jools. »Telefonieren.« Ihre Wangen brannten verdächtig.

»Aha.« Emilys Augen musterten sie scharf. »Alles okay mit dir? Du siehst ein wenig derangiert aus.«

Jools' Haare hingen ihr wirr ins Gesicht.

»Ich wollte vor Einbruch der Dunkelheit zurück sein, deshalb bin ich den größten Teil gerannt.«

»Ach so.« Emilys Augenbraue schnellte nach oben. »Ist irgendwas passiert?«

»Warum fragst du?«

»Na, weil du nicht gerade glücklich aussiehst.«

»Wenn du es genau wissen willst …«, fing sie an. Es hatte keinen Sinn, zu leugnen. Wahrscheinlich wusste bereits das ganze Dorf von ihrem Kuss mit Aidan. »Aidan hat mich geküsst.«

»Alle Achtung! Du bist knapp zwei Tage hier, und schon küsst dich der begehrteste Junggeselle in ganz Fleetwood Cove.« Emily hatte die Augen weit aufgerissen.

»Der Typ hat mich überrumpelt.«

»Und was hast du gemacht?«

»Ich habe ihm eine geknallt!«

»Bravo!« Emily klatschte in die Hände. »Das war auch mal fällig. Gut gemacht. Das wird ihm hoffentlich eine Lehre sein.«

»Danke.« Ein Lächeln der Erleichterung breitete sich auf Jools' Gesicht aus.

»Was hat er gesagt?«

»Nichts. Er hatte eine ziemlich rote Wange und sah sehr überrascht aus.« Sie kicherte. Ihre schlechte Laune war verschwunden und sie fühlte sich deutlich besser, jetzt, wo sie darüber gesprochen hatte.

Emily nickte anerkennend.

»Wenigstens jemand außer mir, der begeistert ist.« Sie dachte an Dean. Er würde außer sich sein, wenn er davon erfuhr.

»Ich verrate es ihm nicht«, flüsterte Emily mit verschwörerischer Miene.

»Kannst du Gedanken lesen?«

»Nein, aber dein schlechtes Gewissen springt dir förmlich aus dem Gesicht«, lachte Emily.

»Mist!« Sie war noch nie besonders gut im Lügen gewesen.

»Und wie sieht dein Plan für heute Abend aus?«

»Ich bin todmüde. Ich werde früh ins Bett gehen.« Sie nahm die erste Treppenstufe.

»Kein schlechtes Gewissen«, rief Emily ihr hinterher.

Jools nickte wortlos und ging nach oben.

Sie war froh, endlich aus ihren Klamotten zu schlüpfen. Als sie die alte Wanne mit den goldenen Löwenfüßen gesehen hatte, hatte sie nicht widerstehen können und sich ein Bad eingelassen. Summend ließ sie sich in das heiße Wasser gleiten. Zu Hause in SoHo besaß sie nur eine Dusche. In New York, wo der Wohnraum teuer und rar war, verzichtete man mehr und mehr darauf, platzraubende Wannen einzubauen.

Genüsslich seufzend streckte sie sich aus und wurde sofort von zartem Schaum umgeben, der einen köstlichen Duft verströmte. Die Wärme tat gut und langsam kehrte das Gefühl in ihre kalten Glieder zurück.

Sie dachte an das Gespräch mit Dean. War es wirklich so, wie er sagte, und es gab keinen anderen Ausweg, als das Hotel zu verkaufen? Was würde aus Emily, Luca und Rose werden, wenn das Hotel an einen neuen Eigentümer überging? Würden sie ihr die Schuld geben? Natürlich würden sie das!

Obwohl sie erst so kurze Zeit in Fleetwood Cove war, fühlte sie sich den Menschen auf eigenartige Weise verbunden und somit auch ein Stück weit verantwortlich. Wenn sie das Hotel verkaufte, würde sie gleichzeitig das Schicksal aller Beteiligten besiegeln. Vielleicht konnte sie wenigstens bei der Suche nach einem Käufer Einfluss nehmen und so verhindern, dass das Hotel abgerissen wurde, um einem Retreat oder Golfhotel Platz zu machen. Das wäre zumindest schon einmal ein Anfang. Sie würde Mr Stein anrufen und ihn bitten, ihr die Kontakte zuzuschicken, damit sie eine Vorauswahl treffen konnte.

Auf der anderen Seite kam es ihr wie ein Verrat an Millie vor, wenn sie das Hotel verkaufte. Sie knabberte an ihrer Unterlippe. Warum musste nur alles so kompliziert sein?

Es klopfte.

»Jools!« Emilys Stimme drang durch die Zimmertür. »Kann ich reinkommen?«

»Ich bin in der Badewanne!«

Sie hörte, wie die Tür aufging und Emilys Schritte sich der Badezimmertür näherten.

»Ich habe dir was zu essen gebracht. Wo soll ich es hinstellen?«

»Das wäre nicht nötig gewesen«, entgegnete sie.

»Doch. Du hast so müde ausgesehen, und da dachte ich mir, ich bringe dir eine Kleinigkeit zum Aufmuntern vorbei.« Sie hörte, wie Emily das Tablett abstellte. »Ich habe dir auch einen Schluck Wein mitgebracht. Möchtest du ihn jetzt oder später trinken?«

Der Gedanke, den Wein in der Badewanne zu trinken, war absolut verlockend.

»Also, wenn du mich so fragst, würde ich ihn auch jetzt trinken.« Jools drückte sich vom Badewannenboden ab. Sie wollte gerade aus der Wanne steigen, als sich Emilys Schritte näherten. Hastig setzte sie sich wieder hin, so dass der Schaum ihren nackten Körper bedeckte.

»Darf ich eintreten?«, fragte Emily vorsichtig.

»Wenn es dich nicht stört, dass ich in der Badewanne liege.«

»Wenn du wüsstest, was ich schon gesehen habe«, lachte Emily und trat mit einem Glas Wein in der Hand ein. »Zimmerservice!«

»Wie lieb von dir.« Jools strahlte. Sie konnte sich nicht erinnern, wann sie das letzte Mal derart verwöhnt worden war.

Emily reichte ihr lächelnd das Glas. »Cheers!«

Jools nahm einen kräftigen Schluck. Der Wein schmeckte köstlich.

»Ah, das tut gut!«

»Das habe ich gehofft.« Sie zwinkerte ihr zu. »Ich wollte dir noch danken, dass du dir Zeit für Melee genommen hast. Sie war völlig begeistert.«

»Das habe ich wirklich gern gemacht! Du hast eine entzückende Tochter und es macht Spaß, sich mit ihr zu unterhalten.«

»Ich kann sie dir gern für ein paar Tage ausleihen, wenn sie mal wieder ihre zehn Minuten hat«, seufzte Emily und strich mit der Hand über den Badewannenrand.

»Du meinst die Phase, wo Eltern komisch werden …« Jools kicherte und nahm noch einen Schluck.

»Genau die. Früher habe ich sie freitags immer von der Schule abgeholt und wir haben uns einen gemütlichen Nachmittag in Haverfordwest oder Broad Haven gemacht. Aber seit geraumer Zeit ist es ihr peinlich, wenn ich sie abhole! Jetzt muss ich hinter der nächsten Ecke auf sie warten.« Emily schüttelte den Kopf.

»Das geht vorbei. Ich erinnere mich noch gut daran, wie ich in die Pubertät gekommen bin und meine Eltern schrecklich spießig fand. Du und Melee habt so ein gutes Verhältnis zueinander, das werdet ihr überstehen.«

»Dein Wort in Gottes Ohr. Hast du eigentlich Geschwister?«

»Nein, ich bin ein Einzelkind, was auch gut ist. Meine Eltern haben sich getrennt, als ich in der Highschool war. Mein Vater ist vor drei Jahren gestorben und meine Mutter lebt mittlerweile mit ihrem Freund in Kalifornien.«

Emily drehte nachdenklich eine Locke zwischen ihren Fingern. »Meine Eltern leben beide noch.«

»Du Glückliche.«

»Na ja, die sind sie so gut wie tot, zumindest was unseren Kontakt anbelangt. Ich habe seit Melees Geburt nichts mehr von ihnen gehört.« Emily machte ein verkniffenes Gesicht. Es war ihr deutlich anzusehen, dass sie über die Situation unglücklich war, es aber nicht zugeben wollte.

»Das ist schrecklich, wenn sich Familien so zerstreiten.« Sie legte ihre Hand auf Emilys. »Wenn es dir hilft, meine Mutter und ich haben kein besonders gutes Verhältnis, seit sie meinen Vater damals verlassen hat.«

»Aber immerhin habt ihr ein Verhältnis. Melee kennt ihre Großeltern nicht.« Emily schüttelte sich, als wollte sie eine lästige Fliege verscheuchen. »Aber lass uns über etwas anderes reden. Wie war dein Besuch im Dorf?«

»Du meinst abgesehen von dem Kuss?« Sie errötete.

Mit diesem Kuss hatte Aidan eine Lunte entzündet, die es so schnell wie möglich auszutreten galt, auch wenn es sie verwirrte, dass ihr Körper gegensätzliche Zeichen gab.

»Ich habe Betty Thompson getroffen«, entgegnete sie und lenkte das Gespräch auf sicheres Terrain.

»Dann hast du ja jetzt die heimliche Drahtzieherin von Fleetwood Cove kennengelernt. Ihr Mann ist der Bürgermeister.«

»Ach wirklich? Sie hat versucht, mich auszuspionieren, und wollte wissen, ob Luca drogenabhängig war. Absurd.« Jools schüttelte den Kopf.

»Die Frau ist schlimmer als die sieben Plagen aus der Bibel«, schimpfte Emily. »Immer steckt sie ihre Nase in die Angelegenheiten anderer Menschen. Wäre ich an ihrer Stelle, würde ich mich ein bisschen mehr um meinen Mann kümmern, statt andere mit Verleumdungen zu belästigen.«

»Was meinst du damit?«

»Der arme Mann steht voll unter der Fuchtel dieser Furie. Es würde mich nicht wundern, wenn er sich anderweitig umsehen würde.«

»In diesem Dorf? Das würde doch jeder mitkriegen. Dass Aidan mich geküsst hat, steht bestimmt schon in der Zeitung.«

»Wo denkst du hin, das lief gerade im Regionalfernsehen unter der Rubrik ›Prominente‹!«

»Du nimmst mich auf den Arm!« Jools richtete sich mit einem Ruck auf. Wasser tropfte auf den Boden.

»Jep!«, grinste Emily. »Also beruhig dich wieder, bevor du noch das ganze Bad unter Wasser setzt.«

»Hey, in meiner Branche werden ständig irgendwelche Gerüchte in die Welt gesetzt. Einige sind wahr, andere gelogen. Viele davon werden bewusst verbreitet und andere – meist die, von denen man es nicht möchte – verbreiten sich von selbst. Nichts von dem, was man in den Medien sieht und liest, ist echt. Ich habe schon so manchen Shitstorm miterlebt und gesehen, wie unschuldige Menschen damit kaputtgemacht wurden. Am besten verlässt man sich auf den eigenen Verstand. Ich glaube nichts mehr, was ich nicht selbst von dem Betroffenen gehört oder gesehen habe.«

»Ich hasse solche Menschen, die sich auf Kosten anderer interessant machen.« Emily verzog das Gesicht. »Die Hauptmotivationen sind Neid und Missgunst, und das macht es noch schlimmer.«

»Ja, das stimmt.« Sie schwenkte nachdenklich das Glas in ihrer Hand.

»So, ich gehe dann mal. Melee wundert sich bestimmt schon, wo ich bleibe.« Sie stand auf.

»Emily?«

»Ja?«

»Bist du glücklich?«

Emily sah sie mit großen Augen an. »Woher kommt die Frage denn plötzlich?«

»Einfach so«, antwortete sie leichthin.

»Bis auf die Tatsache, dass ich nicht weiß, ob ich meinen Job behalte … Ja, ich bin glücklich mit meinem Leben.«

»Danke für deine Ehrlichkeit«, nickte Jools.

Obwohl sie hundemüde war, wollte sich der erlösende Schlaf nicht einstellen. Die Hände hinter dem Kopf verschränkt, lag sie auf dem Rücken und starrte in der Dunkelheit an die Decke. Ihre Gedanken drehten sich im Kreis. Immer wieder ging sie die ganze Situation durch und kam stets zu demselben Ergebnis: Wenn sie nicht hierherziehen wollte, musste sie das Hotel verkaufen. Da ein Umzug nach Fleetwood Cove keine Option darstellte, war die Entscheidung klar – sie musste und würde verkaufen. Seufzend schmiss sie sich auf die andere Seite. Ihr Handy, das sie auf den Nachttisch gelegt hatte, leuchtete kurz auf. Jools warf einen Blick auf das Display.

Susan hatte ihr eine WhatsApp-Nachricht geschrieben. Anscheinend funktionierte das Internet während der Nacht, wenn alle Gäste schliefen und sich keiner mehr im Netz befand, zumindest so weit, dass sie Nachrichten empfangen konnte.

Hi, ich platze gleich vor Neugierde, nachdem ich nichts von dir gehört habe. Alles okay mit dir? Wie ist das Hotel?

Jools setzte sich auf und schaltete die Nachttischlampe ein.

Hi Su, mir geht es so lala. Das Hotel ist der Hammer, obwohl einiges gemacht werden müsste. Erinnerst du noch diesen Film ›Liebe braucht keine Ferien‹, den wir zusammen gesehen haben und bei dem wir beide meinten, dass wir auch gern so ein Cottage wie Kate Winslet hätten? Ganz so sieht es zwar nicht aus, aber das Gefühl ist ähnlich. Alte Mauern, Reetdach, ein wilder Garten und das Meer direkt vor der Nase. Ich habe noch nie so überwältigend schöne Sonnenuntergänge gesehen. Einziges Manko: Das Internet ist eine absolute Katastrophe und telefonieren so gut wie unmöglich. Wie geht es dir? Was machen die Zwerge?

Die Antwort kam prompt.

Bis auf die Tatsache, dass ich gerade Apple stille und mir wie eine laufende Milchtüte vorkomme, geht es mir ganz prima. Jools musste schmunzeln. Das klingt alles fast zu gut, um wahr zu sein. Ich beneide dich ein wenig. Wenn die Kinder nicht wären, würde ich spätestens jetzt im Flugzeug sitzen, um dich zu besuchen. Meinst du, es fällt jemandem auf, wenn ich einfach heimlich komme? Ich wäre jetzt auch gern in England. Genieß es bloß! Hier ist die Hölle los und Barron hat alle Hände voll zu tun. Ich habe Dean angerufen, um mich nach dir zu erkundigen, aber der war nicht zu erreichen. Willst du das Hotel eigentlich behalten oder hältst du an deinem Plan fest, es zu verkaufen?

Jools seufzte.

Ich halte an meinem Plan fest, obwohl es mir nicht so leicht fällt, wie ich dachte. Die Managerin und ihre Tochter Melee sind total nett. Der Koch ist der absolute Hammer. Stell dir vor, ich habe gestern Oktopus gegessen! Und es hat super geschmeckt.

Sie lächelte bei dem Gedanken an das Essen von gestern Abend in Emilys gemütlicher Küche.

Oktopus??? Sind das nicht die glitschigen Dinger mit den acht Armen? Brrrrrrr!

Jools lachte leise auf.

Genau die! Aber was soll ich sagen, es war toll. Die Hausdame ist ein Engel und macht die beste Limonade der Welt. Alle sind total nett zu mir ... Na ja, bis auf die Besitzerin des Cafés. Die Frau ist eine wandelnde Lästerschnalle.

Sie musste unwillkürlich an Aidan denken. Sofort stieg ihr die Hitze in den Kopf und sie fühlte seine weichen Lippen auf ihrem Mund. Der Kuss war eine Sensation gewesen.

Und wie sind die Männer?

Jools runzelte die Stirn. Konnte Susan Gedanken lesen? Sie zögerte, dann tippte sie:

Keine Ahnung. Es gibt einen ziemlich attraktiven Fischer, der dir gefallen würde.

Es dauerte keine Sekunde und die Antwort kam.

Gefällt er denn dir?

Jools knabberte an ihrer Unterlippe.

Er sieht gut aus, ist aber ein ziemlicher Weiberheld. Aber das ist auch egal, weil ich am Sonntag abfliege.

Sie drückte auf ›Senden‹.

Und wie geht es weiter?

Jools warf einen Blick zum Fenster. Der Mond stand im Zenit. Eine fast perfekte silberne Scheibe, die den Himmel in bläuliches Licht tauchte.

Am Sonntag unterschreibe ich die Papiere zum Verkauf.

Sie dachte an SoHo, wo der Mond höchstens zwischen Hochhäusern zu sehen war. Sie würde diese Aussicht vermissen, wenn sie wieder zu Hause in ihrem Apartment lag und auf die Werbung gegenüber starrte.

Du, ich muss Schluss machen. Apple ist fertig. Pass auf dich auf. Ich kann es kaum abwarten, deinen Bericht bei einer Tasse Kaffee zu hören! Küsschen.

Machen wir. Gib den Kleinen einen Kuss von mir und grüß Barron.

Sie stierte auf das Handy in ihrer Hand. In New York war es sechs Uhr abends. Was Dean wohl gerade machte? Eigentlich müsste er noch im Büro sein.

Kurzentschlossen rief sie seine Nummer auf.

Hallo, Darling, es tut mir leid wegen vorhin. Ich wollte dich nicht verärgern, aber ich dachte wirklich, es würde mir leichter fallen, meinen Plan durchzuziehen. Die Menschen sind nett und das Hotel ein Traum. Ich fliege am Sonntag zurück, und dann ist der ganze Spuk hoffentlich vorbei.

Sie überlegte kurz. Ihr schlechtes Gewissen meldete sich zu Wort. Sie dachte an Aidan. *Es war nur ein Kuss*, versuchte sie sich zu beruhigen. *Nur ein Kuss*.

Ich liebe dich.

Sie drückte auf ›Senden‹. Die Nachricht ging durch, wie sie an den zwei Haken hinter der Sprechblase erkennen konnte. Sie wartete. Vergeblich. Vielleicht befand er sich gerade in einem Meeting und konnte nicht antworten.

Müde legte sie das Handy auf den Nachttisch und schaltete das Licht aus.

12. Kapitel

»Guten Morgen«, begrüßte sie Luca müde, als sie am nächsten Morgen die Küche betrat.

»Ciao, Jools.« Luca stand an der Arbeitsfläche und rührte in einer Schüssel. Josh, der Küchengehilfe, stand daneben und schnippelte Gemüse.

»Sag mal, könnte ich einen Kaffee bei dir bekommen?« Sie flatterte mit den Augendeckeln.

»Du bist wohl auf Entzug?«

»Könnte man so sagen!«, entgegnete sie brummig. »Wenn mein Körper nicht gleich mit Koffein versorgt wird, falle ich tot um.«

»Ein Morgenmuffel!« Aus Lucas Mund klang es wie eine Auszeichnung.

»Absolut«, entgegnete sie trocken.

Luca wischte sich die Hände an der Schürze ab und ging zur Kaffeemaschine.

»Den Kaffee stark?«

»Sì!« Sie hüpfte mit dem Po auf die Tischkante und ließ die Beine baumeln.

»Du sprichst Italienisch?« Lucas Augenbraue schnellte nach oben.

»No! Du weißt doch, wir Amerikaner sprechen nichts außer unserer Sprache«, nahm sie sich selbst auf die Schippe.

»Aber immerhin trinkst du gern italienischen Kaffee!« Es zischte laut, als er den Milchaufschäumer bediente.

»Ich liebe italienischen Kaffee«, seufzte sie genießerisch.

»Ich habe gehört, du warst im Dorf.« Er gab dem Küchengehilfen ein Zeichen, woraufhin dieser verschwand.

Sie stöhnte. »In diesem Nest bleibt wirklich nichts geheim.«

»Leider«, zuckte Luca mit den Schultern. Er reichte ihr den Becher.

»Sag mal, mich hat die Besitzerin des Cafés angesprochen – diese Betty. Sie wollte wissen, ob du drogenabhängig warst«, erzählte sie beiläufig. »Ich habe ihr gesagt, sie soll dich selbst fragen, wenn sie es unbedingt wissen will.« Sie machte eine kurze Pause. »Zu Hause hätte ich ihr geraten, den Kopf lieber in ihre eigenen Angelegenheiten zu stecken, als bei anderen Menschen herumzuschnüffeln.«

Luca, der gerade dabei war, sich einen Kaffee einzuschenken, hielt in der Bewegung inne. Langsam hob er den Kopf, bis sich ihre Blicke trafen.

»Das hättest du getan?«

»Natürlich. Ich hasse es, wenn Menschen versuchen, anderen zu schaden, und sei es nur aus reiner Neugier.«

»Danke, Jools. Danke für dein Vertrauen.«

»Du brauchst mir nicht zu danken. Das war selbstverständlich.« Sie nahm einen Schluck aus der Tasse. »Für diesen Kaffee würde ich sogar für dich lügen.« Sie grinste ihn schief an.

»Nicht nötig.« Luca lehnte sich gegen die Arbeitsplatte. »Als ich Millie kennengelernt habe, kam ich gerade frisch aus der Entzugsklinik«, sagte er gequält.

Sie schluckte. »Du brauchst mir das nicht zu erzählen. Es genügt mir, dass Millie dich eingestellt hat.«

»Ich möchte es dir aber erzählen«, beharrte er. Jools nickte. »Vorgestern Abend hast du mich gefragt, warum ich keinen Alkohol trinke. Ich bin Alkoholiker und seit knapp vier Jahren trocken. Ich kann dir nicht sagen, wann es angefangen hat.« Sein Blick wanderte ins Leere. »Weißt du, als Koch trinkst du häufig mit den Gästen ein Glas. Aus einem werden zwei und drei. Irgendwann bin ich jeden Abend betrunken nach Hause gekommen. Anfangs habe ich nur abends getrunken, aber irgendwann hat das nicht mehr gereicht und ich habe angefangen, heimlich zu trinken. Niemand hat etwas zu mir gesagt. Alle haben weggeschaut. Trinken und

Luca, das gehörte irgendwie zusammen. Ich war gut gelaunt, ein hervorragender Koch und habe alle mit meinen Witzen unterhalten. Dann passierte etwas. Ich wurde mehr und mehr launisch. Meine Hände fingen an zu zittern und ich verlor meinen Geschmackssinn, was zur Folge hatte, dass ich noch mehr trank. Meine Freunde und Kollegen wandten sich ab von mir.«

Luca holte tief Luft. Es war offensichtlich, wie schwer es ihm fiel, über seine Vergangenheit zu reden. Jools legte ihm ihre Hand auf seinen Arm.

»Du musst nicht …«

»Es ist okay«, nickte er. »Die Einzige, die noch zu mir gehalten hat, war Sophia, meine Verlobte. Eines Abends – ich war ziemlich betrunken – habe ich gesehen, wie sie sich mit einem jungen Mann unterhielt. Ich bin auf ihn losgegangen und habe ihn verprügelt. Ich war wie von Sinnen. Als ich wieder zu mir gekommen bin, befand ich mich in der Ausnüchterungszelle im Gefängnis. Sophia hat mich noch am selben Tag verlassen. Das war der Moment, in dem ich mir geschworen habe, mein Leben zu ändern.«

»Und was war mit Sophia?«

»Ich habe sie nie wiedergesehen«, murmelte Luca.

»Und wie hast du Millie kennengelernt?«

»Nachdem ich den Entzug hinter mich gebracht habe, habe ich mir von meinem Ersparten das Motorrad gekauft und bin quer durch Europa gefahren. Ich wollte noch mal ganz von vorn anfangen. Ich habe in kleinen Restaurants als Hilfskoch gearbeitet, um über die Runden zu kommen. Dann war ich in Haverfordwest. Ich wollte mit dem Motorrad die berühmte Küstenstraße entlangfahren und habe eine Anzeige gesehen, in der man einen Koch für die Sommersaison suchte.« Er machte eine Pause und ein Lächeln huschte über sein Gesicht. »Das war die Anzeige von Millie.«

»Hat sie es gewusst?«

»Natürlich hat sie es gewusst. Aber sie sagte, dass jeder Mensch im Leben Fehler machen würde und eine zweite Chance verdient hätte.« Er fixierte sie mit seinem Blick.

»Womit sie absolut recht hat. Wenn du wüsstest, wie viele Stars Probleme mit Alkohol oder Drogen haben, dann würdest du dir keine Gedanken machen. Und nicht alle sind so vernünftig und ziehen einen Schlussstrich darunter.« Sie klopfte im anerkennend auf die Schulter. »Ich bin froh, dass du es mir erzählt hast, und ich werde dich nicht verurteilen.« Sie sah ihm in seine wunderschönen Augen. »Und jetzt hätte ich gern noch einen Kaffee.«

»Pronto.« Er machte sich an der Maschine zu schaffen. Plötzlich hielt er inne. »Jools?«

»Ja.«

»Ich bin froh, dass sie dich ausgesucht hat.«

Jools nickte stumm. Die Lust auf Kaffee war ihr plötzlich vergangen. Wenn sie das Hotel verkaufte, würde sich Luca eine neue Stelle suchen müssen.

»Habe ich etwas Falsches gesagt?« Er reichte ihr eine frische Tasse. »Du siehst mit einem Mal so ernst aus.«

»Nein, absolut nicht. Ich wünschte nur, du hättest es mir nicht erzählt«, gab sie ehrlich zu.

»Aber warum?«

»Weil du es mir noch schwerer gemacht hast, eine Entscheidung zu treffen.« Ihre Finger umklammerten die Tasse.

»Du meinst wegen *Fleetwood on Sea*?« Jools nickte betreten. »Das war nicht meine Absicht. Du musst deine eigene Entscheidung treffen – die, die zu dir passt. Es hat keinen Sinn, wenn du es für mich, Emily oder Rose tust. Du musst es für dich tun. Es ist dein Leben. Du schuldest niemandem etwas – auch nicht ihr. Millie hat an dich geglaubt, sonst hätte sie das Hotel nicht dir vermacht. Aber glaub mir, sie wusste genau, was sie tat, und kannte die Risiken. Sie hätte es nicht getan, wenn sie dir dann böse gewesen wäre – egal, was du tust.«

Sie nickte langsam. »Danke, Luca.« Eine seltsame Spannung lag in der Luft. »Ich glaube, ich sollte gehen.« Sie machte eine unbeholfene Bewegung.

»Kommst du morgen Abend auch zum Festival?«

»Lily meinte, ich dürfte mir das Festival auf keinen Fall entgehen lassen«, schmunzelte sie.

»Womit sie absolut recht hat. Emily und ich wollten zusammen gehen. Möchtest du mitkommen?«

»Ich wüsste nicht, was ich lieber täte.«

In diesem Moment ging die Tür auf.

»Luca, ich bräuchte Hilfe im Restaurant. Könntest du …« Rose blieb wie angewurzelt stehen. Ihr Blick wanderte von Luca zu Jools und wieder zurück. »Störe ich?«

»Nein, auf keinen Fall. Ich habe mir nur einen Kaffee geholt.« Sie deutete auf die Tasse in ihrer Hand. »Sie brauchen Hilfe?« Jools lächelte.

»Ja, die Aushilfskraft ist krank geworden und ich finde so schnell niemanden, der einspringen könnte.«

»Jetzt haben Sie jemanden gefunden.« Jools trat einen Schritt vor.

»Sie?«

»Warum nicht?«

»Aber das geht doch nicht«, protestierte Rose.

»Nennen Sie mir einen Grund«, forderte Jools.

»Sie sind die Mistress.«

»Hat Millie nie mitgeholfen?«

»Doch, schon …«

»Dann haben Sie Ihre Antwort.« Jools nickte zufrieden.

»Aye. Wenn Sie darauf bestehen. Mir soll es recht sein.«

Jools stellte die leere Tasse zurück auf den Tisch. »Danke für den Kaffee.«

Luca grinste breit.

»Wir sehen uns dann später.« Sie ging zur Tür, wo Rose noch immer wie angewurzelt stand. »Wollen wir, Miss Mackenzie?«

»Nach Ihnen, Miss Miller.«

13. Kapitel

Der Tag war wie im Flug vergangen. Nachdem sie Rose beim Frühstück ausgeholfen hatte, war es Schlag auf Schlag weitergegangen.

Melee war mit Fieber aus der Schule zurückgekommen. Die Kleine hatte äußerst blass ausgesehen und über Bauchschmerzen geklagt. Emily war ganz außer sich vor Sorge gewesen und hektisch durch das Hotel gelaufen, bis Jools sie kurzerhand unter lautem Protest weggeschickt hatte, damit sie sich um Melee kümmern konnte. Jools hatte ihren Dienst an der Rezeption übernommen. Zum Glück hatte sie bereits vorgestern ein wenig hinter die Kulissen geschaut und kannte zumindest die Abläufe im Hotel. Auf die vielen Fragen der Gäste war sie allerdings nicht vorbereitet.

Wie komme ich ins Internet? Wann sind die Essenzeiten? Wo kann ich mir ein Fahrrad mieten? Wie komme ich am besten nach Broad Haven? Wo befindet sich der Kanu-Verleih? Wie lange hat der Supermarkt geöffnet?

Zum Glück kam Rose vorbei und zeigte ihr Emilys Schublade, in der sie Flyer und Infobroschüren aufbewahrte, um sie den Gästen auszuhändigen.

Den ganzen Nachmittag hing Jools am Telefon, um Reservierungen bei diversen Fahrradverleihen zu machen oder Touren für die Gäste zu organisieren. Zwischendurch hatte sie das Gefühl, für einen Reiseveranstalter und nicht für ein Hotel zu arbeiten. Bis zum Abend kannte sie die Umgebung und die Ausflugsmöglichkeiten besser als die in New York.

Kurz vor dem Abendessen kam Rose zu ihr, um die Tischreservierungen für den heutigen Abend zu kontrollieren. Dadurch wollte man sichergehen, dass die Hotelgäste immer einen Tisch bekamen. Erst unmittelbar vor dem Öffnen des Restaurants bekam Rose die Anzahl der reservierten Tische mitgeteilt und konnte die restlichen an Besucher von außerhalb freigeben.

»Mr und Mrs Pedmore feiern heute ihren fünfundzwanzigsten Hochzeitstag bei uns«, teilte Rose ihr mit einem Blick auf die Namensliste mit.

»Haben wir etwas vorbereitet?«, fragte Jools.

»Für gewöhnlich geben wir den Gästen, die etwas feiern, einen Tisch am Fenster.« Rose sah sie mit großen Augen an.

»Mehr nicht?« Jools sah zu ihr hoch.

»Nein. Das ist eigentlich alles, was wir tun.«

Jools dachte kurz nach. »Wissen Sie was, Miss Mackenzie? Wir probieren heute mal was Neues aus.«

»Und das wäre?« Rose sah sie erwartungsvoll an.

»Lassen Sie mich überlegen.« Jools trommelte mit den Fingern auf der Tischplatte, während sie im Geiste die Räumlichkeiten des Inns durchging. »Ich hab's! Wir bereiten den beiden einen besonders schönen Tisch im Wintergarten vor. Vorausgesetzt, dass sie dort keine anderen Pläne haben.«

»Nein, der Wintergarten ist um diese Uhrzeit immer leer.«

»Gut. Ich schlage vor, wir tragen einen der Tische in den Wintergarten und servieren den beiden dort ihr Abendessen. So richtig romantisch mit Kerzenlicht und Rosenblättern auf dem Tisch. Vielleicht könnten wir sogar den Kamin anmachen. Was meinen Sie, Rose?«

»Das klingt nach einer ganz wunderbaren Idee.« Die Augen der Hausdame leuchteten. »Wir könnten zusätzlich noch einen Sekt als Aperitif servieren.«

»Prima. So machen wir das«, lächelte Jools.

»Sie erstaunen mich«, sagte Rose auf dem Weg zum Restaurant.

»Inwiefern?« Jools warf ihr einen fragenden Seitenblick zu.

»Ich hätte nicht gedacht, dass Sie sich für das Hotel interessieren.« Rose strich sich die Schürze glatt. »Wir sind schließlich nur ein kleiner Betrieb und haben außer der Natur nichts zu bieten.«

»Sie haben mehr zu bieten, als Sie sich vorstellen können«, nickte Jools ernst.

Aus der Küche zog ein köstlicher Duft nach Kräutern und gebratenem Fleisch durch den Flur. Jools' Magen meldete sich knurrend zu Wort. Sie war so beschäftigt gewesen, dass sie vergessen hatte zu essen. Sie würde sich später zu Luca in die Küche setzen und ein kleines Abendessen zu sich nehmen.

In knapp einer halben Stunde hatten sie alles erledigt und das Nötige für den besonderen Abend hergerichtet. Zufrieden sah sich Jools um. Es dämmerte bereits und der ganze Raum war in ein schummriges Licht gehüllt. Jools hatte zusätzlich die Windlichter entzündet. Auch auf dem Tisch, den Rose liebevoll gedeckt und mit Rosenblättern verziert hatte, standen Kerzen und warfen ihr flackerndes Licht in den Raum.

Rose hatte den Kamin entfacht. Das Feuer knisterte leise und verströmte eine wohlige Wärme. Draußen versank die Sonne wie ein Feuerball im Meer. Alles war perfekt. Jools eilte nach draußen, um das Ehepaar auf seinem Weg nach unten abzufangen.

Sie musste nicht lange warten. Kurz nach sieben kam das Ehepaar Pedmore die Treppe herunter. Jools hatte sie zusammen mit Emily eingecheckt.

»Guten Abend, Mr und Mrs Pedmore«, begrüßte sie die beiden mit einem strahlenden Lächeln. Sie hatte sich vorsorglich ein Tablett mit Sektgläsern bereitgestellt, das sie nun hervorholte. »Alles Liebe zum Hochzeitstag!« Sie reichte ihnen die Gläser. Sich selbst hatte sie nur einen winzigen Schluck zum Anstoßen eingeschenkt.

»Oh, wie aufmerksam von Ihnen«, flötete Mrs Pedmore sichtlich erfreut. Jools schätzte die Frau auf Anfang fünfzig. Sie war üppig gebaut und hatte trotz ihres Alters kaum Falten im Gesicht. Ihr Ehemann, ein kleiner, untersetzter Kerl mit schütterem Haar, war etwas älter.

»Damit haben wir überhaupt nicht gerechnet«, gestand Mr Pedmore.

»Dann warten Sie ab, was wir noch vorbereitet haben.« Jools prostete ihnen zu. »Auf die nächsten fünfundzwanzig Jahre und dass Sie sie hoffentlich wieder bei uns im Hause feiern.«

»Aber natürlich, wo denken Sie hin«, lächelte Mrs Pedmore. »Mein Mann und ich sind absolut begeistert. Die Betten sind herrlich, und dann diese himmlische Ruhe. Ich habe geschlafen wie ein Murmeltier. Es ist unser erster richtiger Urlaub ohne die Kinder.« Die Frau warf ihrem Mann einen liebevollen Blick zu. »Ich komme mir vor wie in den Flitterwochen.«

Sie stießen an. Der Sekt lief kühl ihre Kehle hinunter und hinterließ einen frischen Geschmack im Mund. Jools schnalzte zufrieden mit der Zunge.

»Köstlich. Ich weiß gar nicht, wann wir das letzte Mal zusammen ein Gläschen Sekt getrunken haben.«

Mr Pedmore tätschelte die Hand seiner Frau. »Ich war in den letzten Jahren beruflich ziemlich eingespannt. Ich habe meinen Job gewechselt und wir hatten nur wenig Zeit füreinander.«

Seine Frau nickte wehmütig. Anscheinend lagen schwere Zeiten hinter der Familie.

»Umso mehr freut es mich, dass Sie das *Fleetwood on Sea* für Ihren gemeinsamen Urlaub ausgesucht haben.« Jools machte eine schwungvolle Handbewegung in Richtung Wintergarten. »Wenn Sie mir folgen wollen?«

»Aber gern«, kicherte Mrs Pedmore selig.

Gemeinsam gingen sie den Flur entlang, durch den Aufenthaltsraum, in den Wintergarten.

»Da wären wir.« Jools öffnete die Tür. »Wir dachten uns, dass Sie diesen besonderen Tag auch in einer besonderen Umgebung feiern sollten.«

»Oh mein Gott!« Mrs Pedmore fasste sich an die Brust. Tränen schimmerten in ihren Augen. »Das ist ja wunderschön.«

Mittlerweile war es dunkel geworden und der Mond war bereits aufgegangen. Die Sterne blinkten, als würden sie zu einer stummen Musik tanzen. Die Lichter der Kerzen flackerten und sahen aus wie

Glühwürmchen. Im Hintergrund lief leise Musik. Der ganze Raum sah verzaubert aus.

Sie führte das Ehepaar zu seinem Tisch. Rose hatte an alles gedacht und einen Sektkühler neben dem Tisch aufgebaut, in dem eine Flasche Sekt darauf wartete, getrunken zu werden. Nachdem die Pedmores Platz genommen hatten, reichte sie ihnen die Speisekarte. Rose kam um die Ecke geeilt, um Jools abzulösen.

»Der heutige Abend gehört nur Ihnen«, verabschiedete sich Jools. »Bitte lassen Sie uns wissen, wenn Sie etwas benötigen.«

Als sie sich ein letztes Mal umdrehte, sah sie, wie sich die beiden einen zärtlichen Kuss gaben. Zufrieden ging sie nach draußen.

Nachdem sie alles für den morgigen Tag vorbereitet hatte, stattete sie Melee und Emily einen Besuch ab.

Melee hatte zwar noch immer leichtes Fieber, sah aber nicht mehr ganz so elend aus wie mittags. Eigentlich hatte sie nur kurz vorbeischauen wollen, aber Emily nötigte sie förmlich, zu bleiben und ihr bei einem Glas Wein alles zu erzählen, was in ihrer Abwesenheit passiert war. Als sie von Jools' Idee mit dem Hochzeitstag hörte, war sie restlos begeistert. Gemeinsam schmiedeten sie Pläne, was man zu besonderen Anlässen alles machen konnte. Als Jools knapp eine Stunde später wieder zum Haupthaus ging, war sie leicht beschwipst.

Das Restaurant hatte sich mittlerweile geleert. Rose und die Aushilfe waren dabei, die letzten Aufräumarbeiten zu erledigen. Einige der Hotelgäste hatten es sich im Aufenthaltsraum gemütlich gemacht und unterhielten sich bei einem Digestif vor dem Kamin.

Jools ging in die Küche, in der Hoffnung, etwas Essbares zu finden. Sie hatte ihren Hunger völlig verdrängt, aber jetzt, nach dem Sekt und dem Wein, hatte sie ein flaues Gefühl im Magen.

Luca war gerade damit beschäftigt, die letzten Reste wegzuräumen. Den Küchengehilfen hatte er bereits nach Hause geschickt.

»Hast du noch einen Happen zu essen für mich?« Sie hüpfte mit dem Po auf den Holztisch. »Ich bin am Verhungern.«

»Nein. Die Küche ist bereits geschlossen.« Luca grinste sie breit an. »Aber ich habe eine andere Idee.«

»Und die wäre?«

»Lass dich überraschen.« Er lächelte geheimnisvoll und sie bewunderte den sanften Schwung seiner Lippen.

»Ich hasse Überraschungen.« Sie machte einen Schmollmund.

»Dann gibt es auch nichts mehr zu essen.« Er verschränkte demonstrativ die Arme vor der Brust.

Sie überlegte einen kurzen Moment. »Na gut. Was muss ich tun?«

»Wir treffen uns vor der Tür, und zieh dir was Warmes an.«

»Du willst weg?«

»Si!«, nickte Luca bedeutungsvoll.

»Aber was ist mit dem Hotel?« Jools hüpfte vom Stuhl.

»Was soll sein? Rose hat heute Abend Dienst. Im Notfall kann sie Emily anrufen«, entgegnete Luca leichthin.

»Einverstanden.«

Jools eilte nach oben ins Zimmer. Ohne lange zu überlegen, schlüpfte sie in ihre Jeans und zog einen Pullover über ihr T-Shirt. Dann ging sie ins Bad und legte etwas Make-up nach. Nachdenklich sah sie sich im Spiegel an. Ihre Augen glänzten und ihre Haut war von einem zarten Goldton überzogen, wie von der Sonne geküsst. Die kleinen Fältchen, die sich auf ihrer Stirn bildeten, wenn sie angespannt war, waren verschwunden. Die Tage am Meer hatten ihr gut getan. Sie verspürte eine gewisse pickelnde Vorfreude. Was hatte Luca vor? Es war offensichtlich, dass sie nicht im Hotel essen würden.

Beim Rausgehen fiel ihr Blick auf ihr Handy. Normalerweise nahm sie es immer mit, aber in Anbetracht der Telefonkrise, wie sie es selbst bezeichnete, erschien es ihr sinnlos und sie ließ es liegen.

Als sie nach draußen kam, wartete Luca bereits auf sie. Neben ihm stand die Harley Davidson, die sie bei ihrer Ankunft auf dem Parkplatz bewundert hatte. Er hatte seine Kochjacke ausgezogen und gegen eine schwarze Lederjacke eingetauscht. Darunter blitzte ein weißes T-Shirt hervor. Seine dunklen Haare fielen ihm wild auf die Schultern. Er sah unglaublich sexy aus. Wäre sie ihm in New York auf der Straße begegnet, hätte sie ihn für ein Model gehalten. Wortlos reichte er ihr einen Helm.

»Wir fahren mit dem Motorrad?«, fragte Jools skeptisch.

»Was hast du gedacht?«, grinste Luca schief und setzte sich den tiefschwarzen Helm auf.

Sie folgte seinem Beispiel. Der Helm saß perfekt auf ihrem Kopf. Luca stieg als Erster auf das Motorrad. Er gab ihr ein Zeichen, hinter ihm Platz zu nehmen. Etwas unbeholfen kletterte sie auf den Sitz.

»Halt dich einfach an mir fest und folge meinen Bewegungen, dann kann nichts passieren«, rief er ihr zu.

Jools nickte. Ihr Puls raste vor Aufregung. Sie war noch nie auf einem Motorrad mitgefahren. In der Schulzeit hatten es ihre Eltern verboten, später hatte sich nie eine Gelegenheit ergeben. Dean fuhr seinen Porsche und keiner ihrer Freunde besaß ein Motorrad. Sie schlang die Arme um Lucas Taille und kuschelte sich an ihn. Von seinem Körper ging eine unglaubliche Wärme aus. Er roch angenehm nach Leder und Hölzern. Eine aufregende Mischung, die ihren Puls in die Höhe schießen ließ. Luca startete den Motor. Sofort ertönte ein sattes Brummen und die Vibrationen kitzelten in ihrem Bauch. Langsam fuhren sie die Einfahrt entlang bis zu der schmalen Straße.

»Alles in Ordnung?« Luca drehte seinen Kopf zu ihr. Seine dunklen Augen blitzten im Licht wie die einer Raubkatze.

»Perfekt«, strahlte sie ihn an.

»Gut, dann halt dich fest!« Er drehte sich nach vorne.

Sie verstärkte ihren Griff. Der Motor heulte auf und die Maschine machte einen Satz nach vorn. Der kühle Wind schlug ihr ins Gesicht und nahm ihr fast den Atem. Blinzelnd sah sie nach vorne, wo das gelbe Scheinwerferlicht über die Straße huschte. Die Landschaft war in das weiße Licht des Mondes gehüllt. Rechts unten lag die Küste und in der Ferne konnte sie ein paar Lichter in der Dunkelheit ausmachen. Luca erhöhte die Geschwindigkeit und die Schatten der Landschaft flogen an ihnen vorbei.

Adrenalin rauschte durch ihre Adern wie heiße Lava. Die Straße vollzog eine Linkskurve und Luca verlagerte sein Gewicht. Stumm folgte sie seinem Beispiel. Zusammen bildeten sie eine Einheit. Es war ein unbeschreibliches Gefühl, als sie sich in die Kurve legten. Sie stieß einen Freudenschrei aus, den Luca mit einem heiseren Lachen quittierte. Die Geschwindigkeit versetzte sie in einen Rausch und sie fühlte sich frei wie ein Vogel.

Sie wusste nicht, wie lange sie schon unterwegs waren, als die Lichter eines kleinen Dorfes vor ihnen auftauchten. Luca verlangsamte das Tempo, bis sie schließlich vor einem Pub zum Stehen kamen.

»Sind wir da?«, fragte sie bedauernd. Sie hätte noch ewig so weiterfahren können.

Luca nickte. »Das ist das einzige Pub in der Umgebung, das um diese Uhrzeit noch Essen serviert.« Er zog den Helm vom Kopf und fuhr sich mit den Fingern durch die plattgelegten Haare. »Der Besitzer ist ein Freund von mir und serviert das beste Stew entlang der Küste. Ich habe schon mehrfach versucht, ihm sein Rezept zu entlocken – bisher leider ohne Erfolg.«

Aus dem winzigen Pub drangen laute Stimmen nach draußen.

»Ich könnte es ja mal versuchen«, grinste Jools.

»Vergiss es. Hugh hütet sein Rezept wie einen Schatz.«

»Wir werden ja sehen.«

Über dem Eingang hing ein altes Holzschild, an dem der Zahn der Zeit genagt hatte. Die goldene Aufschrift war bereits verblasst und kaum noch zu erkennen.

Smuggler's Nest

Luca hielt Jools galant die Tür auf. Das Pub war brechend voll und die Luft zum Schneiden schwer. Es roch nach Bier und deftigem Essen. Es sah so aus, als hätten sich alle Bewohner des kleinen Küstenortes hier versammelt, um den Abend bei einem guten

Pint ausklingen zu lassen. Sie ließ ihren Blick durch den Raum schweifen. Das *Smuggler's Nest* war eines der ältesten Pubs der Umgebung und bestand aus einem großen Schankraum, dessen zentralen Mittelpunkt der Tresen mit der Zapfanlage bildete. Dahinter stand ein Regal, das mit allen Sorten von hartem Alkohol gefüllt war. Der Raum war vollgestopft mit Tischen, Stühlen und Menschen. Wer keinen Platz an einem der Tische gefunden hatte, saß auf Barhockern oder blieb einfach mit dem Bier in der Hand am Tresen stehen. Die Möbel, der Tresen und die Verkleidung entlang der Wand waren in dunklem Eichenholz gehalten. Über der Zapfanlage waren die Wimpel der beliebtesten Rugbymannschaften wie eine Girlande gespannt. Im hinteren Teil des Raumes hing eine Dartscheibe, um die sich einige Männer versammelt hatten, um ihr Können zu messen. Obwohl die Fenster weit aufgerissen waren, waren es gefühlte dreißig Grad im Pub. Aus den Boxen drang laute Folkmusik. Die Augen der Männer waren auf Jools gerichtet.

»Ganz schön was los hier!«, brüllte sie Luca ins Ohr.

»Das ist noch leer! Am Wochenende kommt man gar nicht mehr rein.«

»Luca!«, schallte es wie ein Schlachtruf durch den Raum.

Ein stattlicher Mann mit fleischigen Armen, die den Umfang von Jools' Oberschenkel hatten, kam auf sie zugelaufen. Er hatte eine dicke rote Nase und einen Bart, der bis auf seine Brust fiel.

»Hugh!« Luca fiel dem Mann in die Arme und klopfte ihm auf die Schulter.

»Welch Glanz in meiner Hütte. Du warst lange nicht mehr hier …« Die grauen Augen des Mannes wanderten zu Jools. »Und wie ich sehe, aus gutem Grund.«

»Da bist du völlig auf dem Holzweg«, grinste Luca breit. »Das ist Jools, mein neuer Boss.«

»So einen Boss hätte ich auch gern«, lachte Hugh. Dabei hörte es sich so an, als ob jemand eine Trommel anschlagen würde. »Sehr erfreut, Sie kennenzulernen, Miss.«

»Ganz meinerseits«, grinste Jools. »Aber bitte nur Jools.«

»Alles klar, Jools.« Die Augen des Wirts glitzerten vergnügt. »Was führt euch heute hierher?«

»Die arme Jools ist am Verhungern und ich wollte sie von deinem legendären Stew kosten lassen, bevor sie wieder abreist.«

Jools sog die Wangen ein und machte ein mitleidiges Gesicht.

»Das können wir unmöglich zulassen«, dröhnte Hugh. »Kommt! Ich habe noch ein kuschliges Plätzchen für euch.«

Luca legte den Arm besitzergreifend um Jools' Taille. Gemeinsam schlängelten sie sich zwischen den Tischen hindurch. Sie spürte die bewundernden Blicke der Männer auf sich ruhen.

»Jungs, los, aufstehen! Wir haben eine amerikanische Lady zu Gast«, verscheuchte Hugh zwei Männer, die mit bierseligem Grinsen an einen Tisch direkt neben der Bar saßen. Die beiden standen sofort auf, und ehe Jools protestieren konnte, waren sie in der Menge verschwunden.

»Mylady.« Hugh machte eine elegante Handbewegung.

»Vielen Dank«, schmunzelte Jools und ließ sich auf einem der freien Stühle nieder.

»Was darf ich euch zu trinken bringen?«

»Für mich das Übliche und zwei Portionen von deinem Stew.« Lucas Blick wanderte zu Jools. »Möchtest du einen Wein dazu?«

»Ähm, ich glaube, ich sollte lieber Wasser trinken.« Sie kicherte. »Ich hatte bereits genug.«

Es erschien ihr unfair Luca gegenüber, wenn sie in seiner Gegenwart Alkohol trank.

»Einverstanden.« Hugh schob seinen massigen Körper durch die Menge und verschwand hinter dem Tresen.

Jools war noch nie in einem richtigen englischen Pub gewesen. Natürlich gab es in New York unzählige Pubs, aber keines kam auch nur ansatzweise an das Original heran. In New York saßen die Männer nach der Arbeit in ihren Anzügen bei einem Bier und starrten auf die Bildschirme, um sich ein Footballspiel anzusehen. Hier saßen echte Männer mit wettergegerbten Gesichtern in Holzfällerhemden, T-Shirts und Jeans. Auf den Tischen standen Kerzen, deren Wachs auf das Holz tropfte.

»Gefällt's dir?«, fragte Luca, als hätte er ihre Gedanken erraten.

»Es ist toll«, entgegnete Jools mit leuchtenden Augen. Sie hatte den Helm neben sich auf den freien Stuhl gelegt und den Pulli ausgezogen.

Hugh kam schwer beladen zurück.

»Zweimal Stew.« Er knallte die Bowls geräuschvoll auf den Tisch. Ein Schwall Stew schwappte über, was den Wirt nicht zu stören schien. Anscheinend war man hier nicht zimperlich, wenn es um den Service ging. Es folgte eine Besteckrolle und eine einfach Holzschale mit aufgeschnittenem hellem Brot. »Und hier einmal Spezial und ein Wasser. Guten Appetit.«

»Was ist ein Spezial?«, fragte Jools und beäugte neugierig das Gebräu in Lucas Glas.

»Probier selbst!« Er hielt ihr das Glas unter die Nase.

Misstrauisch schnupperte sie daran. Es roch leicht würzig. Sie nahm einen winzigen Schluck. Im ersten Moment wusste sie nicht, wie sie es einordnen sollte. Es war herb und süß zugleich. Ein eigenartiger Geschmack aus Kräutern mit süßer Limonade füllte ihren Mund.

»Was ist denn das?«, fragte sie mit hochgezogener Augenbraue.

»Das ist typisch britisch.« Er grinste schief. »Eine Limonade, die aus Löwenzahn und Klette hergestellt wird. Nennt sich *Dandelion and Burdock.*«

»Ziemlich wilde Mischung.« Sie nahm noch einen Schluck. »Aber irgendwie gut.«

»Finde ich auch.«

Lucas herrliches Lachen erfüllte den Raum und Jools wurde ganz warm ums Herz. Luca hob sein Glas und sie stießen an.

Die Bedienung, eine dralle Frau mit roten Wangen, kam zu ihnen an den Tisch.

»Hey Luca, auch mal wieder da.« Die Frau zwinkerte Luca zu. Als sie Jools bemerkte, runzelte sie die Stirn. »Und wie ich sehe nicht alleine.« Es war ihr anzusehen, dass sie nicht gerade begeistert von der Tatsache war, dass der gut aussehende Koch des *Fleetwood on Sea* in Begleitung einer Frau gekommen war.

»Hi, ich bin Jools«, kam sie Luca gut gelaunt zuvor.

»Jools. Mhm. Lass es dir schmecken, Luca!« Die Bedienung schenkte ihm ein breites Lächeln. Jools musste bei dem Anblick der Frau unwillkürlich an einen Frosch denken.

»Das werde ich«, nickte Luca höflich. Die Bedienung walzte mit wogenden Hüften davon.

»Ich würde sagen, die hat ein Auge auf dich geworfen«, grinste Jools.

»Sie vielleicht auf mich, aber ich nicht auf sie«, zuckte Luca mit den Schultern und schnappte sich einen der Löffel.

»Das ist also Hughs berühmter Stew.« Jools warf einen skeptischen Blick auf die Holzschüssel, in der eine braune Pampe schwamm. Sie rührte mit dem Löffel darin und brachte verschiedene Gemüsesorten und Kartoffeln zum Vorschein, zwischen denen Fleischstückchen hervorblitzten.

»Los, hau rein, bevor es kalt wird.« Luca brach sich ein Stück von dem Brot ab, tauchte es in die Suppe und nahm einen kräftigen Bissen.

»Grandioso!« Luca führte Zeigefinger, Mittelfinger und Daumen zum Mund und küsste sie.

Zögerlich nahm sie einen halben Löffel voll. Sofort hatte sie einen deftigen Geschmack von Kräutern, Gemüse und einem Hauch Fleisch im Mund, der durch einen Schuss Sahne verfeinert wurde.

»Und?« Luca sah sie erwartungsvoll an.

»Superlecker. Genau das Richtige nach einem langen Arbeitstag.«

Begeistert nahm sie den Löffel und schaufelte sich eine ordentliche Portion in den Mund. Der deftige Eintopf tat gut und ein warmes, wohliges Gefühl breitete sich in ihrem Bauch aus.

Hugh tauchte neben ihnen am Tisch auf, in der einen Hand vier Bierkrüge.

»Schmeckt's?« Seine Augen klebten auf Jools.

»Du bist der absolute Meister«, lobte ihn Luca mit vollem Mund.

»Köstlich«, quetschte Jools zwischen zwei Bissen hervor und griff nach dem Brot. »Dagegen kann Lucas Oktopus einpacken.« Sie schenkte dem Wirt einen lasziven Augenaufschlag.

»Vielen Dank auch«, grinste Luca grimmig.

Jools zuckte unschuldig mit den Schultern.

Hugh lachte zufrieden. »Wenn ihr Nachschlag wollt, es ist noch genügend da.«

»Darauf komme ich gern zurück«, nickte Jools und schob sich einen gehäuften Löffel in den Mund.

»Holy moly! Eine Frau ganz nach meinem Geschmack!« Hugh schlug Jools mit seiner klodeckelgroßen Hand auf den Rücken. Sie verschluckte sich vor Schreck und fing fürchterlich an zu husten.

»Hey, Hugh!«, grölte einer der umsitzenden Männer, der das Ganze beobachtet hatte. »Sei ein bisschen vorsichtiger, sonst machst du die Kleine noch kaputt.«

Johlende Rufe ertönten. Jools war mittlerweile rot angelaufen. Hastig griff sie nach dem Glas und stürzte das Wasser in einem Zug runter.

»Sorry, Miss.« Hugh sah aus wie ein großer Bär, den man beim Honignaschen erwischt hatte.

»Kein Problem«, keuchte Jools. »Das kannst du wiedergutmachen, indem du mir das Rezept verrätst.«

Jools merkte, wie der Nachbartisch aufhörte zu reden und gespannt lauschte, was sich bei ihnen am Tisch abspielte.

Hugh verzog das Gesicht zu einer Grimasse. »Das ist ein altes Familienrezept, das seit Generationen weitervererbt wird«, murmelte er. »Das kann ich nicht verraten. Meine Großmutter würde sich im Grabe umdrehen.«

»Deine Großmutter muss es ja nicht wissen«, entgegnete Jools vergnügt und dippte ein Stück Brot in die Schüssel, um die letzten Reste des köstlichen Stews damit aufzusaugen.

»Meine Großmutter hat immer gesagt, ich darf das Rezept an die Frau weitergeben, die es schafft, mehr Portionen zu essen als ich – und mein Rekord liegt bei sieben Bowls«, sagte er siegessicher. Es war ihm deutlich anzusehen, dass er sich im Vorteil fühlte.

Für einen Moment war es mucksmäuschenstill in dem kleinen Raum.

»Ich nehme die Herausforderung an.« Jools streckte Hugh ihre Schüssel entgegen. »Kann ich den versprochenen Nachschub haben?«

Ein Raunen ging durch den Pub.

»Mit Vergnügen!« Hugh tänzelte davon.

»Bist du dir sicher?« Luca musterte sie mit großen Augen.

»Nein. Aber ich liebe die Herausforderung und du möchtest das Rezept haben, oder nicht?« Sie blinzelte ihn an.

»Schon«, gab er zögerlich von sich. »Aber nicht um jeden Preis.«

»Mach dir keine Sorgen. Meine Mutter hat immer behauptet, ich hätte ein Loch dort, wo andere Menschen einen Magen haben.«

Hugh kam in Begleitung einer ganzen Horde Männer zurück an den Tisch. Die Schüssel, die er Jools vor die Nase stellte, war bis zum Rand gefüllt.

»Wunderbar!«, nickte Jools zufrieden und fing an, den Stew in sich reinzuschaufeln.

Aus dem Augenwinkel sah sie, wie Hugh sich einen Stuhl schnappte und zu ihnen an den Tisch zog. Hinter ihm versammelten sich die ersten Männer und starrten wie gebannt auf Jools.

Fast hätte sie angefangen, laut zu lachen. Sie würde den Kerlen zeigen, wozu eine anständige Amerikanerin fähig war.

»Jools! Jools! Jools!«, schallten die Rufe der Männer durch den Raum. Sämtliche Besucher des Pubs drängten sich um ihren Tisch.

Ihr war schrecklich heiß und ihr Magen fühlte sich an, als hätte sie eine ganze Kanonenkugel verschluckt. Ein Schweißtropfen lief ihr kitzelnd zwischen den Brüsten hinunter. Stöhnend fuhr sie sich mit den Fingern durch die Haare. Das war ihre achte Schüssel Stew. Noch wenige Löffel trennten sie von ihrem Sieg.

»Trinken! Ich brauche dringend einen Whisky«, keuchte sie.

Sie hatte die Bitte noch nicht ganz ausgesprochen, da stand schon ein Glas mit der goldbraunen Flüssigkeit vor ihr. Jools kippte den Whisky mit einem Schluck hinunter. Ihr Vater hatte ihr den Trick beigebracht. Der Whisky verscheuchte kurzfristig das Völlegefühl im Bauch und erlaubte, dass man weit mehr essen konnte.

Hastig schob sie sich einen Löffel Stew in den Mund und schluckte den Brei runter. Hugh, der ihr gegenübersaß, beobachtete jeden ihrer Bissen genau. Schweißperlen glänzten auf seiner Stirn, als würde er bereits ahnen, dass er seine Wette verlieren würde.

»Jools! Jools! Jools!«, feuerten die Männer sie an und klopften dabei mit den Fäusten auf die Tische.

Noch wenige Löffel und sie hatte es geschafft. Sie holte tief Luft.

»Whisky!« Sie wedelte mit der Hand in der Luft. Sie hatte aufgehört zu zählen, wie viele Gläser sie bereits getrunken hatte. Sie gab einen lautstarken Rülpser von sich. »Weiter geht's«, sagte sie zu sich selbst und schob sich blitzschnell den Stew in den Mund.

»Drei! Zwei! Eins!«, zählten die Männer ihre letzten Bissen mit. »Gewonnen!«

Begeisterter Jubel brach unter den Männern aus.

»Gratuliere.« Hugh klopfte ihr anerkennend auf die Schulter. »Das hat noch keiner geschafft!«

»Tja, man sollte seine Gegner nie unterschätzen«, flötete sie.

Ihre Zunge fühlte sich eigenartig schwer an und sie hatte Mühe, sich klar zu artikulieren. Wildfremde Menschen fielen ihr um den Hals, um ihr zu gratulieren.

»Wir haben gewonnen!«, schrie sie Luca durch den Lärm zu.

Er nickte. Seine feuchtbraunen Augen klebten auf ihr. Er sah unglaublich männlich aus. Jools bekam weiche Knie bei seinem Anblick.

»Ich weiß nicht, wie du es gemacht hast, aber du hast es geschafft«, grinste er schief.

Bevor sie antworten konnte, wurde sie von kräftigen Armen gepackt und aus dem Stuhl gehoben, um sie auf den Schultern eines hünenhaften Kerls zu setzen, der sie zur allgemeinen Belustigung wie eine Trophäe durch den Pub bis zum Tresen trug.

»Jools! Jools! Jools!«, ertönte ihr Name durch den Raum, als hätte sie gerade die Goldmedaille für Großbritannien gewonnen. Jools kam sich vor wie ein Star.

Vorsichtig setzte der Hüne sie ab. Lachend blieb sie auf dem Tresen sitzen und baumelte mit den Beinen. In ihrem Kopf drehte sich alles und der Boden schwankte, aber sie fühlte sich großartig!

Sie lachte ausgelassen. Hugh stellte sich hinter sie und läutete eine Glocke, die am Tresen befestigt war. Augenblicklich herrschte absolute Ruhe.

»Liebe Freunde, wir alle sind Zeuge eines unglaublichen Ereignisses geworden, von dem ich niemals gedacht hätte, dass es wahr werden könnte.« Hugh deutete auf eine Schiefertafel, die oberhalb ihrer Köpfe an der Holzverkleidung angebracht war. Die Namen mehrerer Männer standen darauf und die Anzahl der Schüsseln, die sie jeweils gegessen hatten. »Diese zarte Person hat es tatsächlich geschafft, den bestehenden Rekord im Stew-Essen zu brechen, und uns gestandene Männer das Fürchten gelehrt.«

Er nahm Jools' Arm und riss ihn in die Höhe. Laute Pfiffe und Rufe ertönten. Jemand drückte ihr ein Stück Kreide in die Hand.

»Los, trag deinen Namen ein«, forderte Hugh sie auf. Luca stand plötzlich neben ihr und half ihr, sich aufzurichten. Berauscht vom Whisky und dem Gefühl des Triumphs, schrieb sie ihren Namen neben den der Männer auf die Tafel.

Applaus ertönte.

»Und zur Feier des Tages gibt es Bier für alle!«, rief Hugh und läutete die Glocke erneut.

Luca reichte ihr die Hand. Dankbar nahm sie sie und rutschte unbeholfen vom Tresen direkt in seine Arme. Für einen Wimpernschlag schien die Welt um sie herum stillzustehen. Es gab nur noch sie und Luca. Ihre Augen trafen sich und sie hatte das Gefühl, in diesem See aus geschmolzener Schokolade zu versinken. Sie roch seinen herrlich männlichen Duft und fühlte die Muskeln unter seinem Shirt. Sein Gesicht war keine Handbreit von ihrem entfernt, und für den Bruchteil einer Sekunde fragte sie sich, wie es sich wohl anfühlen würde, ihn zu küssen.

Im nächsten Moment zupfte jemand an ihrem Arm. Irritiert sah sie zur Seite. Hugh stand neben ihr und drückte ihr ein Glas Bier in die Hand.

»Auf den neuen Stew-Rekord!«

»Auf den neuen Stew-Rekord!«, johlte der ganze Pub und prostete ihr zu.

Luca zwinkerte ihr zu.

Lachend warf Jools den Kopf in den Nacken.

14. Kapitel

Blinzelnd öffnete sie die Augen. Gleißendes Sonnenlicht blendete sie und sie stieß einen winzigen Schrei aus. Alles um sie herum war verschwommen. Sie lag auf einem Bett. Hektisch tastete sie mit der Hand über ihren Körper. Sie hatte ein T-Shirt und eine Unterhose an, der Rest ihrer Klamotten fehlte. Was war passiert? Und was noch viel wichtiger war: Wo war sie?

Die Erinnerung an gestern Abend war in einem undurchdringlichen Nebel aus Whisky und Stew verschwunden. In ihrem Kopf hämmerte es wie in einem Bergwerk und ihr Magen fühlte sich an, als hätte ihn jemand über Nacht zugenäht. Ihr war schrecklich übel. Sie drehte sich zur Seite, was ihr Magen zum Anlass nahm, ebenfalls eine Drehung zu vollziehen. Sie würgte. Erschrocken riss Jools die Augen auf und blickte geradewegs in Lucas besorgtes Gesicht.

»Ich glaub, ich muss kotzen!«, war alles, was sie zustande brachte.

Wortlos hielt er ihr einen roten Plastikeimer unter die Nase. Keine Sekunde zu spät. Mit einem Schwall entleerte sich ihr Magen wie eine explodierende Sprudelflasche. Jools verzog das Gesicht bei dem Anblick der graubraunen Masse im Eimer.

Ohne die Miene zu verziehen, nahm Luca den Eimer und stellte ihn zur Seite. Erschöpft sank sie mit dem Kopf in das Kissen.

»Was ist passiert?«, krächzte sie heiser.

»Du meinst abgesehen davon, dass du einen neuen Rekord im Stew-Essen aufgestellt und mit jedem Mann im Pub getanzt und dabei geschrien hast: ›Ich bin die Stew-Queen!‹?« Lucas Mundwinkel zuckten verdächtig. Er schien ein diebisches Vergnügen daran zu haben, sie zu quälen.

»Oh Gott«, stöhnte sie.

»Nicht viel. Irgendwann bist du vom Tresen gerutscht und hast mich gebeten, dich nach Hause zu fahren.«

»Was habe ich sonst noch gemacht?« Sie wagte es kaum zu fragen, angesichts der Tatsache, dass sie nur in T-Shirt und Unterhose bekleidet in seinem Bett lag.

»Dich an mich geklammert, als wärst du mein siamesischer Zwilling, und während der ganzen Fahrt geschrien, was für ein heißer Typ ich bin.« Sein Grinsen wurde noch breiter.

»Oh nein.« Eine heiße Welle breitete sich über ihr Gesicht aus. Hastig senkte sie den Kopf, was zur Folge hatte, dass ihr wieder schlecht wurde. Sie stöhnte leise. »Es tut mir so leid, Luca.« Ihre Stimme war kaum mehr als ein Flüstern.

»Das braucht es nicht …« Er grinste. »Ich fand es ehrlich gesagt ziemlich amüsant.«

»Amüsant?« Sie sah mit leidender Miene zu ihm hoch. Er hatte dunkle Schatten unter den Augen, als ob er die ganze Nacht wach gewesen wäre.

»Ich habe das hier! Das war es auf jeden Fall wert.« Er wedelte mit einem handbeschriebenen Zettel in der Luft.

»Hughs Geheimrezept!«, stieß sie aus, und obwohl ihr speiübel war, huschte ein Lächeln über ihr Gesicht.

»Ich wette, Hugh scheißt sich schon jetzt in die Hose, dass ich sein Gericht auf unsere Speisekarte packe.« Luca grinste breit.

»Und, tust du?«

»Nein. Das kann ich meinem alten Freund nicht antun. Aber vielleicht werde ich es etwas abändern.«

Sie nickte. Der Geschmack in ihrem Mund war absolut widerlich und sie sehnte sich nach einer Zahnbürste.

»Ähm, kannst du mir sagen, wo ich bin?« Es war ihr äußerst peinlich. Das letzte Mal, dass sie einen Filmriss gehabt hatte, lag Jahre zurück und hatte ähnlich unangenehm geendet.

»Du kannst dich wirklich an nichts erinnern?« Er sah sie forschend an.

Für einen Moment glaubte sie, Enttäuschung in seinen Augen zu lesen.

»Nein.« Ihr Puls schnellte in die Höhe. »Warum siehst du mich so komisch an?«

»Einfach so«, winkte er ab. »Du bist bei mir zu Hause.«

»Aha«, nickte sie schwach.

Ihr Blick wanderte durch das Zimmer. Außer dem Bett gab es noch einen Schrank, ein uraltes braunes Ledersofa mit einem Beistelltisch, einen Flachbildfernseher und einen Billardtisch, der gleichzeitig als Ablagefläche diente. Zumindest sah es so aus, denn sie entdeckte eine Flasche Mineralwasser, zwei Gläser und eine Jeans darauf.

Ihre Blase drückte. »Ich müsste mal aufs Klo.«

»Das Badezimmer ist den Flur entlang, die zweite Tür rechts.« Luca deutete auf die Tür gegenüber.

Jools richtete sich langsam auf. In ihrem Kopf drehte sich alles und es dauerte einen Moment, bis sie so weit war, dass sie aufstehen konnte. Schwerfällig schlüpfte sie unter der Bettdecke hervor und setzte vorsichtig die Füße auf den Boden. Da sie nur einen Stringtanga trug, wickelte sie sich die Decke um die Hüften.

»Geht es?«, fragte Luca besorgt.

Jools nickte. Die honigfarbenen Holzdielen quietschen leise, als sie zur Tür ging. Mit nackten Füßen tapste sie über den Flur zum Badezimmer. Sie fühlte sich schrecklich. Hinter ihren Augen breitete sich ein stechender Schmerz aus und ihr Magen rebellierte noch immer.

Sie wollte gerade die Türklinke runterdrücken, als die Tür von innen aufgerissen wurde.

»Aidan!« Erschrocken trat sie einen Schritt zurück. Das hatte ihr noch gefehlt. Nicht genug, dass sie nach Kotze stank und wahrscheinlich auch genauso aussah, wie sie sich fühlte – nämlich beschissen. Vor ihr stand der attraktivste Junggeselle von Fleetwood Cove und gleichzeitig der schlimmste Macho, dem sie in den letzten Jahren begegnet war. Im Gegensatz zu ihr sah Aidan fantastisch aus. Er musste gerade geduscht haben, denn seine Haare fielen ihm noch feucht ins Gesicht und in seinen Wimpern hingen winzige Wassertröpfchen. Er war bis auf die Jeans nackt. Bewundernd fuhr sie mit den Augen die feinen Linien seiner Muskeln nach. Er hatte die Figur eines Zehnkämpfers.

»Jools.« Seine Augen scannten sie. »Das nenne ich mal eine Überraschung.«

»Ähm. Was machst du denn hier?«, stotterte sie verlegen.

»Die gleiche Frage wollte ich dir stellen.« Er lehnte sich lässig gegen die Badezimmertür.

Ihr Mund fühlte sich trocken an. Sie schluckte. »Also ich …«

»Ach, lass mich raten. Du hast die Nacht mit deinem heißen Koch verbracht«, höhnte Aidan.

Jools hob die Hand, um ihm eine zu scheuern, aber Aidan war schneller.

»Ein Kuss wäre mir lieber«, flüsterte er. Sein Gesicht war so nah, dass sich ihre Nasen fast berührten. Sie roch seinen Minzatem.

»Du Idiot!«, fauchte sie und versuchte, ihm den Arm zu entreißen. Aidans Hand hielt sie umklammert wie eine Eisenschelle.

»Aidan, lass sie in Ruhe!« Luca tauchte hinter ihr auf. »Sie hat eine harte Nacht hinter sich.«

»Das kann ich sehen«, nickte Aidan und lächelte zweideutig. »Und ich dachte immer, du wärst so ein Langweiler.«

Wütend schob sie Aidan beiseite und stürmte ins Badezimmer. Mit einem Knall flog die Tür ins Schloss. Draußen hörte sie Aidan und Luca, die miteinander stritten – ihretwegen. Ihr Herz klopfte wie verrückt und ihr war schwindelig. Erschöpft ließ sie sich auf die Toilette fallen.

Langsam entfernten sich die Stimmen. Anscheinend hatten die beiden beschlossen, ihren Streit in die Küche zu verlegen. Erleichtert erledigte sie ihr Geschäft und zog die Spülung. Sie zitterte noch immer am ganzen Körper, als sie zum Waschbecken ging, um sich die Hände zu waschen. Sie warf einen Blick in den kleinen

Spiegel. Ihr Gesicht sah erwartungsgemäß grauenvoll aus. Ihre Haut war aschfahl und fleckig. Ihr Make-up war verschmiert und ihre Haare standen wild zu allen Seiten ab. Ihre Augen lagen in dunklen Höhlen und auf ihrem Kinn leuchtete ein roter Pickel. Was war nur in sie gefahren, sich derart zu betrinken?

Auf der Glasablage unter dem Spiegel lag eine Tube Zahnpasta. Entschlossen drückte sie sich etwas Paste auf den Finger und rieb damit über ihre Zähne. Gleichzeitig schwor sie sich, nie wieder einen Tropfen Alkohol anzufassen. Sie stellte den Wasserhahn an und spülte sich den Mund aus, bis der widerliche Geschmack verschwunden war. Anschließend machte sie sich daran, die Reste ihres Make-ups zu entfernen und zu retten, was zu retten war.

Als sie nach knapp einer Viertelstunde zurück in Lucas Zimmer kam, fand sie ihn auf dem Sofa sitzend vor. Er hatte sich in der Zwischenzeit frische Sachen angezogen.

»Ich habe Emily angerufen, dass wir ein paar Minuten später kommen«, erklärte er mit sanfter Stimme.

»Wie viel Uhr ist es?«

»Kurz nach sieben.« Sie ließ sich stöhnend auf den Bettrand fallen. Ihr Kopf schmerzte noch immer und ihr Magen fühlte sich eigenartig wund an. »Hier, das sollte helfen.« Er reichte ihr einen Becher mit einer Pfütze Kaffee darin.

Dankbar nahm sie einen kräftigen Schluck.

»Bäh, was ist denn das Widerliches?« Jools schüttelte sich.

»Espresso mit Zitrone. Ein bewährtes Mittel gegen Kater.«

»Was?« Sie verzog das Gesicht. »Und das soll helfen?«

»Du kannst mir glauben. Ich bin Profi. Ich weiß genau, was gegen einen Kater hilft«, sagte er düster. Sie nickte stumm und zwang sich, den Rest des widerlichen Gebräus auszutrinken. »Ich habe deine Hose gewaschen« Er zog ihre Jeans hinter seinem Rücken hervor. »Ich glaube, sie ist noch ein bisschen feucht, aber für die kurze Zeit wird es schon gehen.«

»Danke.« Beschämt zog sie sich ihre Jeans an und reichte ihm im Gegenzug die Decke. »Alles okay mit dir und Aidan?«

»Ach Aidan, der beruhigt sich schon wieder«, winkte Luca ab.

»Er ist ein ziemlicher Macho«, bemerkte Jools und zog den Reißverschluss zu.

»Ja, und kann nicht mit selbstbewussten Frauen umgehen. Aber mach dir seinetwegen keine Sorgen.« Luca lächelte.

»Na ja, ich will nur nicht, dass er denkt …« Sie brach ab.

»Du brauchst kein schlechtes Gewissen zu haben, nur weil du Spaß hattest. Es war ein großartiger Abend und ich habe mich prächtig amüsiert. Ich werde Hughs verdutztes Gesicht nicht so schnell vergessen, als du den letzten Löffel Stew gegessen hast und ihm klar geworden ist, dass er die Wette verloren hat.«

»Ja«, lächelte sie schwach, »Das war ziemlich cool.«

»Es war ein toller Abend.« Kleine goldene Punkte leuchteten in seinen feuchtbraunen Augen. »Du warst fantastico.«

»Ich fühle mich aber alles andere als fantastico«, murmelte sie. Ihre Augen verhakten sich ineinander.

»Jools, ich wollte dir …«, fing Luca mit rauer Stimme an zu sprechen.

Er nahm ihre Hand. Sofort spürte sie kleine, wohlige Schauer dort, wo er sie berührte. Ihr ganzer Körper fing an zu kribbeln. Was war nur los mit ihr?

Sie musste dem Ganzen ein Ende setzen. Das hier – Luca, Aidan – war falsch. Sie dachte an all die Stars, die sie betreute und denen sie immer wieder predigte, sich nicht zu betrinken, damit sie nicht Dinge taten, die sie später bereuten. Und nun war sie selbst in diese Situation geraten.

»Luca, bitte nicht.« Sie legte ihm sanft die Finger auf den Mund. »Bitte sag jetzt nichts. Egal, was ich gestern getan oder gesagt habe«, sie holte tief Luft, »es war falsch. Ich habe einen Freund – Dean. Ich lebe in New York. Selbst wenn ich das Hotel behalten sollte, werde ich nicht hier sein.« Luca nickte stumm. Seine Hand hielt ihre nach wie vor fest umschlungen. Seine Augen scannten jeden Millimeter ihres Gesichts, als wollte er es sich ins Gedächtnis brennen. »Der Abend mit dir gestern war ein Geschenk und ich werde ihn bestimmt nicht vergessen – zumindest das, was ich davon noch weiß.« Sie lächelte. »Danke. Aber ich denke, es ist besser, wenn wir jetzt gehen, bevor wir beide etwas tun, was wir später bereuen würden.«

Sie löste sich sanft von ihm. Lucas Blick folgte ihr, als sie in ihre Schuhe schlüpfte. Schweigend gingen sie nach draußen. Direkt vor ihnen, keine hundert Meter entfernt, lag das Meer.

Die Sonne war bereits aufgegangen und die Nebelschwaden, die über der Wasseroberfläche hingen, lichteten sich. Ein Schwarm Möwen flog kreischend über den Strand hinweg, um sich auf der Kaimauer niederzulassen. Aidans Boot dümpelte im Hafen. Es war menschenleer. Jools blieb stehen und hob das Gesicht zum Himmel. Die Sonnenstrahlen kitzelten auf ihrer Haut und ein Gefühl der Stille und Ruhe breitete sich in ihr aus. Das Wasser plätscherte leise im Hintergrund und irgendwo schlug eine Schelle gegen einen Mast. Wehmütig dachte sie an den morgigen Tag, wenn sie im Flugzeug nach New York sitzen und all das hier hinter sich lassen würde. War es wirklich die richtige Entscheidung, alles zu verkaufen?

»Jools!« Luca stand hinter ihr. »Wir sollten los.«

»Ja, natürlich«, nickte sie und warf einen letzten sehnsüchtigen Blick auf das Meer, bevor sie auf das Motorrad stieg. Luca startete den Motor. Jools legte ihre Arme um seine Taille und kuschelte sich an ihn. Ihr war noch immer leicht schlecht und schwindelig. Als sie losfuhren, schloss sie die Augen und kuschelte sich noch enger an seinen breiten Rücken.

»Holy Shit, was ist denn mit dir passiert?« Emily zog die Augenbraue hoch, als Jools zusammen mit Luca die Rezeption betrat. »Du siehst ja grauenvoll aus.« Emilys Blick wanderte erstaunt von Jools zu Luca und wieder zurück.

»Danke, wer dich als Freundin hat, braucht keine Feinde mehr«, nickte Jools. »Ich fühle mich auch genau so, wie ich aussehe. Wahrscheinlich würde ich jetzt noch betrunken auf dem Tresen tanzen, wenn Luca mich nicht gerettet hätte.« Ein müdes Lächeln huschte über Jools' Gesicht. »Die Frau kann ganz gut auf sich selbst aufpassen!« Luca schnalzte mit der Zunge.

„Du hast bei Luca geschlafen?« Emilys Augenbrauen zogen sich zusammen.

„Ja«, entgegnete sie schlicht. Ihr war nicht nach reden zumute. Emily starrte sie mit einem eindringlichen Blick an.

Konnte es sein, dass sie eifersüchtig war?

„Die Frau hat geschnarcht wie eine ganze Horde Matrosen«, sagte Luca. Emilys Augen wurden noch schmaler, als sie es ohnehin schon waren. Offensichtlich nahm sie an, dass Luca und sie eine Affäre miteinander hatten.

„Ja, wie ich schon sagte, ich war sturzbetrunken und hätte den Weg alleine nicht mehr gefunden«, stellte sie klar. »Ich bin fast wie bewusstlos eingeschlafen.«

„Aber warum?« Emilys Blick wanderte zu Luca.

„Weil ich den dämlichen Rekord brechen wollte, damit Luca das Rezept bekommt.« Sie setzte eine leidende Miene auf.

»Hughs Stew-Rekord?«

„Genau den«, grinste Luca.

»Nicht dein Ernst!« Emily klopfte Jools bewundernd auf die Schulter.

»Lange Geschichte.« Jools und fuhr sich mit der Hand über die Haare. »Ich bin völlig fertig und fühle mich nicht imstande, über Essen – und schon gar nicht Stew – zu reden.« Sie verzog das Gesicht.

»Das wundert mich nicht.« Lucas Mundwinkel kräuselten sich verdächtig.

»Wenn ich schon nicht dabei sein durfte, dann möchte ich wenigstens jedes schmutzige Detail wissen«, beharrte Emily.

»Das überlasse ich Jools«, sagte Luca. »Ich muss in die Küche.«

»Wenn du nichts dagegen hast, würde ich gern vorher unter die Dusche hüpfen und mir frische Klamotten anziehen.« Sie rümpfte die Nase. »Ich stinke immer noch nach Kotze und Stew.«

»Und ich habe mich schon gewundert, wo sich die tote Ratte versteckt hat«, grinste Emily sie frech an. »Wer hätte gedacht, dass unser neuer Boss so ein wildes Ding ist.«

»Hör mir bloß auf!«, stöhnte Jools. »Das einzige wilde Ding an mir sind im Moment meine Kopfschmerzen.«

»Brauchst du eine Tablette?«

»Nein, nein, geht schon. Eine Dusche und etwas Schlaf sind alles, was ich brauche.«

»Kann ich mir vorstellen.«

»Wie geht es Melee heute?«

»Besser. Das Fieber ist runter, aber sie ist noch ein bisschen schwach auf den Beinen.«

Jools nickte. »Gut. Ich habe mir schon Sorgen gemacht.«

Sie wandte sich ab, um nach oben zu gehen.

»Jools?«, hielt Emily sie zurück.

»Was?« Sie blieb stehen. Ihre Blicke trafen sich.

»Ach, vergiss es«, winkte Emily ab. »Nicht wichtig.«

Jools nickte und ging die Treppe rauf.

15. Kapitel

Die Dusche hatte gutgetan und die Kopfschmerzen waren bis auf ein leichtes Druckgefühl verschwunden. Einzig die Müdigkeit war geblieben. Sie setzte sich auf den Bettrand und rubbelte ihre Haare mit dem Handtuch trocken. Sie war froh, endlich frische Sachen zu tragen. Die alten Klamotten hatte sie so, wie sie waren, in eine Plastiktüte gesteckt. Sie würde sie in New York zur Reinigung bringen. Ihr Blick fiel auf ihren Koffer, der etwas verloren in der Ecke stand.

Missmutig hob sie ihn auf die Chaiselongue neben ihrem Bett und klappte ihn auf. Der Flug morgen ging abends, was bedeutete, dass sie hier nach dem Frühstück losmusste. Es wäre also besser, wenn sie heute alles fertig packen würde.

Bei dem Gedanken, Fleetwood Cove und das *Fleetwood on Sea* zu verlassen, bildete sich ein Kloß in ihrem Hals. Ihr Blick wanderte zum Fenster. Das Meer lag glitzernd vor ihr und der Himmel strahlte in einem leuchtenden Azurblau. Sie würde die Helligkeit und das warme Licht vermissen. Es war, als ob die Sonne ihr in die Seele strahlen würde. Melees roter Lockenschopf tauchte unterhalb des Fensters auf. Sie hatte riesige pinkfarbene Kopfhörer auf und stapfte über den Rasen zum Haus. Ihr dünner Körper stecke in weiten Sachen. Die Kleine war noch reichlich blass um die Nase. Emily kam ihr mit einem Sweatshirt in der Hand hinterhergelaufen. Ein Lächeln huschte über das Gesicht des Teenagers. Emily legte das Sweatshirt über die Schultern ihrer Tochter. Melee zog die Kopfhörer runter und unterhielt sich mit ihrer Mutter, die den Arm um sie gelegt hatte. Es musste schön sein, wenn man eine erwachsene Tochter wie Melee hatte, dachte Jools ein wenig wehmütig. Die beiden sahen hoch zum Fenster. Als sie Jools entdeckten, winkten sie ihr fröhlich zu. Ertappt winkte Jools zurück. Die beiden gingen zurück zum Haus.

Seufzend setzte sich Jools auf ihr unberührtes Bett. Das Zimmermädchen hatte die Bettdecke zurückgeschlagen und ihr ein Schokoladenherz auf das Kopfkissen gelegt. Ihr ganzer Körper sehnte sich nach Schlaf. Eigentlich hatte sie vorgehabt, sofort nach dem Duschen nach unten zu gehen, aber jetzt fühlte sie sich dazu nicht mehr imstande. Völlig erschlagen kuschelte sie sich unter die Bettdecke. Langsam driftete sie in Gedanken davon. Es war erstaunlich, wie schnell man Menschen lieb gewinnen konnte. Emily, Melee, Luca und selbst Rose waren ihr in der kurzen Zeit ans Herz gewachsen. Der Gedanke, sie in Ungewissheit zurückzulassen, schmerzte sie. Sie musste ihnen reinen Wein einschenken, aber noch nicht jetzt.

Als sie nach unten kam, herrschte fleißige Betriebsamkeit. Rose und das Zimmermädchen hatten die Gelegenheit bei dem schönen Wetter ergriffen und im Garten zwei Leinen gespannt, über die sie die dicken Teppiche gehängt hatten. Rose hieb mit einem riesigen Teppichklopfer auf einen alten Läufer ein, so dass die Staubkörner durch die Luft wirbelten und ihr die Tränen in die Augen trieben.

Emily stand hinter der Rezeption, damit beschäftigt, neue Gäste einzuchecken. Melee hatte es sich mit einem Buch auf der Veranda gemütlich gemacht. Luca war in der Küche und bereitete das Abendessen vor.

Jools hatte sich aufgerafft und ihren Koffer fertig gepackt. Ihr Versuch, für den Flug einzuchecken, war kläglich gescheitert. Das hauseigene Internet hatte sie wieder einmal im Stich gelassen. Deshalb hatte sie beschlossen, nach Haverfordwest zu fahren und gleich zwei Fliegen mit einer Klappe zu schlagen. Erstens würde sie einchecken, zweitens konnte sie alles in Ruhe mit Mr Stein besprechen.

»Ich fahre kurz nach Haverfordwest«, teilte sie Emily auf dem Weg zum Auto mit.

Emily sah verwundert zu ihr hoch. »Huch, so plötzlich?«

»Ja, ich muss für den Flug morgen einchecken und wollte noch ein paar Kleinigkeiten besorgen. Brauchst du etwas?«

»Nein, ich habe alles. Aber du bist doch hoffentlich heute Abend mit dabei?«

»Heute Abend?« Jools runzelte die Stirn.

»Das Festival. Heute ist im Dorf die Hölle los. Ich habe uns einen Tisch im *Stinky Rose* reserviert. Normalerweise geht das nicht, aber Al, der Besitzer, hat eine Schwäche für rote Haare.«

»Also ich weiß nicht so recht.« Jools wackelte mit dem Kopf. »Nach gestern Abend fühle ich mich außerstande, zu feiern.«

»Blödsinn, das ist dein letzter Abend und noch dazu unser legendäres Sommerfestival. Du kannst dich jetzt nicht davor drücken. Das ganze Dorf ist auf den Beinen! Es wird von dir erwartet, dass du, als Besitzerin des *Fleetwood on Sea*, anwesend bist.«

Jools zuckte kaum merklich zusammen. Emily hatte noch immer die Hoffnung, dass sie *Fleetwood on Sea* behalten würde. Für einen winzigen Augenblick war sie versucht, ihr die Wahrheit zu sagen, aber als sie in Emilys leuchtende Augen sah, brachte sie es nicht übers Herz. Emily freute sich so auf das Festival. Wenn sie wüsste, was Jools vorhatte, würde sie ganz bestimmt nicht feiern gehen.

»Also gut«, seufzte Jools stattdessen. »Aber ich werde keinen Tropfen Alkohol trinken.«

»Muss du ja auch nicht. Das kann ich ja für dich übernehmen!« Emily strahlte. »Luca kommt auch mit. Lily wird bestimmt zu uns stoßen. Das hat sozusagen Tradition.«

»Was ist mit Rose?«

»Na ja, einen trifft es jedes Jahr. Ich war letztes Jahr an der Reihe, die Rezeption zu besetzen. Diesmal ist es Rose. Sie hat Dienst.«

»Okay, na dann. Ich bin dabei!«

»Dir ist bewusst, dass du mir alles über gestern Nacht erzählen musst?«, zwinkerte Emily.

Jools hob zwei Finger in die Luft. »Großes Ehrenwort.«

»Gut«, nickte Emily zufrieden. »Dann sehen wir uns später.«

Jools genoss die Fahrt nach Haverfordwest. Es war ein herrlich sonniger Tag und fast windstill. Die Luft war erfüllt vom Duft der Blumen, die überall am Wegesrand wuchsen. Spaziergänger in leichter Wanderkleidung, schwer beladen mit Rucksäcken, stapften die Klippen entlang über die berühmten Wanderwege von Pembrokeshire. Das Meer lag ruhig unter ihnen und schimmerte in der Sonne wie eine blaue Samtdecke.

Die Cafés der Kleinstadt waren vollbesetzt mit Besuchern und Einheimischen. Man trank Tee oder Kaffee und gönnte sich dabei ein saftiges Stück Kuchen. An den Eisständen bildeten sich lange Schlangen mit der Aussicht auf eine kleine Abkühlung. Egal ob Frauen in eleganten Sommerkleidern, Mädchen in Hotpants, Jungs in Bermudashorts, Männer in Freizeitkleidung, auf allen Gesichtern schwebte ein Lächeln, das ihnen die Sonne entlockt hatte.

Jools parkte den Mini vor dem Haus des Notars. Entschlossen ging sie die wenigen Stufen hoch und klingelte.

»Ms Miller, wie schön, Sie heute zu sehen.«

»Mr Stein, die Freude ist ganz auf meiner Seite.« Sie reichte ihm die Hand. »Danke, dass Sie sich so kurzfristig Zeit für mich genommen haben.«

»Wenn Sie mir bitte folgen wollen.« Er führte sie den Flur entlang, am Büro vorbei in den Garten. »Ich dachte mir, bei dem schönen Wetter können wir unseren Tee auch hier draußen zu uns nehmen.«

Er deutete auf einen kleinen Holztisch, der im Schatten eines prächtigen Apfelbaums stand und für zwei Personen gedeckt war.

»Eine gute Idee.« Jools zwang sich zu einem Lächeln und nahm ihm gegenüber auf dem Stuhl Platz.

Der Garten war nicht sonderlich groß, aber dafür wunderschön angelegt. Ein riesiger Blauregen wuchs am Mauerwerk hoch und bedeckte den hinteren Teil des Daches fast vollständig. Die dicken blauen Blütenstauden hingen bis über den Eingang und gaben ihren betörenden Duft an die ganze Umgebung ab. Das Grundstück war durch eine dichte Kirschlorbeerhecke eingegrenzt und für die Nachbargärten uneinsehbar. Libellen mit Flügeln, die aussahen, als wären sie aus hauchdünnem Kristall geformt, flogen tanzend an ihnen vorbei, um sich auf den Blüten niederzulassen.

»Was führt Sie heute zu mir?« Der Notar schenkte ihnen den dampfenden Tee in die Tassen.

»Ich fliege morgen nach New York zurück und wollte mit Ihnen besprechen, wie wir weiter verfahren.«

Die buschige graue Augenbraue des Notars schnellte nach oben. »Halten Sie noch immer an Ihrem Plan fest, das *Fleetwood on Sea* zu verkaufen?«

»Ja. Millie hat mir keine andere Wahl gelassen.«

»Das sehe ich anders.« Der Notar ließ sich schwerfällig in seinen Stuhl sinken. Ein Schatten huschte über sein Gesicht. »Ich habe gehofft, dass Sie sich umentscheiden würden. Millie wäre sehr traurig, wenn sie es wüsste.« Durch die Art, wie er ›traurig‹ aussprach, war es offensichtlich, dass er eigentlich ›enttäuscht‹ meinte.

»Ich weiß, und es tut mir auch in der Seele weh. Sie hatten natürlich völlig recht, als Sie mir sagten, dass das *Fleetwood on Sea* etwas ganz Besonderes sei.« Sie nippte nachdenklich an ihrer Tasse. »Und es ist eine Schande, das Hotel zu verkaufen.« Unwillkürlich musste sie an Aidans Worte denken. ›*Millies Hotel gehört zu Fleetwood Cove wie das Meer zu dieser Bucht.*‹ Der Notar nickte, ohne die Augen von ihr zu nehmen. »Deshalb möchte ich unbedingt verhindern, dass ein Investor *Fleetwood on Sea* kauft, dem es nur um Profit geht und nicht um das Hotel. Wenn wir verkaufen, dann nur an einen wirklich Liebhaber, der *Fleetwood on Sea* im Sinne von Millie und James weiterführt.« Sie stellte die Tasse zurück auf den Tisch.

»Ich denke, das lässt sich bewerkstelligen.« Der Notar sah sie über seine dicken Brillengläser hinweg an. »Aber warum übernehmen Sie das Hotel nicht, wo es Ihnen doch offensichtlich so gut gefällt?«

»Glauben Sie mir, ich tue seit Tagen nichts anderes, als mir den Kopf darüber zu zermartern, aber mein Job in New York beansprucht mich schon jetzt vierundzwanzig Stunden am Tag. Wenn nun, wie ich hoffe, noch die Partnerschaft dazukommt, wird sich mein Workload weiter erhöhen. Ich könnte es schlicht nicht, und damit wäre dann auch niemandem geholfen. Nein, *Fleetwood on Sea* braucht jemanden wie Emily, der rund um die Uhr dort ist und sich um alles kümmert. Dem könnte ich niemals gerecht werden – nicht in der Situation, in der ich mich zurzeit befinde. Das werden Sie sicher verstehen.«

»Mhm.« Mr Stein nahm die Brille von der Nase und hauchte auf die Gläser, um sie anschließend umständlich mit einer Serviette zu putzen. »Wie es aussieht, hat es keinen Sinn, zu versuchen, Sie zu überzeugen?«

»Nein.« Sie schüttelte den Kopf, als wollte sie sich selbst von ihrer Antwort überzeugen.

»Sehr bedauerlich.«

»In der Tat«, stimmte sie ihm zu. Jools schluckte trocken.

»Wann geht Ihr Flug?«

»Morgen Abend.« Sie sah ihn bedauernd an. Der Gedanke, diesen friedlichen Ort und seine Menschen zu verlassen, schmerzte.

«Heute ist Samstag, insofern kann ich die nötigen Schritte für den Verkauf frühestens am Montag in die Wege leiten. Allerdings bräuchte ich dafür noch einige Unterschriften von Ihnen, damit ich tätig werden kann.« Sie nickte stumm. »Millie hat mich gleichzeitig als ihren Nachlassverwalter eingesetzt, was bedeutet, dass ich mich um einen geeigneten Käufer kümmern werde.«

»Das ist gut zu hören.« Der Notar hatte ein persönliches Interesse an dem Hotel und würde alles dafür tun, dass der Verkauf in ihrem Sinne abgewickelt wurde.

«Ich schätze, bis zum eigentlichen Verkauf werden ein paar Wochen vergehen.« Er sah sie mit eindringlichem Blick an. »Käufer für ein Projekt wie *Fleetwood on Sea* sind rar gesät, wenn Sie verstehen, was ich meine.«

»Ja, natürlich.«

Mit ruhiger Stimme erklärte Mr Stein ihr die Vorgehensweise.

»Haben Sie noch Fragen diesbezüglich?« Seine Augen musterten sie freundlich.

»Nein. Ich denke, so weit ist alles klar.«

»Wenn Sie mich kurz entschuldigen würden. Ich will nur schnell die Unterlagen zur Unterschrift holen.« Der Notar stand auf und eilte in sein Büro.

Nachdenklich ließ Jools ihren Blick über den Rasen wandern. War es wirklich die richtige Entscheidung? Machte sie es sich zu leicht?

Mr Stein kam mit einer Unterlagenmappe in der Hand zurück. Ihr Puls raste, als er die Papiere vor ihr auf dem Tisch ausbreitete.

„Das ist einmal die Einverständniserklärung zum Verkauf.« Er reichte ihr einen Stift.

Ihre Handflächen waren feucht und sie wischte sie sich unauffällig an ihrer Hose ab, bevor sie den Stift entgegennahm.

Ihre Augen flogen über das Papier. Mit zittrigen Fingern unterschieb sie das Dokument.

»Gibt es noch mehr?« Jools sah hoch.

»Nein, das ist im Moment alles.«

Sie stand auf. »Ich sollte gehen.«

»Das kann ich verstehen. Ich will Sie nicht aufhalten«, verabschiedete sich der Notar freundlich von ihr, »aber vorher habe ich eine Kleinigkeit für Sie. Millie bat mich, es Ihnen auszuhändigen.«

»Ein weiterer Brief?« Sie schüttelte verwundert den Kopf.

Mr Stein verschwand im Haus. Anstatt sich erleichtert zu fühlen, jetzt, wo die Entscheidung gefallen war, fühlte sie sich eigenartig schwermütig.

Mr Stein kam zurück. In der Hand hielt er einen winzigen Umschlag mit ihrem Namen darauf. Seine Finger zitterten, als er ihn ihr überreichte. Vorsichtig brach sie das rote Siegel.

Ein goldener Ring fiel heraus.

»Oh«, hauchte sie ergriffen und betrachtete das kleine Kunstwerk.

Der Goldschmied, der den Ring angefertigt hatte, war ein Meister seines Fachs. Eine Meerjungfrau, deren Schwanz sich zu einem Ring schloss, streckte ihre Arme in die Höhe. Das Gesicht der kleinen Nixe sah zur Seite und war wunderschön. Die langen Haare fielen zur Seite und gingen ihr bis über die Hüfte. Die winzigen Schuppen auf dem Fischschwanz waren so naturgetreu gearbeitet, dass es aussah, als würden sie sich bewegen, wenn man den Ring drehte. In ihren Händen hielt die Nixe einen herzförmigen Diamanten. Jools hielt den Ring in die Luft. In der Innenseite befand sich eine Inschrift.

In ewiger Liebe. James

»Ich glaube, ich kann mich nicht erinnern, jemals etwas so Schönes gesehen zu haben.« Ergriffen nahm sie den Ring und zog ihn sich auf den Ringfinger. Er passte perfekt und schmiegte sich warm um ihren Finger. Der Diamant funkelte gleißend hell im Sonnenlicht.

Jools schluckte. Tränen brannten in ihren Augen.

»Da ist noch ein Brief«, raunte ihr Mr Stein zu und deutete auf einen zusammengefalteten Bogen Papier. Mit zitternder Stimme las sie vor.

»Liebe Jools,
ich hoffe inständig, dass du dich entschlossen hast mein geliebtes Hotel zu behalten. Bei dem Gedanken, dass du dich vielleicht zum Verkauf entschieden haben könntest, füllt sich mein Herz mit Trauer. Aber ich bin mir sicher, dass du deine Gründe hast, die ich respektiere. Schließlich kann ich alte Frau dir nicht vorschreiben, wie du dein Leben zu leben hast. Aber ich möchte dir noch einen Rat mitgeben:

Lebe dein Leben aus vollen Zügen und verlier niemals den Glauben an die wahre Liebe, denn sie ist die Kraft, die uns antreibt und am Leben erhält.

Dieser Ring soll dich immer daran erinnern. James hat die kleine Nixe für mich anfertigen lassen. Er kannte meine Schwäche für alte Geschichten und wusste, dass ich das Märchen der kleinen Meerjungfrau, die sich unsterblich in einen Seefahrer verliebt und für ihn ihr Leben im Meer aufgibt, immer geliebt habe. Dieser Ring ist mein Hochzeitsring und ein Symbol dafür, dass ich meine Heimat und meine Familie verlassen habe, um mit dem Mann zusammen zu sein, dem mein Herz gehört. Der Ring ist ein Symbol für mich geworden, immer an sich selbst zu glauben und niemals den Glauben an die wahre Liebe zu verlieren.

Nun gehört er dir. Ich hoffe, er bringt dir Glück.

Gott schütze dich, mein Kind.
Deine Mildred Grace Bishop.«

Eine einzelne Träne tropfte auf das Papier. Hastig wischte Jools den Tropfen mit dem Finger weg. Einmal mehr bedauerte sie, Millie nicht gekannt zu haben.

»Sie muss Sie sehr geliebt haben, dass sie Ihnen ihren Ring vermacht«, flüsterte der Notar. Der ältere Herr war ebenso ergriffen wie Jools. Auch seine Augen schimmerten feucht.

Jools nickte und zog geräuschvoll die Nase hoch.

»'tschuldigung«, lächelte sie unter Tränen. »Ich bin sonst nicht so nah am Wasser gebaut.«

Sie verstaute den Brief in ihrer Handtasche. Den Ring ließ sie an ihrem Finger.

»Wir hören uns, sobald ich alle nötigen Unterlagen fertig habe«, sagte Mr Stein zum Abschied.

Einer spontanen Eingebung folgend, beugte sie sich nach vorn und gab dem älteren Mann einen Kuss auf die Wange.

»Wofür war das?«, fragte er sie sichtlich geschmeichelt.

»Dafür, dass Sie mir helfen und mich nicht verurteilen. Ich denke, Sie sind im Moment der Einzige. Auf Wiedersehen, Mr Stein.«

»Es würde mich freuen, wenn Sie mich Maximilian nennen würden.« Seine grauen Augen ruhten auf ihr.

»Auf Wiedersehen, Maximilian.« Sie schenkte ihm ein Lächeln.

»Auf Wiedersehen, Jools«, winkte er ihr hinterher, als sie ins Auto stieg. »Und viel Glück.«

16. Kapitel

»Wie schön, dass du es rechtzeitig geschafft hast.« Emily hakte sich bei Jools unter. Sie schlenderten den Weg zum Strand hinunter. Luca war bereits mit dem Motorrad vorgefahren.

Rose war im Hotel geblieben, um den verbleibenden Gästen behilflich zu sein. Der Rest hatte sich im Pub verabredet. Melee, die noch immer angeschlagen war, war zu Hause im Cottage geblieben. Ihre beste Freundin war vorbeigekommen und die zwei wollten sich gemütlich einen alten Film anschauen. Luca hatte die zwei Mädchen mit einigen Leckereien versorgt und zur Feier des Tages gab es *Dandelion and Burdock* in rauen Mengen. Melee war ebenso ein Fan dieses Getränks wie Luca.

»Hast du alles erledigen können?« Emily warf ihr einen kurzen Seitenblick zu. Sie trug ihre Haare das erste Mal seit Jools' Ankunft in Fleetwood offen. Jools fand, dass sie mit ihrer roten Lockenmähne und der hellen Haut aussah wie eine Elfe.

Nachdem sie aus Haverfordwest zurückgekommen war, hatte sie sich auf ihr Zimmer geschlichen, um in Ruhe über alles nachzudenken. Sie hatte es nicht übers Herz gebracht, Emily in die Augen zu schauen, nachdem sie gerade den Verkauf von *Fleetwood on Sea* in die Wege geleitet hatte. Sie hatte Dean eine kurze WhatsApp geschrieben und ihm ihre Entscheidung mitgeteilt. Er würde erleichtert sein, wenn er es las.

»Ja, ich bin eingecheckt und alles ist soweit geregelt«, antwortete sie so normal wie möglich, was ihr nicht so recht gelingen wollte. Sie hoffte nur, dass Emily das Zweifeln in ihrer Stimme überhörte.

Sie sah, wie Emilys Augenbraue nach oben zuckte, aber sie sagte nichts.

Ein lauer Windzug fuhr durch ihre Kleider und Jools' Rock wurde hochgewirbelt. Sie hatte das rosafarbene Kleid angezogen, das sie Anfang der Woche in der Boutique in Haverfordwest erstanden hatte. Emily hatte Jools ihr Glätteisen geliehen. Nun fielen ihre Haare wie eine glänzende Matte über ihre Schultern.

Aus dem Dorf drang laute Musik zu ihnen.

»Oh, die Band hat bereits angefangen zu spielen. Wir müssen uns beeilen!«, rief Emily und beschleunigte ihre Schritte.

»Halt, ich kann nicht so schnell.« Jools deutete auf ihre hochhackigen Pumps.

»Dann mach es wie ich!« Emily blieb stehen, um aus ihren Wedges zu schlüpfen. »So geht es deutlich leichter.« Sie nahm die Schuhe in die Hand.

»Warum nicht!«, zuckte Jools mit den Schultern und folgte ihrem Beispiel.

Der Sand war herrlich warm zwischen den Zehen. Lachend liefen sie über den Strand. Dank des Mittagsschlafs und einer ordentlichen Ladung Kaffee fühlte sich Jools einigermaßen frisch.

Sie folgten der sanften Biegung der Bucht, bis sie am Dorfeingang standen. Die Sonne war gerade untergegangen und der Himmel sah aus, als würde er in Flammen stehen.

Jools hatte ein paar Fressbuden und eine kleine Bühne für die Band erwartet, stattdessen breitete sich vor ihr ein Lichtermeer aus. Jedes Haus, jede Mauer war mit Lichterketten überzogen. In den Bäumen hingen Lampions, die sich im Wind wiegten. Die Jachten im Hafen waren ebenfalls beleuchtet. Selbst am Strand hatte man Fackeln in den Sand gesteckt, die ihr flackerndes Licht auf das dunkle Wasser warfen. Die Bühne war auf dem kleinen Dorfplatz gleich neben dem *Stinky Rose* aufgebaut worden. Gleißend helle Scheinwerfer schwangen über die Band bis in den nächtlichen Himmel. Die Menge tobte zu den Klängen der Musik.

Das Pub war brechend voll und der Platz davor mit Menschen übersät. Sogar auf der Ufermauer standen die Zuschauer, um einen Blick auf die Band zu werfen.

»Das ist ja unglaublich«, staunte Jools mit offenem Mund.

»Habe ich doch gesagt. Wir sind zwar nur ein kleines Dorf, aber wir wissen, wie man feiert!« Emily bückte sich und zog ihre Schuhe wieder an. »Wart ab, bis wir da sind und du das ganze leckere Essen siehst.«

Es war so voll, dass sie sich nur mit Mühe durch die Massen drängeln konnten. Sie brauchten eine Weile, bis sie das Pub erreicht hatten. Jools ging auf die Zehenspitzen, um Luca in der Menge zu finden. Es dauerte nicht lange und sie hatte ihn entdeckt. Er stand lässig an die Hauswand des Pubs gelehnt und hielt ein Glas in der Hand.

»Luca!« Jools winkte.

»Der hört dich nicht«, winkte Emily ab. »Komm.« Sie schnappte sich Jools' Hand.

Sie ließ sich von Emily durch die Menge schleusen, bis sie vor Luca standen. Seine Augen leuchteten, als er sie entdeckte.

»Ciao.« Er gab erst Emily und dann Jools einen Kuss auf die Wange. Ihre Haut brannte, wo seine Lippen sie berührt hatten. Er hatte sich frisch rasiert und seine Haare mit Gel in Form gebracht. Jools fand, dass er nie besser ausgesehen hatte.

Er beugte sich zu ihr herunter. »Schön, dass du da bist.«

»Ordentlich was los hier«, schrie sie ihm ins Ohr.

Luca nickte. Seine Augen scannten über sie hinweg. Jools spürte, wie eine heiße Welle über ihr Gesicht zog. Zum Glück war es dunkel und er konnte nicht sehen, wie sie rot wurde.

»Ich würde gern etwas trinken«, brüllte Emily gegen den Lärm an. »Du auch?«

Jools bejahte die Frage.

»Wartet, ich hole euch was«, bot sich Luca an.

»Ich nehme gern ein Bier.« Emily lächelte ihn an.

Lucas Blick fiel auf Jools.

»Ich glaube, ich sollte heute keinen Alkohol trinken.« Sie deutete auf das Glas in seiner Hand. »Ist das *Dandelion and Burdock*?« Er nickte. »Dann nehme ich das auch!«

Luca verschwand in der Menge.

Emily stellte sich neben sie. Die Band spielte einen bekannten Song und die Leute sangen laut grölend mit. Eine Unterhaltung war schlicht unmöglich.

»Jools!«, schrie ihr plötzlich eine bekannte Stimme ins Ohr. Sie fuhr erschrocken herum.

»Du hast es also doch geschafft!« Lily stand hinter ihr und grinste sie breit an.

»Hi, Lily!« Emily hatte sie ebenfalls entdeckt.

Die beiden Frauen fielen sich in die Arme. Die Band machte eine Pause, um das nächste Lied anzukündigen.

»Luca ist auch da!« Jools deutete auf das Innere des Pubs.

»Aidan muss hier auch irgendwo rumschwirren«, nickte Lily. Sie hatte eine Flasche Bier in der Hand und ihre Augen glänzten. »Die Hauptband müsste gleich anfangen zu spielen, die sollten wir uns nicht entgehen lassen.«

»Dann sollten wir so schnell wie möglich zur Bühne gehen und uns langsam nach vorne vorarbeiten, bevor es zu spät ist«, schlug Emily vor. Lily und Jools nickten. »Wo steckt Luca nur?« Emily warf einen Blick in den Pub, wo die Besucher dicht gedrängt bis zur Tür hinaus standen.

»Da ist er!« Jools hatte Lucas dunklen Haarschopf entdeckt, der sich durch die Menge zu ihnen vordrängelte.

»Ladys, eure Getränke!« Luca drückte ihnen die Flaschen in die Hand. Sein Blick fiel auf Lily. »Hallo.«

»Hi, Luca.« Lily prostete ihm mit der Bierflasche zu. »Hast du Lust, mit uns zur Bühne zu gehen? Die Hauptband tritt demnächst auf und das sollten wir uns nicht entgehen lassen.«

»Und wozu braucht ihr mich dabei?«

»Als unseren Beschützer natürlich.« Jools hakte sich bei ihm unter.

»Hey, ich bin Italiener! Natürlich komme ich mit.« Er lachte breit und seine Zähne blitzten.

»Mir nach!« Lily führte die kleine Gruppe an.

Die Vorband spielte wieder. Der Boden unter ihren Füßen vibrierte von den Bassrhythmen der Musik. Die Menge tobte. Luca ging wie ein lebender Schutzschild vor ihnen und hatte Jools an die Hand genommen. Die Berührung löste bei ihr ein leichtes Kribbeln in der Magengegend aus, was sie zu ignorieren versuchte. Es dauerte fast eine halbe Stunde, bis sie sich nach vorne gekämpft hatten. Die Stimmung im Publikum war aufgeladen.

Das Lied war vorbei und die Scheinwerfer gingen aus. Ein Raunen ging durch die Menge. Alle Blicke waren gespannt auf die Bühne gerichtet.

Plötzlich sprangen die Scheinwerfer wieder an. Gleißend helles Licht blendete die Zuschauer und Jools hielt sich schützend die Hand vor die Augen. Die Lichtstrahlen wanderten über die Bühne und blieben auf die Mitte gerichtet stehen.

Laute Jubelschreie ertönten, und ohne Vorankündigung erschien ein einzelner Mann mit einer Gitarre in der Hand auf der Bühne.

Ein Ruck ging durch die Zuschauer und alle drängten nach vorne. Luca, Emily und Lily wurden mitgerissen. Jools, die etwas seitlich gestanden hatte, wurde von ihnen getrennt. Einige Männer mit ihren Frauen hatten sich direkt vor ihr aufgebaut und bildeten eine undurchdringliche Wand. Jools ging auf Zehenspitzen, um einen besseren Blick auf die Bühne zu haben.

Plötzlich fasste sie jemand von hinten an der Schulter. Irritiert drehte sie sich um und sah direkt in Aidans Gesicht. Er lächelte, und für kurze Zeit war der Ärger zwischen ihnen vergessen.

»Geht es dir wieder besser?«, rief er ihr ins Ohr.

Sie nickte, ohne den Blick von der Bühne zu nehmen. Der Mann schlug die ersten Akkorde auf seiner Gitarre an. Begeisterte Ausrufe ertönten aus dem Publikum. Aus dem Augenwinkel sah sie, wie Aidan plötzlich neben ihr in die Hocke ging. Verwundert sah sie ihn an. Er gab ihr ein Zeichen, auf seine Schultern zu steigen.

Jools schüttelte energisch den Kopf. Sie konnte unmöglich auf Aidans Schultern sitzen. Was würden die anderen von ihr denken? Was würde Dean denken, wenn er davon erfuhr?

Ein zweiter Mann mit einer Bassgitarre betrat die Bühne und fing an seinen Bandkollegen darauf zu begleiten.

»Los!«, forderte Aidan sie auf.

»Nein.« Sie deutete auf ihr Kleid. »Das geht nicht.«

»Blödsinn«, rief er über den Lärm hinweg.

Sie zögerte einen Moment. *Dean wird es verstehen*, beruhigte sie sich selbst. *Er weiß, dass du ihn liebst*.

Ein weiteres Bandmitglied kam unter lauten Zurufen des Publikums auf die Bühne. Kurz darauf mischten sich Schlagzeugklänge zu den Gitarren. Jools streckte sich in der Hoffnung etwas besser zu sehen – leider ohne Erfolg. Die Köpfe der anderen Zuschauer versperrten ihr den Blick.

Kurzentschlossen hielt sie sich an Aidans Kopf fest und kletterte auf seine Schultern. Ihr Rock fiel über sein Gesicht wie eine Gardine. Hektisch zog sie an dem Stoff und legte ihn sich über die nackten Oberschenkel, peinlich drauf achtend, dass sie seine Haut nicht berührte. Aidan richtete sich auf. Jools stieß einen überraschten Laut aus.

Mit einem Mal konnte sie über die Menge sehen. Die Band stand gefühlte fünf Meter entfernt vor ihr. Ein Mann, den sie zuvor nicht gesehen hatte, hatte das Mikrofon ergriffen. Die samtweiche Stimme des Sängers hallte durch die Nacht und verzauberte das Publikum. Die feinen Härchen entlang ihrer Arme stellten sich auf. Feuerzeuge und Handys wurden in die Höhe gehalten und bildeten ein Lichtermeer um sie herum. Es war berauschend schön. Jools hatte alles um sich herum vergessen. Das Publikum war eine wogende Masse, getragen vom Rhythmus der Musik. Der Mond war aufgegangen und die Sterne funkelten am Himmel, als würden sie ebenfalls zur Musik tanzen. Sie kam sich vor wie in einem Traum. Ihr Herz schlug wie verrückt gegen ihre Brust und ihre Hormone sprudelten über vor Glück.

Am Ende des Liedes jubelte sie begeistert. Dies war eindeutig einer der besten Nächte ihres Lebens und sie wünschte sich, dass sie nie zu Ende gehen würde.

»Das war unglaublich!« Lachend breitete Jools die Arme aus und drehte sich um die eigene Achse. Sie hatte die Schuhe ausgezogen und achtlos in den Sand geworfen. Obwohl sie den ganzen Abend keinen Schluck Alkohol getrunken hatte, fühlte sie sich berauscht. Das Konzert war ein voller Erfolg gewesen und Jools hatte jede Minute davon genossen.

Luca, Lily und Emily saßen nebeneinander auf der Kaimauer. Sie hatten sich nach dem Konzert wiedergefunden. Luca hatte nichts gesagt, aber seinen Blicken nach zu urteilen, war er nicht begeistert von der Tatsache, dass sie auf Aidans Schultern gesessen und von dort aus das Konzert genossen hatte. Keiner der anderen hatte ein Wort darüber verloren.

Aidan hatte sie kurz vor Ende des Konzerts gebeten, von seinen Schultern abzusteigen. Er hatte irgendetwas von einem Feuerwerk gemurmelt. Jools hatte es nicht verstanden und war zu beschäftigt gewesen, der Musik zu lauschen, um nachzufragen. Bevor er gegangen war, hatte er ihre Hand genommen und ihr tief in die Augen gesehen. Dann war er ohne ein Wort des Abschieds gegangen. Jools hatte ihm hinterhergesehen, bis er in der Menge verschwunden war.

»Wo ist Aidan?«, fragte sie Emily leise.

»Da!« Emily deutete aufs Wasser. Jools schüttelte verständnislos den Kopf.

»Wart's ab. Der eigentliche Höhepunkt kommt gleich!« Lily deutete auf den Hafen.

»Für mich war die Musik der absolute Höhepunkt. Das lässt sich nicht toppen«, grinste Jools und ließ sich neben Luca auf die Mauer nieder.

»Du wirst schon sehen. Ich liebe diesen Moment.«

Das laute Tuten des Nebelhorns schwebte über das Wasser.

»Achtung!«, kreischte Lily. »Gleich ist es so weit.«

Gebannt starrten sie durch die Dunkelheit aufs Meer. Wie aus dem Nichts tauchte Aidans Boot in der Bucht auf. Der Mast war blau erleuchtet, ebenso die gesamte Reling. Das Wasser rund um das Boot schimmerte azurblau. Das zweite und dritte Boot folgten dicht auf und waren ebenso beleuchtet. Insgesamt zählte Jools elf Boote, die in einer pfeilförmigen Formation in die Bucht fuhren. Ein zweites Mal ertönte das Horn.

Zwei Minuten später wurde die erste Signalrakete aus dem vordersten Boot abgefeuert. Rote Funken sprühten durch die Luft und der Himmel war für Sekunden taghell erleuchtet.

Ein lautes »Ah« ertönte vom Ufer.

Was dann folgte, war ein unglaubliches Feuerwerk. Im Stakkato wurden Raketen aus den Booten in die Luft geschossen. Ein Sternenregen ergoss sich über die Zuschauer und rieselte ins Meer, um dort für immer zu verglühen. Rote Herzen schwebten über ihren Köpfen, die wie Ballons zerplatzten. Es war windstill und die Luft umschmeichelte sie wie ein warmer Pullover.

Jools saß die ganze Zeit mit offenem Mund auf der Kaimauer und bewunderte das Spektakel. Sie drehte sich zu Luca, in dessen braunen Augen sich das Feuerwerk spiegelte.

»Du hattest recht. Das ist einmalig schön«, flüsterte sie ihm leise ins Ohr.

Ihre Augen trafen sich und Jools wurde ganz warm ums Herz.

Ein lauter Knall kündigte das Finale an. Rasch drehte sich Jools wieder nach vorn. Es regnete Funken und der Himmel sah aus, als würde er in Flammen stehen. Als es vorbei war, herrschte minutenlange Stille. Dann brach tosender Jubel unter den Zuschauern aus.

Lily hüpfte als Erste von der Mauer. »Wer kommt mit auf einen Absacker ins *Stinky Rose*?« Alle Hände schnellten nach oben. »Das hatte ich gehofft!«, grinste Lily zufrieden.

Die meisten Zuschauer machten sich auf den Heimweg, als die kleine Truppe über die Uferstraße zum Pub lief. Die Fressbuden hatten ihre Läden bereits geschlossen.

»Findet ihr nicht, dass wir zusammen eine ziemlich coole Truppe abgeben?«, fragte Lily.

»Absolut«, nickte Emily und hakte sich bei Jools unter, die ihrerseits den Arm um Lilys Taille legte.

»Danke, dass du mich dazuzählst«, strahlte Jools.

»Hey, wo denkst du hin.« Emily blieb stehen. »Du bist jetzt eine von uns!«

Jools nickte stumm. Sie war gerührt von der Herzlichkeit, mit der man sie aufgenommen hatte. Natürlich hatte sie auch in New York Freunde, mit denen sie ins Theater ging oder sich zu einem Sundowner auf einer der angesagten Rooftop-Bars traf. Die Gespräche drehten sich meist oberflächig um den Job, Mode und Männer. Es kam nur selten vor, dass eine Unterhaltung in die Tiefe ging. In einer Gesellschaft, die durch Erfolg geprägt wurde, konnte es sich niemand leisten zuzugeben, dass es gerade in seinem Leben nicht so lief, wie man es sich wünschte – das wäre einer Schwäche gleichgekommen.

»Danke. Euch allen. Das war wirklich ein unvergleichlicher Abend«, sagte sie mit Zittern in der Stimme.

»Das fand ich auch«, grinste Lily.

Luca nickte. Es war, als ob er in der letzten halben Stunde seine Sprache verloren hätte.

»Ich wusste, dass es dir gefallen würde«, entgegnete Emily schmunzelnd.

Obwohl die Fenster den ganzen Abend offen gestanden hatten, herrschte im Pub eine fast tropische Hitze. Das *Stinky Rose* war ähnlich eingerichtet wie Hughs Pub. Einfache Steinwände, an denen Fotos von Gästen hingen. Die Möbel waren aus alten Schiffsplanken zusammengezimmert worden. Hinter dem breiten Tresen wirbelte ein muskulös gebauter Mann in den Dreißigern. Er hatte dichte hellbraune Haare und einen zotteligen Bart. Seine Arme waren mit Tattoos überzogen und Jools schätzte, dass der Rest seines Körpers nicht anders aussah. In seinem rechten Ohr baumelte ein silberner Ohrring.

»Hey, Al«, rief Luca den Mann herbei. »Zwei Bier und zwei Dandelions!«

»Wird gemacht, Luca!«, tönte es vom Tresen zurück.

»Wer ist das?«, fragte Jools mit gesenkter Stimme.

»Das ist Alfie Archer, der Wirt«, erklärte Emily gut gelaunt. »Ist ein echt cooler Typ und total lieb. Ich habe Yogaunterricht bei ihm.«

»Der Typ unterrichtet Yoga?« Jools schüttelte fassungslos den Kopf. Sie hätte alles erwartet, aber nicht Yoga!

»Al hat eine Ausbildung zum Yoga-Lehrer auf Ibiza gemacht. Ist vor ein paar Jahren zurückgekommen und hat das *Stinky Rose* von seinem Vater übernommen.«

»Ach was! Und in seiner Freizeit gibt er also Yogaunterricht«, kicherte Jools.

»Jep! Würdest du noch hierbleiben, dann würde ich dich glatt zur nächsten Stunde mitschleifen«, nickte Emily.

Al kam mit ihrer Bestellung.

»Al. Darf ich dir vorstellen«, Lily deutete auf Jools, »das ist Jools Miller.«

»Hey, sehr erfreut.« Jools nickte freundlich.

»Jools ist die neue Besitzerin von *Fleetwood on Sea*«, fuhr Lily unbekümmert fort und schnappte sich dabei eines der Biere, die Al auf den Tisch gestellt hatte. Jools Puls schnellte in die Höhe bei der Erwähnung des Hotels.

»Halt, nicht so vorschnell«, unterbrach Emily sie. »Noch hat Jools nicht Ja gesagt.«

Selbst Jools zuckte bei dem scharfen Ton, den Emily angeschlagen hatte, zusammen.

»Wie?« Lily starrte Jools unverhohlen an. »Aber ich dachte, das wäre klar.«

Alle Augen waren mit einem Mal auf sie gerichtet. Nun war er also da, der Moment, vor dem sie sich den ganzen Abend gefürchtet hatte.

Sie räusperte sich verlegen. »Also, genau deshalb wollte ich mit euch reden«, sagte sie schließlich. Aus dem Augenwinkel sah sie, wie Luca zuckte. »Ich war heute bei Mr Stein, dem Notar…« Am Tisch herrschte atemlose Stille. »So leid es mir tut, aber ich muss das Hotel verkaufen.« Sie schüttelte traurig den Kopf.

»Waaaas?« Emily war aufgesprungen. Sie fasste sich an die Brust. Tränen standen in ihren Augen. »Das meinst du nicht ernst! Aber du hast doch gesagt, dass es dir gefällt.«

»Madonna«, flüsterte Lucas melodische Stimme. Seine Augen waren dunkel wie zwei Kohlestücke. Er nahm das Kreuz, das er um den Hals trug, und küsste es wortlos.

»Ich habe keine Wahl.« Mit leiser Stimme erzählte sie ihnen von den Bedingungen, die Millie an das Hotel geknüpft hatte. »Ich hätte euch gerne bessere Nachrichten überbracht.«

»Aber ich dachte, du kannst nicht …«, stotterte Emily fassungslos, noch immer damit beschäftigt, Jools' Worte zu verarbeiten.

»Ich bin PR-Managerin und keine gelernte Hoteldirektorin.«

»Aber ich bin doch da und kann dir helfen! «Emily nahm Jools' Hand in ihre. »Du bist ein Naturtalent mit den Gästen, das hat Rose auch gesagt …«

»Emily.« Jools hob die Hand. Sofort verstummte Emily. »Ich kann nicht. Ich werde morgen wie geplant nach New York fliegen.« Sie warf Luca einen kurzen Seitenblick zu. »Ich kann nicht einfach alles aufgeben, wofür ich die letzten Jahre gearbeitet habe. Nicht jetzt, wo ich kurz vorm Ziel meiner Träume bin. Und ich habe Dean.«

Emily nickte. Die fröhliche Stimmung war verschwunden. Lily spielte gedankenverloren mit ihrer Bierflasche. Emily sah aus, als ob sie gleich in Tränen ausbrechen würde. Luca starrte grimmig auf die Flasche in seiner Hand. Nur Al schaute unverändert.

»Aber es ist nicht alles verloren. Mr Stein wird sich persönlich darum kümmern, dass der neue Besitzer in Millies und James' Sinne handelt und das Hotel weiterführt«, fuhr Jools fort. »Emily, du übernimmst die kommissarische Leitung des Hotels. Du und Melee bleibt natürlich im Cottage wohnen. Luca wird kochen und Rose bleibt Hausdame. Für euch ändert sich im Prinzip nichts.«

»Vielleicht«, zuckte Emily mit den Schultern. »Aber jetzt, wo ich dich kennengelernt habe, hätte ich mir gewünscht, dass du auch hierbleibst. Du bist Millie auf gewisse Weise sehr ähnlich.«

»Das wünsche ich mir auch, aber es geht nicht.« Jools schüttelte traurig den Kopf.

Eine Träne kullerte Emily die Wange hinunter.

»Hör auf zu heulen, sonst fange ich auch an.« Jools schluckte.

»Jools hat recht. Wir sollten dankbar sein, dass *Fleetwood on Sea* bleibt.« Luca nahm Emilys Hand und drückte sie fest.

»Ich finde es jedenfalls ziemlich schade«, sagte Lily. »Du bist echt ein ganz besonderer Mensch und ich wäre froh, eine Frau wie dich als Freundin zu haben.«

»Ich auch.« Emily schlang die Arme um Jools' Hals.

»Ziemlich gutes Karma hier am Tisch.« Al stellte die Getränke vor ihnen ab.

»Der Meister hat gesprochen.« Lily hob ihre Flasche.

»Auf das gute Karma und was es für unseren Weg bereithält.«

»Auf das gute Karma!«, nickte Jools unter Tränen.

Sie schliefen die ganze Nacht nicht. Nachdem alle den ersten Schock überwunden hatten, hatte die kleine Truppe beschlossen, Jools' Abschied von Fleetwood Cove gebührend zu feiern.

Al hatte die letzten Gäste irgendwann kurz vor Sonnenaufgang rausgeschmissen, sonst hätten sie wahrscheinlich bis zum Abflug noch dort gesessen und sich unterhalten.

Arm in Arm waren sie, Emily, Luca und Lily zum Hafen gegangen und hatten sich auf die Mole gesetzt, um gemeinsam den Sonnenaufgang zu beobachten.

Schweigend hatten sie nebeneinandergesessen und zugesehen, wie die Sonne langsam als roter Punkt am Horizont aufgetaucht war. Die Wolken am Himmel hatten ausgesehen wie rosa Zuckerwatte.

»Das ist die Stunde, wo die Meerjungfrauen an die Oberfläche kommen, um den Tag zu begrüßen«, hatte Emily ihr ins Ohr geflüstert. Jools hatte mit tränenden Augen auf die glitzernde Wasseroberfläche gestarrt und sich gewünscht, dass die Nacht niemals zu Ende gehen würde.

Irgendwann hatte Lily gähnend verkündet, dass es Zeit wurde, ins Bett zu gehen. Die Verabschiedung der beiden Frauen war herzlich gewesen und Jools hatte versprechen müssen, sich gleich nach ihrer Ankunft in New York bei ihr zu melden.

Müde machten sich Emily und Jools auf den Weg zurück zum Hotel. Luca würde nachkommen. Er wollte noch kurz duschen, bevor er seinen Dienst in weniger als einer Stunde antrat.

Schweigend gingen sie den schmalen Weg zum Cottage entlang. Das Gras war noch feucht von der Nacht und in den Blumen hingen glitzernd die Tautropfen. Es war windstill und das Meer lag wie ein glatter See unter ihnen. Sie kamen an dem kleinen Friedhof vorbei.

Emily warf Jools einen fragenden Blick zu. Jools nickte im stummen Einverständnis. Die Sonne fiel schräg auf den Boden. Die Wildblumen rahmten das Grab mit ihren bunten Farben wie eine zufällig gespannte Girlande ein.

»Sie hat gespürt, dass du Fleetwood genauso lieben würdest, wie sie es getan hat«, flüsterte Emily leise.

»Vielleicht. Ich frage mich nur, wie. Wir kannten uns schließlich nicht.« Sie strich nachdenklich mit den Fingern über den glatten Stein.

»Ich glaube, jeder Mensch hat eine besondere Gabe.« Emily zuckte mit den Schultern. »Millies Gabe war es, hinter die äußere Fassade eines Menschen zu blicken.«

»Mhm.«

»Ich weiß noch genau, wie ich damals vor ihr stand. Schwanger, ohne richtigen Job, ohne Mann und sehr unglücklich. Sie hat mich angelächelt, mir die Hand gereicht und mich gefragt, ob ich Hilfe brauche. So einfach.« Emily holte tief Luft bei dem Gedanken an die schmerzliche Zeit von damals. »Sie hat mir, einem völlig fremden Menschen, ein Zuhause gegeben. Genauso wie sie Luca und Rose bei sich aufgenommen hat.«

»Sie hat mir in ihrem Brief geschrieben, dass sie in meinen Augen gesehen hat, dass ich von meinem Weg abgekommen bin. Ich habe erst gedacht, dass sie spinnt, aber mittlerweile bin ich mir nicht mehr so sicher.« Sie schwiegen.

Jools Blick wanderte über das Grab hinweg auf das Meer. Irgendwo dort weit in der Ferne lag New York – ihre Heimat.

17. Kapitel

New York erschien ihr mit einem Mal hektischer und lauter als noch vor einer Woche. Die vielen Menschen und der Lärm, der auf sie einprasselte wie kalter Regen. Es war Montagmorgen und die Straßen waren verstopft mit Autos. Geschäftsleute in Anzügen huschten mit gestressten Gesichtern über die Gehsteige, auf dem Weg in eines der unzähligen Büros. Sie hatte im Flugzeug kaum geschlafen. Ihr schlechtes Gewissen hatte sie wachgehalten und sie hatte immer wieder darüber nachgedacht, ob ihre Entscheidung wirklich die Richtige war. Erst knapp zwei Stunden vor der Landung war sie schließlich eingenickt. Vom Flughafen aus war sie direkt in ihre Wohnung gefahren und war dort erschöpft eingeschlafen.

Heute Morgen hatte sie sich den Luxus gegönnt und war mit dem Taxi ins Büro gefahren. Auf dem Weg dorthin hatte sie Emily eine kurze WhatsApp-Nachricht geschrieben, um ihr mitzuteilen, dass sie heil gelandet war.

»Ich bin froh, dass Sie wieder da sind«, wurde sie von Ruby begrüßt.

»Ich wünschte, ich könnte das Gleiche von mir sagen«, seufzte Jools und warf einen sehnsüchtigen Blick durch das Fenster. Die Sonne versteckte sich hinter dichten Wolken und der Himmel wirkte grau. Sie vermisste die leuchtenden Farben des Meeres, wenn sich die Sonne darin spiegelte.

»Haben Sie sich gut erholt?«

»›Erholt‹ ist vielleicht der falsche Ausdruck. Ich habe viel nachgedacht und einige schwerwiegende Entscheidungen getroffen.» Sie brauchte dringend einen Kaffee.

»Werden Sie das Hotel behalten? «, entgegnete Ruby.

»Nein. Obwohl ich am liebsten dort geblieben wäre, wenn ich ehrlich bin. Das Hotel ist ein absolutes Schmuckstück und die Landschaft ein Traum«, entgegnete Jools mit verklärtem Blick. »Selbst der Kaffee war gut. Stellen Sie sich vor, das *Fleetwood on Sea* beschäftigt einen italienischen Koch.« Seit sie abgeflogen war, dachte sie an nichts anderes mehr als an Fleetwood Cove. Es war, als ob sich die Landschaft in ihr Gedächtnis eingebrannt hätte.

»Aber warum haben Sie das Hotel nicht behalten, wenn es Ihnen so gefällt?«

»Das ist ein schwieriges Thema.« Jools' Blick wanderte ins Leere.

»Entschuldigen Sie, ich wollte nicht indiskret sein.«

»Kein Problem. Ich weiß ja, wie Sie es meinen«, schüttelte Jools den Kopf.

»Apropos schwierig. Trish war ein paarmal in Ihrem Büro, um sich die Unterlagen von Katie Pearce anzusehen.« Ruby deutete auf Jools' Schreibtisch.

»Was?« Sie drehte sich mit einem Ruck um.

»Ja, ich habe sie gebeten, Sie vorher zu kontaktieren, aber sie ist einfach reingestürmt und hat sich die Akten geholt.« Ruby zuckte hilflos mit den Schultern. »Es tut mir leid.«

»Das ist nicht Ihre Schuld.« Jools kochte vor Wut. Sie musste sich beherrschen, um nicht laut loszuschreien.

Sie würde sich Trish persönlich vorknöpfen und auch mit Graham darüber reden. Einfach in ihr Büro einzudringen und sich persönliche Unterlagen zu nehmen, ging wirklich zu weit.

»Graham möchte Sie gern sprechen. Er meinte, es wäre dringend, und erwartet Sie in seinem Büro.«

Ihre Augenbraue schnellte nach oben. Es war ungewöhnlich, dass Graham sie unplanmäßig in sein Büro bat. Vielleicht wollte er sich erkundigen, wie die Woche verlaufen war, beruhigte sie sich.

»Ja, ich gehe gleich rüber. Gibt es sonst noch etwas?«

»Nein. Trish hat sich in Ihrer Abwesenheit um alles gekümmert.« Ruby tippelte nervös von einem Fuß auf den anderen.

»Das habe ich mir schon gedacht«, nickte Jools grimmig. Wahrscheinlich hatte Trish nur darauf gewartet, dass sie im Flieger saß. »Aber jetzt bin ich wieder da und kümmere mich um alles.« Sie zupfte den Kragen ihrer Bluse zurecht. »Wie sehe ich aus?«

»Fantastisch.« Ruby strahlte sie an.

»Gut, dann los. Showtime.«

Mit langen Schritten ging sie über den Flur zu Grahams Büro.

»Guten Morgen, Ms Miller«, begrüßte Grahams Sekretärin sie freundlich.

»Guten Morgen. Ruby sagte mir, dass Graham mich sprechen möchte.«

»Mr Howard erwartet Sie.« Die schlanke Blondine drückte den Knopf der Sprechanlage. »Mr Howard, Ms Miller für Sie.«

»Ja, bitten Sie sie herein«, schepperte Grahams Stimme blechern durch den Lautsprecher.

Die Sekretärin stand auf und geleitete Jools ins Büro ihres Chefs.

»Jools, wie schön, du bist zurück!« Graham deutete auf den Stuhl vor seinem Schreibtisch. »Bitte nimm doch Platz.«

»Danke.« Sie setzte sich. Das Herz schlug ihr bis zum Hals. Ihre innere Alarmglocke schlug an. War es der durchdringende Blick, mit dem er sie ansah, oder die Art, wie er sie begrüßt hatte? Sie konnte es nicht sagen, aber irgendetwas stimmte nicht.

Seine Augen glitten über sie hinweg und blieben wie üblich an ihrem Ausschnitt hängen. »Du siehst erholt aus.« Sie fragte sich im Stillen, ob er damit ihre Brüste meinte oder tatsächlich ihr Gesicht.

»Das muss am englischen Wetter liegen«, scherzte sie. »Ehrlich gesagt war es ziemlich anstrengend.«

Graham nickte. Seine Augen wanderten unruhig durch den Raum. »Und, konntest du die Angelegenheit klären?«

»Ich bin noch dabei«, entgegnete sie knapp. »Der Fall ist nicht ganz so einfach, wie ich zunächst angenommen habe.«

»Mhm.« Graham sah sie nachdenklich an. »Am besten, wir kommen gleich zur Sache.«

»Das hört sich ganz so an, als ob es während meiner Abwesenheit Probleme gegeben hätte«, versuchte sie, ihm den Wind aus den Segeln zu nehmen.

»So könnte man es nennen. John Sawyer war bei mir und hat sich über dich beschwert«, ließ Graham die Katze aus dem Sack. »Er sagte, er und Katie hätten mehrfach probiert, dich zu erreichen, und du dich nicht genügend um Katie kümmern würdest.«

»Ich war in Wales an der Küste. Das Netz dort ist eine Katastrophe. Ich musste ins Nachbardorf fahren, um zu telefonieren«, erklärte sie mit schmalen Augen.

Graham beugte sich vor. »Sawyer war ziemlich ungehalten deswegen. Ein wirklich unangenehmer Mann. Er hat damit gedroht, die Agentur zu wechseln.«

Jools seufzte. »Ich habe dir ja gesagt, der Mann ist die Pest. Es tut mir leid, dass er dich damit belästigt hat. Ich rufe ihn gleich nach unserem Gespräch an.«

»Das brauchst du nicht. Trish war Gott sei Dank zur Stelle und hat sich in deiner Abwesenheit um alles gekümmert.«

»Ich habe gehört, dass sie sich einfach in meinem Büro bedient hat, ohne mich zu fragen«, entgegnete Jools verärgert.

»Du hast selbst gesagt, dass du nicht erreichbar warst«, erwiderte Graham ohne eine Spur von Verständnis. »Was hätte sie also deiner Ansicht nach tun sollen?«

»Aber sie hat gar nicht versucht, mich anzurufen«, beharrte Jools. Das Blut rauschte in ihren Ohren. Das Gespräch lief ganz und gar nicht so, wie sie es sich vorgestellt hatte.

»Das spielt doch keine Rolle. Trish hat dir – uns! – den Arsch gerettet. Du solltest ihr dankbar sein, statt dich zu beschweren.«

»Was willst du damit sagen?« Jools schluckte hart.

»Dass Trish Williams sich ab sofort um Katie Pearce kümmern wird.«

»Aber Katie ist meine Kundin! Ich habe sie von Anfang an betreut«, protestierte sie. »Ohne mich gäbe es den Deal mit Katie Pearce gar nicht.« Ihre Wangen brannten.

»Das mag sein, aber ab jetzt gehört sie auf ausdrücklichen Wunsch ihres Managers in Trishs Zuständigkeitsbereich, und damit basta.« Graham schlug mit der Faust auf den Tisch. Jools zuckte zusammen. »Wir können es uns nicht leisten, einen Kunden wie Katie Pearce an die Konkurrenz zu verlieren.«

Sie verfluchte sich innerlich dafür, dass sie nicht gleich nach Haverfordwest gefahren war, als Katie sie in Fleetwood Cove angerufen hatte. Wahrscheinlich hatte sie versucht, sie zu warnen.

»Nein, natürlich nicht«, murmelte sie. »Trotzdem hättest du warten können, bis ich wieder da bin. Ich war schließlich nur eine Woche weg.«

»Du weißt selbst, wie es ist. Manchmal ist nur ein Tag zu lange. In unserem Geschäft zählt jeder Tag. Das wusstest du, als du damals angefangen hast, bei uns zu arbeiten.« Er holte tief Luft. »Da gibt es eine weitere Sache, über die ich gern mit dir sprechen würde.«

»Selbstverständlich. Ich bin deine zukünftige Partnerin, also schieß los«, antwortete sie, darum bemüht, ihre Angst zu überspielen. Ihr Herz schlug wie eine Faust gegen ihre Rippen und sie hatte Mühe, normal zu atmen.

»Genau das ist der Punkt. Ich denke, es wäre besser, wenn wir die Partnerschaft noch einmal in Ruhe überdenken.«

»Aber da gibt es nichts zu überdenken!« Sämtliche Farbe war aus ihrem Gesicht gewichen.

»Ich denke schon. In den vergangen Tagen ist einiges passiert. Trish hat gute Impulse gesetzt, die wir gemeinsam weiterverfolgen sollten.«

»Wieso redest du die ganze Zeit von Trish? Hier geht es um mich und meine Partnerschaft im Unternehmen.« Ihr war schlecht.

»Trish hat sich mir in dieser Woche in einem ganz neuen Licht präsentiert. Ich muss sagen, mir gefällt, was ich gesehen habe.«

Jools fragte sich, was er mit ›neuem Licht‹ meinte. Hatte er vielleicht eine Affäre mit Trish angefangen? Zuzutrauen wäre es ihr. Graham war bekannt für seine Affären.

»Glaube mir, es ist besser, im Interesse aller.« Er lächelte zufrieden.

Jools fühlte sich, als hätte er ihr eine Ohrfeige verpasst.

»Es mag in deinem Interesse sein, aber nicht in meinem«, entgegnete sie kalt. »Ich arbeite seit knapp fünf Jahren für dich. Bis auf ein paar wenige Tage im Jahr, die ich mir für Geburtstage freigenommen habe, hatte ich nie Urlaub. Ich habe Überstunden gemacht, ohne mich jemals zu beschweren.« Sie holte tief Luft. »Kaum nehme ich mir einmal eine Woche frei, fällst du mir in den Rücken und gibst meine wichtigste Kundin an eine Kollegin weiter, die schon lange darauf wartet, meinen Posten zu übernehmen. Und du erwartest auch noch Verständnis von mir?« Sie schüttelte fassungslos den Kopf.

»An deiner Reaktion sehe ich, dass ich die richtige Entscheidung getroffen habe«, erwiderte Graham eiskalt, ohne die Miene zu verziehen. »Ich dachte, du wärst ein Profi durch und durch.«

»Ich bin ein Profi«, unterbrach sie ihn. »Ich habe dir in den letzten Jahren die meisten Neukunden verschafft. Ich habe neue Kontakte geknüpft und den Namen der Agentur weiter nach vorn gebracht. Eine Woche, Graham. Ich war eine Woche weg!«

Graham zuckte mit den Schultern. »Ich finde es schade, dass du das so siehst, anstatt es als Herausforderung anzunehmen. Es steht dir frei, dich nach etwas anderem umzuschauen. Was ich allerdings sehr bedauerlich fände.«

In Jools' Kopf drehte sich alles. Ihre ganze Welt war mit einem Schlag aus den Fugen geraten. Wie hatte das nur passieren können? War sie wirklich so austauschbar, dass er damit spielte?

Jools nickte stumm, unfähig zu sprechen.

»Gut. Ich denke, damit hätten wir alles geklärt. Bitte leite alle Unterlagen, die du noch von Katie Pearce hast, an Trish weiter.«

Einen Teufel würde sie tun. Eher würde sie die Unterlagen verbrennen, als sie an Trish weiterzuleiten.

»Jools, du bist müde und durcheinander«, fuhr er versöhnlicher fort. »Überrasch mich mit einem neuen Kunden und wir sind wieder im Geschäft. Ich weiß, dass du Biss hast und voll und ganz für das Unternehmen und deine Arbeit da bist. Beweise es mir und ich mache dich zum Partner.«

»Das hast du mir bereits vor zwei Wochen versprochen.« Sie zwang sich zu einem Lächeln.

»Und ich stehe zu meinem Wort. Ich habe lediglich den Zeitpunkt etwas verschoben.«

Er wollte sie bestrafen, so viel war sicher. Aber sie würde ihm beweisen, dass sie seines Vertrauens würdig war.

»Am Ende der Woche habe ich dir einen neuen Kunden besorgt. Du wirst sehen.« Sie ballte die Hände zu Fäusten.

»Das ist mein Mädchen!« Sie hätte ihm am liebsten eine geknallt. In ihren Augen brannten Tränen. »Ich wünsche dir noch einen schönen Tag«, entließ er sie mit einem Kopfnicken.

Mit erhobenem Haupt stolzierte sie aus dem Büro.

»Was ist passiert?« Ruby sah sie mit schreckgeweiteten Augen an, als Jools mit steifen Schritten ins Büro kam.

»Wir werden wohl nicht so schnell in ein neues Büro umziehen«, sagte sie mit tonloser Stimme. Ruby nickte, die Lippen fest aufeinandergepresst. »Ich bin für niemanden zu sprechen.«

Sie stürmte an Ruby vorbei in ihr Büro. Erst als die Tür hinter ihr ins Schloss fiel, ließ sie ihren Tränen freien Lauf.

Sie hatte mit allem gerechnet, nur nicht damit! Sie hatte in den letzten Jahren hart gearbeitet und sich nie beklagt. Sie hatte bis spät in die Nacht geschuftet, wenn andere zu Hause bei ihren Familien saßen. Eine Woche Abwesenheit und man nahm ihr die Kunden weg und verwies sie auf die Reservebank.

Jools' Enttäuschung kannte keine Grenzen, und mit ihr kam die Frage: Wofür das alles?

»Er hat dir Katie weggenommen?«, schnaubte Susan entrüstet in den Hörer.

»Ja, als ich wiedergekommen bin, hatte der Wechsel schon stattgefunden«, nickte Jools.

»Was für ein Arschloch! Da reißt du dir jahrelang den Arsch auf, damit der Laden läuft, und wie dankt man es dir? Unfassbar.«

»Erinnere mich nicht daran, sonst breche ich wieder in Tränen aus«, murmelte Jools. Sie fühlte sich ausgelaugt und schrecklich müde. »Ich bin so wütend und enttäuscht. Wenn ich mir vorstelle, dass diese blöde Trish nun Katie betreut, könnte ich schreien.«

»Ich mochte Graham noch nie besonders. Barron steht ihm auch mit gemischten Gefühlen gegenüber. Leider ist er ziemlich erfolgreich, was es schwer macht, ihn zu umgehen. Trotzdem ist er ein aufgeblasener Wichtigtuer, der die Firma wie ein Despot leitet.«

»Ja, aber immerhin ist er sehr erfolgreich damit.«

»Ach, du kennst ja den alten Spruch: Hochmut kommt vor dem Fall. Was sagt Dean zu der ganzen Sache?«

»Der weiß es gar nicht. Ich habe versucht, ihn zu erreichen, aber er hängt in irgendeinem Meeting fest.« Ihr Blick verdüsterte sich. Sie hatte Dean gleich nach ihrer Ankunft angerufen, aber er war nicht ans Telefon gegangen. Sie hatte ihm eine Nachricht auf die Mailbox gesprochen, aber bisher noch keinen Rückruf erhalten.

»Er wird sich schon bei dir melden«, tröstete Susan sie.

»Ja, ich weiß. Manchmal wünschte ich, er würde ein wenig mehr Interesse an meinem Leben zeigen. Ich meine, ich war eine Woche weg, da hätte er schon mal ans Telefon gehen können.«

»Ach, Dean ist eben Dean. Aber sag mal, wie war dein Trip? Du hast noch gar nichts davon erzählt«, wechselte Susan das Thema.

»Eigentlich war es wunderschön, wenn man von Tatsache absieht, dass ich eine Entscheidung treffen musste. Es ist so viel passiert, dass ich gar nicht weiß, wie ich es in Worte fassen soll«, fing sie an zu schwärmen. »*Fleetwood on Sea* liegt auf einem kleinen Plateau und du kannst von dort aus über die ganze Bucht schauen. Morgens, wenn die Sonne aufgeht und das Meer noch ganz ruhig ist …«

Sie redete und redete, ohne Punkt und Komma. Es tat gut, sich alles von der Seele zu sprechen. Susan hörte schweigend zu, ohne sie auch nur einmal zu unterbrechen.

»Wie mir scheint, hat Fleetwood mehr als nur einen schönen Strand und das Meer zu bieten«, stellte Susan abschließend fest.

»Wie meinst du das?«

»Du scheinst diesen Luca und Aidan ziemlich zu mögen!«

Jools' ganzer Körper versteifte sich augenblicklich und sie war froh, dass Susan nicht sehen konnte, wie sie rot wurde.

»Natürlich mag ich Luca! Er macht den besten Kaffee, den ich jemals getrunken habe, ganz zu schweigen von seinem Essen«, scherzte sie.

»Bist du sicher, dass es nur sein Kaffee ist?«

»Hey, Su, auf wessen Seite stehst du eigentlich? Ich bin mit Dean zusammen, schon vergessen?«, protestierte sie heftiger, als sie wollte.

»Nein, ich weiß. Trotzdem habe ich dich noch nie so von einem Mann schwärmen gehört.«

»Blödsinn!«

»Und Aidan?«

Jools seufzte. »Was soll mit Aidan sein?«

»Wie es sich anhört, hat er ein Auge auf dich geworfen.«

»Das spielt doch jetzt keine Rolle mehr. Außerdem hat Aidan auf alles Weibliche ein Auge geworfen, was nicht bei drei auf einem Baum ist.« Sie lächelte unbewusst bei dem Gedanken an den attraktiven Fischer. »Der Mann hat einen Charme, der es einer Frau schwer macht, sich ihm zu entziehen.« Seine wunderschönen grünen Augen und das verwegene Lächeln tanzten durch ihren Kopf. Sofort spürte sie ein Prickeln in der Bauchgegend.

»Wie geht es nun weiter, jetzt, wo du das Hotel verkaufst?«

»Emily hat die kommissarische Leitung des Hotels übernommen, alles Weitere wird sich ergeben. Ich hoffe nur, dass Mr Stein einen Käufer findet, der in *Fleetwood on Sea* das sieht, was es ist – ein Kleinod. Ein Zufluchtsort, an dem die Uhren noch anders ticken und man der Hektik des Alltags entfliehen kann. Wo die Menschen noch liebenswert sind«, sie stockte, »... wenn man mal von Betty absieht.»

»Wenn ich dich so höre, würde ich mich am liebsten sofort in den Flieger setzen und dort Urlaub machen. Das klingt ja absolut fantastisch.« Im Hintergrund war lautes Babygeschrei zu hören.

»Ist es auch«, nickte Jools nachdenklich.

Das Babygeschrei wurde lauter.

»Mist! Ich glaube, Apple ist aufgewacht und hat Hunger.« Susan klang mit einem Mal hektisch.

»Kein Problem«, winkte Jools ab. »Ich muss sowieso weitermachen. Danke, dass du mir zugehört hast.«

»Na klar! Wofür sind Freundinnen sonst da?«

»Mhm.« Sie dachte an Emily und Lily, die fast so etwas wie Freundinnen für sie waren. Ob sie Emily anrufen und ihr von dem Gespräch mit Graham erzählen sollte? Lieber nicht, verwarf sie den Gedanken. In ihrer beider Interesse war es besser, die Leinen zu kappen, jetzt, wo die Entscheidung gefallen war. Emily würde ihr Leben in Fleetwood Cove weiterführen und sie hier.

Das Geschrei im Hintergrund wurde lauter. »Ich muss los. Meine Brüste platzen gleich. Mein Gott, es ist erschreckend, was die Natur mit uns Frauen so macht«, lachte Susan. »Hast du Lust, die Tage auf einen Drink vorbeizukommen?«

»Gern. Ich ruf dich an.«

»Alles klar. Bis dann.« Susan legte auf.

Nachdenklich sah Jools aus dem Fenster. Es hatte angefangen zu regnen und die dicken Tropfen klatschen gegen das Glas. Es war, als ob der Himmel weinen würde. Wie es wohl gerade in Fleetwood aussah?

18. Kapitel

Das Taxi hielt vor dem großen Apartment-Komplex direkt am Central Park. Ein steinerner Monolith, in dessen Fensterfronten sich der Abendhimmel spiegelte.

Jools bezahlte den Taxifahrer und stieg aus. Der Regen hatte aufgehört, aber es war verhältnismäßig kühl. Sie war froh, dass sie sich ihren Trenchcoat übergezogen hatte.

Es herrschte Berufsverkehr und die Straßen Manhattans waren verstopft. Die Luft roch nach den Abgasen der Autos und dem Rauch der Würstchenbuden, die an der Straße aufgebaut waren. Obwohl sie erst einen Tag wieder zurück war, vermisste sie die frische Meeresluft schon jetzt. Ein Fahrradkurier schlängelte sich mit gehetztem Gesichtsausdruck zwischen den Autos hindurch und hätte Jools fast umgefahren. In letzter Minute rettete sie sich auf den Gehsteig.

»Idiot«, murmelte sie und ging die Stufen bis zum Eingang hoch.

Den Karton mit Lilys Bild hatte sie in der Hand. Sie hatte leichtes Herzklopfen. Es war immerhin eine Woche her, seit sie Dean gesehen hatte. Es war viel passiert und sie war gespannt, was er sagen würde, wenn er von ihren Plänen, das Hotel zu behalten, erfahren würde. Ganz zu schweigen von den neusten Entwicklungen in der Agentur. Sie hoffte, dass das Bild ihn gütig stimmen würde.

»Guten Abend, Miss«, grüßte der Portier am Eingang mit höflicher Zurückhaltung. Ein älterer Mann Ende sechzig, der sie mit seinen weißen Haaren und der runden Brille entfernt an Maximilian Stein erinnerte.

»Guten Abend«, grüßte sie freundlich zurück.

Der ältere Mann hielt ihr die Tür auf. Dankbar, der feuchten Kälte zu entfliehen, trat sie ein. Sie ging zu dem vergoldeten Fahrstuhl. Ein Prachtexemplar aus dem vorigen Jahrhundert, das mittlerweile modernisiert worden war, dessen verschnörkelte Außenfassade man aber aus Rücksicht zum Design gelassen hatte.

Deans Apartment befand sich im dreiundzwanzigsten Stock. Sie drückte den Knopf. Sofort wurde sie von der Kamera ins Visier genommen. Sie lächelte zaghaft, da sie wusste, dass Dean am anderen Ende stand und sie beobachtete. Eine Sicherheitsmaßnahme, die fast alle Apartmenthäuser besaßen, um unerwünschte Besucher gleich unten abzuweisen. Leise surrend fuhr der Fahrstuhl hoch. Mit jedem Stockwerk stieg ihre Anspannung. Eigentlich lächerlich, schließlich war es ihre Entscheidung und nicht Deans. Trotzdem war sie nervös.

Mit einem leisen Pling öffnete sich die Lifttür, die direkt ins Apartment führte.

»Jools, Darling.« Dean stand keine fünf Schritte entfernt im Wohnzimmer und mixte sich einen Cocktail. »Möchtest du auch einen Gin Tonic?«, fragte er, ohne den Kopf zu heben.

Sie war enttäuscht. Sie hatte sich eine liebevollere Begrüßung erhofft.

»Gern.« Sie stellte den Karton neben dem Eingang ab und trat ein.

Er kam mit dem Glas in der Hand auf sie zu. Er trug eine schwarze Stoffhose und dazu ein hellblaues Hemd, das die gleiche Farbe wie seine Augen hatte. Die Füße steckten in teuren Designerschuhen, die aussahen, als hätte er sie gerade gekauft. Er sah wie immer blendend aus.

»Hattest du eine angenehme Reise?« Er reichte ihr das Glas.

»Ja, ganz wunderbar. Ich habe fast den ganzen Flug geschlafen.« Sie lächelte halbherzig, darum bemüht, ihre Enttäuschung über den kühlen Empfang zu verbergen.

»Cheers!« Dean hob sein Glas.

»Cheers!« Jools prostete ihm zu. Der Gin Tonic schmeckte stark und sie verzog das Gesicht.

Seine Augen glitten prüfend über ihr Gesicht, hinab zu ihren Brüsten und wieder nach oben.

»Du siehst erholt aus«, nickte er zufrieden. »Die leichte Bräune steht dir gut.«

»Das täuscht. Ich bin ganz schön kaputt vom Flug.«

Er nickte wieder und trat einen Schritt auf sie zu. Sie konnte die hölzerne Note seines Eau de Toilette riechen – ein Duft von Hermès, den sie ihm zu Weihnachten geschenkt hatte.

»Ich wüsste da eine Methode, um dich aufzulockern.« Seine Augen zogen sich lustvoll zusammen.

»Dean, ich weiß nicht …«, zögerte sie. »Ich bin wirklich ziemlich erledigt. Außerdem hatte ich heute einen echten Scheißtag.«

»Umso wichtiger, dass du dich entspannst.« Es versetzte ihr einen Stich, dass er darauf verzichtete zu fragen, was passiert war.

Sein Atem strich über ihre Wange wie ein warmer Handschuh. Er beugte sich vor und küsste sie. Seine Hand glitt ihren Rücken hinunter und blieb auf ihrem Po liegen. Sein Kuss war routiniert, ohne große Leidenschaft. Er schmeckte nach Gin Tonic und einem Hauch Minze. Anscheinend hatte er sich kurz zuvor die Zähne geputzt. Sie hatte sich den ganzen Flug vorgestellt, wie ihr Wiedersehen ablaufen würde. Romantisch, bei einem leckeren Dinner in einem kleinen Restaurant. Sie hatte gehofft, er würde ihr Liebesschwüre ins Ohr flüstern und ihr sagen, wie sehr er sie vermisst hatte. Stattdessen hatte er sie zu sich ins Apartment eingeladen, offensichtlich mit der Absicht, sie so schnell wie möglich in sein Bett zu bekommen. Grundsätzlich hatte sie nichts dagegen – der Sex mit Dean war großartig –, aber sie hatte sich mehr erwartet.

Sein Mund wanderte ihren Hals entlang nach unten.

»Du riechst fantastisch«, flüsterte er rau.

Seine Hand glitt unter den Saum ihrer Bluse, hoch zu ihren Brüsten. Sofort richteten sich ihre Brustwarzen auf. Ihr Körper war ein schamloser Verräter.

»Dean.« Sie legte die Hände auf seine Brust und drückte ihn sanft von sich. »Ich bin gerade erst angekommen. Interessiert es dich denn gar nicht, wie es war?«

»Natürlich.« Er griff nach seinem Glas und nahm einen großen Schluck. »Er war nur so überwältigt von deinem Anblick.«

Sie hasste es, wenn er von seinem Geschlecht sprach, als hätte es ein Eigenleben, das er nicht steuern konnte.

»Und du nicht?«, fragte sie forsch.

»Jools, was soll das?« Er war verärgert. »Langsam bekomme ich das Gefühl, dass mit dir etwas ist.«

»Mit mir ist gar nichts. Ich dachte nur, du würdest dich freuen, mich zu sehen«, platzte sie heraus. »Und vielleicht fragen, wie es war.« Sie kippte den Gin Tonic mit einem Zug runter.

»Was soll der Blödsinn? Ich will mit dir schlafen und du stößt mich weg.« Er schüttelte den Kopf. »Da versteh einer die Frauen.«

»Dean«, schlug sie eine sanftere Tonlage an. »Du hast mit keinem Wort gesagt, dass du mich vermisst hast.«

»Darling, natürlich habe ich dich vermisst.« Er strich ihr sanft über die Wange. »Sehr sogar. Ich war ganz außer mir vor Sorge, als du dich nicht gemeldet hast.«

Er küsste sie zärtlich. Sofort bereute sie es, ihm gegenüber so hart gewesen zu sein. Dean war noch nie ein Meister der großen Worte gewesen.

»Entschuldige, Darling«, sagte sie versöhnlich. »Ich glaube, ich bin schlecht gelaunt.«

»Warum?« Seine Mundwinkel zuckten.

»Graham hat mir Katie weggenommen«, platzte sie mit der Neuigkeit heraus.

»Was?« Dean zog irritiert die Augenbraue hoch. »Aber Katie war dein Baby. Du hast den Deal an Land gezogen.«

Jools nickte eifrig. »Und Trish hat ihn mir weggeschnappt, während ich in England war.«

»Ich habe dir gleich gesagt, dass dieser ganze Trip nach England eine Schnapsidee war«, entgegnete Dean und leerte sein Glas in einem Zug. »Es war klar, dass Trish die Gelegenheit nutzen würde, um sich in den Vordergrund zu spielen. Du hast oft genug erzählt, dass sie nur darauf wartet, dir ein Bein zu stellen. Genau das hat sie getan, und das kannst du ihr nicht verdenken. Du hättest in ihrer Situation das Gleiche gemacht. Ich erinnere dich nur daran, wie du angefangen und dich nach oben gekämpft hast.«

»Ich verstehe nicht, warum du Trish in Schutz nimmst.« Fast hätte sie vor Wut mit dem Fuß auf den Boden gestampft.

»Ich nehme Trish nicht in Schutz.« Er ging zum Barschrank, um sich einen neuen Drink zu mixen. »Hast du schon mit Katie gesprochen? Schlussendlich ist sie der Boss in der ganzen Sache. Wenn sie dich will, dann wird Graham sie nicht daran hindern können.«

»Nein, noch nicht«, schüttelte Jools den Kopf. »Ich war zu müde.«

»Darling.« Dean warf klirrend ein paar Eiswürfel in sein Glas. »Mit solchen Dingen sollte man nie warten. Am besten rufst du Katie noch heute Abend an und erklärst ihr die ganze Sache.«

»Da gibt es nichts zu klären. Laut Graham war es Sawyer, der bei ihm im Büro aufgetaucht ist und sich über mich beschwert hat. Daraufhin hat Graham ihn zu Trish geschickt. Würde mich nicht wundern, wenn sie mit ihm im Bett war, nur um den Job zu kriegen.«

»Du meinst mit Graham?« Jools nickte düster. »Und was hat Graham noch gesagt?« Dean musterte sie.

»Dass er die Partnerschaft noch etwas aufschieben möchte.« Sie knabberte an ihrer Unterlippe.

»Das bedeutet, er hat dich in der Hand«, stellte Dean mit dem Tonfall eines Richters fest.

»Sieht ganz danach aus.« Jools starrte ihn trotzig an. »Ich bin so wütend. Ich kann es dir gar nicht sagen.«

»Komm, trink einen Schluck, das beruhigt die Nerven.« Er reichte ihr das frisch aufgefüllte Glas. Eigentlich sollte sie ablehnen. Sie hatte noch nichts gegessen und spürte bereits den Alkohol.

Sie stießen an. »Ich bin mir sicher, das Kind ist noch nicht in den Brunnen gefallen«, sagte er und stellte sein Glas auf den Tisch. »Sprich mit Katie. Im Notfall entschuldigst du dich bei Sawyer.«

»Eher beiße ich mir die Zunge ab«, schimpfte sie.

»Lass den kindischen Kram. Hier geht es nicht um Stolz, hier geht es um deine Teilhaberschaft«, ermahnte er sie. Seine Kiefermuskeln traten hervor. Er war gereizt.

Jools nickte seufzend. »Wahrscheinlich hast du recht.«

»Ich habe immer recht.« Dean lächelte selbstsicher.

Seine Selbstsicherheit war eine seiner größten Stärken und einer der Gründe, warum sie sich in ihn verliebt hatte. Er war ein Mensch, der genau wusste, was er wollte, und sich von nichts und niemandem davon abbringen ließ.

»Komm.« Er legte eine Hand unter ihr Kinn und zwang sie, ihm in die Augen zu schauen. »Dafür habe ich für dich einen Käufer gefunden. Ein Investor aus London, der in der Gegend ein Golfhotel eröffnen möchte. Als ich ihm von Millies Hotel erzählt habe, war er ganz begeistert.«

»Dean, der Notar kümmert sich um den Verkauf und die Abwicklung«, unterbrach sie ihn.

»Aber ...« Er schüttelte fassungslos den Kopf. »Du hast mir doch am Telefon gesagt, dass du verkaufen willst.«

»Das tue ich ja auch, aber Millie hat festgelegt, dass Mr Stein diese Aufgabe zuteilwird.«

»Der alte Drachen hat wirklich an alles gedacht.« Er ließ sie los.

»Wie kommst du dazu, Millie als alten Drachen zu bezeichnen?« Jools' Augen funkelten Dean angriffslustig an.

»Jools, das war nur so ein Spruch. Außerdem hat sie dir ganz schön die Daumenschrauben angelegt.«

»Es ist ja auch ihr Hotel!«

»Du hast recht«, nickte Dean. »Wenn ich näher darüber nachdenke, hat das Ganze auch eine gute Seite. Jetzt, wo dein Job auf dem Spiel steht, hast du den Rücken frei und kannst dich auf das Wesentliche konzentrieren.«

»Und das wäre?« Sie sah ihm direkt in die Augen.

»Deine Arbeit natürlich.« Er trat einen Schritt zur Seite. Mit keinem Wort erwähnte er ihre Beziehung.

Jools schwieg. Die Stille lastete schwer zwischen ihnen.

»Dean«, begann sie leise, »lass uns nicht streiten. Ich habe dich vermisst.« Sie nahm seine Hand und gab ihm einen Kuss. »Das ist unser erster gemeinsamer Abend seit Langem und ich habe eine kleine Überraschung für dich mitgebracht«, versuchte sie das Ruder rumzureißen, bevor der Abend völlig entglitt.

»Eine Überraschung?«

Zumindest hatte sie seine ganze Aufmerksamkeit. Sie ging zum Eingang und nahm den Karton mit dem Bild in die Hand.

»Das habe ich für dich in einer kleinen Galerie entdeckt.« Vorsichtig öffnete sie den kleinen Knoten am Verschluss und zog das Bild heraus. Sie hielt es so, dass Dean es im Ganzen betrachten konnte.

Seine Augen zogen sich zusammen, während er das Bild begutachtete. »Das ist tatsächlich ein hübsches Gemälde. Die Künstlerin hat eine sehr eigenwillige Pinselführung«, dozierte er. »Sehr interessant.«

»Lily ist Abgängerin von der Kunstakademie der *Sorbonne*.«

»Lily?« Dean zog fragend die Augenbraue hoch.

»Sie ist die Künstlerin, die eine kleine Galerie in Fleetwood betreibt. Eine tolle Frau. Wir haben den letzten Abend zusammen verbracht.« Sie lächelte bei dem Gedanken an das Festival. »Stell dir vor, ich war auf einem Festival.«

»Das ist allerdings ungewöhnlich.«

»Der ganze Ort ist ungewöhnlich …« Ungewöhnlich schön, dachte sie. »Wir haben uns den Sonnenaufgang am Strand angesehen.«

»Wir?« Deans rechtes Augenlid zuckte.

»Lily, Emily, Luca und ich.«

»Wie mir scheint, hast du ziemlich schnell Freunde gefunden.« So wie er es sagte, klang es, als wäre es ein Fehler.

»Stört dich das?«

»Nein, ich wundere mich nur. Du bist ja eher der Einzelgänger. Darf ich?« Er streckte die Hand nach dem Gemälde aus. Wortlos reichte sie es ihm.

Sie spürte, wie das Blut aus ihrem Gesicht wich. Er hielt sie also für eine Einzelgängerin! Mit einem Schlag wurde ihr klar, dass er recht hatte. Sie war eine Einzelgängerin geworden. Der einzige Mensch außer Dean, mit dem sie sich traf, war Susan.

Sie war in den letzten fünf Jahren beruflich einfach so eingespannt gewesen, dass sie kaum Zeit gefunden hatte, ihren Freundeskreis zu pflegen. Sie hatte häufig abgesagt und stattdessen bis spät in die Nacht gearbeitet. Irgendwann waren die Einladungen ausgeblieben, was ihr zunächst nicht aufgefallen war, da sie beruflich ständig auf Partys unterwegs gewesen war. Die einzige Freundin, die ihr über die Jahre treu geblieben war, war Susan.

»Danke für das Bild.« Dean stellte es auf den Tisch.

»Gern geschehen«, murmelte sie abwesend.

»Ich denke, es wird Zeit, dass wir deine Wiederkehr gebührend feiern.«

Dean beugte sich zu ihr und küsste sie. Seine Zunge drängte sich zwischen ihre Lippen. Sein Kuss hatte nichts Weiches, sondern war fordernd. Ohne dass sie es wollte, musste sie an Aidans Kuss denken. Hör auf damit! Das hier ist Dean, der Mann, der dich liebt, ermahnte sie sich. Seine Hände glitten gierig über ihren Körper, sein Mund wanderte zu ihren Ohrläppchen, um daran zu knabbern. Sie spürte seinen heißen Atem auf ihrer Haut. Sie stöhnte leise, als er ihr den Rock nach oben schob.

Da sie um seine Vorliebe für sexy Unterwäsche wusste, hatte sie sich für den heutigen Abend einen String aus schwarzer Spitze, in dessen Rand ein rotes Seidenband eingeflochten war, und den passenden BH dazu angezogen. Die schwarzen Nylons wurden durch Strumpfbänder aus der gleichen Spitze gehalten.

»Du siehst heiß aus.« In seinen Augen spiegelte sich pure Lust.

»Nur für dich.« Ihre Stimme war kaum mehr als ein Flüstern.

Seine Hand schob sich in ihren Slip. Sie stöhnte, als seine Finger sie mit geübten Bewegungen verwöhnten. Ihr war schwindelig. Ob vom Alkohol oder vor Lust, vermochte sie nicht zu sagen.

Ungeduldig zerrte er an ihrem Slip, während sie ihn von seiner Hose befreite. Sein Atem ging stoßweise. Mit einem Ruck hob er sie hoch und setzte sie auf die Rückenlehne des Sofas. Für einen Augenblick sah sie sehnsüchtig zum Schlafzimmer, wo ein weiches Bett auf sie wartete.

»Ich hatte ganz vergessen, wie scharf du bist«, murmelte er.

Er beugte sich zu ihr, um sie zu küssen. Jools schloss die Augen. Für einen winzigen Moment tauchten Aidans grüne Augen hinter ihren geschlossenen Lidern auf. Dann drang Dean in sie ein und verscheuchte sie.

Sie lag auf Deans Brust und lauschte seinem gleichmäßigen Atem. Sie hatten sich kurz und heftig geliebt. Anschließend hatten sie geduscht und es sich auf dem Bett gemütlich gemacht. Er hatte Pizza bestellt und sie hatten sich zusammen eine Folge der Serie Goliath angeschaut.

Kurz darauf war Dean eingeschlafen. Obwohl Jools hundemüde war, wollte sich der erlösende Schlaf nicht einstellen. Das Thema Hotel war nicht mehr zur Sprache gekommen, aber sie wusste, dass Dean ihre Entscheidung missbilligte und alles daransetzen würde, sie vom Gegenteil zu überzeugen. Immer wieder fragte sie sich, ob sie die richtige Entscheidung getroffen hatte. War es wirklich eine so verrückte Idee von ihr, das Hotel zu behalten?

Vor ihren Augen tauchte der Wintergarten mit seinen gemütlichen Möbeln auf und der blaue Himmel, der sich darüber spannte. Sie sah die Lichtflecken durch den Aufenthaltsraum tanzen, wenn die Sonne mittags schräg durch das Fenster fiel. Sie hörte das Klappern der Töpfe aus der Küche und Emilys fröhliche Stimme, wenn sie den Neuankömmlingen alles erklärte. Sie roch den Duft der Blumen im Garten und hörte das Donnern der Wellen gegen die zerklüfteten Felsen. Sie spürte, wie die alten Dielen unter dem

Gewicht ihrer Füße nachgaben, und hörte das leise Knarren. Melees glockenklares Lachen drang an ihre Ohren. Das Grün von Aidans Augen vermischte sich mit dem schimmernden Braun von Lucas. Ein plötzliches Gefühl von Sehnsucht legte sich auf sie, so schwer, dass es ihr die Luft nahm. Und mit ihm kam die Frage: *Was machst du hier?*

»Ich muss heute nach Vegas und bin erst am Donnerstag wieder zurück.« Dean stand vor dem großen Spiegel im Schlafzimmer und band sich seine Krawatte.

»Davon wusste ich gar nichts.« Sie sah ihn erstaunt an. »Wann hattest du vor, es mir zu sagen?«

»Aber du weißt es doch jetzt«, entgegnete er gereizt.

Es war noch früh am Morgen. Jools war irgendwann in der Nacht in einen unruhigen Schlaf gefallen. Dementsprechend gerädert fühlte sie sich. Der Gedanke, gleich ins Büro zu müssen, trug nicht gerade zur Verbesserung ihrer Laune bei.

»Ich habe ein Meeting mit ein paar Filmbossen.«

»Und dafür musst du bis Donnerstag bleiben?« Sie schlüpfte in ihre Schuhe.

»Ja, du weißt doch, wie das läuft. Seit wann interessiert dich das?« Er nahm sein Sakko von dem stummen Diener. Ein Designstück, das er auf einer Ausstellung, die sie letztes Jahr gemeinsam besucht hatten, erstanden hatte.

»Einfach so. Wir haben uns in letzter Zeit so wenig gesehen und ich dachte, wir könnten vielleicht etwas zusammen unternehmen. Nett essen gehen oder ins Musical«, schlug sie vor.

»Jools«, er runzelte die Stirn, »irgendwie bist du verändert, seit du aus England zurück bist.«

Sie sah ihn verwundert an. »Weil ich etwas Zeit mit dir verbringen möchte?«

»Das ist nicht unser Ding – gemeinsam mit Freunden essen oder ein Musical zu besuchen.« Er nahm einen Schuhanzieher zur Hand und schlüpfte in seine handgefertigten Budapester.

»Was ist denn unser Ding?« Sie tippte ungeduldig mit den Füßen auf den Boden.

Klack. Klack. Klack.

»Na, das hier.« Er machte eine ausladende Handbewegung.

»Das hier!« Ihre Stimme überschlug sich.

»Ja, das hier«, nickte Dean beharrlich. »Sex, Pizza im Bett, unsere Jobs.«

»Aber …« Sie hob fassungslos die Hände in die Luft.

»Jools, ich weiß wirklich nicht, was du von mir willst – aber es muss warten. Ich muss los. Mein Fahrer wartet unten auf mich.«

»Du bist nicht der Einzige, der ins Büro muss«, sagte sie mürrisch und schnappte sich ihre Tasche.

Sie gingen zum Fahrstuhl.

»Jools …«, fing Dean an. »Ich weiß nicht, was los ist, aber es wäre schön, wenn wir einfach damit aufhören könnten.« Er legte die Hand unter ihr Kinn und zwang sie, ihm in die Augen zu sehen. »Es tut mir leid, falls ich dich verärgert haben sollte. Natürlich können wir zusammen ins Musical gehen, wenn das so wichtig für dich ist.« Er sprach in einem Tonfall mit ihr, als ginge es darum, ein ungezogenes Kind zu beruhigen. Sie nickte stumm. Der Fahrstuhl ging auf und sie traten ein.

»Hast du Katie schon erreicht?«, lenkte er das Gespräch auf ein unverfänglicheres Thema.

»Nein, bisher noch nicht«, schüttelte sie den Kopf. »Ich versuche es später noch mal.« Dean nickte mit ernster Miene. »Wann sehe ich dich wieder?«, fragte sie schließlich.

»Ich bin übermorgen zurück. Ich rufe dich an, sobald ich gelandet bin.«

»Hm.«

»Hey, Kleines.« Ihre Augen trafen sich. »Ich bin froh, dass du wieder da bist.« Sie lächelte zaghaft. Seine Hand strich ihr sanft über die Wange. »Habe ich dir eigentlich heute schon gesagt, wie wunderschön du bist?« Er küsste sie und Jools erwiderte seinen Kuss.

Sie hatten das Erdgeschoss erreicht und der Fahrstuhl stoppte. Als sie ausstiegen, kam ihnen ein älteres Ehepaar entgegen. Als sie Jools und Dean erblickten, blieben sie stehen. Jools sah aus dem Augenwinkel, wie die Frau ihrem Mann etwas zuflüsterte und der Mann kurz darauf den Kopf schüttelte. Jools fragte sich im Stillen, über was die beiden geredet haben mochten.

»Soll ich dich noch ein Stück mitnehmen?«, fragte Dean und deutete auf das wartende Auto vor dem Eingang.

»Nein.« Sie schüttelte den Kopf. »Ich gehe die paar Meter bis zum Büro lieber.«

»Ganz wie du willst.« Er hauchte ihr einen Kuss auf die Wange. »Bis übermorgen.«

Nachdenklich sah sie ihm hinterher, bis er hinter den getönten Scheiben des Wagens verschwunden war.

19. Kapitel

»Mom.« Sie ließ sich aufs Sofa fallen.

»Jools. Du bist wieder zurück?« Ihre Mutter klang erleichtert.

»Ja.« Sie schwang die Beine nach oben.

»Jetzt lass dir doch nicht alles aus der Nase ziehen. Wie war's?«

Jools kannte keinen neugierigeren Menschen als ihre Mutter. *Betty!* Wie aus dem Nichts schoss ihr der Name durch den Kopf und sie musste unwillkürlich lächeln. Betty, die Café-Besitzerin, war definitiv noch neugieriger.

»Es ist so viel passiert, dass ich gar nicht weiß, wo ich anfangen soll«, seufzte sie. »Das Hotel liegt phantastisch auf einem Plateau und von fast jedem Zimmer hat man einen Blick auf das Meer. Ich glaube, ich kenne keinen schöneren Ort als Fleetwood Cove.«

»Das klingt gar nicht nach dir«, bemerkte ihre Mutter trocken.

»Wie meinst du das?«

»Na ja, eigentlich bist du doch nicht so schnell zu begeistern, und jetzt schwärmst du ja richtig.«

Jools angelte nach ihrem Wasserglas, das vor ihr auf dem Couchtisch stand.

»Ich weiß gar nicht, wie ich es beschreiben soll, aber ich hatte das Gefühl, dort angekommen zu sein.« Sie trank einen Schluck Wasser. »Die Menschen, die Landschaft, das Hotel … das hat sich richtig angefühlt.«

»Bedeutet es, dass du das Hotel behalten wirst?«, fragte ihre Mutter vorsichtig.

»Nein, bedeutet es nicht.«

»Oh.«

»Ich hätte mein Leben hier in New York aufgegeben müssen.« Sie erzählte ihrer Mutter von dem Testament. »Ich hätte das Hotel wirklich gerne behalten, aber es geht einfach nicht«, schloss sie ihre Erzählungen ab.

»Das sehe ich anders.«

»Wirklich?« Es kam selten vor, dass ihre Mutter sie überraschte. Aber genau in diesem Moment war sie sprachlos.

»Allerdings. Wenn ich eines gelernt habe, dann, dass das Leben seine eigenen Wege geht. Man kann sich noch so sehr einen Plan zurechtlegen; plötzlich passiert etwas, mit dem du nicht rechnen konntest, und du bist gezwungen, umzudenken. Als ich deinen Vater geheiratet habe, dachte ich, ich hätte den Mann fürs Leben gefunden.« Sie hörte, wie ihre Mutter tief durchatmete. »Ich war mir so verdammt sicher, und doch hat es nicht funktioniert. Ich hätte alles dafür gegeben.« Es war das erste Mal, dass ihre Mutter so offen über ihre Ehe mit Jools' Vater sprach. Unbewusst hielt Jools die Luft an, während ihre Mutter mit leiser Stimme fortfuhr: »Aber das Leben hatte andere Pläne für uns beide. Trotzdem wird dein Vater immer die Liebe meines Lebens bleiben und zusammen haben wir etwas ganz Wunderbares geschaffen: dich.«

Jools schluckte. Tränen brannten in ihren Augen. »Mom …«

»Warte«, bat ihre Mutter sie, » ich bin noch nicht fertig. Ich hätte niemals gedacht, dass ich von euch wegziehen würde, aber dann ist alles schiefgelaufen. Meine alte Heimat schien mir der einzige Ort zu sein, an dem ich glücklich sein und wieder zu mir selbst finden konnte. Vielleicht ist dieses Hotel in Fleetwood Cove dein Ort.« Jools schluchzte laut auf. Die Worte ihrer Mutter hatten sie mitten ins Herz getroffen. »Jools?«

»Mom, ich liebe dich«, war alles, was sie rausbrachte.

All der Streit, die Unstimmigkeiten und die Schwierigkeiten zwischen ihnen waren auf einen Schlag vergessen. Alles, was zählte, war die tiefe Verbundenheit zwischen ihnen.

»Ich liebe dich von ganzem Herzen«, flüsterte ihre Mutter.

Beide schwiegen für eine kurze Weile.

»Ich bin so unglücklich«, brach es aus Jools heraus. All die aufgestauten Gefühle machten sich mit einem Mal Platz.

»Aber warum? Was ist passiert?«

»Ich habe mich in den Ort und in seine Menschen verliebt. Ich hatte das Gefühl, das erste Mal seit langer Zeit wieder frei atmen zu können. Dann komme ich nach Hause und muss erfahren, dass meine Kollegin mir meine Kundin weggeschnappt hat, und mein Freund gibt mir die Schuld dafür.« Sie biss sich auf die Lippe.

»Haben du und Dean gestritten?«

»Na ja, nicht wirklich. Ich dachte nur, dass er sich mehr freuen würde, mich wiederzusehen.«

»Ach Liebes, du kennst doch Dean. Der ist bestimmt total im Stress und merkt gar nicht, dass er dich damit verletzt.«

Sie nickte betrübt. »Wahrscheinlich hast du recht. Ich bin wohl nur müde.« Sie wischte sich die Tränen vom Gesicht.

»Ich an deiner Stelle würde mich früh schlafen legen und mir etwas Ruhe gönnen. Die ganze Sache scheint dich doch mehr mitgenommen zu haben, als du gedacht hast.«

»Ja, erstaunlich, nicht?« Jools' Blick fiel auf Millies goldenen Ring. »Stell dir vor, Millie hat mir ihren Ehering hinterlassen.«

»Tatsächlich?«

»Ja. Du solltest ihn sehen, er ist etwas ganz Besonderes.« Sie erzählte ihrer Mutter von den Briefen und der alte Sage über die kleine Nixe, die sie von Emily gehört hatte.

»Das klingt ganz so, als hätte Millie wirklich ihr Glück gefunden«, sagte ihre Mutter nachdenklich.

Jools schniefte. »Ja, den Eindruck hatte ich auch.« Sie gähnte.

»Du bist müde und ich bin es auch. Also, fühl dich gedrückt«, verabschiedete sich ihre Mutter.

»Gute Nacht, Mom.« Ein Lächeln huschte über ihr Gesicht.

Der Tag war eine absolute Katastrophe gewesen, aber das Gespräch mit ihrer Mutter hatte sie für alles entschädigt. Jools nahm sich vor, sie in absehbarer Zukunft zu besuchen.

Gut gelaunt schaltete sie das Licht aus und ging ins Schlafzimmer. Draußen heulten Polizeisirenen und irgendjemand im Haus hatte seinen Fernseher so laut gestellt, dass sie mithören konnte.

Sie vermisste die Stille von Fleetwood, wo sie das leise Rauschen der Wellen jede Nacht in den Schlaf gewogen hatte.

Müde ließ sie sich aufs Bett fallen. Ihr Handy brummte leise auf dem Nachttisch. Emily hatte geschrieben.

Hallo Jools, ich bin gerade bei Betty und nutze die Gunst der Stunde, endlich Netz zu haben. Wie läuft's bei dir? Alles klar? Du fehlst uns ganz schrecklich. Melee redet von nichts anderem als dir und Luca steht seit deiner Abreise mit Killerblick in der Küche. Stell dir vor, er hat tatsächlich das Salz im Hauptgang vergessen! Die Erwähnung von Luca zauberte ein Lächeln auf ihr Gesicht. Rose erzählt jedem Gast, was für eine tolle Frau du bist. Selbst Betty hat dich angeblich beim Frauenkomitee in den höchsten Tönen gelobt. Na, und bei den Männern hast du durch den neuen Rekord im Stew-Essen eh einen bleibenden Eindruck hinterlassen. Jools lachte laut auf. Der legendäre Stew-Abend würde wohl für immer in ihrem Gedächtnis bleiben. Hier im Hotel läuft so weit alles in ruhigen Bahnen. Und bei dir?

Sie überlegte kurz, dann fing sie an zu tippen.

Hi Emily, ich bin heil gelandet. Ich muss sagen, ihr fehlt mir auch ziemlich. Ich fürchte, Fleetwood hat mir das Leben in der Stadt verdorben. Alles hier kommt mir laut und hektisch vor. Aber wahrscheinlich bin ich einfach nur überreizt. Wie zum Beweis fuhr die Feuerwehr mit lauten Sirenen an ihrem Schlafzimmerfenster vorbei. Ich habe wie immer viel zu tun. Während meiner Abwesenheit hat sich ein ziemlicher Berg an Arbeit angehäuft. Ich vermisse euch alle ganz schrecklich.

Jools hielt inne, dann drückte sie auf die Löschtaste und radierte den letzten Satz aus. Es hatte keinen Sinn. So, wie es aussah, würde sie Emily nie wiedersehen.

Liebe Grüße, Jools

Sie drückte auf ›Senden‹ und öffnete die Fotosammlung auf ihrem Handy. Als sie Dean die Bilder gezeigt hatte, hatte er nur wenig Interesse bekundet. Es war offensichtlich gewesen, dass er sich nicht dafür interessierte, was sie in Fleetwood getrieben hatte.

Das Foto von Fleetwood Cove, das sie am letzten Tag gemacht hatte, leuchtete auf dem Display ihres Smartphones auf. Alles sah aus wie auf einer Postkarte. Die zerklüfteten Felsen fielen eindrucksvoll in Meer, das dunkelblau schimmerte, und davor der helle Strand. Die Häuser sahen aus wie bunte Farbtupfen inmitten des saftigen Grüns. Die Hafenmole ragte wie eine steinerne Nadel ins Meer. Die hellen Rümpfe der Boote lagen eines neben dem anderen davor.

Sofort hatte sie den salzigen Duft des Meeres in der Nase, roch die Blumen und hörte das Rauschen der Wellen. Die Sehnsucht nach einem Ort, den sie kaum kannte, schlug über ihr zusammen und drohte sie zu verschlingen.

Sie rief das nächste Bild auf. Es zeigte *Fleetwood on Sea* mit dem Gartencottage im Hintergrund. Die Rosen leuchteten wie Konfetti zwischen den grünen Blättern. Melees schlanke Gestalt hüpfte durch den Garten. Lucas Harley stand auf dem Parkplatz. Sie dachte daran, wie sie durch die Nacht gefahren waren. Wie sie sich an ihn geklammert hatte und sie zu einer Einheit zusammengeschmolzen waren. Das Gefühl der Geschwindigkeit, gepaart mit seinem männlichen Geruch, war berauschend gewesen.

Sie wischte mit dem Finger über das Display. Das Foto von ihnen am Strand tauchte auf. Lily hatte es aufgenommen. Luca saß in der Mitte zwischen Emily und ihr. Lily hatte genau in dem Moment abgedrückt, als Luca sie angesehen hatte. Sie vergrößerte sein Gesicht. Seine braunen Augen leuchteten fast golden im Licht der aufgehenden Sonne. Es sprach so viel Zuneigung aus ihnen, dass es Jools fast den Atem nahm.

Sie scrollte weiter. Da war er – Aidan. Jools schluckte trocken. Ein Schnappschuss vom Festival. Sie hatte das Selfie aufgenommen, als sie auf seinen Schultern gesessen hatte. Ihr Mund war weit aufgerissen und ihre Augen leuchteten, als hätte jemand eine Glühbirne von innen angeknipst. Ihre Wangen waren gerötet und die Haare fielen wild auf ihre Schultern. Aidan hielt ihre Beine mit seinen Armen fest umschlungen. Ihre beiden Gesichter strahlten vor Glück. Beim Anblick seines muskulösen Körpers fing ihr ganzer Körper an zu kribbeln. Dieser Mann war ein einziges sexuelles Versprechen.

Hastig legte sie das Handy beiseite. Ihr Herz schlug kräftig gegen ihre Brust, als sie sich mit dem Kopf auf das Kissen fallen ließ. So blieb sie liegen, bis sich ihr Herzschlag wieder beruhigt hatte.

Ihre Gedanken drifteten zu Dean. Normalerweise stritten sie nie, aber seit sie beschlossen hatte, die Reise nach Großbritannien anzutreten, war der Wurm in ihrer Beziehung. Der Sex mit ihm war routiniert, aber mit dem gewünschten Erfolg gewesen. Sie hatte atemlos und befriedigt in seinen Armen gelegen. Trotzdem war sie nicht glücklich.

Sie sehnte sich nach seiner Nähe und wünschte, er wäre nicht nach Vegas gefahren. Es wurde Zeit, dass sie endlich Nägel mit Köpfen machten und ihrer Beziehung mehr Tiefe verliehen.

Seufzend drehte sie sich auf die Seite und schloss die Augen. Wenige Minuten später war sie eingeschlafen.

20. Kapitel

Die restliche Woche war mit Arbeit gefüllt gewesen. Jools hatte eine neue aufstrebende Künstlerin für sich gewinnen können. Eine junge Schauspielerin, die dem Publikum in kleinen Nebenrollen aufgefallen war und mehr und mehr an Beliebtheit dazugewann. Jools hatte sich mit Feuereifer in die Zusammenarbeit mit ihr gestürzt, um sich von dem Fernweh abzulenken, das sie seit ihrer Rückkehr quälte. Die junge Frau war ein weiteres gesichtsloses Wesen in einer langen Reihe von Stars, die Jools im Laufe ihrer Zeit bei der *Starlight* betreut hatte.

Dean war am Donnerstag aus Vegas zurückgekommen und hatte sich tatsächlich das Wochenende für sie freigenommen. Am Samstag hatte er sie ins *Fig & Olive*, eines der angesagten italienischen Restaurants im beliebten Meatpacking District im Südwesten Manhattans, ausgeführt. Obwohl das Essen hervorragend und der Service freundlich gewesen war, hatte es ihr nicht gefallen. Sie hatte das Essen im Stillen immer wieder mit Lucas Gerichten verglichen und die Raffinesse vermisst, die darin zu finden war. Anschließend waren sie in die Spätvorstellung von *On Your Feed* gegangen. Die Musik war eingängig und die Schauspieler waren gut. Zufrieden waren sie zu Dean ins Apartment gefahren und hatten sich geliebt. Diesmal hatte es keinen Streit gegeben und Jools war befriedigt in seinen Armen eingeschlafen.

Mr Stein hatte wie versprochen die Unterlagen für die endgültige Abwicklung der Erbangelegenheit vorbereitet und bereits an sie abgeschickt. Der Gedanke daran bereitete Jools jedes Mal Magenschmerzen. Etwas in ihrem Inneren sträubte sich dagegen, und je länger es andauerte, umso stärker wurde das Gefühl, einen Fehler begangen zu haben. Immer wieder erwischte sie sich dabei, dass ihre Gedanken abglitten und nach Fleetwood Cove wanderten. Ruby hatte sie in den letzten Tagen ein paarmal komisch angesehen, als sie Jools dabei ertappt hatte, wie sie aus dem Fenster ins Leere gestarrt hatte.

Die Sprechanlage summte und Rubys Stimme schepperte durch den eingebauten Lautsprecher.

»Jools, Katie Pearce ist da und würde Sie gern kurz sprechen.«

Jools schwang überrascht in ihrem Stuhl herum. »Katie Pearce! Ja, natürlich, lassen Sie sie rein.«

Sie hatte den Satz noch nicht ausgesprochen, da stürmte Katie schon zur Tür herein.

»Jools!« Katie breitete die Arme aus und lief auf sie zu. »Ich musste dich unbedingt sprechen.« Jools nickte düster. Katie blieb abrupt stehen. »Du bist böse auf mich.«

»Nein, nicht böse.« Jools schüttelte den Kopf. »Eher enttäuscht.«

Sie deutete Katie an, sich zu setzen. Unwillkürlich musste sie an Melee denken, die ihre rechte Hand dafür gegeben hätte, an ihrer Stelle mit Katie zusammenzusitzen.

»Es tut mir so leid. Das war wirklich uncool von John«, sagte Katie zerknirscht. Jools nickte. »Ich habe mehrmals versucht, dich zu erreichen, aber immer ist deine Mailbox angesprungen. John hat das Angebot von Barron Fisher abgelehnt und mich stattdessen in der Show von Berry untergebracht«, erklärte sie weinerlich.

»Ja, ich habe es gesehen. Leider hatte ich in Großbritannien keinen Empfang, sonst hätte ich dir davon abgeraten. Talulah Berry mag jung und innovativ sein, aber Barron ist der Profi, auf den die Massen hören.«

Katie pulte nervös an ihrem Finger. »Mist, jetzt habe ich mir einen Nagel abgerissen.« Zum Beweis streckte sie Jools den Finger entgegen. »John war ziemlich sauer, weil du einfach abgereist bist, weißt du?«

»Ja, so wurde es mir berichtet.« Sie hatte nicht vor, Katie so schnell vom Haken zu lassen.

»Ich wollte nicht wechseln. Wirklich! Aber John meinte, dass Trish besser für mich ist.« Katie sah aus, als würde sie jeden Moment in Tränen ausbrechen.

Mit einem Mal tat sie ihr leid. In der letzten Woche hatte sie sich oft Gedanken darüber gemacht, wie sie mit Katie Pearce umgehen sollte, wenn sie sie traf. Die Erkenntnis traf sie wie ein Blitz: Ehrlichkeit.

Jools seufzte leise. »Pass mal auf, Katie. Ich will dir einen Rat geben – einen, den ich dir schon viel früher hätte geben sollen, wozu ich aber zu feige war.« Sie sah, wie Katie zusammenzuckte. »Du musst nicht immer das tun, was andere sagen. John arbeitet für dich und nicht umgekehrt. Sei auf der Hut vor ihm. Als dein Manager sollte er deine Interessen vertreten. John Sawyer ist in der Branche als Geldhai bekannt, der sich junge Künstler unter den Nagel reißt, um sie dann auszuquetschen wie eine Zitrone. Er sieht dich als Ware, mit der er Geld verdienen kann.« Sie sah Katie direkt in ihr hübsches Gesicht. Katie starrte sie mit offenem Mund an. »Trish ist zwar meine Konkurrentin, aber sie weiß, was sie tut. Ihretwegen brauchst du dir keine Sorgen zu machen. Aber wenn du im Showbusiness bestehen willst, solltest du dich von Typen wie John Sawyer fernhalten.«

»Aber warum sagst du mir das alles?«

»Weil ich dich mag, Katie. Du bist eine nette junge Frau mit dem Potenzial zum Star.« Sie nahm Katies Hand in ihre. »Mir ist gerade klar geworden, dass ich mich viel zu sehr darum gekümmert habe, was andere von mir denken, und viel zu sehr auf Erfolg aus war.«

»Jools, ich weiß gar nicht, was ich sagen soll«, stammelte Katie. Ihre Wangen waren rot und sie wirkte mit einem Mal sehr verletzlich, wie sie mit hängenden Schultern vor ihr saß.

Jools stand auf und ging zu ihr. »Komm, lass dich in den Arm nehmen.« Sie breitete die Arme aus und drückte Katie an sich.

»Ich glaube, es war ein ziemlicher Fehler, von dir wegzugehen«, flüsterte Katie.

»Blödsinn. Du hast getan, was dir dein Manager geraten hat. Das wäre jedem in deiner Situation passiert. Wichtig ist nur, dass du ab sofort die Augen offen hältst. Versprichst du mir das?«

»Ja, das mache ich«, nickte Katie mit Tränen in den Augen.

»Und hör sofort auf zu weinen, sonst muss ich auch weinen, und das wäre doof, weil ich gleich einen Termin habe«, lächelte Jools.

Katie kicherte.

»Einverstanden.« Jools reichte ihr ein Taschentuch. »Ich bin dir so dankbar für alles«, versicherte Katie beim Hinausgehen. Jools wusste, dass sie es auch so meinte. Katie war ein gutes Mädchen – das hatte sie von Anfang an gewusst.

»Das ist mehr, als man sich wünschen kann«, lächelte sie ihr aufmunternd zu. »Und mach dir keine Gedanken mehr wegen mir.«

Katie warf ihr einen Luftkuss zu, dann verschwand sie.

Jools ließ sich seufzend auf den Stuhl fallen. Zumindest eine Baustelle in dem Chaos, in dem sie sich zurzeit befand, war geschlossen worden. Ab heute würde sie sich nicht mehr sagen lassen, was sie zu tun hatte. Nicht von Trish, nicht von Graham, und auch nicht von Dean.

Auf dem Heimweg fuhr sie bei Susan vorbei. Ihre Freundin kam ihr in einem schwarzen Jumpsuit entgegen. Auf dem Arm trug sie die kleine Apple, daneben tapste ihre ältere Schwester, die zweijährige Zoe.

»Das ist ja eine nette Überraschung«, freute sich Susan.

»Ich dachte, ich komme mal vorbei.« Jools ging in die Knie und gab Zoe ein Küsschen auf die Nase. »Hallo, du kleine Motte.«

Die Kleine war ihrem Vater wie aus dem Gesicht geschnitten. Die gleichen dunklen Augen und die gerade Nase.

»Meine Güte. Barron kann seine Vaterschaft wirklich nicht verheimlichen«, grinste Jools und gab Susan einen Kuss auf die Wange. »Zoe sieht aus wie sein jüngerer Klon.«

»Sag ihm das nicht, sonst wird er größenwahnsinnig. Er ist sowieso ganz vernarrt in die Kinder.« Susan lachte. Die kleine Apple schmatzte leise im Schlaf.

»Apple sieht aus wie ein Engel«, stellte Jools lächelnd fest und strich dem Baby über die weiche Haut an den Armen.

»Warte ab, bis sie Hunger hat. Dann hat es sich ausgeengelt!« Susan verzog das Gesicht. »Lust auf ein Gläschen Wein?«

»Ich glaube, ein Wasser wäre mir lieber. Ich habe einen völlig ausgetrockneten Mund«, entgegnete sie. »Ich war den ganzen Tag nur am Telefon.«

»Arbeitest du immer noch so viel?«, fragte Susan.

Sie gingen ins Wohnzimmer. Die Abendsonne schien schräg durch die Fenster und tauchte alles in ihr rosa Licht.

»Noch mehr als sonst. Du weißt doch, Graham hat mir das Messer auf die Brust gesetzt.« Jools seufzte. »Wobei ich mir in den letzten Tagen oft Gedanken mache, ob ich diesen ganzen Druck überhaupt will.«

Susan legte das schlafende Baby auf das Sofa neben Jools und schenkte ihnen Wasser ein.

»Hast du auch manchmal Sehnsucht nach der guten alten Zeit?« Jools drehte nachdenklich das Glas in ihrer Hand.

»Du meinst die, als ich noch arm wie eine Kirchenmaus war und mich mit Kellnern über Wasser gehalten habe?« Susan schüttelte den Kopf. »Nein. Ich bin froh, dass es das Schicksal so gut mit mir gemeint hat und ich in all dem Luxus an der Seite meines Traummannes leben darf.«

»Das meine ich doch nicht«, beharrte Jools, »sondern das ganze Drumherum.«

»Was dann?«

»Na ja, manchmal kommt mir das alles so oberflächlich vor. Ich beschäftige mich den ganzen Tag mit Menschen, denen es nur darauf ankommt, berühmt und reich zu werden, damit sie sich all ihr Wünsche erfüllen und das Leben ihrer Träume führen können.« Sie legte den Kopf nachdenklich zur Seite. »Ich habe oft den Eindruck, dass wir verlernt haben, mit dem glücklich zu sein, was wir haben. Ein bisschen Bescheidenheit würde uns manchmal ganz gut tun.«

Susan sah sie schräg von der Seite an. »Sag mal, hast du Depressionen? Ich kenne einen fantastischen Arzt in Manhattan.«

»Lass den Blödsinn! Ich habe keine Depressionen, nur weil ich mir über mein Leben Gedanken mache.«

»Wenn ich dich so reden höre, frage ich mich wirklich, was dich hier hält.« Susan reichte ihr das Glas. »Ich habe den Eindruck, dass du nicht glücklich in deinem Job bist und dein Herz hängt auch nicht sonderlich an New York.«

»Ich kann dir sagen, was es ist: Dean und mein Verstand.«

Susan legte den Kopf leicht schräg und sah sie mit kritischem Blick an. »Nur mal angenommen, Dean und du würdet euch trennen …«

»Das steht doch nicht zur Debatte«, unterbrach Jools sie.

»Nur mal angenommen. Was würdest du dann tun?«

»Nach Wales ziehen und noch mal ganz von vorn anfangen«, kam es wie aus der Pistole geschossen.

»Erstaunlich«, nickte Susan nachdenklich. »Es ist erstaunlich, was dieser Aufenthalt bei dir bewirkt hat. Du bist ein ganz anderer Mensch geworden.« Susan ließ sich neben ihrer Tochter auf dem Sofa nieder. Zoe spielte mit ihrer Puppe auf dem Teppich.

»Ist das gut oder schlecht?«, fragte Jools.

»Gut. Du bist endlich wieder die Jools, die ich vor Jahren kennengelernt habe.«

»Wie meinst du das?«

»Als ich dich kennengelernt habe, warst du unternehmungslustig und witzig. Je länger du bei der *Starlight* gearbeitet hast und die Karriereleiter hochgeklettert bist, umso ernster und verbissener bist du geworden«, erklärte Susan zögerlich.

»Aber warum hast du mir das nicht schon früher gesagt?« Sie war ernsthaft geschockt von der Ehrlichkeit ihrer Freundin.

Susan zuckte mit den Schultern. »Hättest du auf mich gehört?«

Nachdenklich sah Jools sie an. »Wahrscheinlich nicht.«

Sie musste wieder an Millies Brief denken.

Du hast noch immer diese wunderschönen blauen Augen, aber ich vermisse das Glitzern von damals.

Hatten es alle außer ihr selbst gesehen?

»Ich war wohl ein ziemliches Arschloch in den letzten Monaten.« Sie knabberte an ihrer Unterlippe.

»So würde ich es nicht sagen, aber ja …« Susan tätschelte ihre Hand. »Aber jetzt bist du wieder meine Jools. Ich hätte es dir irgendwann gesagt, aber noch nicht jetzt. Wie heißt es immer so schön: *in guten wie in schlechten Zeiten*.«

Jools dachte an die letzten zwei Jahre. Sie hatte Susan frevelhaft vernachlässigt. Zu Zoes Taufe war sie wegen eines Geschäftstermins zu spät erschienen. Zu Apples Geburt hatte sie ihrer Freundin lediglich eine WhatsApp-Nachricht geschickt. Mit einem Mal kam sie sich schrecklich selbstsüchtig vor. Ein fetter Kloß hatte sich in ihrem Hals gebildet. Dean hatte recht gehabt, und was noch viel schlimmer war: Es war ihre Schuld, dass alle sie verlassen hatten.

»Es tut mir so leid!« Jools schluckte.

»Braucht es nicht. Ich erwarte allerdings von dir, dass du zu mir hältst, sollte ich mal eine Krise kriegen oder etwas tun, was nicht so toll ist.« Susan lächelte mild.

»Immer!« Jools fiel ihrer Freundin um den Hals. Tränen brannten in ihren Augen. »Ich weiß auch nicht, wie das passieren konnte. Aber plötzlich scheint sich alles zum Guten zu wenden.«

Sie erzählte Susan von ihrem Telefongespräch mit ihrer Mutter.

»Na siehst du. Ich bin mir sicher, dass sie mindestens genauso froh darüber ist wie du.«

»Ja, sie schien mir deutlich erleichtert zu sein. Ehrlich gesagt bin ich es auch. Das schlechte Verhältnis zwischen uns hat mich all die Jahre belastet, auch wenn ich es nicht wahrhaben wollte.«

»Da sind ja meine Lieblingsfrauen.«

Barron stand plötzlich im Raum. Sie waren so in ihr Gespräch vertieft gewesen, dass sie ihn nicht bemerkt hatten.

»Hi, mein Schatz.« Barron beugte sich zu Susan und gab ihr einen zarten Kuss.

»Was ist mit mir?«, lachte Jools und deutete auf ihre Wange.

»Das ist mein Mann«, lachte Susan. »Aber in deinem Fall will ich eine Ausnahme machen.«

»Und ich werde gar nicht gefragt?« Barron zwinkerte Susan zu. »Ich hatte gerade einen höchst interessanten Anruf«, sagte Barron mit geheimnisvoller Miene und setzte sich zu seiner Frau. Zoe kam angelaufen.

»Daddy! Daddy!« Die Kleine fiel ihrem Vater um den Hals.

»Da ist ja mein kleiner Liebling.« Barron hob seine Tochter zu sich auf den Schoß. »Katie Pearce hat mich angerufen.«

»Was?« Jools schüttelte ungläubig den Kopf.

»Ja, sie hat mir erzählt, dass sie sich von John Sawyer getrennt hat und gern auf mein Angebot, in meiner Show aufzutreten, zurückkommen würde. Sie sagte, du hättest ihr die Augen geöffnet.«

Ein Lächeln breitete sich auf Jools' Gesicht aus. Susan und Barron starrten sie fragend an.

»Katie war heute in meinem Büro. Ich habe ihr meine Meinung zu John Sawyer gesagt«, erklärte sie mit einem breiten Grinsen im Gesicht. »Ich schätze, sie hat meinen Rat angenommen.«

»Ich finde, darauf sollten wir einen Schluck trinken«, schlug Barron vor. »Musst du heute noch stillen?« Barron sah Susan an.

»Schon passiert, und ich habe vorsorglich abgepumpt. Ein winziges Schlückchen Sekt dürfte also nicht schaden.«

»Jools?«

»Ich habe auch schon fertig gestillt und abgepumpt«, witzelte sie.

»Wunderbar, dann hole ich den Champagner.« Barron stand auf und holte den Schampus aus dem Kühlschrank.

»Ist das nicht herrlich, wenn man so einen Mann hat?«, schwärmte Susan.

»Absolut. Darum beneide ich dich ein wenig.« Jools spielte nachdenklich an dem Nixenring.

»Aber du hast doch Dean«, protestierte ihre Freundin.

»Da bin ich mir in letzter Zeit nicht mehr so sicher«, sagte Jools mit gesenkter Stimme.

Barron kam schwer beladen zurück.

»Da wäre ich wieder.« Er reichte jeder von ihnen ein Glas.

»Auf die Katies dieser Welt, und dass sie alle zur Vernunft kommen«, lachte Barron.

»Und auf Jools, die ihr den richtigen Weg gezeigt hat«, ergänzte Susan. »Auf dass wir alle unser Glück finden.«

Hoffentlich, dachte Jools und leerte ihr Glas in einem Zug.

21. Kapitel

Drei Wochen später

Jools sah auf ihre Armbanduhr. Es war Mittag und Dean hatte versprochen anzurufen, damit sie sich zum Abendessen treffen konnten. Er war für zwei Tage zum Golfen nach Long Island gefahren. Eigentlich hatte sie ihn begleiten wollen, aber er hatte es ihr ausgeredet. Er wusste, dass sie kein besonderer Freund dieses Sports war. Sie hatte mehrfach versucht, ihn anzurufen, aber nur die Mailbox erreicht.

Sie wählte die Nummer seines Büros.

»Büro Mr Gibson. Sie sprechen mit Melanie. Wie kann ich Ihnen behilflich sein?«, meldete sich die gelangweilte Stimme von Deans Sekretärin am anderen Ende.

»Hallo, Melanie. Hier spricht Jools Miller. Ich versuche seit heute Morgen, Mr Gibson zu erreichen. Wissen Sie, wo er steckt? Sein Handy ist ausgeschaltet.«

»Hat man Sie denn gar nicht angerufen?«, fragte die Sekretärin in einem Ton, der nichts Gutes verheißen ließ.

Augenblicklich stellten sich ihr alle Haare auf. »Ich habe keine Ahnung, wovon Sie sprechen.«

»Mr Gibson liegt im Krankenhaus!«

»Waaas?« Jools hätte vor Schreck fast den Hörer fallen gelassen. »Aber was ist passiert?«

»Mr Gibson hatte in der Nacht einen Blinddarmdurchbruch und musste notoperiert werden.«

»Um Gottes willen.« Jools schlug erschrocken die Hand vor den Mund.

Das erklärte, warum er sich nicht gemeldet hatte. Sie fühlte sich schlecht, weil sie ihn verdächtigt hatte.

»Können Sie mir sagen, wo er liegt?« Die Sekretärin nannte ihr die Adresse. »Ich danke Ihnen, Melanie.«

»Gern geschehen, Mrs Miller.«

»Danke, Melanie. Wir hören uns.«

Ihr Herz klopfte wie verrückt und ihre Hände zitterten, als sie das Handy in die Tasche steckte. Dean war im Krankenhaus. Ein Blinddarmdurchbruch war keine leichte Sache. Der arme Kerl.

Er hatte in den letzten Tagen über Bauchschmerzen geklagt. Sie hatte es auf die leichte Schulter genommen und als Blähungen abgetan. Nun hatte sie ein schlechtes Gewissen. Vergessen waren ihre Auseinandersetzungen der letzten Wochen. Sie musste so schnell wie möglich zu ihm. Nach Long Island war es nicht weit. Wenn sie sich beeilte, würde sie in weniger als drei Stunden da sein. Sie schnappte sich ihren Blazer und hastete nach draußen.

Die Fahrt hatte länger gedauert, als gedacht. Ein Stau kurz vor der Autobahn hatte sie eine halbe Stunde gekostet. Zumindest war das Wetter besser geworden. In New York war der Himmel grau verhangen gewesen, hier in den Hamptons schien wenigstens die Sonne. Langsam fuhr sie auf den klinikeigenen Parkplatz. Das Krankenhaus selbst war ein nüchterner sandfarbener Bau, der sich entlang der Straße erstreckte.

Sie stellte den Wagen ab, schnappte sich ihre Tasche und ging im Stechschritt die Einfahrt hoch, durch den Haupteingang, direkt auf den Empfang zu. Der typische Geruch von Desinfektionsmitteln und Krankheit hing in der Luft.

Sie hasste Krankenhäuser, seit sie ihren Vater während seiner Krankheit begleitet hatte. Der Geruch löste bei ihr leichte Übelkeit aus. Sofort waren die Bilder ihres todkranken Vaters wieder in ihrem Kopf, wie er ausgemergelt und blass in seinem Bett gelegen hatte. Zu schwach zum Essen und an unzählige Apparate angeschlossen, die ihn am Leben hielten.

Der Fahrstuhl ging auf und eine Traube Menschen quoll ihr entgegen. Jools trat zur Seite und wartete, bis alle ausgestiegen waren.

Sie drückte den Knopf und die Tür ging mit einem leisen Pling zu. Keine Minute später stieg sie im vierten Stockwerk aus und folgte den Ausschilderungen bis zum Schwesternstützpunkt.

»Guten Tag«, wurde sie freundlich von einer adrett aussehenden Dame in rosa Schwesternkleidung begrüßt.

»Guten Tag. Mein Name ist Jools Miller. Ich würde gern Mr Dean Gibson besuchen. Man sagte mir am Empfang, dass er hier liegt.«

Die Schwester nickte. »Ja, Mr Gibson wurde heute Morgen eingeliefert. Sie finden ihn auf der Privatstation, Zimmer 304.«

»Danke schön.« Sie eilte über den Flur. Ihre Schuhe quietschten leise auf dem Linoleumboden.

Die Station war deutlich freundlicher gestaltet als die übrigen Stationen des Krankenhauses. Statt des nüchternen Weiß an den Wänden hingen hier kunstvolle Schwarzweiß-Fotografien. Deans Zimmer lag in der Mitte des Ganges. Zaghaft klopfte sie an.

»Herein!«, ertönte eine weiblich Stimme. Jools sah verwirrt auf das Namensschild an der Tür, ob sie richtig war. Dort stand eindeutig Deans Name geschrieben.

Wer konnte die Frau sein, und warum war sie bei Dean?

Entschlossen drückte sie die Türklinke hinunter und trat ein. Der blonde Haarschopf der Frau drehte sich um und sie sah ihr direkt ins Gesicht.

»Jools!« Cassie Carter, Deans persönliche Assistentin, sah sie mit großen Augen an. Jools' Hirn war noch dabei, die Informationen zu verarbeiten.

»Was machst du denn hier?«, fragte Jools mit klirrender Stimme.

»Jools, ich verstehe nicht ...« Dean richtete sich mühsam auf. Er sah schlecht aus. Sein Gesicht hatte sämtliche Farbe verloren und seine Augen lagen in dunklen Höhlen. Jools fand, dass er noch nie so alt ausgesehen hatte.

»Warum ist sie hier«, Jools deutete mit dem Finger auf Cassie, »und ich weiß von nichts?«

»Dean hat mich angerufen und gebeten, ihm ein paar Sachen aus seiner Wohnung vorbeizubringen«, entgegnete Cassie spitz.

»Jools, bitte mach keine Szene«, fing Dean erneut an zu sprechen und ließ seinen Oberkörper zurück auf das Kopfkissen fallen.

»Ich mache keine Szene. Ich wüsste nur gerne, was für ein Spiel hier gespielt wird.» Ihr Blick fiel auf Cassie, die peinlich berührt neben dem Bett stand.

Dean räusperte sich lautstark. »Cassie, ich glaube, es ist besser, du gehst jetzt. Wir haben alles Wichtige besprochen. Vielen Dank, dass du vorbeigekommen bist und mir die Sachen gebracht hast.«

»Das war selbstverständlich.« Cassie lächelte Dean an. »Ich hoffe, es geht dir bald besser.« Sie stand auf und nahm die Handtasche vom Stuhl. »Ms Miller, es tut mir leid, falls Sie einen falschen Eindruck bekommen haben. Das war nicht meine Absicht.«

Mit einem Mal tat es ihr leid, so unwirsch reagiert zu haben. Die junge Frau konnte wahrscheinlich nichts dafür.

»Ich glaube, ich muss mich entschuldigen«, nickte sie Deans Assistentin zu.

»Kein Problem.« Die junge Frau verschwand aus dem Raum.

»War das nötig?« Dean sah sie wütend an.

»Was? Du meinst meine Frage? Ich finde schon.»

»Nein, dass du dieses Theater vor Cassie veranstaltet hast«, schimpfte Dean. Auf seiner Oberlippe hatten sich feine Schweißperlen gebildet.

»Warum regst du dich deswegen so auf? Ich finde, du solltest dir viel mehr Gedanken darüber machen, warum du deine Sekretärin mir vorziehst.« Sie funkelte ihn noch immer wütend an. Ihr Puls raste und sie spürte, wie ihr die Enttäuschung den Hals hochkroch.

»Ich ziehe Cassie nicht dir vor. Sie ist meine Assistentin und kümmert sich um alles.«

»Und dazu gehört auch das Holen von Unterwäsche aus dem Apartment?«

»Ja, auch das.«

»Falsch! Das macht für gewöhnlich die Freundin oder Frau.« Der Monitor neben Deans Bett piepste laut. Irritiert sah sie auf das Display. Deans Puls war angestiegen – mit Sicherheit eine Folge der Aufregung. Er schwieg. »Du hättest mich anrufen können», fuhr sie mit sanfter Stimme fort.

»Wieso sollte ich dich anrufen?«, fragte Dean seelenruhig.

»Das fragst du noch?« Sie stemmte die Hände in die Hüften. »Ich bin deine Freundin. Das machen Menschen für gewöhnlich, wenn sie zusammen sind – sie rufen sich an, wenn es ihnen schlecht geht.« Sie schüttelte fassungslos den Kopf. »Allein, dass ich dir das erklären muss, ist schon komisch.»

»Bitte reg dich nicht auf.« Er verzog schmerzhaft das Gesicht.

»Alles okay?« Sie eilte besorgt an seine Seite. Dean sah wirklich nicht gut aus. Sein Gesicht war noch blasser geworden und hatte einen leichten Grauton angenommen.

»Ja, es geht schon«, winkte er ab.

Sie ließ sich auf den Suhl neben dem Bett fallen, wo eben noch Deans Assistentin gesessen hatte.

»Ich glaube, wir sollten ein paar grundsätzliche Dinge zwischen uns klären.«

»Jetzt?« Er wischte sich mit der Hand über den Mund.

»Ja, genau jetzt. Hier kannst du mir wenigstens nicht weglaufen«, scherzte sie bitter. Dean schwieg. Die Stille lastete schwer zwischen ihnen. »Wie stehst du eigentlich zu mir?«

»Was ist das für eine Frage?« Er sah sie verwundert an.

»Lass es mich so ausdrücken: Wir sind seit knapp drei Jahren ein Liebespaar. Wir sehen uns einmal die Woche, trinken Champagner, essen und haben wilden Sex miteinander. Wenn wir uns unterhalten, dann geht es fast immer um geschäftliche Dinge. Das ist mir persönlich nicht genug!« Ihr Blick fiel auf den goldenen Ring an ihrem Finger – Millies Symbol der Liebe.

»Aber das ist doch wunderbar so. Wir streiten uns fast nie, wir haben großartigen Sex und jeder hat seine Freiheit. Ich sehe nicht, wo das Problem ist.«

»Aber genau das ist das Problem«, entgegnete sie entschlossen. »Ich bin zweiunddreißig Jahre alt. Meine biologische Uhr tickt. Ich möchte Kinder und ich möchte heiraten. Ich möchte einen Partner an meiner Seite haben, der mich liebt, genau so, wie ich bin. Der mit mir durch dick und dünn geht und bei mir ist, wenn ich ihn brauche. Ich wünsche mir einen Mann, der meine Nähe sucht, der mein bester Freund und gleichzeitig mein Liebhaber ist.» Sie holte tief Luft. »Ich habe genug davon, die zweite Geige in deinem Leben zu spielen.« Sie zitterte am ganzen Körper und in ihren Ohren rauschte das Blut. Endlich hatte sie es ausgesprochen.

»Jools ...«, fing Dean an. Instinktiv hielt sie die Luft an. »Du bist eine tolle Frau und ich bin gerne mit dir zusammen. Der Sex mit dir ist großartig, du bist witzig und schlau. Aber ich glaube nicht, dass ich Kinder von dir möchte.» Sie zuckte kaum merklich zusammen. Seine Worte waren wie ein Schlag ins Gesicht. »Wie du weißt, war ich bereits einmal verheiratet. Wie sich herausstellte, ein großer Fehler. Ich glaube, ich bin nicht für die Ehe geeignet.«

Ihre Augen suchten die seinen, in der Hoffnung, etwas darin zu finden, dass sie vom Gegenteil überzeugen konnte. Aber stattdessen fand sie nur Leere. Da wurde ihr klar, was sie tun musste.

Sie beugte sich zu ihm und gab ihm einen Kuss auf die Wange.

»Wofür war das?«, fragte er mit rauer Stimme.

»Dafür, dass du ehrlich zu mir warst und ich durch dich erkannt habe, was ich wirklich möchte.«

»Und das wäre?«

»Meinen Job kündigen, um endlich das zu tun, was ich möchte, und nicht das, was andere von mir erwarten.« Ein Lächeln huschte über ihr Gesicht. »Ein kleines Hotel an der Küste von Pembrokeshire leiten und dort mein Glück versuchen.«

»Aber das kann nicht dein Ernst sein! Was ist mit uns?«

»Noch nie in meinem ganzen Leben war ich mir einer Sache so sicher wie dieser. Wenn wir ehrlich miteinander sind, hat es ein uns doch nie gegeben, zumindest nicht so, wie ich es mir vorstelle. Lebwohl Dean.« Mit erhobenem Kopf verließ sie das Zimmer, ohne sich noch einmal nach ihm umzuschauen. Als die Tür hinter ihr ins Schloss fiel, wusste sie, dass ein Kapitel ihres Lebens gerade beendet worden war. Blieb noch eine Sache, die es zu erledigen galt.

Es klingelte.

Einmal.

Zweimal.

Jools trommelte nervös mit den Fingern auf der Schreibtischplatte.

Die Stimme des Notars am anderen Ende.

»Maximilian, hier ist Jools Miller.«

»Jools! Mit Ihnen hatte ich nicht gerechnet. Ist etwas passiert?«

»Allerdings«, nickte sie.

»Ich hoffe nichts Schlimmes.« Er klang besorgt.

»Nein, ich denke, genau das Gegenteil. Zumindest hoffe ich, dass es so ist.«

»Nun machen Sie mich neugierig.«

»Ich möchte das Hotel behalten«, ließ sie die Bombe platzen.

Für einen Moment herrschte absolute Stille. Hätte sie nicht seinen Atem im Ohr gehabt, hätte sie gedacht, das Gespräch wäre unterbrochen worden. Leise kroch Angst ihren Rücken hoch. Vielleicht hatte der Notar bereits einen Käufer gefunden oder noch schlimmer – es bereits verkauft!

»Maximilian?« Angst schwang in ihrer Stimme mit.

Sie hörte, wie er sich räusperte.

»Ich muss sagen, Sie überraschen mich«, gestand er schließlich.

»Ist es etwa schon zu spät?«, platzte sie heraus.

»Ich habe zwar schon einen Käufer gefunden «, Jools‘ Magen zog sich krampfhaft zusammen, »aber ich denke, das sollte kein Problem darstellen.«

Sie sog scharf die Luft ein. »Dann besteht die Möglichkeit noch, dass ich mein Erbe antreten und *Fleetwood on Sea* behalten kann?«

»Wenn Sie es wirklich ernst meinen, dürfte Ihrem Wunsch nichts im Wege stehen.« Tränen verschleierten ihren Blick. »Jools?«

»Sie wissen gar nicht, wie glücklich Sie mich gerade gemacht haben«, schluchzte sie und ließ ihren Tränen freien Lauf.

»Das hat schon lange keine Frau mehr zu mir gesagt.«In seiner Stimme schwang ein Lächeln mit. „Aber Sie müssen mir verraten, was Sie dazu bewogen hat, Ihre Meinung zu ändern.«

»Die Liebe ist schuld.«

»Die Liebe?« Sie konnte förmlich sehen, wie der ältere Mann die Stirn runzelte.

»Ich habe erkannt, dass ich genau das haben möchte, was Millie mit ihrem Mann hatte. Natürlich weiß ich, dass eine solche Liebe nicht einfach vom Himmel fällt, aber ich habe erkannt, dass ich dabei war, einen großen Fehler zu machen. Ich will nicht länger Kompromisse eingehen, wenn es um mein Leben geht. Ich möchte Dinge verändern, und vor allem möchte ich mein Leben nicht länger damit verbringen, von einem Termin zum nächsten zu hetzen. Millie hatte recht, als sie behauptete, ich hätte mich in den letzten Jahren verloren.«

»Und wie lautet Ihr Plan?«

»Mich wiederzufinden, und wenn dabei die große Liebe herausspringt, werde ich die Letzte sein, die sich dagegen wehrt.«

22. Kapitel

Vier Wochen später

»Hast du deinen Pass dabei?«, fragte ihre Mutter besorgt.

Sie standen in der Abflughalle des *John F. Kennedy International Airport.*

»Mom, ich bin kein kleines Kind mehr«, lachte Jools und legte ihren Arm um die Taille ihrer Mutter.

»Denk dran zu schreiben, wenn du angekommen bist«, bat Susan.

»Ich versuche es. Ihr wisst ja, in Fleetwood gibt es oft keine Verbindung.«

»Ich kann es immer noch nicht glauben, dass du es wirklich wahr machst und nach Fleetwood ziehst.«

»Ich kann es selbst nicht glauben, aber ich bin mir ziemlich sicher, dass es das ist, was ich möchte«, sagte sie bestimmt.

Sie war so mit den Vorbereitungen beschäftigt gewesen, dass die letzten Wochen wie im Flug vergangen waren. Sie hatte alle Zelte abgebrochen, ihren Mietvertrag gekündigt, das Auto verkauft und sich von allen Freunden und Bekannten verabschiedet. Einige hatten sie mit Bewunderung angesehen, andere hatten sie belächelt.

Ihre Kollegen bei der *Starlight* hatten eine kleine Abschiedsparty für sie organisiert. Graham hatte eine lange Rede auf sie gehalten, in der er mehr als einmal sein Bedauern über ihre Kündigung zum Ausdruck gebracht hatte.

Bis zum Schluss hatte er versucht, sie mit einer Partnerschaft zu ködern, nachdem Katie in Barrons Show aufgetreten war und sich dabei live und unter Tränen bei Jools für ihre Hilfe und professionelle Unterstützung bedankt hatte. Die tränenreiche Rede hatte nicht nur Katie, sondern auch Jools über Nacht berühmt gemacht.

Trish war ebenfalls zur Party gekommen. Anscheinend hatte Katie auch mit ihr gesprochen, denn Trish hatte sich bei Jools für ihr unfaires Verhalten entschuldigt. Sie waren nicht als Freundinnen, aber zumindest als Kolleginnen auseinandergegangen.

Den Moment, als sie durch die Tür des Bürogebäudes gegangen war, würde Jools nie vergessen. Es war, als ob man ihr ihre Freiheit wiedergegeben hätte, obgleich auch ein Tropfen Wehmut dabei gewesen war. Schließlich hatte sie dort die letzten Jahre ihres Lebens verbracht. Gute Jahre, die sie nicht missen wollte. Schließlich war sie durch sie gewachsen und zu dem Menschen geworden, der sie war. Aber nun war es Zeit für einen Neuanfang.

»Ich erwarte von euch, dass ihr mich in Fleetwood besuchen kommt. Das wisst ihr hoffentlich«, ermahnte sie die beiden.

»Sobald Apple aus dem Gröbsten raus ist, sitze ich im Flieger«, versprach Susan und drückte Jools bestimmt zum hundertsten Mal.

»Ich komme, sobald ich kann.« Ihre Mutter schlang die Arme um sie und gab ihr einen Kuss auf die Wange. »Pass auf dich auf.«

»Das werde ich. Macht euch keine Sorgen. Emily hat mir angeboten, während des Umbaus zu ihr und Melee ins Cottage zu ziehen. Ich denke, ich werde das Angebot annehmen«, lächelte Jools.

Emily war völlig außer sich gewesen, als Jools sie kurz nach dem Telefonat mit Maximilian Stein angerufen und von ihrer Entscheidung, ein neues Leben im *Fleetwood on Sea* zu beginnen, erzählt hatte. Sie hatten beide am Telefon geweint, und als Jools sie gebeten hatte, ihr zu verzeihen, hatte Emily ihr mehrfach versichert, dass es nichts zu verzeihen gab. Seitdem hatten sie täglich miteinander gesprochen. Bei ihrem letzten Anruf war Emily mit der Idee, dass Jools ins Cottage ziehen sollte, herausgerückt und Jools hatte begeistert zugesagt. Der Gedanke, mit ihr und Melee unter einem Dach zu wohnen, war mehr als verlockend. Sie hatte lange genug allein gelebt.

Ihr Flug wurde durch den Lautsprecher aufgerufen.

»Du musst los«, rief Susan und drückte sie ein letztes Mal. »Ich hab dich lieb.«

»Ich dich auch«, flüsterte Jools ihr ins Ohr. »Bitte grüß Barron noch mal von mir und sag ihm Danke für alles.«

»Mein Kind.« Ihre Mutter hatte Tränen in den Augen. »Ich bin ja so froh für dich.«

»Ich auch, Mom. Aber ich werde dich vermissen.« Sie gab ihr einen Kuss. Eine einzelne Träne kullerte über ihr Gesicht. »Ich liebe dich, Mom.«

»Ich dich auch. Bis zum Mond und wieder zurück.« Sie ließ Jools' Hand los.

Mit erhobenem Kopf und klopfendem Herzen ging sie zur Sicherheitskontrolle.

Morgen würde ihr neues Leben beginnen.

Danksagung

Es ist schwer in Worte zu fassen, welche Dankbarkeit ich für euch, meine Leser, empfinde. Ihr habt es mir ermöglicht, dass ich meinen Traum leben kann und das tun darf, was ich liebe: schreiben. Eure Begeisterung, eure Worte, eure Briefe, eure E-Mails treiben mich an, mir immer wieder neue Geschichten auszudenken, und entlohnen für die einsame Arbeit vor dem Laptop.

Ich schätze mich glücklich, euch an meiner Seite zu haben.

Mein besonderer Dank geht an meine Testleserinnen: Ulla Leuwer, Julia Bähr, Christiane Schäfer, Andrea Salzberger, Claudia Perc, Gudrun Media, Christa Fisch, Caroline Kaindl-Poosch, Bea Surbek, Katja Ezold, Verena Scheider, Anja Lang, Anja Abendroth und Marion Matz. Es ist immer wieder großartig, mit welcher Begeisterung ihr euch ans Werk macht und mir helft, meine Bücher mit jedem Mal zu verbessern. Ihr seid ein wichtiger Teil meiner Arbeit, und dafür danke ich euch von Herzen.

Andrea Salzberger, danke für deine tolle Organisation und deine Hilfsbereitschaft und Begeisterung.

Claudia Perc, du bist seit Jahren an meiner Seite, unterstützt mich bei all meinen Projekten. Ich bin mehr als dankbar, dich als Freundin und Beraterin an meiner Seite zu haben.

Meiner weltbesten und liebsten Lektorin Sandra, die zudem noch ein ganz besonderer Mensch ist, der mein Leben bereichert. Ich freue mich auf noch viele gemeinsame Abende wie in Berlin – natürlich mit den entsprechenden Getränken dazu!

Vielen Dank, Martina König, für ihre Professionalität und die tolle Arbeit.

Ein spezieller Dank geht an Ina Schüler, die ich quasi im Krankenbett kennengelernt habe und deren Begeisterung zu meinen Büchern jedes Mal ansteckend ist und mich motiviert. Du bist eine tolle Frau und es ist schön, dass das Schicksal uns zusammengeführt hat.

Meiner Familie Kay, Lisa und Maximilian. Ihr seid alles für mich.

Weitere Bücher der Autorin:

Liebe kommt im Schottenrock - Portobello Girls Band 1

Die Klatschreporterin Cassie Devinmoore hat ihr Leben im Griff. Zusammen mit ihren Freundinnen Emily, Taylor und Olive lebt sie in einer schicken WG im angesagten Londoner Viertel Portobello. Als sie jedoch den Shootingstar der Serie "Highlander Kisses" interviewen soll, ist sie nicht sonderlich erfreut, denn der gutaussehende Sam MacLeod verkörpert alles, was Cassie nicht mag: Schottland und Schauspieler.

Missmutig bricht sie nach Applecross, einem kleinen Dorf im Norden Schottlands, auf. Dummerweise ist Sam Mac-Leod ebenfalls nicht begeistert darüber, dass ausgerechnet die Reporterin ein Interview mit ihm führen soll, die ihn in ihrer Kolumne vor knapp einem Jahr bereits bloßgestellt hat.

Doch dann läuft Cassie ein Schaf über den Weg und plötzlich kommt alles anders als geplant ...

"Liebe im Schottenrock" ist der Auftakt der "Portobello Girls-Reihe". Alle Bücher können unabhängig voneinander gelesen werden und sind in sich abgeschlossen.

Liebe stand nicht im Vertrag – Portobello Girls Band 2

Die chaotische Taylor Young ist eine angesehene Nanny des berühmten Norland College und betreut die Kinder reicher Londoner Familien. Zusammen mit ihren Freundinnen Holly, Emily und Olive wohnt sie im angesagten Portobello in einer schicken kleinen WG. Die neue Anstellung in der Familie von Professor Johnson stellt eine echte Herausforderung für die toughe Nanny dar. Die Mutter der Kinder ist vor einem Jahr gestorben und hat einen ziemlichen Scherbenhaufen hinterlassen. Die zickige Tante macht die Sache nicht leichter, und dann taucht auch noch der attraktive Vater der Kinder auf. Er wirbelt Taylors Gefühlswelt ganz schön durcheinander! Aber Taylor hält an der goldenen Regel des Norland College fest: Verliebe dich nie in deinen Boss!

Als die Familie in den Weihnachtsferien nach Haworth abreist, ist Taylor erleichtert. Endlich hat sie Zeit, ihre Gefühlswelt wieder in Ordnung zu bringen.

Doch dann wird die Tante der Kinder überraschend krank, und Professor Johnson bittet Taylor, ihm zu helfen – ausgerechnet an Weihnachten!

Und plötzlich ist alles anders …

Jetlag oder Liebe
Portobello Girls Band 3

Die Flugbegleiterin Emily Walters ist attraktiv, selbstbewusst und Single. Zusammen mit ihren Freundinnen Olive, Abby und Holly lebt sie in einem Apartment im Herzen von Portobello-London.
Als sie dem smarten Unternehmer Ethan Morris das erste Mal begegnet, fliegen die Fetzen. Trotzdem ist Ethan ziemlich schnell klar, dass er Emily näher kennenlernen möchte. Doch Emily weist ihn ab und beginnt stattdessen eine heiße Affäre mit seinem Bruder Jacob.
Der Zufall bringt eine Wahrheit zu Tage, welche Emilys ganzes Leben verändert und plötzlich erscheinen Jacob und Ethan in einem ganz anderen Licht. Hat Emily sich in den beiden Männern getäuscht?

Liebe auf den ersten Blitz
Portobello Girls Band 4

Die lebenslustige Holly Summers wohnt zusammen mit ihren Freundinnen in einer kleinen WG im angesagten Portobello.

Die bekennende Fashionista liebt ihren Job als Moderedakteurin bei einem Lifestyle-Magazin. Für die Produktion einer Sonderausgabe auf der schottischen Isle of Skye bekommt sie den Fotografen Jay Alexander an die Seite gestellt, wovon Holly alles andere als begeistert ist. Der gutaussehende Macho ist es gewohnt, seinen Willen durchzusetzen, doch Holly bietet ihm die Stirn und zwingt ihn zur Zusammenarbeit. Einmal auf der malerischen Isle of Skye angekommen, knistert es gewaltig zwischen den beiden. Doch Jay scheint etwas zu verbergen und Holly ist entschlossen, hinter sein Geheimnis zu kommen …

Ein Roman über die Liebe, Freundschaft und gegenseitiges Vertrauen.

Holunderküsschen

Die 29 jährige Julia steckt mitten in den Hochzeitsvorbereitungen, als sie ihren Verlobten Johann im Bett mit einer Kollegin erwischt. Völlig am Boden zerstört, betrinkt sich Julia und beschließt Hals über Kopf zu ihrer Freundin Katja nach Hamburg zu flüchten. Im Nachtzug nach Hamburg lernt sie Benni kennen, dem sie sturzbetrunken all ihre kleinen und großen Geheimnisse anvertraut, während sie sich ein Abteil im Schlafwagen teilen. Am nächsten Morgen in Hamburg sind nicht nur ihre Erinnerungen weg, sondern auch Benni! Ein Neuanfang muss her! Ein neuer Job, eine neue Wohnung und keine Männer. Zu dumm nur, dass ausgerechnet Benni erneut in ihr Leben platzt und Julias Gefühlswelt durcheinander wirbelt. Ein Katz-und-Maus-Spiel beginnt. Als dann noch Johann auftaucht, scheint die Katastrophe unausweichlich …

Ein Buch über die Suche nach der großen Liebe und dem Glück …

Champagnerküsschen

Die unabhängige Fortsetzung des Bestsellers "Holunderküsschen".

Eigentlich müsste Julia glücklich sein. Seit knapp einem Jahr sind sie und Traummann Benni nun ein Paar. Wäre da nicht Bennis Job und seine Mutter. Julia fühlt sich vernachlässigt. Ist Benni doch nicht der Traummann, für den sie ihn gehalten hat?

Parallel wirbelt ein Jobangebot innerhalb des Verlages Julias Zukunftspläne durcheinander und beschert ihr einen Fernsehauftritt. Dort lernt sie Andreas Neumann, den attraktiven Fernsehmoderator kennen. Julias Zweifel an Bennis Liebe zu ihr werden größer. Besonders als ihr Benni bei ihrem romantischen Essen verkündet, dass er beruflich nach München ziehen muss. Es kommt zu einem Streit mit Folgen. Zwischen Benni und Julia herrscht Funkstille. Und dann taucht plötzlich eine neue Frau an Bennis Seite auf. Julias beste Freundin Katja, ist auch keine Hilfe, denn die verhält sich in letzter Zeit so komisch. Und Harald, Julias schwuler Freund tummelt sich auf Internetplattformen um einen neuen Freund zu finden, anstatt sich um Julia zu kümmern. Also muss Julia alleine eine Entscheidung treffen. Ein Spiel mit dem Feuer beginnt. Hat die Liebe zwischen Benni und Julia noch eine Chance?

Ein Roman über die Liebe und die Wege, die sie manchmal geht ...

Liebe auf Reisen

Was, wenn das Leben nicht mehr nach Plan läuft und alles aus den Fugen gerät?

Die Karrierefrau Kate Miller hat ihr Leben fest im Griff. Dazu gehören ein schickes Apartment im Herzen von New York, ihr Job als Maklerin und Kollege Greg, mit dem sie ein Verhältnis hat. Als sie dann auch noch befördert wird, schwebt Kate endgültig im 7. Maklerhimmel.

Doch als ihr Chef alle Mitarbeiter zu einer exklusiven Feier einlädt und dort gleichzeitig die Verlobung seiner Tochter Laura bekannt gibt, stürzt Kates bisher so wohlgeordnetes Leben wie ein Kartenhaus zusammen: Der zukünftige Bräutigam ist kein Geringerer als Greg.

Gerade als Kate denkt, dass es nicht mehr schlimmer kommen kann, sorgt Greg mit einer infamen Lüge dafür, dass ihr Leben endgültig aus den Fugen gerät. Vollkommen überstürzt nimmt sie ein Jobangebot in England an.

Ausgerechnet ein einfaches Bed&Breakfast bringt eine unerwartete Wendung in das Leben der erfolgsverwöhnten Kate …

Eine Liebeserklärung an das Leben und die Überraschungen des Lebens, die auf jeden von uns warten.

Liebeswind - Sehnsucht nach dir

Was, wenn das Leben dir übel mitspielt und du gezwungen bist, neue Wege zu gehen?
Das Leben der erfolgreichen Londoner Galeristin Lily Rose Bloom ist nahezu perfekt, bis zu dem Tag, an dem ihr Verlobter Andrew ihren Glauben an die Liebe in einer Nacht zerstört. Lily flüchtet von London in den verschlafenen Küstenort Little Haven, um dort in Rose Garden Cottage, dem Haus ihrer verstorbenen Großmutter, einen Neuanfang zu starten.

Drei Jahre später. Lily hat sich mittlerweile in dem kleinen Küstenort eingelebt und den Schrecken von damals überwunden. Als der attraktive Amerikaner Ian in Little Haven mit seinem Segelboot vor Anker geht, kommt es zu einer schicksalhaften Begegnung zwischen den beiden, die Lilys Leben erneut durcheinanderwirbelt ...

Eine zufällige Liebe

Was, wenn das Schicksal dir eine zweite Chance gibt?

Die junge Tess Parker lebt zusammen mit ihrer Tochter Hazel in Brooklyn, wo sie in einer kleinen Bäckerei arbeitet.

Das Leben der alleinerziehenden Mutter ist nicht leicht und Geldsorgen bestimmen ihren Alltag. Doch mit der Unterstützung ihrer besten Freundinnen, ihrer Mutter und ihrer heimlichen Leidenschaft für Macarons macht sie das Beste aus ihrem Leben.

Als sie völlig überraschend in einem Kreuzworträtsel eine Reise nach Paris gewinnt, kann sie ihr Glück kaum fassen.

Voller Hoffnung und mit sieben Briefen von ihren Freundinnen im Gepäck begibt sich Tess auf die Reise. Ihr Plan: eine Woche lang ihre Sorgen hinter sich lassen und das Leben in vollen Zügen genießen!

Als sie den charmanten Franzosen Léon kennenlernt, scheint ihr Glück zunächst perfekt. Doch dann passiert etwas, das ihr Leben erneut von Grund auf verändert.

"Wer weiß, welche Überraschungen das Schicksal noch für dich bereithält."

"Ich glaube nicht an Schicksal. Das Einzige, woran ich glaube, sind Zufälle."

Dein Herz in mir

Worauf kommt es im Leben wirklich an und wie viel ist ein Mensch bereit zu geben?

Die Zwillinge Piper und Daisy Moore verbringen einen letzten gemeinsamen Sommer auf Martha‘s Vineyard, bevor Piper als Ärztin am Boston General Hospital anfangen und Daisy als Köchin nach Paris gehen wird.

Begleitet werden die beiden von Pipers Freund, dem Footballstar Brandon Rogers, und Daisys Chef Ben, mit dem sie eine heiße Affäre hat.

Daisy und Piper verbringen unbeschwerte Tage im Cottage ihrer Großeltern, bis ein furchtbarer Unfall das Schicksal der Zwillinge auf untrennbare Weise mit dem des erfolgsverwöhnten Investmentbankers Luke Redmond aus New York verknüpft.

Ein Liebesroman, der das Unmögliche zeigt und Ihr Herz berühren wird.

Seesterne küssen nicht – Sieben Sommersünden 2

Im Leben von Mia läuft alles perfekt. Mit ihrer Hochzeit in Neapel geht ein langgehegter Traum in Erfüllung. Als sie jedoch ihren Verlobten einen Tag vor der Hochzeit im Bett mit ihrer besten Freundin erwischt, läuft Mia davon.

Im Hafen trifft sie auf einen Offizier, dessen Kreuzfahrtschiff gerade in Neapel vor Anker liegt, und betrinkt sich mit ihm in einer Bar.

Der Abend nimmt eine unerwartete Wendung. Als Mia am nächsten Morgen aufwacht, befindet sie sich auf hoher See auf dem Kreuzfahrtschiff Sonnenglück – als blinder Passagier, und kein Hafen ist in Sicht ...

"*Wenn ich schon sündige, dann aber richtig und ohne schlechtes Gewissen.*

Eine heitere Liebeskomödie über eine unfreiwillige Kreuzfahrt und die Suche nach der großen Liebe vor der malerischen Kulisse des Mittelmeers.

"Seesterne küssen nicht" ist Band 2 der Buchreihe "Sieben Sommersünden". Jedes Buch ist jedoch in sich abgeschlossen und kann unabhängig voneinander gelesen werden.

Alles nur (k)ein Mann

Alles nur kein Mann – das ist der feste Vorsatz, mit dem Greta und Marie eine Nachmieterin für das freigewordene WG Zimmer suchen.

Diesen Vorsatz werfen sie allerdings schnell wieder über Bord, als plötzlich Tim vor der Tür steht.

Tim ist gutaussehend, witzig, ein begnadeter Koch und … schwul. Der ideale Mitbewohner also. Er darf einziehen und bringt schnell frischen Wind in die WG. Bald sind die drei ein eingespieltes Team.

Aber dann passiert etwas, das die Wohngemeinschaft völlig durcheinander wirbelt und die Frauenfreundschaft auf eine harte Probe stellt. Plötzlich ist nichts mehr so wie es scheint …

"Alles nur (k)ein Mann" ist der erste gemeinsame Liebesroman des Autorenduos Martina Gercke und Katja Schneidt.

Dünenglück

Mia ist frustriert! Anstatt die Bestsellerlisten zu stürmen, verdient sie ihr Geld mit dem Schreiben von Groschenromanen. Auch auf der Suche nach Mister Right erlebt sie einen Reinfall nach dem anderen. Als ihr dann bei einem Familientreffen eine unbedachte Äußerung rausrutscht, die für einige Tränen sorgt, packt sie kurzentschlossen ihren Koffer. Auf Sylt in einer kleinen Pension mit dem malerischen Namen *Dünenglück* will Mia ihr Leben neu ordnen und endlich ihren Erfolgsroman schreiben.

Als Lena erfährt, dass ihr Mann sie wegen einer anderen Frau verlässt, bricht für die Hausfrau und zweifache Mutter eine Welt zusammen. Keinen Mann und keine Aussicht auf einen Job. Wie soll es mit ihrem Leben nun weitergehen? Lenas Freundinnen schenken ihr kurzerhand einen Traumurlaub auf Sylt. Lena findet sich in der kleinen Pension *Dünenglück* wieder.

Die Pensionswirtin Henriette Hansen hat alle Hände voll zu tun, ihren Alltag mit Baby Jonathan und die Leitung der Pension *Dünenglück* zu meistern. Was als Lebenstraum gedacht war, entwickelt sich seit dem Tod ihres Mannes zu einem anstrengenden Vollzeitjob.

Als die drei unterschiedlichen Frauen im *Dünenglück* aufeinandertreffen, sieht es zunächst nicht so aus, als ob sich zwischen ihnen eine Freundschaft entwickeln würde. Aber dann überschlagen sich die Ereignisse und plötzlich ist nichts mehr, wie es war …

Dünenglück ist ein Roman über einen Neuanfang und den Beginn einer großen Freundschaft.

Zwei Autorinnen, eine Geschichte ...

Küss mich, Kaktus

Der attraktive Tim Benkelberg ist ein notorischer Frauenheld, der seine Unabhängigkeit liebt. An seinem fünfunddreißigsten Geburtstag beschließt Tim, sein Leben zu ändern und endlich sesshaft zu werden. Aber vorher will er es auf seiner Geburtstagsparty noch einmal richtig krachen lassen.
Greta Marquardt ist intelligent, hübsch und sehr sexy. Ihr Leben ist nahezu perfekt, wäre da nicht der klitzekleine Fehler, dass sie noch immer Single ist. Ihr zur Seite stehen ihre besten Freunde Nick und Jeanette. Als Nicks alter Freund Tim Benkelberg eine Geburtstagsparty gibt, nehmen die beiden Freunde Greta einfach mit.
Greta und der attraktive Frauenheld treffen aufeinander. Es funkt gewaltig zwischen beiden, wäre da nicht die hübsche Brünette, die sich Tim an den Hals wirft und vor Gretas Augen leidenschaftlich küsst ...

Ein Roman um das erste Date und die Liebe ...

"Küss mich, Kaktus" ist der erste gemeinsame Roman des Autorenduos Martina Gercke und Simon Winters.

Bezaubernd verliebt

In Saras Leben läuft alles perfekt. Sie hat ein schickes Appartement, einen guten Job und ihren Traummann Florian. Als jedoch nach einer durchzechten Nacht plötzlich ein halb nackter Mann in ihrem Wohnzimmer steht, gerät alles aus den Fugen. Denn Sara hat einen Filmriss und kann sich an Nichts erinnern. Gerade als sie den sexy Fremden aus der Wohnung schmeißen will, taucht Florian unangekündigt auf. Kurzerhand erklärt sie den Fremden zu ihrem schwulen Mitbewohner und das Chaos nimmt seinen Lauf ...

Eine warmherzige und herrlich verrückte Liebesgeschichte, die Sie ins weihnachtliche Hamburg entführt.

Die Erstausgabe dieses Romans erschien 2014 unter dem Titel „Glücksstern mit Schwips".

19144618R00189

Printed in Poland
by Amazon Fulfillment
Poland Sp. z o.o., Wrocław